노경식 제 8희곡집
봄꿈·새 친구

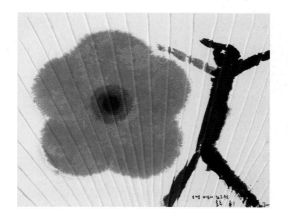

지난 무술년(戊戌年)에 어느덧 산수(傘壽)의 나이 80 고개를
넘어섰다. 2012년에 제7희곡집 『연극놀이』를 상재하면서
인제는 창작생활도 끝막음이려니 하고 속마음을 접었었다.
그런데 근년에 들어서는 구작 〈두 영웅〉과 〈반민특위〉를
새롭게 손봐서 연극무대에 올려 주위의 많은 호평을
받았으며, 어쩌다 보니까 장막 신작도 두 편이나 탈고할 수가
있었다.

– '책 머리에' 중에서 –

櫓谷·下井堂

노경식의

삶과 연극

~1960

1. 1957.02.27 '南原農高' 졸업식 (어머니를 모시고)
2. 1956 '全羅北道知事 賞' (남원농고 졸업식 때)
3. 1949.6.15 남원 '용성국민학교' 5학년 (앞줄 왼쪽 두번째, 뒤에 한보영 소설가, 6.25전쟁 불타기 1년 전)
4. 1965 '철새' 초연 프로그램
5. 1966.05.27 주례 黃順元 선생님을 모시고

1970~1979

1. 1971 '석채 백일'에 조모와 증조모
   (히정동 '남원집'에서)
2. 1971 '달집' 초연 포스터 (명동 국립극단)
3. 1971 '달집' 초연 무대 (명동 국립극단)
4. 1971 '달집' 초연 공연기념 (명동 국립극단)

5. 1972년 이른봄. 석헌(5) 석지(3)와 증조모 (하정동 '남원집'에서)
6. 1975 3.1절 '징비록' 김동원(유성룡 역)과 장민호(이순신 역)
7. 1975 3.1절 '징비록' 포스터 (장충동 국립극단)
8. 1978.04 '흑하' 프로그램 (장충동 국립극단)

9. 1979.09 '父子 2' 권성덕과 정상철
   (극단민예 신촌소극장)
10. 1979.06 '小作地' 주인공(김형진)과
   동생(송두석)의 큰싸움
11. 1979.06 '小作地' 초연 (극단고향)
12. 1979.09 '塔' 선덕여왕(이승옥)과
   혜공 노스님(박용기, 극단신협)
13. 1979.06 '小作地' 공연기념 (극단고향)

1980~1989

1. 1980.01 '하늘보고 활쏘기' (이호재 모노드라마)
2. 1981.04 '북' 초연 조명남 이주실 전국환 (극단고향)
3. 1981 '물방울'– 그림나라 100'
4. 1982.06 '井邑詞' 정현 연출, 문예회관 대극장 (극단민예극장)
5. 1983 '소작지' 제1회 대통령상 수상 (전남대표 '극단시민')
6. 1983.07 한국 대표 희곡작가들 한자리에
7. 1984 여름 '지리산 화엄사'를 찾아서 (여석기 한상철 교수)
8. 1984.05 '불타는 여울' (장충동 국립극단 '전단')
9. 1985.09 '하늘만큼 먼나라' 대한민국연극제 대상 (극단산울림)

10. 1985.09 '하늘만큼 먼나라' 백성희와 조명남
    (남녀 주연상 수상)
11. 1986.03 '江건너 너부실로' 김성녀와 장건일 (극단 여인극장)
12. 19870.12 '침묵의 바다' (장충동 국립극단)
13. 1988 봄 노경식 내외 '신림동 집'에서(50세)
14. 1989.10 '燔祭의 시간' 최불암 주연, 동아연극상 작품상
    (극단 현대예술극장)

1. 1990.09 '한가위 밝은 달아' 연운경 서울연극제 여자연기상
   (극단성좌)
2. 1991.11 '12월의 문화인물 이해랑' 기념 좌담회
   (왼쪽에서 김동원, 백성희, 노경식, 장민호)
3. 1992.02 '춤추는 꿀벌' 이진수와 박승태 출연 (극단여인극장)
4. 1992.09 '거울 속의 당신' 초연 김민정과 김인태(남자연기상,
   (극단사조)

5. 1994.05 '징게맹개 너른들'
   (뮤지컬 서울예술단 초연)
6. 1994.09.20 '秋夕 한가위' (봉천동 집에서)
7. 1999 경희대학교 50주년 축제공연

1. 2001.05 일본 京都 '本法寺'를 찾아서
2. 2004.02 뉴질랜드 南섬의 Milford Sound에서
3. 2005.06 '서울로 가는 기차' (프랑스극단)
4. 2006 '남원시청 행정문화관'
   (우측에서 노경식 안숙선 김병종)
5. 2006.07 단둥 '압록강 철교'를 뒤로
6. 2006.10 금강산 '구룡폭포'에서

7. 2006.11 '장서 4천여 권' 남원시 고향에 기증
8. 2006.12 '서울특별시문화상'(연극) 수상
9. 2004.10 '하늘만큼 먼나라' 좌 (프랑스어 번역)
10. 2007 목포 '차범석문학관'

11. 2007.08 '백두산 天池'
12. 2007.08 중국 훈춘의 두만강 하류 '防川'에서
13. 2008.02 중국 成都 '武侯祠'

14. 2008.05 '포은 정몽주'
    (포항시립극단 초연)
15. 2008.09.02 晉州 '영호남연극제' 개막식 후에
    지리산 '청학동'에서

16. 2008.11.04 '한국연극 100년 대토론회'
17. 2009.06 '연극교류 세미나' 중국 연변대학예술학원
18. 2009.12.21 '노경식출판기념회' 아르코예술극장 로비
19. 2009.12.21 '노경식희곡집' 출판기념회 (아르코예술극장 로비)

2010~

1. 2011.02.27 '달집' 낭독공연
   (일본 東京)
2. 2011.05.29
   광주 '5.18민주묘소' 참배 답사

3. 2011.07.11 프라하 바츨라프
   광장의 '반공열사' 묘비명
4. 2012.09.05 '대한민국예술원상'
   가족사진

5. 2013.10.21 '달집' 일본 극단 新宿梁山泊
6. 2013 '노경식산문집'
7. 2013.10.21 간난노파와 아들 (히로시마 코 廣島光)의
   큰싸움, 순덕(덴다 케이나 傳田圭奈)
8. 2013.10.21 원로배우 李麗仙과 연출가 金守珍
   (일본 新宿梁山泊)

9. 2014.02.25 딸 석지 고려대 경영학 MBA 취득
10. 2016.02.21 '두 영웅' 축하 리셉션

11. 2016.04.29 중국 충칭 '대한민국림시정부' 전람관
12. 2016.07.21 '독도' 탐방
13. 2017 '반민특위' (제2회 늘푸른연극제 개막식)
14. 2017.07 '한국생활연극협회' 창립식

15. 2017.08.16
    장외손녀 박가운 대학생
16. 2016 고명딸 석지와
    사위 태준건 가족
17. 2019 여름 '손녀 윤지와
    피자빵' (3세)
18. 2019 봄 손주 윤아와 윤혁

19. 2019 장손 윤혁과 상장 (10세 초등4년)
20. 2019 장손녀 윤아의 '한국무용' (12세 초등6년)
21. 2019 손녀 윤지(3세)와 홍제천 산책
22. 2017 일본 큐슈(九州) 여행 (아내와 딸)

23. 2018.04.25 八旬기념 베트남 가족여행
24. 2018.10.24 '보관문화훈장'
25. '남원시립도서관'의 노경식 浮彫
26. 2018.10.24 대한민국 '보관문화훈장'
27. '노경식희곡집' (전8권 2019)

CONTENTS

더도 말고 덜도 말고 한가위만 같아라

노 경 식

한가위 추석은 풍요의 호시절이다. 일 년 내내 땀 흘려서 농사짓고 일한 끝에 청량한 가을에는 오곡백과 무르익고, 그를 거둬들여 수확하고 곳간에 가득가득 채우는 넉넉하고 풍성한 계절이다. 뒷방에선 새 술 익어가며 햇곡식으로 떡과 송편을 빚고, 감 대추 밤 사과 배에다가 녹두전(煎)과 파전 부치고 토란국에 햅쌀밥 말아서 함포고복(含哺鼓腹), 흩어졌던 가족 식구가 그리운 고향 집에 모여들고 이웃친지 사람들이 서로 즐겁게 인사를 나누었으니 그 아니 풍요롭고 기쁠손가! 나도 또한 인생의 황혼 길에서 결실과 수확의 시간이 아닌가 싶다.

지난 해 무술년(戊戌年)에 어느덧 산수(傘壽)의 나이 80 고개를 넘어섰다. 2012년에 제7희곡집 『연극놀이』를 상재하면서 인제는 창작생활도 끝막음이려니 하고 속마음을 접었었다. 그런데 근년에 들어서는 구작 〈두 영웅〉과 〈반민특위〉를 새롭게 손봐서 연극무대에 올려 주위의 많은 호평을 받았으며, 어쩌다 보니까 장막 신작도 두 편이나 탈고할 수가 있었다. 〈봄꿈〉(春夢 2015)과 〈세 친구〉(2016).

　나는 대학시절에 두 번의 크나큰 국난(國難)을 겪었다. 대학 3학년 때의 '4.19민주혁명'과, 4학년은 '5.16군사쿠데타'. 4.19혁명은 나도 대학생 시위대로서 서울 거리를 누비면서 큰 목소리로 민주주의를 절규하고, 피 묻은 시민과 젊은 학생 열사들을 대학병원 영안실에서 눈물과 분노로 목도하였으니, 이른바 나 역시 '4.19세대'임이 분명하다. 그리고 나서 불과 1년 만에 청천벽력 같은 군사반란을 맞이하였다. 〈봄꿈〉의 소재는 1960년의 4.19혁명이다. 뜻하지 않은 군사반란 때문에 민주혁명의 위대한 역사와 소재는 우리의 문학 예술사에서 그 형상화의 시간과 광장(廣場)을 놓쳐 버리고 흔적도 없이(?) 사라져서 오늘날까지 이르렀다는 것이 허망하고 비뚤어진 나의 생각이고 판단일까? 따라서 4.19 소재의 문예작품을 찾아보기란 눈 씻고 봐도 지난한 일이 되고 말았다. 진실로 서글프고 한스럽고 부끄러운 현상이다. 해서 연극과 문학에 몸 담고 있는 한 사람으로서, 내가 생생하게 체험했던 4.19혁명 소재를 극화하고 싶다는 것이 십 수년래 나만의 꿈이요 소망이었다. 그러다가 늘그막에 인제 와서야 기필(起筆)의 용기를 내게 되었던 것이다. 하늘나라로 앞서 가신 민주영령의 명복을 빌며, 비록 둔필(鈍筆)일망정 불초 나의 작은 지성(至誠)으로 알고 가상히 여겨주기를 바란다.

　〈세 친구〉는 일제강점기에 친일 매국했던 민족반역자의 이야기. 그중에서도 특히 문화예술에 몸담고 살았던 연극 예술가들이 소재

이다. 그들 역시도 다른 분야의 인물들과 마찬가지로 자신의 친일
행위와 민족반역에 관련하여, 살아생전에 단 한 번도 역사와 국민
앞에 반성하고 사죄한 적이 없었다. 오히려 그들은 자신의 변절과
타락과 불명예를 은폐하거나 철저히 무시하고, '시대상황과 어쩔
수 없었다.'는 등 교언영색의 궤변과 합리화 논리로 일관하며 살았
다. 자세히 성찰해 보면 문화 예술가들의 친일죄과와 행적은 역사
책 기록과 논문에만 존재하고 있을 뿐, 광복 70년 동안에 우리의
문학 예술작품 속에 형상화된 적이 별로 없었다. 이에 나는 용기와
만용을 무릅쓰고 극화를 결심하게 되었다. 이 졸작은 역사기록을
더하여 작자 본인의 창작의지와 연극적 상상력으로 펼쳐냈음이다.
그러므로 작품의 모든 책임과 과오는 작가에게 귀착한다.

가만히 주위를 돌아보면 은혜입고 고마운 사람들이 너무나도 많
다. 나의 내자와 아들, 딸은 물론이고, 남원 고향의 친지와 서울 친
구들과 다정한 연극동지들 …
이번 책에 '뒷풀이글'을 써준 연출가 김성노 교수와 대기자 정중
헌 이사장, 그리고 표지의 제자(題字) 및 그림을 내준 나의 고향 후
배이기도 한 김병종 화백(畫伯)에게 감사한 마음이다. 김 교수는
지금껏 나의 희곡집 '전8권'과 산문집 『압록강 이뿌콰를 아십니까』
까지 흔쾌히 도움을 주었다. 특별히 또 하나, 이번 책의 출간은 전
적으로 허성윤(동방인쇄공사) 사장의 30년 연극우정과 각별한 후
의(厚誼)임을 명토박아둔다.

일찍이 경북 대구의 「무천극예술학회」에서 개최한 『노경식연극
제』(2003)에서 내가 소회(所懷)했듯이 "죽을 때까지 이 걸음으로

...”

더도 말고 덜도 말고 한가위만 같아라.

2019년 己亥 秋夕(9월 13일)에
서울 서대문구 ‘홍은동 집’

1부
희곡작품

- 두 영웅 (11장)
- 반민특위 (10장)
- 봄 꿈 (14장)
- 세 친구 (4막)

두 영웅

-- 사명대사와 도쿠가와 이에야스

작　　　　노경식
예술감독　김도훈
연출　　　김성노
협력연출　이우천

● 공연극본 (초연)
● 2016-02-19 ~ 28
● 아르코예술극장 대극장 (대학로)

공동기획/ 제작
한국문화예술위원회　스튜디오 叛　극단동양레퍼토리

전라도 황톳길의 소달구지같이 …

임 영 웅
(연출가, 대한민국예술원 회원)

〈두 영웅〉– 극작가 노경식 등단50년 기념대공연을 축하합니다!!

下井堂 노경식 선생과 연극인연은 1970년대 초로 거슬러 올라간다. 일찍이 그의 첫 장막극 〈달집〉(1971)을 연출해서 명동국립극장에 올리게 된 것이 첫 인연. 〈달집〉 공연은 작품성과가 좋아 그해의 「백상예술대상」에서 작품상을 비롯하여 여자주연상(백성희) 여자조연상(손숙) 연출상(임영웅) 희곡상 등을 휩쓸다시피 했으니 햇병아리(?) 작가로서는 화려한 데뷔라고 하지 않을 수 없었다. 그래서 내가 어쩌다가 우스갯소리로 하는 말이, "노경식 〈달집〉은 임영웅을 만나지 못했으면 몇 년은 더 걸렸을지도 모르지! ㅎㅎ…"

그로부터 노경식과의 인연은 어느덧 50년 세월을 훌쩍 넘어 오늘에 이르기까지 크게 얼굴 한 번 붉히는 일도 없이 다정하게 살아오고 있다. 그뿐만 아니다. 나는 노경식의 희곡을 그 이후 세 작품이나 더 연출하게 됐으니 인연치고는 보통이 넘는다 할 것이다.

〈黑河〉(국립극단 78), 〈하늘만큼 만나라〉(산울림 85), 〈침묵의 바다〉(국립극단 87) 등. 한 극작가의 작품을 4편 연출한 것은 임영웅 나로서는 처음 있는 일이 아닌가 한다. 그런 의미에서는 나는 그의 작가적 실력과 기량을 충분히 믿고 있으며, 또 인물의 됨됨이와 인격을 신뢰한다고 말해서 크게 어긋나지 않는다고 생각한다.

노경식의 희곡작품 40여 편 중에서 반수 이상이 '역사극'을 차지한다. 그것은 작가로서 그의 역사인식이 투철하고 역사에 관한 천착이 깊음을 의미한다. 우리나라 유사 이래 최대의 國難인 '임진왜란'을 시대배경과 소재로 한 역사극도 자그마치 6편이나 된다. 그 가운데서 〈두 영웅〉(2007)이 맨 나중에 탈고한 작품인데, 요번에 등단50년 기념작으로 脚光을 받게 됐으니 경하할 일이고 기대하는 바 크다. 而立의 30대 시절에 좋은 인연으로 만나서 임영웅은 이미 벌써 八旬을 넘어섰고, 노경식은 내일모레 80고개를 앞둔 歲數로 알고 있다. 일찍이 故 車凡錫 선생님이 1980년대 무렵에 언급하신 노경식 短評을 인용하면서 이 賀詞를 끝맺기로 한다.

"작가 노경식은 허리는 약간 구부정하고, 전라도 시골의 황톳길을 걸어가는 소달구지 같다. 믿음직하고 소박하고 진솔한 걸음걸이로 너무 빠르지도 않고 너무 느리지도 않게 …"

감사하고 또 감사합니다!

올해 2016 丙申年은 극작가로서 연극인생을 시작한 지 51년째! 지난 세월 반백년의 風霜을 回憶하자니 만감이 교차합니다. 인제는 나도 내일모레 80 고개를 넘어가는, 외롭고 쓸모없는(?) 황혼 길을 걸어가고 있어요.

전라도 '남원 촌놈'이 50년대 말, 아직은 6.25전쟁의 생채기와 혼란이 채 가시지 않은 암담한 시절에 서울까지 올라와서 청운의 뜻을 품고 대학에 들어가고, 그것도 문학예술과는 한참 먼 거리의 경제학과에 입학했다가 어찌어찌 졸업이라고 하고는 그냥 낙향해서 2년간의 하릴없는 룸펜생활. 그러다가 어느 날 우연찮게 한 신문광고를 보고는 또 한 번 서울 바닥에 뛰어 올라와 가지고, 남산 언덕배기에 있는 드라마센터 연극아카데미(극작반)에 무작정 발을 들여놓은 것이 노경식의 'My Way'이자 촌놈 한평생의 팔자소관이 된 것. 어린 시절, 나의 고향집은 읍내 한가운데에 있었다. 곧 남원읍(시)에서는 제일 번화한 곳으로 잡화상 가게와 여러 음식점, 중국집, 그리고 하나밖에 없는 문화시설 '南原劇場'도 거기에 있었고, 몇 걸음만 더 걸어가면 시끌벅적한 장바닥(시장통)과 〈춘향전〉에서 유명한 '廣寒樓'의 그 옛 건물 역시 지척에 있었다. 일 년에 한두 차례 울긋불긋 포장 막으로 둘러치고 밤바람에 펄럭이는 가설무대로 온 고을 사람들을 달뜨게 하는 곡마단(서커스) 구경을 빼고 나면, 남원극장에서 틀어주는 '활동사진'(영화)과 악극단의 '딴따라' 공연만이 유일한 볼거리요 신나는 오락물이다. 그리고 해마다 4월초파일에 열리는 「남원춘향제」 때면 天才歌人 임방울과 김소희 선생 등을 비롯해서 전국에서 몰려드는 내로라하는 판소리 명창과 난장판의 오만가지 행색 및 잡것들. 신파극단의 트럼펫 나팔소리가 〈비 내리는 고모령〉이나, "울려고 내가 왔던가 웃으려고 왔던가 / 비린내 나는 부둣가에 이슬 맺은 백일홍~" 하고 절절하게 울려 퍼지는 날이면 어른 아이, 여자와 늙은이 젊은이 할 것 없이 달뜨지 않은 이가 뉘 있었으랴! 그런 것들이 아마도 철부지 노경식으로 하여금 위대한 극예술(?)과의 첫 만남이었으며, 또한 내 피와 영혼 속에 알게 모르게 어떤 接神의 한 경지가 마련된 것이 아니었을까 …

　지금까지 집필한 연극작품을 헤아려보니 장단막물 합쳐서 모두 40편을 넘는다. 많다면 많고 적다면 적은 숫자. 여기서 나는 십 수년 전, 「노경식연극제」(舞天劇藝術學會 주최, 2003)의 '작가의 말'에서 피력한 소회의 일단을 옮겨놓기로 한다.
　"이들 가운데서 그래도 '쓸 만한 작품'이 몇이나 되고, 뒷날까지 건질 수 있는 것은 참으로 얼마나 될까? 때로는 사계의 연극인과 관객들로부터 좋은 평가를 받은 물건(?)도 네댓 편은 되는 것 같기도 한데, 과연 그런 평가들이 먼 훗날까지 이어질 수가 있으며, 또한 우리나라의 연극예술과 극문학 발전에 작은 보탬이라도 될 수 있는 것일까! 나름대로는 열심히 살아왔구나 하는 생각도 들고 위안도 되나, 오히려 민망함과 부끄러움이 앞선다. 연이나 어찌 하랴! 워낙에 생긴 그릇이 작으며 생각이 얄팍하고, 대붕(大鵬)의 뜻이 미치지 못하는 바에야 죽을 때까지 이 걸음으로 걸어가는 수밖에 …"

　나의 연극동지이자 畏友 남일우 권성덕 양인의 友情出演 및 선후배 여러 배우님과 스태프진 모두에게 한없는 고마움과 사랑을 표하지 않을 수 없습니다. 그리고 끝으로 빠뜨릴 수 없는 한마디 말씀은, 자랑스럽고 힘들고 고달픈 나 같은 연극인생을 위해 그 어려운 집안 살림을 큰 불평 없이 살아준 나의 마누라가 미쁘고 감사하며, 크게 비뚤어지지 않고 잘 장성해 준 세 명의 자식 놈과 그 새끼들이 대견스러울 뿐입니다.

"눈으로 보는 연극이 아닌 귀로 보는 연극"

김 성 노

(동양대학교 교수)

어느 누구나 한 가지 일을 50년 한다는 일은 쉬운 일이 아니다. 보통 직장 일이 25살에 시작해서 60살에 끝난다 해도 35년 밖에는 되지 않는다. 이러한 면에서는 예술, 특히 우리 같이 연극을 하는 사람들이 어떻게 보면 축복받은 사람들이라고 할 수 있다. 물론 여러 가지 환경면에서는 문제가 있지만…

그렇다고 모든 연극인이 지속적인 작업으로 금전적은 아니더라도 자기만족의 행복을 느끼는 것은 아니라고 생각한다.

노곡 노경식 선생님은 1965년 서울신문 신춘문예 희곡당선작 "철새"로 문단에 등단하신 이래 지금껏 연극의 가장 기본이 되는 희곡, 즉 연극대본을 쓰신 우리 연극계의 산 증인이시다. 대표작 "달집"을 비롯하여 "서울로 가는 기차", "포은 정몽주", "찬란한 슬픔", "천년의 바람" 등 우리 민족의 희로애락을 선생님의 개성 있는 필력으로 펼치셨으며, 어느 정도의 연륜이 있는 연극인이라면 선생님의 작품을 한번쯤은 접해 봤다고 생각한다.

내가 처음 연극에 입문했을 때 배운 연극은 "눈으로 보는 연극이 아니라 귀로 보는 연극"이였다. 최근의 많은 연극들이 시각적인 면과 자극적인 면에 많이 치우치고 있다고 생각한다. 이런 면에서 선생님의 작품은 그야말로 눈으로 보는 연극이 아닌 귀로 보며 마음속으로 생각하게 만드는 연극이라고 믿는다.

이제 노곡 선생님의 집필 50주년의 공연에 선생님의 동료, 후배, 제자들이 함께 모여 감사의 공연을 올린다. 이 영광스러운 공연에 연출로 참여하는 것을 감사드리며, 행복한 마음으로 참가하시는 모든 분들에게 개인적인 고마움을 전한다.

작년과 금년, 많은 원로 연극인께서 우리 곁을 떠나셨다. 작은 바람은 노곡 선생님께서 오래 우리 곁에 계시면서 훌륭하고 좋은 작품으로 우리에게 양분을 주시고 날카로운 질책으로 우리를 인도해 주시기를 확신한다.

■ 공연극본

두 영웅

(11장)

■ 스탭 :

조 연 출   최윤정

분장감독   박팔영   분장지도교수   한지수

무대감독   송훈상   무대   민병구

영상   황정남 장재호   조명   김재억

음향   김경남   음악감독   서상완

의상디자인   김정향   동작지도   이광복

그래픽디자인   아트그램   사진   박인구

기획   이강선 문경량   인쇄   동방인쇄공사

■ 출연 :

오영수(사명당)   김종구(도쿠가와 이에야스)

남일우(이수광 우정출연)   권성덕(다이로 우정출연)

이인철(도요토미 히데요시)   이호성(가토 기요마사)

정환금(이삼평)   문경민(다치바나 도모마사)

고동업(손문욱)   신현종(게이테츠 겐소)

최승일(혼다 마사노부)   배상돈(세이쇼 쇼타이)

장연익(히로사와)   민경록(덕구)

노석채(혜구)   조승욱 (히데야스, 백성)

오봄길(요도기미, 백성)   장지수(작은댁)

양대국(원이)   임상현(하야시 라잔, 백성, 닌자)

김대희(덕구, 백성)   김춘식(심당길, 백성, 닌자)

김민진(겁탈, 왜장)   박소현(히데꼬)

이준(히데타다, 부관, 백성, 닌자) 조운빈(시종 1)

성준혁(시종 2)

[때와 곳]

1604년(선조 37 甲辰) 8월부터 이듬해 5월 사이

조선의 부산과 일본의 쓰시마 섬 및 교토, 오사카, 나고야 등

[등장인물] (나이는 1604년 기준)

(한　국)
사명당(松雲大師, 60)
혜　구(惠球 시자승, 30대 후반)
손문욱(孫文彧, 절충장군)
덕　구(德求, 어부, 피로인)

작은댁(동래부사 故 宋象賢(41)의 妾室)
히데꼬(秀子, 덕구의 처, 日女)

부관
도해시낭독 관료(이수광)
이삼평(李參平)과 심당길(沈堂吉)

(일　본)
도쿠가와 이에야스(德川家康 62)
히데타다(秀忠, 이에야스의 三子 25)
히데야스(秀康, 이에야스의 二子 20대)
혼다 마사노부(本多正信, 집정관 약 60세)
세이쇼 쇼타이(西笑承兌, 쇼코쿠지相國寺 주지)
게이테츠 겐소(景轍玄蘇, 쓰시마 쇼후쿠지(聖福寺) 주지, 外交僧 40대)
다치바나 도모마사(橘智正, 쓰시마 通事 외교승)
소 요시토시(宗義智, 쓰시마 도주 (對馬島主) 36)
하야시 라잔(林羅山 22)

도요토미 히데요시(豊臣秀吉, 1598년 62세 沒)
가토 기요마사(加藤淸正,구마모토熊本 영주 42)

요도기미(淀君, 히데요시의 처)
히데요리(秀賴, 히데요시의 아들 1598년 5세)
히로사와(廣澤, 女僧, 히데요시의 愛妾 50대)

왜장, 원이(圓耳禪師, 고우쇼지興聖寺 주지)
다이로(大老, 노대신)

기타 조선과 일본 남녀, 다수 (5~10명)

제 1 장

막이 오르면,

일본의 교토(京都) 후시미성(伏見城)의 천수각(天守閣)

긴장감 있는 북소리(음악) 흐르고,

무대 밝아지면 나란히 서 있는 사명대사와 도쿠가와 이에야스.

이에야스　(시로 말한다) 차가운 돌 위에는 풀이 자라기 어렵고

방 가운데서는 구름이 일어나기 어렵도다

그대는 어느 곳에서 노는 산새이기에

우리들 봉황의 무리를 찾아왔는고?

사명당　(시로 받는다) 나는 본시 청산의 학이어서

언제나 오색구름 속에 노닐었는데

하루아침에 운무가 사라져 버리고

잘못 떨어졌노라, 그대들 들꿩의 무리 속에…

이에야스　청산의 학이 들꿩의 무리 속에 떨어졌다?

사명당　합하께서는 시를 시로써 받아들이지 않으니 정녕 야계

(野鷄)일 뿐이오!

암전과 동시에 바다 갈매기와 거친 파도소리 ~~

조명 들어오면, 부산 다대포(多大浦)의 바닷가.

"1604년 8월 스무 날, 부산"

사명당, 멀리 푸른 바다를 바라본다.

사명당   갈대잎 하나에 몸을 싣고
          만경창파 물결을 헤치니
          총알만한 외로운 섬
          하늘 끝에 닿았구나.
          황하의 근원은
          이 하늘의 서북쪽 끝이련만
          어찌하여 동쪽바다로
          박망사를 띄우는가.

          연래의 쇠잔한 털
          해가 갈수록 세어지는데
          또 다시 남녘바다에
          팔월 달의 뗏목을 띄운다.
          팔을 굽히고 허리 꺾는 일은
          본래가 나의 본뜻 아니거니와
          어찌하여 머리를 조아리고
          왜적의 집에 들어갈거나.

          이때, 혜구 스님(首座)이 궁시렁거리며 등장.

혜구   아니, 상감마마께서 노망이 나도 단단히 나신 겝니다.
          극악무도한 왜놈들 소굴 속으로 우리 큰스님이 머리를
          숙이고 들어가게 됐으니, 이 얼마나 분통 터지고 얼굴
          깎이는 일입니까?

사명당	허허, 허튼소리! 그나저나 짐들은 빠짐없이 다 실었는고?
혜구	그럼요, 큰스님.

전립(戰笠) 차림의 손문욱 장군과 부관, 짐을 어깨에 멘 노복들이
다른 쪽에서 등장.
그들도 차례차례 배에 오른다.

손문욱	대사님, 자, 배에 오르시죠.
사명당	아암, 허허. 손 사또님, 그럽시다. 여축없이, 만반 채비는 잘 됐소이까?
손문욱	예에. (잠시) 대사님?
사명당	말씀하세요.
손문욱	대사께서도 익히 알다시피, 일본의 관백 토요토미 히데요시가 일으킨 침략전쟁은, 진실로 참혹하고 눈물 나는 미증유의 국난이었습니다. 그해 임진년 봄에서부터 무술년 겨울에 이르기까지, 장장 7년간에 걸친 대전쟁은 온 나라를 초토화시키고, 만백성의 삶을 송두리째 거덜 나게 해버렸습니다.
사명당	내가 어찌 그런 참상을 모르겠소!
손문욱	대사님께서는 부디 전하의 높은 뜻을 헤아려 왜놈들의 정세를 파악하고, 새로이 권좌에 오른 저- 덕천막부(德川幕府)의 음흉한 심중을 잘 파악하셔야 하겠습니다.
사명당	그래서 늙은 중이 인제는 또, 왜적을 탐색하는 탐적사가 되었구료. 으흠 …
손문욱	또한 전란 중에 일본으로 잡혀간 조선 백성들이 기천에 이른 즉, 덕천막부와 담판을 지어서 우리나라 백성

	들을 모두 송환해 올 수 있도록 힘을 기울여 주십시오.
사명당	그 같은 일이야말로 이번 사행(使行) 길의, 늙은 중의
	가장 큰 목표이고 소원이외다. 손 장군이 잘 도와주시오.
손문욱	이를 말입니까, 대사님!
	(부관에게) 그럼 신호를 올려라. 군선의 돛을 올리도록.
부 관	예, 장군님.
	(큰소리) 출항을 알려라!!

이윽고, 출항을 알리는 뿔나팔 소리 ~~
무대 앞쪽에, 조복(朝服) 입은 이수광(李睟光) 대신이
〈도해시〉(渡海詩)를 낭송한다.
서로 합창하고, 스크린에 궁서체로 투사된다.

이수광	성세에 명장도 많은데
	기특한 공은 홀로 저- 늙은 대사로다.
	배는 현계탄(玄界灘) 바다를 향하고
	혀끝은 육생의 말솜씨를 닮았도다.
	변덕스럽고 간사함이
	섬 오랑캐는 끝이 없는데,
	화친하는 일이 위태로울까 염려되네.
	나의 허리에 찬 긴 칼 한 자루는
	오늘날에
	사내 대장부가 부끄러워라.

(암전)

제 2 장

마사노부, 쇼타이, 겐소 등장.

마사노부   조선에서 사명당이란 중이 오늘 일본에 당도했다는데,
           그는 어떤 사람인가?

겐소   사명송운대사는 지난 전쟁 중에도, 가토 기요마사 쇼
           군님의 울산성을 세 번이나 찾아와서 단독으로 면담을
           성사시킨 인물이지요. 사명당은 속성이 풍천임씨(豊川
           任氏)이고 경상도의 밀양(密陽) 태생입니다. 일찍이 부
           모를 여의고 10여 세 어린 나이에 머리 깎고 불가에
           입문했었는데, 불과 열일곱 살 나이에 승과(僧科) 급제
           하고 서산대사 휴정(休靜) 스님의 수제자가 되어 법을
           전수받았습지요. 그리고 전쟁이 발발하자 서산대사를
           도와서 의승군(義僧軍) 총대장으로, 종횡무진 전쟁터를
           누비고 다닌 유명한 인물인가 합니다.

마사노부   역시, 겐소 스님이 조선 땅에 들어가서 오랫동안 종군
           했으니까 그에 관해서는 잘 알겠구료?

쇼타이   지금껏 소승이 알아 본에 의하면 사명당은 담력이 크
           고 생각도 깊고, 한마디로 무소불통의 고집이 센 늙은
           중이지요.

겐소   그리고 또 하나, 사명당의 겉모습을 보면 머리통은 중
           대가리로 빡빡- 깎았으되 턱수염은 길게길게 늘어뜨리
           고 있습니다요. 왠 줄 아십니까?

쇼타이   그래 참, 그렇구만.

겐소	당신님이 머리털을 백호 쳐서 빡빡- 깎은 것은 부처님 제자임을 나타낸 것이며, 길게길게 흰 수염을 늘어뜨린 뜻은 속세의 사내대장부임을 나타내고자함이다, 하고 말씀입니다. 허허.
마사노부	그런데, 일개 중이 감히 우리 에도막부의 태합전하와 독대를 하겠다는 겐가?
겐소	듣기로는 조선에 화친을 제안한 태합전하의 본뜻을 헤아리고, 또한 조선에서 데리고 온 신민들의 포로송환 문제를 다루고자 하는 걸로 알고 있습니다.
마사노부	'조센진'(朝鮮人)의 포로송환?
쇼타이	과거 전쟁 중에 잡혀온 조선 백성들을 말하는 것 같습니다.
마사노부	어림없는 소리! 어느 누구 마음대로 …

(그들, 화를 내며 퇴장)

교토의 뒷골목 밤거리.
희미한 불빛 속에, 조선의 남녀 양민들이 몰려와서 기쁨과 눈물로 소리친다.

백성1	아이고매, 사명당 큰스님이 일본에 건너오셨다는 것이어.
백성2	그러면 그렇제. 사명대사님이 어쩌신 분이라꼬?
백성3	사명당은 살아있는 부처님이다. 생불(生佛)! 살아있는 신승(神僧)이어.
백성4	그리어. 가련한 조선 백성들 우리를 살려내자고 일본까지 안왔는교?
백성5	내 말씀을 잘 들어봐라우? 송운 큰스님이 우릴 고향

	땅으로 데려가자고 여그까지, 시방 수륙만리를 건너 오셨다니깨. 허허
백성6	우리네 죽은 목숨을 설보화상이 살려내는 것이제, 머.
백성7	설보화상은 또 무신 소리?
백성8	에그, 고런 이약도 몰러? 큰스님 사명당이 왜놈 장수를 첫 대면으로 만나갖고는, '니놈의 모가지가 우리나라 보배이다!' 허고, 크게 호통치셨다는 것 아닌감?
백성7	니놈 모가지가 조선의 보물? 허기사 말뜻은 꼭 맞다! 말씀 설(說)자에 보배 보(寶)자, '설보화상'! 호호.
백성1	쉬잇, 조용, 조용히! 쩌그 설보화상님이 요쪽으로 올라오고 계시는구만.
모두	(다같이) 오매, 사명대사님! 송운대사 큰스님! 사명당, 우리 송운대사님! …

사명당과 혜구, 손문욱, 도모마사 등장.
사람들이 우르르 그의 발아래 꿇어 엎드리고, 혹은 옷깃을 부여잡고 눈물바람이다.

손문욱	조용히 하십시오, 여러분! 여러분, 사명대사께선 지금 찾아볼 사람이 있어서 그럽니다. 모든 것이 잘 해결 날 테니까 근심걱정일랑 놓으십시오.
혜구	(목이 메며) 자자, 우리 조선 백성님네, 잘 압니다. 산 설고 물설고, 남의 나라 땅 왜국에서 얼마나 고초가 심합니까요!
손문욱	장차 우리 사신들이 귀국할 적에는, 다함께 모조리 배 타고 그리운 고국으로 돌아갈 계획입니다. 본관으로 말

씀하면, 한양성 조정에서 나온 절충장군 손 아무개 옳습니다. 여러분, 그렇게들 알고 차분하게 기다려 주십시오.

사내 장군님 감사하고 또 감사합니다. 요놈은 임진년 첫해에 잽혀왔으니깨로, 볼써 13년간이나 됩니다요. 아이고, 서럽고 분한 것! 쯧쯧.

아낙 (울며) 큰시님, 죽은 목숨 한 번만 살려주십시오. 쇤네는 지난번 정유년 세안(겨울)에 전라도 섬 구석에서 끌레왔어라우. 그런깨로 시방, 요년은 7년 동안이나 남의 나라에서 살아가고 있제라우. 흑흑.

사명당 오호통재라! 석가모니불 관세음보살 … 여러분, 근심 걱정일랑, 염려 놓으세요. 이제는 당신님들이 원하는 고국 땅으로 돌아갈 수 있을 겝니다.

(그녀의 어깨를 도닥거려준다)

백성들 대사님! 사명대사 큰스님!! …

사명당 일행은 그들을 뒤로 하고 무대 다른 쪽으로 향한다.

'작은댁'의 초라한 집. 사립문 밖에 희미한 불빛의 장명등.
집 안에는 히데꼬가 '작은댁'을 모시고 기다리고, 문 앞에선 덕구가 안내한다.
사명당이 들어오자, '작은댁'이 큰절 3배를 올리고 꿇어앉아 울음을 씹는다.
뒷전에는 히데꼬도 서툴게 읍하는데, 불룩한 아랫배가 임신중인 모양.

손문욱 말씀드린 임진년 난초에 맨 처음으로 순국하신 동래부

	사 송상현(宋象賢) 사또님의 첩실이옵니다.
사명당	(비감하여) 부인, 절통하고 죄만스럽소이다! 나라와 조정이 진실로 부끄럽고 또한 한스러울 밖에. 으흠 …
작은댁	설보화상님, 꿈인지 생시인지 몸 둘 바 모르겠습니다. 이렇게도 뜻밖에 존안을 우러러 뵈올 수 있다니. 세상 소문으로만 뵈시던 사명대사님 아니오니까! 대자대비 부처님의 공덕이고 가피인가 하옵니다.
손문욱	송 사또께서는 처절한 항전을 펼쳤으나 동래성은 끝내 함락되고, 관복으로 갈아입고 의연히 왜장의 칼을 받았습니다.
도모마사	그렇습죠. 송상현 사또님이야말로 만고충신 열사이십니다. 따라서 비록 적국일망정 우리 일본 사람들도 우러러봅니다요.
손문욱	(말을 막으며) 부인께선 왜장의 수청을 거부하고 절개를 지키시다 납치되어 이곳까지 끌려오게 되었습니다.
사명당	(머리를 끄덕이며) 부인, 타국 땅에서 고초와 시련이 얼마나 많으십니까?
작은댁	살아가기는 딱히 그렇치도 않습니다.

(히데꼬와 덕구를 가리키며) 두 사람이 항시 이렇게 붙어서, 소첩의 시중을 잘 들어주고, 호위하고 있으니까요.

지나간 13년의 무정한 세월이 눈물 나고 한스러울 뿐 …

(회상)

작은댁을 왜장 하나가 사정없이 낚아채서 겁탈하려는 과거 장면.

그녀는 웃저고리가 뜯겨지고 머리가 풀어지며 끝까지 반항한다.

왜장 에잇, 고라 빠가야로! 내 말을 순순히 들어라.

작은댁 이놈, 안된다! 이 짐승 같은 놈, 죽어도 안된다.

왜장 오호, 그래애? 사냥놀이는 사납고 거친 맹수가 제 맛이렷다! '욧시이' …

왜장이 덮친다. 작은댁, 왜장의 손등을 물어뜯고 품에서 은장도를 꺼내든다.

왜장 아악! (긴 칼을 빼들고 겨누며) 니년이 진정 죽기를 작정한 것이냐!

작은댁 (한 치의 두려움도 없이) 오냐, 베거라! 동래부사 송상현 사또님이 나의 지아비니라. 내 어찌 한줌의 목숨을 두려워하겠느냐. 얼른 베거라! 어서 요놈아!

왜장 …… (작은댁의 서슬퍼런에 주눅이 드는 듯)

작은댁 뭣을 하고 있느냐? 어서 베지 않고!

왜장 (잠시) 욧시이, 니년의 절개를 내가 사겠다.
(밖에 대고) 여봐라? 이 젊은 각시를 끌고 가서 배에 태워라. 내가 조선의 전리품으로 삼겠다!

다시 '작은댁' 집
사명당 앞에 덕구와 히데꼬가 꿇어앉아 있다.

도모마사 여기 작은댁 부인께선 목숨 걸고, 끝까지 죽은 사또에 대한 의리와 절개를 지켜냈습지요. 그러므로 우리 대장께서는 살집 한 채를 별도로 이렇게 장만해 주고, 특별히 조선인으로 하여금 수발을 들게 하였노라고 말씀입니다. 우리 일본 사람은 칼과 용맹만 숭상할 뿐 인륜 도리를 소홀히 하는 경향이 있는데, 모든 사람이 꼭 같은 경우는 아니지 않겠습니까?

혜구　　으흠, 고양이가 새앙쥐 생각하고 있었구만!

사명당　（덕구에게) 젊은이는 뉘신가?

덕구　　예. 소인은 진도 바닷가에 살면서 괴기 잡는 어부놈이 었는디, 정유재란이 일어났을 적에 끌려왔습죠. 고때, 무신 종사관인가 하는 강항(姜沆)이란 선비가 납치되어 왔을 적에 다 같이 함께 잡혀왔습지요.

손문욱　（놀래서) 강항 선비라고?

덕구　　예, 예에. 그러고는 헤어져 뿌렜으니깨로, 어디선가 그 선비도 죽었는지 살았는지 잘 모르지라우.

혜구　　아니, 사또님? 강항(姜沆) 함자라면 혹시 수은당(睡隱堂) 그 어른을 가리키는 말씀 아닌가요?

손문욱　혜구 스님, 필시 수은당 강항이 맞습니다.
　　　　으흠…
　　　　（가볍게 한숨 쉬고 덕구에게) 안심하게나.
　　　　그 선비님으로 말하면, 3년 동안 일본 땅에 잡혀 계시다가 무사히 귀국할 수 있었다네. 일본 사람들이 마련해 준 배 한 척을 얻어 타고 …

덕구　　아이구매, 세상에! 천운이구만요, 잉. 아니, 왜적들이 배까지 쥐감서 조선 포로를 고향 집으로 돌려보내라우? 참말로 기가 찰 일이네요! 허허.

손문욱　대사님, 그 수은당 선비로 말하면 이곳 일본 학자들에게 주자학을 새로 배워주고, 많은 학문적 은혜를 베풀

	었노라고 말씀입니다. 해서 그 은혜를 갚느라고, 아마도 배까지 주선해서 귀국토록 한 모양입니다.
사명당	허허, 그런 좋은 일도 있었구먼! (히데꼬에게) 아낙은 뉘신고?
히데꼬	(서툰 발음) 예, 송운대사님! 쇤네느은 미안함으니다만, 조선이노 사람이 못되고 일본의 여자람으니이다.
사명당	일본인 여자?
작은댁	(다시 다가와서) 예, 큰스님. 이 아이의 이름자는 '히데꼬'이며, 어미 애비도 모르는 고아 출신이라고 들었습니다. 계집아이가 참하고 심성이 고와서, 여기 덕구와 부부의 연을 맺도록 소첩이 주선하였습지요.
사명당	허허허. 훌륭한 일을 해냈습니다 그려. 가만 보니, 홀몸도 아닌 것 같구나!
히데꼬	대사님, 어르신 앞에 민망함으니이다.
덕구	설보화상님, 쇤네들도 제발 같이 데려가 주옵소서!
도모마사	대사님, 인제는 그만 … (채근한다)
손문욱	그래요. 그만 돌아갑시다. 어쨌거나 이런 기회를 마련해 줘서 고맙소이다.
사명당	(둘에게) 사또님 부인을 잘 받들어 뫼시고 희망 버리지 말고 굳건하게 살아가거나. 익히 내가 알겠노라. 하늘이 무너져도 솟아날 구멍은 있는 법! …

두 사람, 소리 죽여 운다.

그들, 집에서 나와 다른 쪽으로 밤길을 간다.

혜구	큰스님, 밤길이 어둡습니다. 살살 조심하소서.
사명당	오냐, 내 알겠느니.

이때, 복면을 쓴 사무라이(武士) 서넛이 그들을 둘러싼다.

손문욱	(크게 소리쳐) 아니, 웬- 무례한 놈들이냐?
도모마사	요런 나쁜 자식들!
	송운대사님을 니놈들이 몰라보느냐?
손문욱	(칼을 빼들고) 어서 길을 비켜라, 썩! 아니면 너희들이 죽고 살아남지 못하리라. 에잇! …

사명당을 제외하고, 양쪽이 칼을 맞부딪치면서 한동안 싸움질 …
도모마사 스님도 닛뽄도(긴 칼)를 빼들고 함께 대항한다. (암전)

제 3 장

후시미 성의 정무소(政務所)
집정관 혼다 마사노부, 세이쇼 쇼타이 및 도모마사 등.
도모마사가 무릎 꿇고 대죄하는 자세이고, 겐소는 그쪽으로 합류한다.

마사노부	(꾸짖어) 쯧쯧쯧. 그따위 어리석고 무모한 행동이 어디 있소이까! 깜깜한 야밤중에 세상 시끄럽고 무서운 줄도 모르고 야행을 감행하다니, 원. 으흠

도모마사	(엎드려) 집정관 어르신, 소승의 잘못과 불찰을 용서하소서! 만 번 죽어도 마땅할 큰 죄를 지었나이다.
쇼타이	(겐소에게) 사명당 늙은이가 상해라도 당했으면 어쩔 뻔했습니까? 그만하니 불행 중 천만다행이지요.
겐소	집정관 나리, 도모마사 입장에선 조선국을 왕래하는 외교승려로서 여러 차례 안면도 있고, 또한 자기네 '조센진'을 만날 수 있게 해달라고 강청하는 바람에 인정상 그만 …
쇼타이	무슨 소리입니까? 공공업무와 개인사정은 구별할 줄 알아야지!

도모마사. 또 한 번 조아린다.

마사노부	그래, 자객의 신분은 밝혀졌습니까?
겐소	예, 어르신. 자객 넷 중에서 둘은 도망치고 하나는 현장에서 즉사하고, 그러니까 한 녀석만 붙잡혔는데, 본인들은 오사카성(城)에서 왔노라고 말씀입니다.
마사노부	오사카 성?
쇼타이	뭐야! 아니, 오사카 성이라면… 그렇다면 도요토미 히데요시(豊臣秀吉) 진영에서 보낸 자객? (사이) 으흠- 집정관 나리, 짐작이 갑니다. 아마도 오사카 쪽에서 꾸며낸 음모와 계략일시 분명합니다. 조선의 사명당을 해침으로써 우리 도쿠가와막부의 원대한 야망과 포부를 거슬리고 방해공작으로 말씀입니다.
마사노부	(동감을 표하며) 오사카 성이 언제나 근심걱정이란 말씀이

	야. 마치 옆구리에 큰 불덩이나 사나운 호랑이를 끼고 살아가는 기분이라니까.
쇼타이	그러므로 가까운 장래에는, 머지않아 우리 합하 어른께서 결단 내리셔야만 합니다. 오사카 성 저- 잡것들을 한꺼번에 불태워 버리든지 …
마사노부	(도모마사에게) 일어나서 그만 나가 봐. 앞으로는 삼가하고, 잘 명심하도록 해라.
도모마사	하잇! 소승, 백골난망이로소이다. (절하고 잰걸음으로 퇴장)
마사노부	그리고, 쇼타이 대사?
쇼타이	하명하십시오. 예에…
마사노부	대사는 사명당한테 가서, 이번 불상사에 관한 위로와 유감을 표하도록 해요. 송운대사는 녹록한 인물이 아니니까.
쇼타이	잘 알아모시겠습니다, 집정관 나리.
마사노부	그리고 그 늙은 중놈의 하루하루 동정을 살펴봐요. 유심히… 그자가 어떻게 소일하고, 무슨 꿍꿍이 생각을 하고 있는지 등등.
쇼타이	요즈음 사명당이 하는 일이란 부처님 전에 염불 외우고 시문(詩文)이나 짓고, 붓글씨 쓰는 일 아니겠습니까요? 뭣이냐, 하찮은 글씨 나부랭이 좀 쓴다고 이 사람, 저 사람에게 보시하듯이 말입니다! (암전)

제 4 장

혼포지(本法寺) 절, 방 안.

사명당과 쇼타이 스님이 각각 붓글씨를 쓰고 있다.

겐소는 사명당 곁에서 이를 지켜보고 혜구는 벼루에 먹을 갈고 …

이윽고 사명당이 먹물을 듬뿍 찍어서 일필휘지한다.

사명당   쇼타이 대사님, 시 한 수를 소승이 지어봤습니다.
       자, 보세요?

       (필순(筆順)대로 드러나는 초서체의 달필. 스크린에 투사된다)
       贈承兌
       雨餘庭院淨沙塵
       楊柳東風別地春
       中有南宗穿耳客
       世間皆醉獨醒人

쇼타이   (바라보며) 〈쇼타이에게 드린다〉 아니, 나한테 싯구를 말
       씀입니까?

사명당   허허, 그래요.

쇼타이   "정원 뜰에 비가 그치니 티끌 없이 맑고
       버들가지 동풍에 흔들리니 별천지 봄이구나
       그 가운데 남종(南宗)에 귀 뚫은 나그네
       세상이 다 취했어도 홀로 깨어있는 사람이로다."
       (정중히 일어나서 읍하고) 송운대사님, '세상이 다 취했어도

홀로 깨어있는 사람'이라니요? 그럴 만한 그릇이 소승은 아니되는가 합니다. 과찬도 결례가 되는 법!

사명당 　아니올시다. 나, 사명송운이는 내 눈으로 그 동안 보고 느낀 바를 그대로 적었을 뿐. 더구나 대사님이 주석하고 계시는 쇼코쿠지(相國寺) 절은 일본 임제종(臨濟宗)의 총본산 아닙니까? 나 또한 임제종파를 계승하는 사문으로서, 우린 같은 길을 가고 있는 도반(道伴)들입니다. 허허허.

쇼타이 　말씀을 듣고 보니 그렇군요. 서로서로 한결같은 종파로서, 허허. '세상이 다 취했어도 홀로 깨어있는 사람이로다! …'

쇼타이도 붓에 먹물을 듬뿍 찍어서 일필휘지.

이번엔 예서체의 반듯한 글씨가 스크린에 투사된다.

松雲大師見讚詩
神中人歸去 句句奇 吉吉妙也 不堪欣然 筆跡亦麗 豫作私
寶耆快然

쇼타이 　(자신의 시를 건네며) 소승도 한 글자 적어봤습니다만, 무례를 범하는 것은 아닌지.

사명당 　(받아 읽는다) "송운대사의 시를 찬미한다.
　　　　문필의 재주가 귀신같이 뛰어났다
　　　　구절구절마다 기이하고
　　　　말 하나하나가 미묘하여

흔연한 감동을 주체할 수 없고
필적도 또한 아름답고 곱구나
내가 집안의 보물로 삼고싶다고 하니
대사님이 기쁘게 승낙하셨네."
(쇼타이를 보며) 하찮은 글귀를 값지게 봐주시다니, 허허.

쇼타이 별 말씀을요. 참, 우리 겐소 스님도 시축을 하나 선물
받으셨다고?

겐소 예. 소승도 한번 읽어보겠습니다.

겐소, 두루마리 종이를 품에서 꺼낸다.

겐소 (펴들고) 〈혼포지 절간의 제야(除夜)〉 …

쇼타이 '혼포지 절간의 제야?'

혜구 사명당 큰스님께서는 이미 벌써 작년 12월에, 이곳 본
법사 절에 도착하신 것 아니겠습니까? 그러므로 섣달
그믐날에 읊으신 것이지요!

스크린에 궁서체로 투사된다. 〈혼포지 절간의 제야〉 …

겐소 "사해에 떠도는 송운 늙은이
행장과 뜻이 서로 어긋난다
일 년 한 해도 오늘밤이 다하는데
만리 머나먼 길 어느 때나 돌아가리
입은 옷은 오랑캐 땅의 비에 젖고
시름은 절간 사립문 안에 갇혀있네
향 피우고 앉아서 잠을 못이루니

새벽 눈이 또한 부실부실 내리는구나."

쇼타이   (큰소리로) 하하하. 과연 절창입니다, 절창! '입은 옷은 오랑캐 땅의 비에 젖고 시름은 절간 사립문 안에 갇혀 있다?' 충분히 이해하고도 남음이 있어요. 허허.

사명당   지난 섣달에 당도해서 해를 넘기고 춘삼월이니까, 어느덧 3개월째입니다. 그런데도 아직껏 합하 어른을 알현하지 못한 채 허송세월만 하고 있으니 답답하고 따분한 일이에요! 우리네 처지가 아니그렇습니까?

쇼타이   (무시하고) 겐소 스님, 그만 우리는 돌아갑시다.

겐소   아, 예. (시축 종이를 주섬주섬 챙긴다)

쇼타이   사명대사님, 그럼 이만 실례. 스님에 대한 자객 사건은 거듭 유감을 표하는 바입니다!

사명당   허허허. 그렇게 챙겨주니까 고맙소이다 그려.

두 사람, 가볍게 목례하고 총총히 퇴장.

혜구   (불평스럽게) 큰스님, '세상이 다 취했어도 홀로 깨어있는 사람'이라구요? 쇼타이 스님 저자야말로 음흉하고 탐욕스런 위인일시 분명합니다.

사명당   (짐짓) 부처님 눈에는 부처님으로 보이는 게야!

손문욱, 절 마당의 뒤쪽에서 등장하며,

손문욱   대사님, 그렇습니다. 쇼타이는 음흉하고 요사스럽지요.

지난 병신년(1596) 난중에는 명나라와 우리 조선의 사신들을 겁박하고 냉대하여 빈손으로 돌아오게 하였고, 그보다 앞서 경인년(1590)에도 풍신수길을 '태양의 아들'이라고 칭하면서 오만불손한 '외교문서'(答書)를 작성하기도 했습니다. 그뿐만 아니라 '조선 군대는 일본군의 길 안내를 맡아라', '대일본국이 명나라 중국을 항복받고자 하여 출병한다'는 등등 조선침략을 위한 언사들이 모두 그자의 머리통 속에서 나왔다고 봐야합니다. 대사님.

사명당 (한숨) 으흠.

이때 도모마사가 가벼운 마음으로 총총히 등장.

도모마사 송운대사님, 다이쇼군 합하께서 앞으로 2, 3일 후면 이곳 교토에 올라오실 모양입니다.

사명당 듣던 중 반가운 소식이구료. 허허. 도쿠가와 이에야스 합하! … (암전)

제 5 장

교토 후시미성(伏見城)의 실내.
조명 들어오면 좌정한 채 마주하고 있는 사명당과 도쿠가와 이에야스.
이에야스 뒤에 혼다 마사노부, 세이쇼 쇼타이, 겐소, 그리고 몇몇 사무라이들.

사명당 뒤로는 손문욱, 혜구, 호위무사 1, 2, 3.

이에야스   (건너다보며) 송운대사님, 내가 우리 측 인물부터 소개하
           리다. 대사님, 이미 들어서 알고 계시겠습니다만 나는
           3년 전에 다이쇼군 직을 셋째 아들에게 양위한 바 있
           습니다. 그러므로 제2대 세이이타이쇼군(征夷大將軍)
           히데타다가 이 자리에 있어야 하나, 그는 지금 에도(江
           戶)에 나가 있어요. 자, 그럼 이쪽은 혼다 마사노부. 마
           사노부 집정관은 나를 도와서 우리 에도막부의 모든
           일을 관장하고 있어요.

마사노부   … (정중히 목례, 이하 같음)

이에야스   그 다음이 세이쇼 쇼타이. 쇼타이 스님은 모든 외교문
           서와 의전을 관장하고 있으며, 쇼코쿠지 큰절의 92대
           주지승입니다.

쇼타이   … (목례)

이에야스   그 다음이 게이테츠 겐소. 겐소 스님이야말로 조선에
           서 더 많이 알려진 인물 아닙니까? 쓰시마 섬의 외교
           승이자 하카다(博多-福岡)에 있는 쇼후쿠지(聖福寺) 절
           의 주지스님.

겐소   … (목례)

사명당   합하! 우린 소개할 인물들이 별로 없습니다. 나는 사명
           송운이라는 늙은 불제자이고, 첫 번째가 조정에서 나온
           손문욱 절충장군.

손문욱   … (목례)

사명당   우리 손 사또는 3년 전에도 쓰시마 섬에 들어가서, 젊

은 도주 요시토시님을 만나는 등 왕래가 있었다니 일
본 사정을 어느 정도는 안다고 할 수 있겠지요. 그리고
저쪽 맨끝이 나의 상좌승 혜구스님.

혜구 … (단주를 들고 합장)

회의 분위기는 자못 엄숙하고 긴장감이 팽팽하다.

이에야스 얼마 전에는, 어설픈 자객들 때문에 대사님이 곤욕을
당하셨다구요?

사명당 그날 밤 일은 도모마사 스님의 도움이 컸습지요.
(비아냥하듯) 그 혹독한 7년전쟁 중에도 아니죽고 살아남
았는데, 이역만리 타국 땅에 와서 늙은 중이 바야흐로
명을 재촉하는구나 하고 더럭 겁부터 났었습니다. 가슴
이 두 근 반 세 근 반, 벌벌 사지가 다 떨리고 …

이에야스 사지가 벌벌 떨려요? 사명송운대사의 엄살이 매우 심
하구료! 허허.

사명당 허허. 자라 보고 놀랜 가슴 솥 뚜껑 보고도 놀랜다는
우리나라 속담이 있습니다요.

이에야스 (빤히 보며) 그게 무슨 뜻입니까?

사명당 과거지사(過去之事) 하도 혹독하게 당했던 처지라서,
일본의 온갖 사물이 우리들 눈에는 제대로 보일 리 만
무하지요.

이에야스 대사님은 의승군 총대장으로 임진정유 전쟁터에서 혁
혁한 공적을 세웠고, 우리 구마모토 성(熊本城)의 영주
저 가토 기요마사 쇼군과도 만나서 담판을 지었던 맹

장 아니오니까? 하하하.

사명당   …… (사이)

이에야스   그래, 일본의 산수 풍광은 두루두루 구경을 하셨소이
              까?

사명당   합하, 소승은 '탐적사'(探賊使)의 임무를 띄고 일본에
              건너왔습니다.

이에야스   말씀 아니해도 알고 있소이다. 나, 도쿠가와 이에야스
              가 조선에 제안한 화친의사가 진짜인지 아닌지, 아니면
              그 진의가 나변에 있음인지 정탐코자 한 것 아니겠소?
              (짐짓 양팔을 들어보이며) 자, 샅샅이 정탐해 보시구료. 본
              인의 속마음이 과연 어디쯤에 있는지를 … 허허.

사명당   합하 어른!

이에야스   아, 아하, 농담이었어요. 하하. 그건 그렇고, 대사님
              의 책무가 무엇인지 한번 들어봅시다?

사명당   첫째는 적국 일본의 적정탐색. 바야흐로 새로이 들어
              선 도쿠가와 막부는, 과연 조선을 재침공할 의도가 있
              는 것인가 없는 것인가?
              둘째, 일본에 끌려와 있는 조선동포의 쇄환(刷還) 문제.
              이번 사행(使行) 길의 가장 큰 목적도 여기에 있다고
              할 수 있습니다. 강제납치돼서 일본에 잡혀온 피로인
              숫자가 몇 만인지, 몇 천 명인지 헤아릴 수도 없는 일
              입니다만 …
              셋째는 화친논의. 옛날부터서 조선과 일본 사이는 '통
              신사'(通信使)의 관례와 규범이 양국간에 존재하고 있
              었습니다. 일본 통신사의 조선국 방문만 해도 무로마치

(室町幕府) 시대로부터 무려 60여 차례나 됩니다. 통신이란 말뜻은 '성신(誠信)으로 통한다'는 의미 아닙니까? 양국간에 성실과 믿음을 가지고 돈독한 화호(和好)와 선린관계를 맺을 것. … (사이)

이에야스 　우리가 그것들을 수용한다면, 조선은 우리에게 무엇을 줄 것이오?

사명당 　(사이) 무슨 꿍꿍이속인지 속내를 밝히시겠습니까?

이때 마사노부와 쇼타이, 겐소, 그리고 손문욱과 혜구가 양쪽에서 놀란다.

마사노부 　대사님, 말씀을 삼가하십시오! 꿍꿍이라니?

사명당 　합하께서는 시제 화친을 핑계삼아 음흉한 속내를 내비치는 것 아닙니까?

쇼타이 　그런 것은 없습니다, 송운대사님. 우리 다이쇼군께서는 양국간의 화평의지가 확고합니다!

사명당 　지난 시절, 울산성에서 가토장군이 강화조건으로 제시한 히데요시 관백의 7개 항목을 염두에 두고 있는 것 아닙니까? 명나라 황제의 공주를 일본 천황에게 시집보낸다, 조선 8도 중에서 경기 충청 전라 경상도의 4개 도를 일본국에 할양한다, 조선 왕실의 왕자와 대신을 일본 땅에 볼모로 보내준다, 등등 …

마사노부 　전쟁을 마무리 짓는 데는 강화조건이 따르기 십상이지요!

사명당 　하여, 내가 말씀했었습니다. 천만번 하늘이 두 쪽 나도 부당한 일이라고. 그 같은 강화조건이란 천하의 대의에 어긋날 뿐더러 하늘의 뜻에도 합당치 않는 일이다. 시방 당장 당신네 일본 군대가 할 수 있는 일이란 '무명지병'(無名之兵), 명분 없는 군대를 일으켜서 애시당초 천하를 소란케 했으니 물러나는 것이 순리이다. 하루 속히 꾸물럭대지 말고, 제반 군사를 거둬서 자진철병하는 길만이 상지상책이요, 유일한 해결책이다!

쇼타이   기요마사 쇼군께서는 당시 생포했던 조선의 왕자 두 명을 석방해서 안전하게 돌아가도록 했었습니다. 그렇다면 그 답례로 조선국의 왕자와 대신이 마땅히 바다를 건너와서 우리의 태합전하께 국궁배례하는 것이 예의 아닙니까?

사명당   불면 날까 쥐면 꺼질까, 천금같이 귀하디 귀한 왕자님을 원수의 나라 일본국에 인질로 보내라는 겁니까!
           (이에야스에게) 지난 임진년, 일본의 침략으로 금수강산 삼천리는 초토화하고 만백성이 궁민(窮民)이 됐습니다. 생때 같은 병사는 조총에 맞아서 붉은 피가 낭자하고, 무고한 양민들과 늙은이는 시퍼런 칼끝에 모가지가 뎅겅 날아가고, 젊은 여자와 부녀자는 시도 때도 없이 강간 겁탈당하고, 내가 살아야 할 집과 재산은 불타 없어지고, 헐벗고 굶주린 백성들이 봉두난발 (蓬頭亂髮) 먹을 것 찾아서 저잣거리를 헤맵니다! 산야의 풀뿌리와 생나무 껍질로 주린 배를 채우고, 철없는 어린 젖먹이는 죽어 넘어진 지어미의 젖가슴에 달라붙어서 빈 젖꼭지를 빨아대고 있어요. 울고 불고 보채면서 … 백리(百里) 안이 무인지경입니다! 밤중에는 늑대와 승냥이

울음소리, 미친 개새끼들이 살아있는 사람을 물어뜯고, 시커먼 박쥐 떼와 죽은 귀신들이 한바탕 잔치마당을 벌리고 있음이야! … (울분을 삼킨다. 사이)

이에야스　지금 난, 2백 년 전 무로마치막부 시절의 제3대 쇼군 아시카가 요시미쓰(足利義滿)님을 추억하고 있습니다. 때에 요시미쓰 쇼군께서는 승려 슈토(周棠)를 조선 땅에 교린사절로 파견해서 …

사명당　(가로막고) 소승도 그런 역사적 사실은 알고 있소이다.

마사노부　(불쾌한 듯) 대사님, 합하께서 말씀 중이십니다. 중간에서 어르신 말씀을 끊고 나오시면 심히 무례하고 법도에도 어긋나는 일이며 …

이에야스　아, 아. (참으로라는 손짓)

사명당　태종대왕 4년, 조선과 일본, 일본과 조선. 그로부터 양국간에 시작된 교린의 역사는 무려 1백 60년 동안이나 잘 지속돼 왔었습니다. 그런데 그 화평관계를 단칼에 깨버린 것이 어느 쪽입니까? 연전에 죽은 도요토미 히데요시 관백님 아닌가요? 지난번 7년대전 중에, 귀 일본 군대가 조선 천지에서 자행한 일이란 필설로는 다 할 수 없는 만행이었습니다. 살륙과 약탈, 방화와 파괴, 그 처참한 상채기는 골수에 사무치고, 앞으로 백 년이 가고 2백 년이 흘러간다 해도 지워지지 않을 겝니다. 영원히! … (사이)

이에야스　(시로 말한다)
차가운 돌 위에는 풀이 자라기 어렵고

방 가운데서는 구름이 일어나기 어렵도다
그대는 어느 곳에서 노는 산새이기에
우리들 봉황의 무리를 찾아왔는고?

(스크린) 동시에 나타나는 예서체 한시(漢詩)

石上難生草　房中難起雲

汝爾何山鳥　來參鳳凰群

사명당　　(시로 받는다)
나는 본시 청산의 학이어서
언제나 오색구름 속에 노닐었는데
하루 아침에 운무가 사라져 버리고
잘못 떨어졌노라, 그대들 들꿩의 무리 속에…

(스크린) 달필의 초서체 글씨

我本靑山鶴　常遊五色雲

一朝雲霧盡　誤落野鷄群

이에야스　(사명당을 가리키며) 청산의 학이,
(신하들을 보며) 들꿩의 무리 속에 떨어졌다고?

사명당　　(꼼짝 않고) 합하께서는 시를 시로써 받아들이지 않으니
정녕 야계일 뿐이로소이다!

마사노부　(더 이상 참지 못하고, 큰소리) 저런 무엄한 중을 봤나? 자기
는 청산의 학이고, 우리는 하찮은 들꿩새끼란 말인가!
…

이때, 이에야스 크게 웃는다.

이에야스 　(호탕하게) 하하하. 사명송운대사, 오늘은 이쯤에서 마무
　　　　　리하는 것이 좋을 듯 싶소. 급할 게 무엇이겠소? 일본
　　　　　의 풍광도 조선 못지 않소이다. 천천히, 느긋하게 즐기
　　　　　도록 해요. 허허. 쇼타이 대사와 겐소스님은 송운대사
　　　　　님이 우리나라의 아름다운 경치를 만끽할 수 있도록
　　　　　안내를 잘해 주시오. 아, 그리고 구마모토의 기요마사
　　　　　쇼군에게도 연락을 취하고 말야. 오랜만에 사명당님과
　　　　　회포를 풀어야 하지 않겠소?
쇼타이 　　하이! 분부대로 거행하겠습니다, 합하전하. (암전)

제 6 장

구마모토 성(熊本城)과 낭고성(浪古城)
무대 한쪽에 멀리 '덴슈카쿠'(天守閣)의 웅장한 모습. 아직은 미완공
으로 장대와 널을 얽어놓은 비계 등이 보인다.
그 앞에 사무라이 차림의 기요마사 쇼군이 기다리고 있다.
사명당, 쇼타이, 손문욱, 겐소, 혜구, 도모마사 등장.
사명당과 기요마사, 합장과 군례로 예를 갖춘다.

기요마사 　하하하. 사명당 송운대사님, 환영합니다. 어서 오소서!
사명당 　　관세음보살 … 기쁘기 한량 없소이다. 반가워요, 하하.

기요마사	오시면서 풍광 구경은 잘 하셨습니까?
사명당	좋은 유람 많이 했소이다. 조선에 없는 이국풍물이라서, 보고 듣고, 배울 점도 많았고 …
기요마사	허허, 다행입니다 그려. 자, 저쪽으로 성곽 구경을 좀 하시지요?
사명당	(성을 휘둘러보며) 대역사입니다. 이처럼 웅장하고 아름다운 성곽을 축성하고 계시다니! 참, 울산의 '도산성'(島山城)도 장군이 축성한 것 아닙니까?
기요마사	예에. 그때 조선 땅에서 성을 쌓았던 경험과 기술이, 이번 축성에 크나큰 도움이 되었습지요. 허허.
사명당	그래서인가? 그 시절 우리들 조선 백성의 고통과 피눈물이 느껴집니다!
기요마사	하하하. 언중유골(言中有骨)이라, 말씀 중에 뼈따귀가 있습니다 그려. …

그들, 조망하며 잠시 사방을 둘러본다. (사이)

겐소	(바라보며) 푸른 바다 가운데, 저기- 똑바로 보이는 것이 이키시마(壹岐島) 섬 올시다. 그 너머가 쓰시마 섬, 거기서 곧장 배를 저어가면 조선의 부산포에 닿습니다. 여기서 조선 땅까지는 멀다면 멀고, 가까운 지호지간(指呼之間)으로 지척이라고 할 수 있겠지요.
사명당	그러니까 여기 '낭고성'이 바로, 조선 침략의 전진기지이자 총본부였다 이 말씀인가?
쇼타이	예전엔 궁벽하고 한산하기만 했던 바닷가 마을이, 하

루아침에 인구 20만 명의 거대한 도시로 탈바꿈하게 되었습니다. 불과 반년 사이에, 일꾼 노역자와 장사치와 아녀자들과 떠돌이 사무라이 등등. 그야말로 상전벽해라고나 할까요 …

겐소 히데요시 태합께서는 전쟁을 일으키기 일 년 전부터 여기 '나고야'(名護屋, 지금의 佐賀縣 唐津市 鎭西町)에 축성공사를 명령하고, 바다를 건너기 위한 군선(軍船) 건조와 군비 조달에 박차를 가하셨습니다. 임진년, 드디어 성이 완공되자 태합전하께서는 저 천수각에 높이 앉아서 출병을 명하고 전쟁을 지휘했습니다.

(회상)
'천수각'에 앉아 있는 히데요시 모습.
그는 원숭이처럼 작은 체구에 흰옷의 정장 차림.
'다이로'(大老)가 단 아래에 숙배하여 전황을 보고한다.

다이로 태합전하, 기뻐하소서! 조센(朝鮮)에서의 승전보를 아뢥니다. 지난 4월 13일, 부산에 상륙한 일본군이 부산성과 동래성을 차례로 점령한 후, 일로 북진을 감행하여 불과 20여 일만에 조센노 임금이 살고 있는 한양성을 함락시켰다고 하옵니다. 5월 2일 제1군 유키나가는 동대문으로, 5월 3일 제2군 기요마사는 남대문을 통과하여 각각 입성하였습니다. 조선군은 변변한 저항 한 번도 못한 채 풍비박산, 쥐구멍 찾아 뿔뿔이 흩어져 버렸다는 전갈입니다!.

히데요시 헤헤헤. 대일본군 장하다! 우리의 전투력이 파죽지세였다니, 과연 토붕와해(土崩瓦解)로다. 여름 장마에 흙담이 무너지고 기왓장 깨지듯, 일도양단 단칼에 와르르! 헤헤헤.

다이로 　태합전하의 홍복인가 합니다.

히데요시 　가만 있자. 제1군 병력이 1만 8천, 제2군 기요마사가 2만 2천, 제3군 구로다 나가마사(黑田長政)와 오토모 요시무네(大友吉統) 1만 1천 명, 제4군 시마즈 요시히로(島津義弘) 1만 4천 명 …

다이로 　총병력 15만 8천 명, 제1군부터서 제9군까지인가 합니다, 합하.

히데요시 　그래애. 앞으로 한두 달이면, 조센노 팔도(八道)를 완전 점령하고 압록강 건너서 요동반도까지, 중국 대륙에 진출할 수 있겠구나.

다이로 　태합전하, 망극하옵니다!

히데요시 　본인은 조센노 서울을 거치고 명나라 수도 베이징(北京)에 스스로 입성하리라. 우리나라 '천황'(天皇)님을 베이징에 모시고 그 주변 10개 국을 황실 소유의 영지로 삼을 것이며, 중국의 '간파쿠'(關白)는 히데쓰구(秀次)를 임명하여 베이징에 주둔케 한다. 본인은 중국 '영파'(寧波)에다가 거소(居所)를 정하고, 일본국의 새 '간파쿠'는 우키다 히데이에 쇼군을 임명한다. 그리고 또한 인도 땅, 저어- 천축국(天竺國)은 토지가 광활하고 넓으나 넓다. 그러므로 그 땅 덩어리를 수십 개 쪼개서 분할하되, 각처 '다이묘'에게 그 공적에 준하여 하사할 것이니라! 헤헤헤. (암전)

다시금 성루(城樓)

사명당   지난 날의 조선전쟁은 일본이 이긴 전쟁도 아니고 조
선이 진 전쟁도 아니외다. 조선이나 일본이나, 승리자
는 없었고 패배자만 있었을 뿐!

기요마사   (머리를 끄덕이며) 그래요, 대사님 말씀이 옳습니다. 전쟁
은 모두를 패배자로 만드는 것입니다. (잠시 숙연해 한다)

사명당   (아래쪽을 보며) 저 아래가 절집인 듯한데, 이 성 안에 웬
사찰입니까?

쇼타이   '고우타쿠지'라고 사연이 깊은 절이지요. 그리고 특히
저 절간에는 멋있는 조선의 소철나무가 한 그루 자라
고 있습니다.

사명당   조선의 소철나무?

쇼타이   히로사와님이라고, 여기 기요마사 쇼군님과도 친분이
두터운 히데요시 태합전하의 첩실이 계셨는데, 전하께
서 병사하자 태합전하를 사모했던 히로사와님은 어르
신을 잊지 못하고 이곳 나고야에 고우타쿠지를 짓고
중이 되었습니다. 그리하여 기요사마 쇼군님은 손수 조
선 땅에서 가져온 소철나무를 히로사와님에게 선물하
였습니다. 그런데 조선과의 전쟁 와중에 돌아가신 전하
께서 소철나무로 환생하셨고 믿었는지, 히로사와님도
'조선에서 건너온 보물'이라고 소중히 아끼고 몹시도
좋아하고 있다는 군요.

사명당   허허, 기묘한 인연이 있었구료.

기요마사	한번 만나보시겠습니까? 마침 절에 계시는 것 같은데 …
사명당	… (머리를 끄덕인다. 암전)

제 7 장

고우타쿠지(廣澤寺) 절, 아미타여래를 모신 작은 법당.
부처님 앞의 두 자루 황촛불이 어둠을 밝히고 멀리서 파도소리 ~~
사명당과 기요마사, 히로사와 여승 셋이 끽다(喫茶) 중.
히로사와가 조신하게 무릎 꿇고 차를 따른다.

히로사와	찻물이 알맞게 익었습니다! 대사님, 어서 음미하소서.
사명당	예에. 감사합니다, 스님.
히로사와	자, 쇼군님도?
기요마사	(스스럼없이) 누님도 같이 들어요? 허허.

세 사람, 찻잔을 든다.

히로사와	기요마사님과는 옛날부터 막역한 사이라서, 평소에도 이처럼 지낸답니다. 아무런 흉허물 없이.
사명당	두 분이 오누이처럼 보기가 좋습니다 그려.
히로사와	송운대사님 말씀은 많이 전해 들었습니다. 큰스님을 이처럼 뵈오니 과분하고 영광스럽습니다. 소승은 오늘 밤의 만남을 오래오래 잊지 않고, 아름다운 추억으로

가슴속 깊이 간직하겠습니다.

사명당   히로사와 스님, 고맙습니다. 허허. (단주를 센다)

히로사와 쇼군 동생님? 밤이 깊도록 좋은 이야기들 많이많이 해
         요. 모처럼 두 분 어른이 십 수 년 만에 해후하셨으니!
         항하사(恒河沙) 모래알같이 수억 겁의 인연 아니면, 어
         느 세월에 우리가 만나볼 수나 있겠어요? 호호.

기요마사 … (잠시 히로사와의 고운 얼굴을 빤히 바라본다)

히로사와 왜요? 내 얼굴에 뭣이라도 묻었어요?

기요마사 (뜬금없이) '승두단단 한마낭'(僧頭團團汗馬囊)이라 …

히로사와 …?

사명당   … (말없이 미소를 머금고)

히로사와 아니, 무슨 …?

기요마사 히로사와 스님의 머리통은 둥굴둥글 이쁜 것이 마치
         '한마낭'이라! 즉, 다시 말씀하면 "땀 난 망아지의 불
         알" 같도다!

히로사와 아니, 뭣이라고? '땀 난 망아지의 …' 이런 불손하고
         못된 …

기요마사 허허허. 들어봐요, 누님? 이건 내 이야기가 아닙니다.

히로사와 (사명당의 눈치를 보며) 그럼 누구의 이야기란 말씀?

기요마사와 사명당, 서로 웃음을 주고받는다.

기요마사 조선의 어떤 선비가 절집에 놀러왔다가는 사명당 스님
         을 희롱코자 이렇게 말하였것다! '승두단단 한마낭'이라.

히로사와 아니, 송운스님에게?

기요마사	그러자 우리 송운스님도 능청스럽게, 이렇게 댓구를 했겠다!
사명당	'유수첨첨 좌구신'(儒首尖尖坐狗腎)이로구나!
히로사와	'유수첨첨 좌구신'?
기요마사	양반 선비 니놈의 머리통은 상투가 요렇게 꼿꼿한(손가락으로 시늉) 것이, 마치 '앉아 있는 강아지의 자지' 같도다! 하하하.

함께 웃음을 머금은 사명당과, 그 제사 뜻을 알고 당황해 하는 히로사와.

기요마사	스님의 머리통은 땀 난 망아지의 부랄 같고, 양반 선비의 머리통은 앉아 있는 강아지의 자지 같도다! 하하하. 그 선비놈이 사명당을 몰라보고 덤볐다가는 본전도 못 찾고 개망신만 자초한 셈이지요. 안 그렇습니까, 누님? 하하하 … (모두 웃는다. 사이)
사명당	히로사와 스님, 초면에 객쩍은 얘기가 나와서 송구합니다!
히로사와	아니 옳습니다, 대사님. (기요마사에게) 동생은 이런 일화(逸話)를 어디서 다 들었어요?
기요마사	울산성 담판 때, 송운대사님이 갑자기 요런 얘기를 꺼내지 뭡니까? 생사를 걸고 죽을 둥 살 둥 싸우는 판에 어찌나 크게 웃었던지 … 허허, 그때 송운대사님을 내가 다시 보게 되었습니다.
히로사와	참, 궁금한 것이 있는데, 내가 물어봐도 될까?
기요마사	누님, 말씀하세요?

히로사와   그 소문으로만 떠돌고 있는 '설보화상' 말이에요. 마침
         두 분이 함께 계시니까, 그 내력을 말씀해 줄 수 있겠
         어요?

사명당과 기요마사, 순간적으로 눈길을 서로 나눈다.

기요마사   허허. 난 또 무슨 말씀이라고? (통명스럽게) 여기, 사명당
         님에게 직접 물어보세요, 누님이?
히로사와   (애교있게) 그러면 대사님께서 …
사명당   가토 장군님이 직접 말씀하세요. 허허.
기요마사   대사님이 먼저 꺼내세요?
히로사와   사명당님, 뜸 들이지 말고 내놓으세요, 얼른? 호호.
사명당   지난 날 울산성에서의 일이지요. 여기 기요마사 쇼군
         과 대좌하고 있었는데, 긴장되고 엄숙한 순간이었습니
         다. 그런데 대뜸 쇼군께서 붓을 들고 글씨를 써요. "귀
         국의 보물은 어디 있습니까?" 해서 나도 붓을 들고 먹
         물을 찍었어요. "우리나라의 보물은 일본에 가 있습니
         다."
기요마사   (붓글씨 쓰는 흉내) "그것이 무엇입니까?"
사명당   (붓글씨 흉내) "그대의 모가지 올습니다!"
히로사와   어머, 머! …
사명당   그 찰나에 등 뒤에서 지켜보던 부관이 칼자루를 냉큼
         뽑아들 기세이고, 한쪽에선 또 종군 스님이 그 부관의
         바짓가랭이를 거머쥐고 파르르 떨었지요! (사이)
기요마사   (호탕하게, 웃음) 하하, 하하하!

사명당	그래요. 그때도 가토 장군은 천장이 떠나갈 듯, 지금처럼 홍소(哄笑)를 크게 날렸더랬습니다. 허허.
히로사와	(배꼽을 쥐고 웃는다) 예, 진실을 알겠습니다! 우리 기요마사 동생도 조선의 양반 선비 꼴이 되셨네! 본전도 하나 못 찾고, 호호.
기요마사	선비 꼴뿐입니까, 누님? 철퇴로 얻어맞은 꼴이지요. 하하하.
사명당	허허, 무슨 가당찮은 말씀을. 예전이나 시방이나 가토 장군님은 '대인'(大人)이었습니다!
기요마사	큰스님이야 말로 대인이셨지요.
사명당	어쨌든지 기요마사 쇼군께서는 좋은 보물을 한 가지 마련하셨습니다.
기요마사	…… ?
히로사와	(눈웃음을 짓고) 어떤 보물 말씀인가요, 설보화상님?
사명당	마당가에 있는 저 소철나무가, 바로 보물 아니겠습니까?
모 두	… (말없이 소철나무를 바라본다)
히로사와	예, 지당하신 말씀. 소승 역시 그 말씀을 올리려던 참입니다. 멀리 이웃나라에서 외롭게 건너온 '조센노 보물'(朝鮮寶物)! 한 그루 저어- 소철나무야말로 소중하고 귀한 보물이지요. 아암, '조센노 보물'이고 말구요, 진실로! … (사이)
기요마사	대사님, 막중한 국사를 안고 건너왔으니까, 이것저것을 잘 관찰하고 귀국하셨지요? 한 개도 빠뜨리지 말고, 세세하고 철저하게 모조리 …

사명당	그것은 또, 어인 말씀?
기요마사	송운대사 큰스님의 할일이 뭣입니까? 일본을 정탐하자는 것 아닌가요? 탐적사! 적국 우리 일본을 속속들이 염탐해야만 탐적사의 책무를 완성하는 것이지요! 아니 그렇소이까, 사명당님?
사명당	(호탕하게) 아이구머니, 들켰구나! 늙은 중이 큰일 났어요. 야단났다! 하하.
기요마사	하하하 …

모두 파탈하고 크게 웃는다.

눈물을 훔치는 히로사와 모습. (암전)

제 8 장

'죠라쿠 행렬' (上洛行列). 일본군의 군대 퍼레이드.

이에야스와 사명당, 마사노부, 손문욱 등 대신 관료들이 무대 안쪽에 지켜보고 있으며, 무대 앞으로는 정이대장군 히데타다를 선두로 행진해 지나간다.

엄숙하고 위압적이며 화려한 행진 대열.

밖에서는 군중의 환호와 박수 소리 ~~

소리	"도쿠가와 막부 반자이(萬歲)!"
	"이에야스 다이쇼군 반자이!"
	"세이이타이쇼군 히데타다 반자이!"
	"반자이, 반자이, 반자이!"

히데타다가 성큼성큼 다가와서 무릎 꿇고 한손을 들어 군례(軍禮)를 행한다.

이에야스   하하하. (크게 박수치고, 모두 따라한다)
          내 아들, 수고 많았어요. 훌륭합니다, 훌륭해!
          (돌아보며) 사명당님, 오늘의 군대 행진을 어찌 보셨습니까?

사명당   엄청난 대군세(大軍勢)군요. 놀랍습니다, 합하.

이에야스   자, 나의 셋째아들 히데타다 쇼군.

히데타다   (다가와서) 송운대사님, 뵙게 되어 반갑습니다.

사명당   (합장) 젊은 대장군님, 축하합니다.

히데타다   이렇게 대사님을 뵙게 되어 기쁜 마음입니다. 근년에 이르러 그동안 2백 년간의 양국교류와 신뢰가 무너져 버렸습니다만, 또 다시 화호통신을 회복하게 되면 두 나라의 행운과 화평을 위해 얼마나 다행한 일이겠습니까! 존경하는 대사님, 많이많이 지도해 주십시오.

사명당   저 군대 숫자, 얼마나 됩니까?

히데타다   예, 8만 명 군사입니다.

마사노부   (다가와서) 대사님, 8만 명 군대의 위용과 힘을 짐작하시겠습니까?

사명당   대단하고 장하십니다,

손문욱   (다가와서) 입으로는 화호통신을 주창하면서 이렇듯 군세를 과시하고 … 우리를 협박하고자 함입니까?

마사노부   하나의 군대 의식일 뿐입니다. 왜 그렇게 예민하게 받아들이는지 …

손문욱   오늘은 심히 불쾌한 날이군요!

마사노부   그래요. 군세를 과시하고 사명당님과 손 장군님을 협박하려 했소이다. 자, 이렇게 말씀하면 심중이 편하시겠습니까?

손문욱   잊지 마십시오. 일본의 침략으로 조선은 고통과 눈물로 신음하고 있소이다. 그럼에도 불구하고 화친을 논의코자 온 우리에게 어찌 이런 무례를 범할 수 있단 말이오?

이에야스   그만하라! 오늘은 내 아들이 군례를 행한 뜻깊은 날이다. 요 앞 청수사(淸水寺) 절에 사꾸라가 만발했어요. 거기 가서, 우린 운치나 즐기시지요?

이에야스와 사명당이 퇴장하고, 손문욱, 혜구, 마사노부, 쇼타이.

쇼타이   어느 나라든지 가슴 아프고 눈물겨운 역사는 있기 마련입니다. 지금으로부터 186년 전 조선군이 우리 일본인에게 가한 만행을 잊었소이까? 세종 임금 원년, 배 200여 척에 나눠 탄 조선 수군은 쓰시마 섬을 공격해서 무고한 섬 주민을 죽이고, 수많은 재물을 불 태웠어요. 그 참상이란 목불인견이었소이다!

혜구   처음부터 왜구의 노략질이 없었던들 그런 일이 가당키나 한 일입니까? 그것은 왜구의 근거지, 곧 해적 떼 소굴을 소탕키 위한 '대마도 정벌'(征伐)이었습니다! 당신네는 '왜구'(倭寇)라는 이름으로, 천 년 동안을 끊임없이 괴롭히고 우리나라를 노략질해 왔었습니다.

마사노부   (말을 막으며) 그보다 앞서 고려 때는 더욱 심대했습니다!
           원(元)나라 몽고군의 두 번에 걸친 일본 침략은 천우신
           조, 때맞추어 불어닥친 태풍 '가미카제'(神風) 덕택에
           무사히 넘어갈 수가 있었어요. 고려는 원나라의 앞잡이
           가 돼서 호시탐탐 일본을 괴롭혔소이다. 그것이 조선이
           일본에게 진 역사의 멍에이고 채무(債務)입니다. 히데
           요시 태합전하의 '정명향도'(征明嚮道)는 바로 이와 같
           은 역사의 빚을 추심하고자 함입니다. 그런데 조선은
           말끝마다 '이름 없는 싸움, 명분 없는 전쟁'(無名之兵)
           이다 하고 흰소리를 늘어놓고 있어요. 과거 역사 속에
           서 짊어진 빚감당을 하는 것입니다!
손문욱   그럼 정유재란 때 조선인 수천 명의 귀를 베어다가 만
           든 하나즈카의 '이총'(耳塚)이나 오카야마(岡山)의 '천비
           총'(千鼻塚) 같은 코무덤은 무엇을 의미합니까?
마사노부   어느 전쟁에서나 전리품이라는 것이 있어요! 그런데
           죽은 자의 머리가 아닌 코와 귀를 배어 전리품으로 챙
           긴 것은, 히데요시 전하의 대자대비하신 하명 때문이었
           어요!
손문욱   그따위 엉터리 궤변이 어디 있습니까! 견강부회가 심
           하군요. 억지와 궤변을 농해도 유분수지, 진실로 황당
           한 논리를 전개하고 있소이다.
마사노부   궤변? 누가 억지를 늘어놓는지 모르겠소이다! …
           (마사노부와 쇼타이, 손문욱과 혜구, 각각 외면하고 따로 퇴장한다)

           기요미즈데라(清水寺) 절, 사꾸라꽃이 만발한 봄날.

길다랗게 대나무 홈통에서 떨어지는 생수 물줄기 ~~

사명당이 손잡이가 달린 바가지로 그 생수를 받아 시원하게 맛본다.

사명당   물맛이 달콤하고 상쾌합니다, 합하.

이에야스   많이 드세요. 그래서 절 이름이 '맑을 청' 자를 써서 '청수'(清水), 기요미즈데라입니다. 그 청수를 받아 마시면 건강과 장수의 이치를 깨닫는다고 해요. 수많은 사람들이, 특히나 봄날에는 상춘객이 많고도 많습니다.

이에야스는 안고 있는 '원후'(猿侯)를 가볍게 쓰다듬는다.

사명당   (눈여겨보며) 원숭이를 좋아하십니까?

이에야스   허허. 애완동물이란 사람마다 취향 아니겠소?

사명당   임진왜란이 일어나기 2년 전, 학봉 김성일(鶴峯 金誠一) 어른이 통신부사로 일본에 건너와서 히데요시 관백을 알현하고 돌아서는 이렇게 보고를 했답니다. '일본의 풍신수길은 하나도 볼 품 없다. 그는 몸집도 작고 여위고 키도 작은 것이 꼭 작은 원숭이같이 생겼더라…' (사이)

이에야스   (호탕하게) 으, 하하하!

사명당   결례가 됐다면 송구합니다.

이에야스   아니, 아니. 꼭 맞는 말씀이에요. 우리 태합전하는 그래서 스스로를 '원후'라고 칭하셨습니다. '원숭이 원'자에 '제후'(諸侯)라는 뜻의 후. 말하자면 '원숭이 무리의 쇼군'이라고 말이지요. 허허.

사명당	허허, '원숭이의 쇼군'이라 …
이에야스	내 그렇지 않아도 송운대사에게 히데요시 테합전하의 이야기를 들려주어야 겠소이다.
사명당	… ?
이에야스	그때도 이렇게 사꾸라 꽃이 만발한 춘삼월이었어요. 전쟁이 막바지에 이른 무술년 그해였으니까 꼭 7년 전 일이구만. 송운대사님, (가리키며) 저쪽에 하얗게 만발한 사쿠라 꽃이 보입니까? 저기가 바로 '다이고'(醍醐)입니다. 하루는 태합전하께서 막대한 비용을 들여가면서 '화전(花煎)놀이' 잔치를 열었어요. 산들산들 훈풍이 불어오고, 청명한 날씨 속에서 벌어진 화려한 꽃놀이였지요. …

(회상) '다이고의 화전놀이'

무대 다른 쪽에, 무장한 병사들의 삼엄한 경호 속에 놀이잔치가 열린다.

늙고 병색이 짙은 히데요시(62)와 젊은 처 요도기미(淀君)가 숨바꼭질 하듯 장난치며 등장한다.

요도기미	(웃음소리) 전하, 전하 ….
히데요시	우리 아들 히데요리는 ?
요도기미	놀이에 지쳤는지 곤히 잠들었습니다, 전하.
히데요시	잘 키워야 한다. 나 도요토미 히데요시를 이어 '간파쿠' 자리에 오를 귀한 아이야!
요도기미	태합전하, 명심하겠습니다.

이때 이에야스가 사무라이 차림으로 공손히 다가온다.

이에야스 태합전하, 소장이옵니다.

히데요시 어, 이에야스 쇼군, 어서 오시오.

요도기미 … (히데요시의 눈짓으로 조용히 퇴장)

이에야스 오늘은 전하께서, 어안(御顔)이 한결 좋아 보이십니다.

히데요시 고맙소. 그래요, 쇼군. 허허. 모처럼 날씨도 화창하고
          꽃놀이를 나왔는데, 그것도 숨차고 힘이 드는구만.

이에야스 태합전하, 심신을 챙기시고 부디 자중자애하소서! (사
          이)

히데요시 도쿠가와 이에야스?

이에야스 예, 하명하십시오. (한쪽 무릎을 꿇고 부장의 예를 갖춘다)

히데요시 '조센노 에키' 전황은 어떻게 돌아갑니까? 근간에 …

이에야스 각각 쇼군 진영마다 악전고투를 면치 못하고 있는가
          합니다. 가토 기요마사는 울산성에 처박혀 있고, 고니
          시 유키나가와 시마즈 요시히로(島津義弘) 등은 전라도
          순천 방면에서 고전중이구요. 우리 일본 수군은 이번에
          도 크게 참패를 맛보았습니다. 지난번 '분로쿠(文祿)노
          에키(役)' 때 한산섬 해전에서 당했던 것처럼, 이번에는
          또 '명량해전'(鳴梁海戰)에서 무참히 깨지고 말았습니
          다. 우리의 전함 130여 척이 불과 조선 전함 열세 척
          에게 말씀입니다.

히데요시 … (자즈러지게, 심한 기침을 한다)

이에야스 그 이순신이란 장수는 명장일시 분명합니다.

히데요시 (책망하듯 큰소리로 다그쳐) 그렇다고 7년 동안이나 조선의

항복을 받지 못한다는 말입니까?

이에야스 태합전하, 조선왕조는 결코 작은 나라가 아닙니다. 동
         쪽을 찌르면 서쪽을 지키고 왼쪽을 치면 오른쪽에서
         모여드니, 설령 10년 기한으로 싸운다 해도 그 승패를
         기약할 수 없는 일인가 합니다. …

히데요시 (콜록콜록) … 그, 그렇다면 이 일을 어찌 한다? 다시금
         재차 휴전을 논의하고, 강화를 시도해 봐?

이에야스 (감동하여) 태합전하, 황공하옵니다. 만약 전하께서 그렇
         게 결단하신다면 온 신민(臣民)과 나라를 위해서도 다
         행한 일인 줄로 아뢉니다. 통촉하소서, 합하!

히데요시 (고통을 참으며) 그건 그렇고 …

이에야스에게 가까이 오라고 힘없는 손짓. 일어나서 다가가는 이에
야스.

히데요시 지금 나의 병마는 나날이 깊어가고 있어요. 아무래도
         오래 가지 못할 조짐이야.
         (숨을 잠시 추스르고) 나의 이에야스 매부(妹夫)님?

이에야스 (놀래서, 서너 걸음 물러나며) 뜬금없이, '매부님'이라니 어
         인 뜻입니까?

히데요시 내 누이의 남편이니 '매부' 아닙니까! 헤헤. 언제나 나
         는 당신님한테 마음의 큰 빚을 지고 있어요. 그대의 큰
         아들 노부야스(信康)와 본마누라가 내 앞에서 죽게 된
         비운(悲運) 하며, 나의 늙어 빠진 이혼녀 누이동생을 그
         대가 주저 없이 자기의 새 마누라 정처(正妻)로서 맞이
         해준 사건 등등. … (심한 기침, 콜록콜록)

이에야스 태합전하, 새삼스럽게 무슨 …

히데요시 (그의 앞에, 무너지듯 무릎 꿇고 끌어 잡으며) 이에야스 쇼군님,
부탁이예요. 나 히데요시 가문의 후사를 잘 부탁합니
다! 저 철부지 어린것 히데요리 모자(母子)를 말입니다.
…

이에야스 … (말없이 그를 부축해 일으켜 세운다. 사이)

히데요시 (더듬더듬) 마에다 도시이에(前田利家)와 우키다 히데이
에 쇼군에게도 부촉했어요. 그러니까 전에도 말씀했다
시피, 다섯 명의 '고다이로'(五大老)들이 서로서로 뜻을
같이하고, 함께함께 의론해 가면서 ……

이에야스 마침내 히데요시 태합께서는 그해 8월 18일, 62세를
일기로 파란 많은 일생을 마감했습니다. 7년 대전의 끝
마무리를 보지도 못한 채. 향년 예순둘이면 지금의 내
나이와 똑같아요. … 이후, 우리 다섯 명의 '고다이로'
는 논의를 거듭한 끝에 전쟁을 끝내기로 결정하고, 밀
사를 조선에 파견, 히데요시의 죽음을 극비밀로 한 채
'철군령'(撤軍領)을 내렸던 것이올시다.

히데요시, 쓰러질 듯 아슬아슬하게 사쿠라 꽃밭을 걷는다.
그는 한쪽 구석으로 가서 주저앉으며 조용히 운명한다.

이에야스 나는 전쟁보다는 화평을 선택했어요.

두 사람 … (히데요시의 죽음을 처연히 바라본다)

이에야스 도요토미 히데요시는 일본 역사상 일세의 영웅이기도

하지만, 끝없는 야망과 헛된 꿈으로 결국 좌절하고 말
았지요. 태합전하는 임종에 이르러서야 그것을 깨달은
것입니다! …

히데요시　“이슬처럼 떨어지고 이슬처럼 사라지는 덧 없는 목숨
이여, 오사카에서의 일들이 한 낱 꿈처럼 덧없구나!
…”(絶命詩)

제 9 장

혼포지(本法寺) 법당, 극락왕생을 기원하는 천도법회
사명당과 혜구스님, 히데야스(德川秀康), 하야시 라잔(林羅山), 원이
(圓耳)스님, 도모마사 등이 다른 일본 승려들과 함께 불공드리고 있
다.
염불과 목탁의 크고 장엄한 소리, 한동안 길게 ~~
부처님 전에 큰절 올리고 물러난다.
사명당이 절방으로 나와 좌정하자, 히데야스와 라잔이 큰절 3배를
올리고 꿇어앉는다.

사명당　(두 젊은이에게) 히데야스님과 라잔님은 같은 사문(沙門)
이신가?

도모마사　아닙니다. 하야시 라잔은 겐닌지(建仁寺) 절의 선승이
고, 히데야스님은 사문이 아니 옳습니다. 아까도 귀띔
해 올렸습니다만 히데야스님은 우리 이에야스 합하의
영식이옵고, 어제 군대를 지휘하신 세이이타이쇼군 히
데타다님의 둘째형님이십니다.

사명당	그런데 왜 히데야스님은 유독히 '낙발염의'(落髮染衣)를? 중같이 머리털 빡빡 깎고 먹물 옷을 갖춰입고.
히데야스	소생은 부처님을 따르는 불자로서, 다만 선학(禪學)을 공부하고자 할 뿐입니다, 대사님.
사명당	선학이라면, 교종(教宗)이 아닌 선종(禪宗)에 관한 불법을 말함인가? 부처님 말씀이 교종이며, 부처님 마음씨가 선종이지 그게 별것인가! 허허.
	(탁자 위의 서책을 펼쳐본다)
도모마사	히데야스님과 라잔 스님이 간곡하게 원하는 바람에 소승이 이렇게 모시고 왔습지요.
라잔	소승은 겨우 스물두 살이옵고, 히데야스님도 엇비슷합니다.
사명당	허허. 그러니까 이 〈사서오경 왜훈〉(四書五經倭訓)으로 말하면, 일본에 잡혀왔던 조선의 유학자들이 손수 베껴서 서책을 만들어 주었고, 그리하여 처음으로 주자학(朱子學)을 배워주기 시작했다는 것인가?
혜구	그렇습니다, 은사스님. 일본에서 주자학이란 학문은 바로 그 책이 첫 번째 입문서인 모양입니다. 여기 라잔 스님의 은사 후지와라 세이카(藤原惺窩) 선생이 지은 것인데, 수은당 강항 선비가 모든 것을 지도하고 가르쳤노라고 말씀입니다. 그와 같은 학문적 은혜에 대한 감사와 보답의 뜻으로 세이카 선생이 마련해준 배 한 척 때문에, 수은당 일행이 조선으로 귀국, 무사히 환향할 수가 있었다는군요.
사명당	그런데 불제자로서 주자학 공부에 심취하는 것은 잘못

된 일이지!

히데야스 그것은 아버님이 내리신 영이옵니다.

사명당 이에야스 합하께서?

히데야스 예, 큰스님. 지금 아버님이 계시는 순푸에는 강항 선생이 손수 만든 '스루가문고'(駿河文庫)라는 자료관이 있는데, 그것을 라잔 스님이 관리하며 공부하고 있습지요. 그런데 하루는 아버님께서 "라잔은 주자학을 공부하여라. 머리털은 그냥 중처럼 깎고 옛날처럼 생활해도 가하니라!" 라고 영을 내리셨습니다.

라잔 그렇습니다. 세이카 스승님도 승려의 몸이신데 주자학을 연구하고 계십니다.

사명당 (혼잣말로) 새로운 학문인 주자학을 젊은이들에게 가르친다. 칼끝[武]이 아닌 붓끝[文]으로! 장차 나라를 학문의 길로 인도하겠다는 원대한 포부 아닌가!

원이 (속삭이듯) 존경하는 히데야스님! 소인은 저쪽 길 하나를 사이에 두고 있는 고우쇼지(興聖寺) 절의 주지승입니다. 이름은 '원이'(圓耳)구요. 송운대사께서는 소승을 제자로 받아주시고는 소승의 자(字)를 '허응'(虛應), 법호는 '무염'(無染)이라고 작명하셨습니다. 또한 불초 소승에게도 많은 휘호를 내리셨습니다.

히데야스 (머리를 조아리며) 사명송운대사님, 가르침을 주소서! 도가 높으신 화상 어르신의 존안을 뵈옵고, 가르침을 받고자 찾아왔습니다.

사명당, 붓을 들고 일필휘지한다. 스크린에 투사되는 싯구.

사명당   "이에야스의 아들이 선학에 뜻을 두고 가르침 받기를
         간절히 구하자
         이것을 시로써 답하노라.

         일태는 허공이오
         다함이 없고
         적지는 냄새도 없으며
         또한 소리도 없도다.
         이제 말을 듣고
         어찌하여 번거롭게 묻는가?
         구름은 푸른 하늘에 있고
         물은 병 속에 있도다."

도모마사   (이때 시종이 달려와서 도모마사에게 귓속말) 송운대사님, 이에
         야스 합하께서 송운대사님을 만나고자 하명하셨습니
         다. (암전)

제 10 장

니죠죠(二條城) 성의 '오히로마'(大廣間, 큰방)
사명당과 이에야스, 탁자를 가운데 두고 호젓이 마주앉아 있다.

사명당   노장군님, 젊은 둘째아드님이 영특하고 참하게 생겼더

군요.

이에야스   우리 히데야스에게 송운대사님이 선시(禪詩)를 한 수 가르치셨다고? 고맙소이다. 셋째아들 히데타다는 다이쇼군이 돼서 그런지 '사무라이'를 숭상하는 편인데, 둘째놈 그 히데야스는 그렇지를 못해요. 조용히 절간에서 명상하고, 서책을 탐독하거나 붓글씨 쓰기를 즐기고 …

사명당   소승은 그 젊은이들에게서 장래의 어떤 희망을 보는 듯했습니다.

이에야스   무슨 뜻입니까?

사명당   주자학의 본령이란 것이 효, 제, 충, 신(孝悌忠信) 아닌가요? 부모에게 효도하고, 형제간에 우애하고, 나라와 임금에게 충성하고, 이웃사람한테는 믿음과 의리를 지키는 …

이에야스   그래요? 허허.

사명당   문득 소승은 깨달은 바가 있었습니다. 장차 일본국이 나아가야 할 올바른 진로와 방향타가 어디쯤에 있는가를. 합하께서는, 일본이 장차 발전해야 할 원대한 꿈과 희망의 바른길(正道)을 확고하게 정해 놓았구나 하고.

이에야스   허허. 대사께서는 시방 이 몸을 희롱하시는 게요?

사명당   고금(古今)의 역사를 훑어보면, 새로이 등장한 왕조와 세력은 그 안정과 권위 속에서 무궁한 발전을 희구하는 법이지요. 그렇게 하기 위해서는 칼이 아니고 반드시 붓이 있어야 하는 법. 나라의 충신을 높이 떠받들고, 효자 열녀를 널리 현창하는 등등 문치(文治)로써 말씀입니다.

이에야스　대사께서는 필시 정치가가 되었어야 했을 듯 싶소이다
　　　　　그려!

사명당　한 나라의 장래와 희망은 젊은이들에게 있는 법. 그런
　　　　　뜻에서 보면, 일본이 나아가야 할 올바른 미래를 합하
　　　　　께서는 꿰뚫어보고 계십니다. 이 늙은 중의 판단이 아
　　　　　니그렇습니까?

이에야스　… (자리에서 일어나 밖으로 나온다. 이윽고) 우리 일본의 지난
　　　　　백년간은 살육의 시대였어요. 자나깨나 칼, 해가 떠도
　　　　　칼, 낮에도 칼, 밤중에도 칼! 오랜 기간 동안을 칼끝에
　　　　　서 살아왔지요. 사무라이와 칼만 숭상하면서 칼끝 속에
　　　　　서 태어나고, 칼끝 속에서 죽어가고 … 온 나라와 신민
　　　　　이 피폐할 대로 피폐해졌으며, 땅 덩어리는 '다이묘'(大
　　　　　名)를 쫓아 사분오열, 찢겨질 대로 찢겨져 있었어요.
　　　　　(사이) 그러므로 시제 도쿠가와 막부가 해야 할 일은 일
　　　　　본의 모든 문물을 한데 뭉쳐서 튼튼하고 힘 있는 국력
　　　　　을 양성하는 길입니다. 앞으로 2백년 3백년 세월을 면
　　　　　면히 계승할 수 있도록 말야. 송운대사 말마따나 그럴
　　　　　려면 칼끝만으로는 불가능합니다. 칼이 아닌 붓, 학문
　　　　　과 문화! 수많은 책들을 찍어내고, 도자기를 만들고,
　　　　　의료기술을 발달시키고, '센노리큐 다도'(千利休 茶道)
　　　　　를 보급하고, 주자학을 발전시키고 ─ 조용히 무릎 꿇
　　　　　고 정좌하여 '옷짜'(茶)를 음미하는 것은 마치 깊은 산
　　　　　골에서 평화롭고 깨끗한 분위기를 맛보는 셈이지요. 하
　　　　　여, 신민들의 불안정한 마음을 가라앉히고, 또한 거칠
　　　　　대로 거칠어진 '사무라이'(武士) 정신과 정서를 부드럽

게 순화시키고 말씀입니다. …

사명당   …… (마음속으로 크게 놀라며, 자리에서 일어난다)

이에야스   그것이 우리나라 일본이 먼 장래에 있어, 앞으로 걸어
가야 할 길입니다! (사이)

그러자, 숲속에서 소쩍새(杜鵑)의 울음소리가 들려온다.

사명당   세 명의 일본 영웅에 관한 얘기를 나는 이렇게 들었습
니다. (소쩍새를 가리키며) 저 소쩍새가 울음을 울지 않고
있으면 오다 노부나가(織田信長)는 그 새를 죽여 버리
고, 히데요시(豊臣秀吉)는 소쩍새를 울게 만들고, 이에
야스(德川家康)는 저 소쩍새가 울 때까지 때를 기다린
다!

이에야스   하하하. 사명송운대사는 우리나라에 관해서 모르는 것
이 없구만! 그래요. 나 도쿠가와 이에야스는 소쩍새가
울 때까지, 때를 기다립니다. 그래서 사명당님을 만나고
자, 전쟁도 끝나고 지난 6년간을 기다린 것 아니겠소?

사명당, 한 손으로 허공중에서 새 한 마리를 잡은 시늉을 한다.

사명당   합하 어른, 손 안에 있는 새를 내가 죽이겠습니까? 날
려보내겠습니까?

이에야스   (웃으며) 에이, 내가 답변할 수 없어요! 새를 내가 죽이
겠다고 말하면 새를 날려보낼 것이고, 새를 살리겠다고
말하면 그대가 죽여버리고 말걸?

사명당	지당하신 말씀. '일체유심조'(一切唯心造)라, 사람의 마음먹기에 딸린 것이지!
이에야스	그렇고말고, 하하. (두 사람, 크게 웃는다. 침묵)
사명당	소승은 그만 이제는, 고국으로 돌아갈까 합니다. 너무 많은 시간을 지체했습니다.
이에야스	3월 중순도 넘었으니까, 어느새 벌써 3개월이나 됐구료.
사명당	돌아가서는, 소승이 눈으로 직접 보고 귀로 듣고 생각한 바를 나랏님께 복명할까 합니다. 곧이곧대로 …
이에야스	나는 아직은 사명당 제안에 가타부타 말씀이 없었는데, 대사님께선 귀국하신다?
사명당	태합전하의 원대한 포부와 야망을 알았으니까 그것으로 족합니다.
이에야스	일본과 조선 사이에 진정한 화해와 선린우호가 가능하다고 보십니까?
사명당	일본 측이 진심으로 사과한다는 조건이라면 가능하고말고입니다. 그리하면 우리 조선도 따뜻이 용서 화해하고, 두 손을 맞잡고 함께 걸어갈 것입니다. 역사의 죽백(竹帛)에 진실을 기록하고, 과오를 다시는 되풀이하지 말자! 지난 과거사의 생채기와 고통을 치유하는 길은 역사적 사실을 보존하고 기억하는 것. 그것들을 잊어버리고, 결단코 망각하지 않는 것입니다. 그래야만 죽은 역사가 아닌 살아있는 역사가 되는 것이지요. 전사불망 후사지사 (前事不忘 後事之師), 과거는 잊지 말고, 미래의 스승으로 삼는다! 저- 중국 사마천(司馬遷)의 〈사기〉(史記), 우리나라 고려시절에 석일연(釋一然)

큰스님이 지은 〈삼국유사〉(三國遺事), 당신님 나라 일본의 〈서기〉(書記) 같은 사책(史冊)은 그래서 존재하는 것입니다. 대장군 합하, 늙은 소승의 말뜻을 해독하시겠습니까? (목이 멘다)

도쿠가와   아암, 알아요. 알고 있음이야!
         송운대사님, 좀 걸읍시다.

그들, 말없이 서로 떨어져서 걷는다.
시나브로 밤안개가 짙게 내린다.

이에야스   (불쑥) 알고 보니까, 사명당은 갑진생 용띠, 나는 임인생 호랑이. 내가 두 살 더 살았더이다.
사명당   허허, '용호상박'(龍虎相搏)이군요.
이에야스   용과 호랑이가 대판 싸움질을 한다? 누가 이기겠습니까, 그럼?
사명당   누구도 그 싸움을 본 적이 없을 테니 아무도 모르는 일이지요!
이에야스   하하하. 어쨌거나 사명당은 나의 아우님인 게요.
사명당   그렇다면 내가, '성님-' 하고 한번 불러볼까요?
이에야스   아냐, 아냐! 굳이 싫어한다면 그럴 것까지 없어요. …

이에야스, 사명당 계속 걷는다.

사명당   이 짙은 안개만 아니라면 '달 구경하기' 좋았을 뻔했습니다.

이에야스   그러게 말요. 아, 하나 물어볼 게 있소이다.

사명당   …… ?

이에야스   사명당 아우님의 그 '설보화상' 소문은 사실입니까?

사명당   허허허.

이에야스   왜, 웃소?

사명당   사실이냐, 아닌가가 대수겠습니까? 저잣거리 여항(閭巷)에서 떠도는 우스갯소리인가 합니다.

이에야스   '기요마사 니놈의 모가지가 우리 조선의 보물이다!' 면전에서 호통을 쳤다고?

사명당   호통은, 무슨? 허허. 가토 장군은 '대인'(大人)인가 합니다. 서른 살 안팎의 새파랗게 젊은 사무라이(武士)가 '용맹'을 크게 떨쳤어요. 반대로 우리 조선 백성에게는 악명이 높았지만.

이에야스   그야 나에게 충신열사는 상대방에겐 역적이니까. 허허 …

그들, 산보하듯 계속 걷는다.

이에야스   우리도 '전설' 한 가지 만들어내면 어떨 것 같소?

사명당   예? '전설'이라니! …

이에야스   어느 달 밝은 밤중에, 도쿠가와 이에야스와 사명당 송운 대사가 남몰래 단 둘이 만났었다. 그러고는 '성님, 아우님' 하면서 서로 악수하고 다정하게 지내더니 마침내 너울너울 춤까지 한바탕 추었다더라, 하고 말입니다.

사명당   그게 무슨 …?

이에야스	(장난기가 발동한 듯) 자 자, 사명당? 이에야스가 "아우님" 하고 부를 테니까 그대는 "성님" 하고 불러봐요. 우리 "아우님?"
사명당	…… (말이 없다)
이에야스	어허- 얼른, 어서?
사명당	(엉거주춤) 허허, 도대체 왜 이러십니까?
이에야스	요런 답답한 인생을 봤나! 아우님은 정녕 성님의 말뜻을 못 알아듣습니까? 지금부터서 그렇게 '전설' 하나가 만들어져야만, 일조(日朝) 양국간의 화친과 수호통신이 백 년 2백 년 동안을 이어갈 게 아닙니까? 달 밝은 밤에 일본과 조선 두 나라의 지도자들이 만나서, 서로서로 악수하고 웃고 춤추고 화친했다더라! 허허 …

그제서야 이에야스의 심중을 알아차린 사명당.

사명당	태합전하!
이에야스	하하하 …
사명당	노장군님, 진실로 만감이 교차하고, 소승 한평생의 기쁨이요 광영인가 합니다. 감사합니다!
이에야스	송운대사, 나도 고맙소이다. 대사님을 만나기 위해 교토까지 올라오기를 열백 번 잘했구나 하고 생각합니다. 삼생(三生)의 세계에서, 돌고 도는 억겁의 인연이 아니라면 그대와 내가 어찌하여 만나 볼 수 있으리오!
사명당	(숙연히, 합장하고) 나무아미타불 관세음보살! ~~
이에야스	(호령하여) 여봐라! 송운대사 일행이 조선으로 귀국한다!

각 번(番)의 쇼군에게 하명하여 조선 동포의 쇄환(송환)을 독려토록 하고, 조일간의 화친수호를 명하노라! 향후 일본과 조선은 상호불가침 하고 통신사절단을 통해 양국의 문화를 꽃피우며, 백년 천년 창성할 것이다. …

도쿠가와 이에야스, 웃음을 머금고 천천히 춤추기 시작한다.
사명당도 마주보며 따라서 춤을 춘다.
무대 위에서, 두 마리의 학처럼 그들의 춤사위가 너울너울 흩날린다.
(암전)

제 11 장

쓰시마 섬의 이즈하라(嚴原) 항구.
출항을 준비하는 수십 척의 배와 천여 명의 백성들.
다른쪽에서 쇼타이와 혜구 스님 등장.

쇼타이   그 동안 긴 노정에 고생들이 많았어요, 젊은 스님.
혜구   뭘요? 쇼타이 주지스님을 알게 돼서 좋은 인연입니다. 허허.
쇼타이   그 동안 우리 일본에 체류한 기간이 얼마쯤 됩니까?
혜구   그리고 보니까 대략 8개월 정도입니다. 작년 8월 20일에 부산 다대포에서 배를 띄워 일본에 들어왔다가, 해를 넘기고 이에야스 합하님과 담판하기 위해 3개월 동안을 교토에서 보냈군요. 대장군 이에야스님을 알현하

기 위해서죠. 그러고는 교토를 뒤로 하고 또 다시 이
곳 쓰시마 섬에 돌아온 것이 지난 달 4월 15일의 일이
었습니다. 그리하여 이것저것 귀국 채비를 마치고 나니
까, 오늘이 벌써 5월 초닷새 날이군요.

쇼타이	부산포엔 언제쯤 닿습니까?

쇼타이　　부산포엔 언제쯤 닿습니까?

혜구　　　지금 출항해서 바닷물이 순풍이면 오래 걸리지 않습니
다. 아마도 저녁나절 해거름이 되기 전까지는 …

쇼타이　　참으로 가깝고도 멀군요.

혜구　　　(의미있게) 그렇습니다. 참으로, 두 나라는 가깝고도 멀
고 먼 사이지요!

쇼타이　　(수긍하여) 참으로, 허허허!

혜구　　　저쪽에, 큰스님께서 이리 오고 계십니다. (합장하고, 바쁘
게 퇴장)

사명당이 붉은 가사에 육환장(六環杖, 錫杖)을 짚고 다가온다.

쇼타이　　어서 오십시오! (목례)

사명당　　허허. 귀국할 배들은 문제가 없겠지요?

쇼타이　　그런 점일랑 하념 놓으시지요, 허허.

사명당　　(불쑥) 몇 사람이나 되겠소?

쇼타이　　예? 아, 쇄환선에 승선할 조선인(被虜人)들 말씀입니
까? 저희가 검색하고 있는 바로는 1천 명 정도는 넘습
니다만, 생각처럼 그렇게 많은 숫자는 못되는 것 같습
니다. 대사님도 아시다시피 쇄환 자체를 거절하거나 숨
어 버리는 조센진도 많구요. 또 그동안 여기 일본에서

자리 잡고 가정을 이룬 조센진들도 많아서, 역시 그들
은 쇄환을 기피하니까요.

사명당   나무관세음보살 …

쇼타이   사명대사님? 우리 태합전하 어른의 신념과 화평의지는
       확고하십니다! 소승의 말씀을 믿어주십시오!

사명당   그럼, 그럼. 익히 알겠소이다.

쇼타이   젊은 도모마사가 대사님을 수행하여 부산항까지 모실
       겁니다. 그리고 게이테츠 겐소 스님도 함께 …

사명당   거듭 말씀이오만, 쇼타이 주지스님의 노고가 많았어요!

쇼타이   …… (허리 굽혀 인사하고 뒤로 물러난다)

사명당, 가만히 서서 만감이 교차한다.

이때 혜구 스님 등장.

혜구   은사스님, 조선 백성 두 명이 큰스님을 뵙고자 합니다
       요! (다시 퇴장)

등장하는 이삼평과 심당길. 사명당 앞에 무릎 꿇는다.

사명당   그래, 그대들은 왜 떠날 준비를 안하고?

이삼평   대사님, 지는 질그릇을 굽는 도공 이삼평이옵니다. 충
       청도 태생으로 공주 사람입니다요.

사명당   충청도라. 백마강이 있는, 부여 인근인가?

이삼평   예에. 시방은 여그서 멀지 않은 가라쓰(唐津)라는 바닷
       가에서 살고 있습지요.

사명당	가라쓰?
이삼평	예. 그곳에서도 질그릇 굽고 살아가는 신세입니다. 지가 무술년에 잡혀났으니 벌써 7년째입니다요. 그러다 보니께 그게…
사명당	말씀해 보시게 …
이삼평	인제는 자리도 잡혀서, 그럭저럭 입에 풀칠하고 살아갈 만험니다유. 시집 장가 들어서 새끼들도 낳았고. 그란디 인제는 또 아무 것도 없는 조선에 돌아가자고 허니께 …
사명당	그래요, 그래. 알겠다. 알아요 …
이삼평	이런 와중에 일본에 오신 설보화상님의 소문은 들었고, 그래서 고민 끝에 요렇게 찾아온 것입니다. 훌륭하신 사명당대사님의 노고에 인사치례도 하고, 그러고 또 내 나라 조선 사람들의 그리운 얼굴이라도 좀 만나볼까 해서요! …
사명당	허허허. 그 아름다운 심성이 착하고 고마운지고!
이삼평	대사님, 어리석은 쇤네들이 함께 따라가지 못함을 용서하소서! (울먹인다)
사명당	그래애, 그래. 이 땅의 일본인들은 자네들을 가볍게 여기지 않을걸세. 내가 언약하지! (심당길에게) 그래 자네도 공주 사람인가?
심당길	아니지라우. 소인놈의 이름은 심당길이라우. 지는 쩌그 - 남쪽에 가고시마(鹿兒島)에서 왔어라우. 지도 질그릇을 굽고 살아가는 도공인디, 고향 땅은 남원성(南原城)이구만요.

사명당   전라도의 남원 고을?

심당길   예, 사명당대사님. 남원성이 정유재란 때 함락되어 온
          마을이 초토화되고 쑥대밭으로 변했지라우. 그런 와중
          에 지를 포함한 80여 명의 도공들이 한꺼번에 붙잡혀
          가지고 가고시마까지 끌려오게 되었습니다요. 그란디
          …… (머뭇거린다)

사명당   (고개를 끄덕이며) 그런데, 그러니까 그대도 역시 고국에
          돌아가고픈 생각이 아직은 없다?

심당길   아닙니다, 대사님. 그런 말쌈이 아니오고, 여그 이 사
          람처럼 소인들도 인제는 여그서 불가마 짓고 그릇 만
          들고 살아가고 있습니다요. 그란디 그 모든 것을 한꺼
          번에 팽개치고 고향에 그냥 돌아갈 수 없고 … 다만 설
          보화상님 모습이나 우러러 뵙고 고맙다는 인사말씀이
          라도 여쭐까 해서 요렇게 …

사명당   (그의 어깨를 다독이며) 알겠다, 알아요. 당신네의 속뜻을
          짐작하겠노라. 허허. 그대들이 일본에 잡혀올 적에는
          강제납치였으나 조선에 돌아가는 것은 자유의지 아니
          겠나! 가면 가고, 오면 오는 것이고 … 연이나 한 가지
          당부드릴 말씀이 있다. 저쪽에 저- 광택사(廣澤寺) 절
          마당에 있는 소철을 기억하시게나? 그 소철나무 한 그
          루는 전란 중에 조선 땅에서 자네들같이 뿌리째 뽑혀
          서 건너온 생나무야. 비록 남의 땅 남의 나라에 옮겨
          심었다고는 해도, 조선 소철은 조선의 소철인 게야. 그
          러니까 조선 백성의 핏줄임을 한시도 잊지 말고, 이 땅
          에서 뿌리 잘 내리고 자식새끼도 풀풀 많이많이 낳고,

부디부디 행복하게 살아가기를 바라노라! 이 늙은 중의 서글프고 안타까운 심중을 그대들은 알아들으시겠는가! (목이 멘다)

모두   예, 에에. 큰스님! ~~

이삼평과 심당길, 울며 꿇어 엎드린다. 그들을 안아주는 사명당.
이때, 총총히 등장하는 손문욱.

손문욱   대사님. 출항 준비가 끝났습니다.

사명당   알겠네. (둘에게) 잘들 돌아가시게나.

이삼평   예, 스님!

심당길   예, 큰스님! (뒷걸음으로 퇴장)

손문욱   대사님. 어서 배에 오르시죠?

사명당   손 장군님, 수고 많았어요.

손문욱   대사님, 원하시던 일을 모두 마치고, 이제는 고국으로 떠나갑니다.

사명당   글쎄요. 모두 다 이루었을까? …

이때 헐레벌떡 혜구가 등장한다.

혜구   큰스님, 큰일 났습니다. 사람들이 한 부녀자를 죽이고자 합니다. 홑몸이 아닌 임산부 여자가 배를 타면 부정 탄다면서, 지금 막 …

사명당   뭣이라고?

혜구, 손문욱이 뛰어나간다.
무대 안쪽에 작은댁과 덕구, 히데코가 쫓겨나오고, 한 떼의 남자들이
뒤쫓아서 등장한다.

작은댁　　　(저항하여) 이 무슨 짓들입니까? 얼른 비켜요. 저리 가세요!
덕구　　　　절대로 안 됩니다. 생사람을 죽이다니 말이 됩니까! 그
　　　　　　렇게 못해요. …

작은댁이 밀려 쓰러지고, 덕구는 세 남자들을 차례로 대항한다.

히데꼬　　　한번만 살려주십시오! 용서해 주십시오. 잘못했습니다
　　　　　　요. 제발, 이렇게 빕니다. 제발요 … (싹싹 빌며 울며 엎드
　　　　　　린다)
사명당　　　(큰 고함소리) 이놈 들아! 뭣하는 짓들이냐! …
남자 1　　　(살기 등등하여) 사명당 대사님, 애기를 밴 아낙네가 배
　　　　　　타게 되면 큰일 납니다요! 배들이 부정타고 풍랑이 일
　　　　　　어나서, 산산조각으로 배가 깨지고 맙니다.
남자 2　　　그렇습니다요. 저런 부정한 여자는 바닷물 속에 처넣
　　　　　　어야 합니다. 그래야만 배들이 안전하고 사람도 살 수
　　　　　　있습니다,
남자 3　　　큰스님, 그리고 더구나 저놈의 여자는 일본 쪽발이년입
　　　　　　니다. 사명당님, 철천지원수 쪽발이 여자 가시내라우!
사명당　　　그래애. 일본놈은 조선놈 죽이고, 조선놈은 일본놈 죽
　　　　　　이고. 다 죽자, 이놈들아! 내가 먼저 죽으리라! …
남자들　　　아이고 대사님, 살려주십쇼!
사명당　　　요런 어리석고 못난 인생들! 뱃속에 있는 새 생명까지,

인제는 두 목숨을 죽이겠다고? 무명중생들아, 깨우쳐 라! 사해동포들이여, 깨어나라. 어서어서 깨어나. 깨어 나라! … (울음을 씹으며 절규한다)

사명당이 석장을 몽둥이처럼 치켜들고 벽력같이 소리친다.
'쨍그랑!' 석장이 크게 구부러지고 쇠고리가 맞부딪치는 금속성 소리
…
모두들 사명당 앞에 무릎을 꿇는다.
동시에 끼룩끼룩 갈매기떼 크게 울고, 꽥꽥- 달말마의 원숭이 울음 소리.
온 무대가 어둬지며 광풍과 노한 파도소리 일어나고, 천둥번개가 일 어난다.

이윽고, 무대 위쪽에 이에야스가 '원후'를 안고 등장한다.
사명당은 휘고 구부러진 석장을 짚고 그 자리에 처연히 서있다.

이에야스   사명송운대사, 평안히 돌아가시오! 나 이에야스는 세속 의 권세를 쫓아가고, 사명당은 부처님의 자비와 보살행 을 따르고 있으니 우리는 서로가 다릅니다. 기모노 차 림은 여자의 옷이고 바지는 남자의 옷 아닙니까? 그대 사명당은 '혼네와 다테마에'의 참뜻을 이해할 수도 없 어요. 장차 시간이 흘러가고 세월이 바뀌다보면, 그러 니까 4백 년 뒤에 먼 훗날에는 말씀이야. 그때 그날이 오면, 돌아가신 관백전하 도요토미 히데요시의 못 다 이룬 꿈이 빛을 발휘하고, 만천하 온 세상에서 대일본 의 야망은 훨훨- 비상할 수도 있는 일! …

사명당   (비분강개하여) 도쿠가와 이에야스 대장군! 나 사명당이
          그대를 용서한다! 연이나 잊지는 않겠노라! 영원히 기
          억하면서, 대대손손 살아가야 할 것입니다. 오체투지,
          그대들은 온몸 던져서 무릎을 꿇고, 반성하고 참회해야
          만 합니다. 진실한 사죄와 따뜻한 화해란 그와 같이 실
          천해야 하는 법. 이에야스 합하, 역사 속에서 '그만 끝
          내기'라는 종지부는 없어요. 일본의 침탈과 살륙과 만
          행을 기억하는 것은, 우리네 조선국뿐만 아니고 당신네
          일본국의 숙제이자 가시밭 길, 형극(荊棘)이란 말씀이
          외다. 끊임없이 성찰하고 또 반성하고, 그러고 나서 사
          죄와 다짐이 있을 뿐 … (동시에 암전)

          이윽고, 들려오는 우렁찬 고함소리.

소리   출항한다! 출항한다! ~~

          뿔나팔과, 둥둥 둥- 크게 북소리 울려온다.

혜구   (등장하여) 헤헤. 그렇다고 6환장(六環杖)을 거꾸로 치켜
          들고 몽둥이처럼 다루시는 것은 너무하셨습니다. 석장
          이란 천수관음보살님의 고귀한 지물(持物) 아닌가요,
          은사스님?
사명당   나무나무관세음보살! (사이) 혜구 스님은, 이번에 쇄환
          하는 동포가 몇 사람인지 알고나 있남?
혜구   애시당초 출발시에 천 3백 90명 숫자에다가, 옥동자를

하나 더하면 총인원 1천 3백 91명 아닌가요?

사명당 쇄환선 배는 몇 척?

혜구 모두 마흔여덟, 전체가 48척이나 합니다.

사명당 옳거니!

혜구 은사스님, 첫 숟가락에 배 부를 수 있겠습니까? 해를 거듭하면서 두고두고, 조선 동포들을 더 많이 데려오도록 노력해야지요!

사명당 그럼그럼, 허허. (사이) 그건 그렇고, 한양성에 올라가서 나랏님께 복명하고 나면, 그 다음번엔 어디로 간다?

혜구 무엇보다 첫째로, 묘향산을 찾아가는 일 아닙니까? 보현사 큰절에 올라가서 청허당 큰스님 영전에 분향해야 합지요. 청허당 서산대사께서 열반하셨다는 비보를 접하고 금강산 유점사(楡岾寺)에서 묘향산으로 떠나던 길에, 천만 뜻밖에도 어명을 받잡고는 일본 쪽으로 발길을 엉뚱하게 돌렸으니 말씀입니다.

사명당 (머리를 끄덕이며) 관세음보살- 너무나도 늦어져서, 큰스님께 대죄(大罪)를 범한 것 같구나! (사이) 혜구야?

혜구 네, 은사스님!

사명당 혜구스님, 자네도 고생 많았다!

혜구 이것도 다 은사스님을 잘못 모신 탓이지요!

사명당 으흠, 고얀 것! 잘못과 허물을 입으로 행하면, 신구의 (身口意) 3업 중에서 구업(口業)의 죄를 짓는 게야.

혜구 헤헤헤.

사명당 ……

사명당이 석장을 들어보이자, 혜구는 도망치듯 장난스럽게 퇴장.

사명당　　　간밤에 한강을 건너가는 꿈을 꾸다가 퍼뜩 잠이 깨버
　　　　　　렸는데 …

　　　　　　(시를 읊는다)
　　　　　　"한강 건너는 꿈을 꾸다가 깨어나서 짓는다.

　　　　　　사위는 고요한데 밤은 깊어가고
　　　　　　밝은 달빛 아래 나뭇잎은 물가에 떨어진다
　　　　　　돌아가려는 마음이 간절한데
　　　　　　험난하다고 근심할 것 있는가
　　　　　　꿈길에는 총총히 한양성(洛陽)에 이르렀도다.

　　　　　　갈기갈기 눈 같이 흰수염을
　　　　　　이른 아침 거울에 비쳐보니
　　　　　　객의 마음은 세월이 빠른 것을 놀래는데
　　　　　　내일은 또 봄바람을 보내는구나. …"

　　　　　　하늘에 떠있는 흰 구름과 푸른 바다에 수십 척의 쇄환 선박들.
　　　　　　만경창파, 순풍 속에 배들이 평화롭게 흘러간다.
　　　　　　갓난아기의 잠덧하는 울음과 갈매기의 한가로운 울음소리,
　　　　　　끼룩끼룩 ~~

　　　　　　서서히 막 내린다.　(끝)

한일역사를 묘파한 희곡문학의 업적

서 연 호

(연극평론가, 고려대 명예교수)

역사극은 현재의 역사인식을 바탕으로 과거 사실을 재창조한 예술작품이다. 역사가의 독자성이 존중되듯이, 새로운 역사적 비전의 제시라는 측면에서 극작가의 독창성도 존중된다.

노경식의 〈두 영웅〉은 조선의 사명당 유정(惟政 1544-1610, 松雲)과 일본의 도쿠가와 이에야스를 그린 역사극이다. 불교계에서 유정은 선승으로서 임진왜란과 정유재란에 승병대장으로 큰 전과를 올렸고, 특히 가토 기요마사(加藤淸正)의 적진에 네 차례나 찾아가 세 번 담판하고, 왜군 침공의 부당성을 설파하며 무리한 요구를 물리친 공로는 높이 평가되고 있다. 사명당과 동시대를 살았던 도쿠가와 이에야스(德川家康 1542-1616)는 미카와(三河)의 다이묘(大名) 집안에서 태어나 스루가(駿河)의 다이묘 이마가와 씨(今川氏)의 인질로서 젊은 시절을 보냈고, 1600년에 세키가하라(關ヶ原) 전투에서 승리했으며, 1603년 쇼군(將軍)에 올라 에도막부(江戶幕府)를 열었다. 1614년의 겨울전투, 이듬해의 여름전투에서 승리해 도요토미 가문을 완전히 멸망시키고 도쿠가와 정권 265년의 기초를 굳건히 다져 놓은 뒤에 눈을 감았다.

〈두 영웅〉의 무대는 일본이 중심이고, 사명당은 탐적사(探敵使)로서 파견되어 그곳에서 활약하는 모습을 생생하게 그리고 있다. 말 그대로 적진을 정탐하는 역할과 함께, 전쟁 때 일본군에 강제 납치된 조선 동포들을 귀환시키기 위한 협상은 길고도 긴 여정이었다. 1604년 8월 20일에 조선을 떠난 그는 이듬해 5월 5일에 귀국해야만 했다. 대업을 이루는 데는 무려 8개월이 소요된 셈이다. 작가의 역사인식은 몇 단계의 프리즘을 관통하고 있다. 먼저 21세기 오늘날의 한일관계 위에서 시점(視點)이 출발한다. 1965년에 한일국교가 정상화되었다고 하지만 50년이 지난 현재에도 식민잔재의 청산은 요원하다. 일본 식민지의 과거 역사교과서 문제, 독도 섬의 영유권, '일본군 위안부'의 성노예 등등 '잔재청산'이 이루어지지 않은 상태에서 우리는 지금 그들과 갈등하고 있다. 둘째 단계는 1604년의 현실에서 사명당이 바라본 시점이다. 임진정유 전쟁이 끝난 지 6년이 지났건만 물질적 피해와 정신적 심리적 상처는 너무 처절하고 아프고 괴로운 것이었다. 이런 상황에서 그는 승려의 신분으로 '상처의 치유와 해결'을 위해 목숨 걸고 장도에 나선 것이다. 셋째 단계는 1592년 도요토미 히데요시가 조선침략을 일으킨 시점. 그의 무모한 정치적 야망과 침략전쟁이 야기한 양국의 피해상황과 상실을 일깨우고 있다. 넷째 단계는 아시카가 요시미쓰(足利義滿 1358-1408)가 조선국(朝鮮國)과 교린(交隣)한 시점이다. 그는 무로마치막부(室町幕府)의 제3대 장군으로서, 조선시대 초기에 160년 동안의 양국평화를 이룩한 인물이다. 작가는 과거 요시미쓰의 교린정책을 그들에게 상기, 강조시킴으로써 도쿠가와막부(德川幕府)의 대조선 화호통신을 강력히 권유했던 것이다.

이 작품에는 두 영웅시대의 한일관계가 송두리째 나타나 있다. 또한 두 영웅의 기지와 익살에 넘치는 대사를 통해 지도자로서의 속내와 국가적인 입장을 넌지시 표현한 것이 장점이다. 〈두 영웅〉은 시적인 문체와 일상적인 대화체가 조화되고, 조일간의 7년 전쟁을 총체적으로 부각시켰으며, 두 영웅의 인간관과 국가관을 통해 역사적인 현실과 미래를 투시한 점에서 문제작이라 할 수 있다. 한일관계를 이처럼 사실적으로 첨예하게 취급한 희곡작품으로는 최초의 업적이라 할 만하다. 4백 매가 넘는 총 16장의 방대한 분량을 1백여 분의 공연시간으로 축약하였다고 하니까, 그 연극적 성취와 귀착점이 매우 궁금하다고 하지 않을 수 없겠다.

한국 리얼리즘 연극의 대표작가

유 민 영
(연극사학자, 서울예술대 석좌교수)

우리 희곡사나 연극사를 되돌아보면, 대략 10년 주기로 주역들이 바뀌고 따라서 역사도 변해왔다는 점을 발견하게 된다. 1930년대의 유치진을 시작으로 하여 1940년대의 함세덕 오영진, 1950년대의 차범석 하유상, 그리고 1960년대의 노경식 이재현 윤조병 윤대성 등으로 이어지는 정통극, 이를테면 리얼리즘 희곡의 맥이 형성되었음을 알 수 있겠다. 그렇게 볼 때, 노경식이야말로 제4세대의 적자(嫡子)로서 우뚝 서는 대표적 작가라고 평가하지 않을 수 없다.

노경식의 데뷔작 〈철새〉(1965)에서부터 초기의 단막물 〈반달〉(月出)과 〈격랑〉(激浪)에서 보면 그는 대도시의 뿌리 뽑힌 서민들이나 6.25전쟁의 짓밟힌 연약한 인간군상을 묘사함으로써, 그의 첫 번째 주제는 중심사회에서 밀려나 초라하게 살아가는 민초에 대한 연민과, 따뜻한 그의 인간애가 작품 속에 듬뿍 넘쳐난다. 두 번째는 역사에 대한 성찰이라고 할 수 있겠는데, 권력층의 무능과 부패로 인한 민초들의 고초와 역경을 묘사한 작품군(群)이다. 그의 작품들 중 대종을 이루고 있는 사극의 시대배경은 삼국시대부터 고려시대 조선시대, 그리고 근현대까지 광범위하다. 삼국시대에는 주로 설화를 배경으로 서정적 작품을 썼고, 조선시대부터 정치권력의 무능에 포커스를 맞추더니 근대 이후로는 민초들의 저항을 작품기조로 삼기 시작했다. 그런 기조는 현대의 동족상잔과 군사독재 비판으로까지 확대되었다. 세 번째로는 고승들의 인생과 심원한 불교의 힘에 따른 국난극복의 과정을 리얼하게 묘파한 〈두 영웅〉과 같은 작품들이다. 네 번째로는 그의 장기(長技)라 할 애향심과 토속주의라고 말할 수가 있을 것이다. 〈달집〉〈소작지〉〈정읍사〉 등으로 대표되는 그의 로컬리즘은 짙은 향토애와 함께 남도의 서정이 묻어나는 구수한 방언이 질펀하게 드러난다.

그러나 무엇보다도 그가 돋보이는 부분은 리얼리즘이라는 일관된 문학사조를 견지하고 있다는 분명한 사실이다. 대부분의 많은 작가들은 시대가 바뀌고 감각이 변하면 그에 편승해서 작품기조를 칠면조처럼 바꾸는 것이 상례이다. 그러나 노경식은 우직할 정도로 자신이 신봉해 온 리얼리즘을 금과옥조처럼 고수하고 있는 것이다. 물론 그 역시 뮤지컬 드라마 〈징게맹개 너른들〉에서 외도한 것처럼 보였지만 그 작품도 자세히 살펴보면 묘사방식은 지극히 사실적임을 알 수가 있다. 그가 우리나라 희곡계의 제4세대의 대표주자로서 군림하고 있는 이유도 바로 그런 고집스런 작가정신에 따른 것이라고 말할 수 있다.

극작가 노경식의 등단50년을 기념하는 이 자리를 보면서 나는 기분 좋은 얘기를 하나 접하고 있다. 내일모레 80고개를 넘어야 할 나이에 노익장을 과시하려는 듯 장막극 〈봄꿈〉(春夢)을 얼마 전에 탈고하였다는 기쁜 소식. 더구나 그는 1960년의 4.19세대로서,

그가 직접 경험하고 실천했던 4.10혁명을 소재로 한 신작이라니까
자못 기대되는 바 크다. 그의 신작이 어서 빨리 연극무대에 오를
그날을 손꼽아 기다리는 바이다.

등단 50년, 남원출신 원로극작가 노경식 씨
"진정한 영웅은 나라 살리고 시대 살려…위안부 협상 씁쓸"

▲ 남원 출신의 원로극작가 노경식씨의 50년 기념 공연으로 진행되는 창작극 '두 영웅'은 조선의 사명대사와 이웃나라 일본국의 도쿠가와 이에야스 대장군을 그린 역 사극이다. 사진은 서울 혜화동 대학로 아르코예술극장에서 만난 노경식 작가가 연습 을 하고 있는 배우들 사이에서 포즈를 취하고 있다. 안봉주 기자

2월 초입, 햇빛은 눈부셨으나 바람은 찼다. 겨울 한기가 바람에 얹혀 거리를 부유하고 있는 탓인지 한낮인데도 서울 혜화동 대학 로 거리는 스산해 보였다.

80년대, 연극으로 기반을 닦아 성장한 대학로 풍경은 2000년대를 지나면서 예전만 못하다. 연극과 음악과 춤과 온갖 예술장르가 맞서거나 함께 호흡하고 환호하며 관객을 만났던 공간들이 힘을 잃은 탓일 것이다. 그럼에도 대학로는 여전히 예술인들에게 고향과도 같은 공간이다. 80년대와 90년대를 지나 2000년에 이르는 질풍노도의 시절을 몸으로 체험한 연극인들에게는 더욱 그렇다.

원로극작가 노경식씨(78)를 이 거리에서 만났다. 등단 50년, 한국연극의 한 축을 이어온 그의 희곡들은 시대와 시대를 건너는 주제와 사실주의 양식을 기반으로 우리 연극을 일으켜 세우고 힘을 갖게 했다. 1965년 서울신문 신춘문예에 희곡 '철새'로 당선한 이후 발표한 작품은 40편. 그의 작품은 서너 편을 제외하고는 모두 무대를 만나 생명을 얻었다. 그래서일까 공연되지 못한 채 작품집에 갇힌 서너 편 작품에 대한 아쉬움은 더 컸다. 2007년 국립극장이 의뢰해 썼던 '두 영웅'도 그중 하나였다.

'두 영웅'은 같은 시대를 살다간 조선의 사명대사와 일본의 도쿠가와 이에야스의 이야기를 그린 작품이다. 퇴고한 그 해에 국립극장 무대에 오르지 못하고 묻혀있던 작품을 깨운 것은 지난해다. 문화관광부의 연극인 지원 프로젝트로 만나게 된 무대는 그에게 더없이 좋은 선물이었다. 더구나 이 무대는 한국연극을 대표하는 원로와 중견배우들이 한자리에 서는 의미 있는 자리다.

"초연이어서 그렇기도 하지만 함께 나이 들어가는 동료 배우들이 한 무대에 선다는 것이 참으로 반갑고 가슴 설레게 합니다. 어른스러운 무대를 보여줄 수 있을 것 같아요. 개인적으로도 기대가 크죠. 열연하는 원로배우들에게 박수를 보내고 싶습니다."

한국문화예술위원회와 극단 스튜디오 반, 극단 동양레퍼토리가 공동제작하고, 문화관광부와 동양대학교가 후원하는 창작 초연작 '두 영웅'은 서울 대학로의 아르코예술극장 대극장에서 2월19일부터 2월29일까지 11회 공연된다. 그의 말마따나 모처럼 진중한 연극 한 편을 만날 수 있는 좋은 기회다.

인터뷰는 공연장인 아르코대극장과 연습장으로 쓰이는 대학로예술극장을 오가며 이어졌다.

등단 50년, 시대와 시대를 넘나들고 굽이치면서 관객들을 깨우고 감동시켰던 그의 작품들이 그의 삶이 되어 움직였다. 한 길로만 걸어온 삶이 빛났다.

- 건강해보이십니다. 작품 집필도 여전하신지 궁금합니다.

"그렇진 않아요. 집필에 대한 의욕도 좀 떨어지고 해서 오랫동안 쉬었습니다. 그러다가 지난해 마음에 두고 있던 작품 하나를 탈고 했어요. 요즈음은 '두 영웅' 공연을 앞두고 있어서 마음이 괜히 들떠 있습니다."

- '두 영웅'은 오랫동안 묻혀있던 작품이라고 들었습니다. 이번이 초연

이죠.

"2007년에 쓴 작품이니까요. 국립극장에서 위촉한 작품인데, 그해에 올리지 못했어요. 시간이 한참 지난 뒤여서 그냥 묻히겠구나 싶었는데 기회가 오네요. 사실은 작년이 한일수교 50주년이어서 내심으로는 이 작품을 올릴 수 있는 좋은 때라고 생각했었는데 그냥 지나고 말아 아쉬웠거든요."

- 위안부 문제로 한일외교 협상 결과가 큰 논란을 불러왔습니다. '두 영웅'도 들여다보면 한일외교의 면면을 다루고 있다고 볼 수 있겠던데요.

"시대만 다를 뿐 상황은 거의 비슷하죠. 사명대사와 도쿠가와 이에야스의 협상을 다룬 작품이니까요. 무대는 일본인데, 1604년 조선에서 탐적사로 파견된 사명당이 그곳에서 활약하는 작품을 담았어요. 사명대사의 역할은 말 그대로 적국 일본을 정탐하는 역할과 두 차례의 왜란으로 잡혀간 선량하고 무고한 조선인들을 귀국시키기 위한 협상의 사명을 띤, 길고도 긴 여정이었죠."

- 이 두 사람을 '영웅'으로 내세운 데에 특별한 이유가 있었습니까.

"이 이야기는 400여 년 전의 일입니다. 그런데도 오늘의 상황과 다를 바가 없지요. 8년 전에 써놓은 이 작품을 꺼내들면서 어떻게 이렇게 변한 것이 없을까 놀라웠습니다. 최근 위안부에 대한 합의 내용을 보면서는 더더욱 그랬지요. 그러나 400여 년 전,

이 두 사람의 외교를 보세요. 화해를 성공시켰잖아요. 양국의 전쟁을 마무리하며 강화를 했습니다. 수교를 할 수 있는 바탕을 만들었지요. 결국은 두 사람 사이에 구축된 신뢰로 이어낸 결과예요. 저는 서로에게 신뢰를 갖게 한 이들이야말로 진정한 영웅이라고 생각했습니다."

– 진정한 영웅은 나라를 살리고 시대를 살리죠. 그런데 우리가 살고 있는 이 시대에서는 그런 영웅을 만나기 어려운 것 같습니다.

"불행한 일이죠."

– 이번 작품은 제작 배경도 그렇고 의미가 특별하다고 들었습니다.

"문화관광부에서 원로연극인들을 지원하는 프로젝트로 무대를 지원하는 것으로 알고 있습니다. 그래서 오영수 남일우 권성덕 이인철 이호성씨 등 원로 중견배우들이 모두 출연해요. 우리들끼리 만나면 '오랜만에 어른스러운 연극 한번 하자'고 말합니다. 가볍지 않은 무대를 보여주고 싶어요."

– 70대 이상 원로배우들이 한 무대에 선다는 것만으로도 뜻이 있겠습니다.

"사실 국립극단이 해체되고 재단법인이 된 이후 이런 무대 제작은 어렵게 되었죠. 말이 나왔으니 덧붙이자면 국립극단 단원으로 수십 년 지내왔던 배우들은 지금 모두 프리랜서로 활동하고 있어요. 소속이 거의 없죠. 원로나 중견들은 그래도 이쪽 연극판에서 활동하다가 국립극단 소속이 되었으니 돌아갈 곳이라도 있지만 젊은 단원들은 갈 곳이 없어요. 오도 가도 못하는 '낙백'이죠. 제 아들도 그들 중 하나예요.(웃음) 보기 안타까워서 극단을 하나 만들어보라고 조언도 하지만 현실이 녹록치 않죠."

- 국립극단 뿐 아니라 무용단도 그렇고 합창단도 그렇고 모두 재단법인화되면서 소속 상근단원제가 아니라 시즌 단원제를 채택하고 있더군요. 장단점이 있을 텐데요.

"저는 바람직하지 않은 선택이었다고 생각합니다. 국립극단도 기존 단원을 해체하고 법인으로 출범하면서 시즌단원제라 해서 오디션으로 작품별 출연진을 모집합니다. 어떤 점에서는 장점이 있을 수도 있겠죠. 그러나 배우를 성장시키는 틀을 갖고 있는 국립극단의 해체는 아쉽습니다. 연극은 극적인 앙상블이 중요하거든요. 오랫동안 서로 다지고 호흡해야만 이뤄지는 가치예요. 국립단체 해체는 나라의 문화정책이 그만큼 뿌리 없이 흔들린다는 것을 증명하는 예라고 볼 수밖에 없습니다."

- '두 영웅' 이야기를 좀 더 해보죠. 작품의 소재는 사명대사가 일본에서 활동하는 것인데, 도쿠가와 이에야스를 만나서 담판하고 협상하는 과정을 보면 정말 대단했던 분 같아요.

"물론입니다. 사명대사는 도쿠가와 이에야스가 전쟁을 그만 하겠다고 선언한 것이 진짜인지 화해할 뜻이 있는 것인지를 확인하러

간 비공식 사절입니다. 탐적사라고 했지요. 그가 그 역할을 위해 일본에 들어간 것이 1604년이거든요. 1605년 5월에 돌아왔죠. 그 긴 여정을 기다리고 또 기다리면서 자기 목적을 이뤄낸 겁니다."

– 그 과정에서 두 사람 사이에 신뢰가 쌓이게 되었다는 것이 신기한 일입니다.

"그들의 외교가 거기서 끝난 것이 아니죠. 1607년에 조선에서 일본에 정식 사절을 보냈는데 그것이 바로 조선통신사 제도 아닙니까. 그 기초를 이 두 사람이 만든 셈이죠. '두 영웅'이란 제목을 붙인 것은 그 때문입니다."

– 사명대사를 다시 보게 되는군요.

"우리에게는 고난의 위기마다 나라를 구하고 시대를 구한 영웅들이 많습니다. 사명도 그중의 한 사람이죠. 그가 비공식 사절로 가게 된 것도 사실은 조정의 내로라하는 관료들 중에서는 가겠다고 나서는 사람이 없었기 때문이거든요. 사료를 보면 사명이 얼마나 대단한 사람이었는지를 알게 됩니다. '임진록'에는 그와 관련된 믿기 어려운 전설이 많아요. 그만큼 위대한 인물이었다는 것을 알 수 있죠."

– 선생님 작품을 보면 시대의 폭이나 다루는 소재의 폭이 넓습니다. 주로 국난을 겪는 시대상이나 위기가 고조되었던 시대가 배경이죠.

특별히 이러한 시대적 배경에 주목하는 이유가 있습니까.

"연극은 시대상을 반영하는 그릇과 같습니다. 나는 어려운 시대에서도 고난을 극복하고 나라와 자신들의 삶을 지켜온 민초들의 힘을 높이 평가합니다. 역사와 인물을 다루거나 분단문제를 다루거나, 대도시 사람들의 이야기거나 농촌의 토속성을 다루거나 궁극적으로 추구하는 가치는 똑같습니다. 제 작품을 통해 불행한 역사를 온전히 드러내어 오늘을 사는 사람들이 스스로를 성찰하게 할 수 있기를 바라지요."

- 작가로서 현실참여도 앞장서 해 오신 것으로 알고 있습니다. 1974년 자유실천문인협의회에도 참여하셨었죠. 예술인들의 사회적 발언은 어떻게 생각하십니까.

"사회적 발언을 외면해서는 안됩니다. 작품은 작가의 철학과 사상을 반영하는 그릇이에요. 사회적 발언이 필요한 국면이라면 당연히 나서야지요."

- 화제를 좀 돌려보죠. 연극의 길로 들어선 특별한 계기가 있었습니까.

"전혀 없었어요. 다만 어린 시절 남원에서 하나밖에 없는 「남원극장」 옆에 살았어요. 악극단 공연이 가끔 있었는데, 그때 공연을 보았던 기억이 있습니다. 제가 극작가가 될 줄은 전혀 상상도 하지 않았어요. 그래도 특별한 계기를 굳이 꼽으라면 대학 1학년 때 황순원 선생님을 만난 것일 겁니다. 선생님이 글쓰기를 독려하셨으니까요."

– 지난 해에 탈고했다는 작품이 궁금합니다.

"이제 집필에 대한 의욕이 많이 떨어졌어요. 그래도 꼭 써야겠다고 마음먹고 있는 두 작품이 있습니다. 하나는 4.19를 다룬 것이고 하나는 고향 이야기를 쓰는 거예요. 작년에 쓴 신작이 4.19를 다룬 것입니다. '봄꿈(春夢)'이라고 이름 붙였죠."

– 왜 굳이 4·19를 다룬 것이어야 했습니까.

"내가 4·19세대예요. 대학 3학년 때 4·19가 나고, 4학년 때 5·16 쿠데타가 있었죠. 나는 앞장서 치열하게 나서지는 못했지만 참여는 했습니다. 4·19세대 작가로서 늘 마음 빚이 있었어요. 우리 문학 예술사를 둘러보면 6.25나 다른 역사적 사건들을 다룬 작품은 많은데, 4·19 민주혁명을 다룬 작품은 거의 찾아보기 어렵거든요. 저는 그 이유가 4·19가 난 1년 후에 5·16쿠데타가 났기 때문이라고 생각해요. 어쨌든 4·19는 묻혔죠. 작품을 쓸 사람이 없게 되었다면 그리고 그 역사적 사건에 관심을 갖고 있지 않다면 내가 써야겠다고 마음먹었었어요. 작년 겨울에 장막극 '봄꿈'을 탈고했죠."

– 어떤 내용입니까.

"4·19는 혁명의 주도세력이 따로 없습니다. 국민이 주체였지요.

학생들부터 구두 닦는 거리의 아이들까지. 특정한 영웅이 아닌 레미제라블처럼 민초들이 주인공이었습니다. 그 의미를 다루었어요. 민초들이 엮어내는 큰 흐름, 그 의지로 역사는 바뀌어야 한다는 것을 말하고 싶었습니다. 이를테면 이름 없는 사람들의 혁명사라고 할 수 있어요."

등단 50년의 시간 위에 올려진 그의 40편 장막극은 과하지도 빈약하지도 않는 적당한 양이다. 게다가 그 대부분의 작품이 공연되었고, 일본과 프랑스로 원정을 나가기도 했다. 작가로서는 행복한 일이다.

누구보다도 연극 보는 일을 치열하게 해온 그에게 오늘의 연극 지형을 물었다.

"연극 무대가 왜소하고 가벼워졌다고 할까. 연극 뿐 아니라 모든 장르가 다 그렇게 되었죠. 사적이고 표피적이고 규모로는 왜소하고 소극장으로만 몰려들고 소재도 그렇고. 인생의 깊이라든지 사회에 관한 깊은 천착이나 성찰을 담은 작품은 갈수록 줄어드는 것 같아요. 안타깝지요. 그래서 요즈음은 연극 보러가기도 겁이 나요. 연극이 보기 싫어질까봐……."

그래도 그는 희망을 버리진 않았다고 말한다. 그 희망을 모처럼 올리는 '두 영웅' 객석을 꽉 채울 관객들로 확인할 수 있으면 좋겠다.

● 노경식 극작가는
역사적 상황·인물들을 주로 그려낸
'정통 리얼리즘 극작가'

극작가 노경식씨는 1938년 남원에서 태어나 중
고등학교를 남원에서 마쳤다. 대학을 가기 위해 고향을 떠났으니
60년 가깝게 타지에서 살았으나 남원 억양을 아는 사람들은 대
화만으로도 그가 남원 사람인 것을 금세 알 수 있다.

2대 독자였던 그는 아버지가 일찍 돌아가시는 바람에 할머니와 어
머니 밑에서 성장했다. 공부 잘했던 그는 서울대 경제과를 지망했
으나 첫해 낙방하고 후기였던 경희대 경제학과를 들어갔다. 대학
1학년 때 교양국어를 가르쳤던 황순원 교수가 학보에 기고한 그의
수필을 보고 글쓰기를 권했다. 학교의 문화상 공모에 처음으로 희
곡을 써서 당선됐다. 그러나 그때까지만 해도 문학은 그가 걷고자
하는 길이 아니었다. 그를 키운 할머니는 손자가 은행원이 되는
것을 유일한 소원으로 삼았으나 직장생활에 별로 뜻이 없었던 그
는 군대문제까지 여의치 않게 되자 고향에 내려와 있다가 드라마
센터에 연극아카데미가 개설되자 망설이지 않고 서울로 올라가 극
작반에 들어갔다. 연극과 본격적인 인연이 시작됐다.

1965년 서울신문 신춘문예 희곡 부문에 '철새'가 당선되면서 등
단한 그는 출판사 편집자를 거쳐 81년 전업작가가 되었다. 71년
발표한 '달집'은 그의 이름을 알린 대표작. '달집'은 국내는 물론

일어로 번역되어 일본 공연이 이루어질 정도로 주목을 받았던 작품이다. 그동안 발표한 작품은 40편. 그의 말을 빌리자면 '운이 좋았던' 덕분에 3~4편을 제외하고는 모두가 무대 위에서 생명을 얻었다. 무대를 만나지 못하고 묻혀버리는 희곡이 적지 않은 현실에서 그는 그만큼 스스로를 행복한 극작가라고 생각한다.

한일관계의 얼크러진 역사를 주목해 역사적 상황과 인물을 그려내는데 남다른 열정을 쏟아온 그는 '달집'이나 '소작지' '징게맹개 너른들'을 비롯, 민초들의 고단한 삶을 담아내거나 '천년의 바람' '서울 가는 길' '하늘만큼 먼 나라'등 시대상황을 담는 작품을 통해 관객들을 연극무대로 끌어들였다. 한국 현대연극사를 관통하는 등단 40여년 궤적으로 그는 유치진, 차범석으로 이어지는 정통 리얼리즘 극작가로 꼽힌다.

65년 등단한 이후 출판사에 몸담았던 시절을 거쳐 전업작가로 살아오는 동안 온전히 극작에만 매달려온 그는 백상예술대상 희곡 부문을 세 차례나 수상했으며 한국연극예술상, 서울연극제 대상, 동아연극상 작품상, 대산문학상, 동랑 유치진 연극상, 서울시 문화상, 대한민국예술원상 등이 그 앞에 놓였다.

팔순을 바라보는 나이에도 여전히 극작으로 건재한 그의 작품 하나가 올해 초 무대에 올려진다. 2007년 국립극장이 위촉해 쓴 '두 영웅', 작품은 완성했으나 공연되지 못해 텍스트로만 남아있던 작품이다. '두 영웅'은 초연이라는 점에서도 그렇지만 수십 년 같은 길을 걸어온 원로배우들이 함께 호흡을 맞추는 자리라는 점에서 그에게 각별한 의미다. 19일 서울 대학로 아르코대극장에서 올리는 '두 영웅'은 사명대사와 도쿠가와 이에야스의 이야기다. 같은 시대를 살았던 조선과 일본의 두 영웅 이야기는 오늘을 살아가는 우리들에게 영웅이 사라진 시대의 암울한 현실을 새삼 깨닫게 한다.

서울연극협회 원로회의 의장으로 활동하고 있는 그는 한국문인협회 자문위원, 차범석연극재단 이사, 사명당기념사업회 이사, 동학농민혁명기념재단 고문을 맡고 있다.

출처 : 전북일보(http://www.jjan.kr) 김은정 기자

■ 〈두 영웅〉 리뷰 (공연평)

"한국연극사의 기념비적 공연이며 금자탑이다"

○ 사명대사와 도쿠가와 이에야스. 연극 〈두 영웅〉으로 살아난 역사 속의 두 인물은 오늘의 한일관계에 묵직하고도 실사구시적인 교훈을 안겨주었다. 어제 아르코예술극장 대극장. 올해 등단 50주년을 맞은 노경식 작가 축하모임을 겸한 기념공연에는 원로 중진을 비롯해 전국 지역 연극인들까지 참석해 연극인 큰잔치를 이루었다. 역사연극. 역사적 사실을 주제로 한 연극은 자칫 딱딱하기 십상이다. 임진왜란 후 사명대사가 일본에 건너가 도쿠가와 이에와스와 통 큰 외교담판을 벌여 선린관계를 회복하고 조선인 포로송환은 물론 조선통신사로 교류의 장을 연 장황한 스토리지만 귀에 쏙쏙 들어왔다. 배우들이 좋은 연기를 펼쳤기 때문이다. 그중에도 사명대사 역의 오영수의 명연이 단연 돋보였다. 승려의 신분으로 일본의 실세를 만나 실리와 명분을 거둬오는 지난한 연기를 그는 능란한 화술과 당당한 풍모로 완벽에 가깝게 해냈다. 노경식의 희곡이 오영수를 두고 씌여졌다고 할 만큼 적역 중의 적역이었고, 오 배우 또한 물 만난 고기처럼 생동하는 기운으로 무대를 누볐다. 외유내강에 지적이면서 자긍심과 국익을 챙기는 실리외교의 표본 같은 오영수의 사명대사는 연극사에 남을 연기였고 오늘의 외교관들이 본받을 만 했다. 도쿠가와 역의 김종구도 국립극단 배우의 저력을 유감없이 발휘했다. 오래 연극동네에 살았지만 이번 공연은 뜻깊고 무엇보다 아름다운 표상이었다. 〈달집〉으로 한국리얼리즘연극의 진수를 보여준 극

작가 노경식의 등단 50주년을 기념하기 위해 연극인들이 적극 동참, 한일역사를 재조명하고 우리의 자긍심을 높여주는 무대를 완성해냈기 때문이다. 남일우, 권성덕 두 원로 배우가 우정출연 했고 김도훈, 김성노, 이우천 연출에 이인철, 이호성, 고동업, 최승일 등의 연기가 빛나 활기 있는 무대를 보여주었다. 역사극의 필요성을 강조하기 위해 김의경 선생님과 함께 한국역사연극원을 발족했는데 이번 〈두 영웅〉은 역사를 조명해 오늘의 교훈을 얻는 역사극의 사명을 충실히 해냈고 무엇보다 연극계의 아름다운 화음을 보여주었다는 점에서 의미가 깊었다.

** 정중헌 대기자 '페이스북'에서

○ 〈조선일보〉 - [연극 리뷰] 우직한 正統 사극… 묵직한 감동 주다
유석재 기자 | 2016/02/24 03:00

일본의 권력자 도쿠가와 이에야스(德川家康)의 처소를 방문한 사명당이 새장 속 새를 가리키며 묻는다. "이 새가 죽겠습니까, 살겠습니까?" 도쿠가와가 어이없다는 듯 "그거야 내 새니까 내 마음대로지…"라고 말하다 문득 눈을 크게 뜬다. "아, 내 마음먹기에 달렸다는 뜻이군요!" 사명당이 말을 잇는다. "일본이 진심으로 과오를 사과해야 양국 간 화해가 가능할 것입니다."

조미료를 가득 친 식당 밥에 길들여진 사람이 어쩌다 고향 밥상 앞에 앉으면 어색한 기분이 들게 마련이다. 극작가 노경식의 등단 50주년을 기념하는 연극 '두 영웅'은 역사물이 당연히 '퓨전'이어야 하는 것처럼 돼 버린 공연계에서 오랜만에 만나는 '정통(正統) 사극'이다. 무대와 의

상은 예스러웠고, 연대기(年代記)에 가까운 극 진행은 느렸으며, 배우들의 대사는 현대 억양과 거리가 멀었다. '나변(那邊·어느 곳)' '연(然)이나(그러나)' 같은 고풍스러운 단어가 불쑥 튀어나오는 것도 오히려 독특했다.

하지만 이 같은 우직함은 뜻밖의 감동으로 이어진다. 연극은 임진왜란 종전 6년 뒤인 1604년 사명당 유정(惟政)이 대일강화사신으로 일본을 방문해 도쿠가와를 설득하고 조선 포로들과 함께 귀국한 역사적 사실의 뼈대를 바꾸지 않은 채 그 위에 차곡차곡 살을 붙인다. "역사 속에서 '그만 끝내기'라는 종지부는 없다" "일본의 침탈과 살육과 만행을 기억하는 것은 우리뿐 아니라 당신네의 영원한 책무이자 가시밭길"이라는 사명당의 준엄한 대사는 그대로 21세기 현재 일본을 향한 꾸짖음이 된다.

'노승 전문 배우'라는 별명까지 지닌 사명당 역의 오영수는 품위와 여유, 유머를 함께 갖춘 고승의 역할을 훌륭하게 소화했다. 마지막 장면에서 일본 여인을 바다에 빠뜨리려는 동포들에게 "이 어리석은 중생들아!"라며 추상같이 꾸짖을 땐 객석에 찬물을 끼얹은 듯했다. 쩌렁쩌렁한 발성으로 노회한 정치가의 모습을 표현한 도쿠가와 역 김종구와의 기(氣) 싸움도 볼만했다.

○ 노 선생님. 한국연극사에 남을 기념비적인 공연을 남기셨습니다. 노 선생님의 역사를 보는 높은 안목과 식견, 연극동네에서 쌓아온 인덕,

연극인들의 열정이 만들어낸 금자탑이라고 생각합니다. 막공을 축하드립니다.

** 정중헌 대기자의 댓글

○ 역사극 〈두 영웅〉 홍보 16

지난 두 달 동안의 大長征의 연극공연이 끝났다. "한국연극사의 기념비적 공연이며 금자탑"이라는 과분한 평가를 받으며 대단원의 幕이 내린 것 ~~

막공의 피날레 끝 날에는 많은 연극계 원로님들이 참석하여 칭찬과 격려를 아끼지 않았다. 임영웅 임권택 이태주 이종덕 이순재 이길용 심양홍 전국환 정중헌 허성윤 조원석 허순자 김철리 이종한 김광보 류근혜, 박진 정치가 및 연극협회 새 이사장 정대경님 등등.

감사합니다, 감사합니다!!

** 노경식의 페이스북에서

○ 노경식형. 모처럼 역사에 남을 …

노경식형, 모처럼 역사에 남을 작품을 만들어 저의 마음 흡족합니다.
차범석 어른께서 축하 글을 천사님을 통하여 보내주실 것입니다.
축하!! 그리고 무대에서 찍은 기념사진 보내주시면 고맙겠습니다.
이종덕 올림

(** 이종덕 단국대 문화예술대학원장)

○ [글] 한국을 대표하는 관록의 공연평론가이자 극작가·연출가.

문화뉴스 박정기 (한국희곡창작워크숍 대표)

pjg5134@munhwanews.com

[문화뉴스]

노경식(1938~) 작가는 1936년 전북 남원에서 태어남. 1950년 남원 용성국교(41회) 및 1957년 남원용성중(3회)을 거쳐 남원농고(18회, 남원용성고교의 전신)졸업. 1962년 경희대학교 경제학과(10회)를 졸업하고 드라마센타 演劇아카데미 수료. 1965년 서울신문 신춘문예 희곡 〈철새〉 당선. 한국연극협회 한국문인협회 민족문학작가회의 회원 및 이사. 한국 펜클럽 ITI한국본부 한국희곡작가협회 회원. 서울연극제 전국연극제 근로자문화예술제 전국대학연극제 전국청소년 연극제 등 심사위원. 추계예술대학 재능대학(인천) 국민대 문예창작대학원 강사 및 〈한국연극〉지 편집위원.'남북연극교류위원장'등 역임.

주요수상 백상예술대상 희곡상, 한국연극예술상(1983), 서울연극제대상(1985), 동아연극상 작품상, (1999) '대산문학상'(희곡) 수상, (2003) '동랑유치진 연극상' 수상, (2005) '한국희곡문학상 대상' (한국희곡작가협회), (2006) '서울시문화상' 수상, (2009) '한국예총예술문화상 대상' (연극) (2015) 한국연극협회 자랑스러운 연극인상 등을 수상했다.

2004년-2012년 〈노경식희곡집〉(전7권)/ 연극과 인간, 2004년 프랑스희곡집 〈Un pays aussi lointain que le ciel〉('하늘만큼 먼나라' 외), 2011년 〈韓國現代戱曲集 5〉(일본어번역 〈달집〉 게재)/ 日韓演劇交流센터, 2013년 〈압록강 이부콰를 아십니까〉 (노경식 산문집)/ 도서출판 同行, 2013년 〈구술 예술사 노경식〉/ 국립예술자료원, 역사소설 〈무학대사〉(상하 2권) 〈사명대사〉(상중하 3권) 〈신돈〉/ 문원북.

공연작품으로는 1971년 〈달집〉 국립극단/ 명동국립극장, 1982년 〈井邑詞〉 극단 민예극장/ 문화회관대극장(아르코), 1985년 〈하늘만큼 먼 나라〉 극단 산울림/ 문화회관대극장(아르코), 1994년 〈징게맹개 너른 들〉(뮤지컬) 서울예술단/ 예술의전당 대극장, 2005년 〈서울 가는 길〉(佛語번역극) 파리극단 '사람나무'/ 대전문화예술의전당, 2013년 〈달집〉(日語번역극) 東京극단 '新宿梁山泊'/ 아르코예술극장 대극장, 2016년 〈두 영웅〉 극단 스튜디오 반/ 아르코예술극장 대극장 외 40여 편을 발표 공연했다. 〈두 영웅〉은 노경식 작가의 등단 50주년 기념공연이다.

연출을 한 김성노는
홍익대학교, 방송통신대학교, 경기대학교 공연예술학 석사출신으로 〈리틀 말콤〉, 〈등신과 머저리〉, 〈에쿠우스〉, 〈검정고무신〉, 〈홍어〉〈아버지〉〈두 영웅〉등 활발한 연출활동을 이어오며 백상예술대상 신인 연출상, 동아 연극상 작품상, 서울연극제 연출상 등을 수상하고 '신춘문예 단막극 제', '아시아연출가전', '연출가포럼' 등 기존 사업과 더불어 '한국연극100년 시리즈', '차세대 연출가 인큐베이팅' 등 신규 사업을 성공적으로 이끌어 오고 한국연출가협회 회장을 역임하며 서울연극협회 산악대 대장으로 활약한 건강하고 훤칠한 미남인 중견 연출가다. 현재 동양대학교 교수로 재직 중이다.

〈두 영웅〉은 사명대사(四溟大師)와 도쿠가와 이예야스(德川家康, とく

がわ いえやす))를 주인공으로 등장시켜 임진왜란(壬辰倭亂)과 정유재란(丁酉再亂) 당시 일본으로 끌려간 조선인의 귀국문제와 당시 도요토미 히데요시(豊臣秀吉) 치하의 일본막부(日本幕府)의 정치적 상황을 그려낸 역사극이다.

유정(惟政, 1544년~1610년)은 조선 중기의 고승, 승장(僧將)이다. 속성은 임(任), 속명은 응규(應奎), 자는 이환(離幻), 호는 송운(松雲), 당호는 사명당(泗溟堂), 별호는 종봉(鍾峯), 본관은 풍천이며, 시호는 자통홍제존자(慈通弘濟尊者)이다. 법명인 유정(惟政)보다 당호인 사명당(泗溟堂)으로 더 유명하고, 존경의 뜻을 담아 사명대사(泗溟大師)라고 부른다. 승려의 몸으로 국가의 위기에 몸소 뛰쳐나와 의승(義僧)을 이끌고 전공을 세웠으며 전후의 대일 강화조약 등 눈부신 활약은 후세 국민이 민족의식을 발현하는 데 크게 이바지하였다.

1592년(선조 25년) 임진왜란 때 의병을 모집하여 순안에 가서 휴정의 휘하에 활약하였고 휴정이 늙어서 물러난 뒤 승군(僧軍)을 통솔하고 체찰사 류성룡을 따라 명나라 장수들과 협력하여 평양을 회복하고 도원수 권율과 함께 경상도 의령에 내려가 전공을 많이 세워 당상(堂上)에 올랐다. 1594년에 명나라 총병(摠兵) 유정(劉綎)과 의논하고 가토 기요마사(加藤清正, 1562~1611)가 있는 울산 진중으로 세 번 방문하여 일본군의 동정을 살폈다. 가토 기요마사(加藤清正)와의 문답이 희대의 명언으로 남았다. 가토가 "조선의 보배가 무엇"이냐 묻자 유정은 "조선의 보배는 조선에 없고 일본에 있다"고 했다. 의아해진 가토가 그 보배가 무엇이냐고 묻자 유정은 "지금 우리나라에서는 당신의 머리를 보배로 생각한다."라고 하였다. 가토가 놀라 찬탄을 아끼지 않았다. 이 명언은 일본에도 널리 퍼져 유정이 포로 석방을 위해 일본에 갔을 때 일본인들이 "이 사람이 보배 이야기를 했던 그 화상인가?"라고 입을 모았다고. 당시 일본에서도 유정의 이 문답이 널리 퍼졌던 모양이다. 왕의 퇴속(退俗) 권유를 거부하고, 영남에 내려가 팔공(八公)·용기(龍起)·금오(金烏) 등의 산성을 쌓고 양식과 무기를 저축한 후 인신(印信, 도장이나 관인)을 되돌리고 산으로 돌아가기를 청하였으나 허락을 얻지 못하였다.1597년 정유재란 때 명나라 장수 마귀(麻貴)를 따라 울산의 도산(島山)에 쳐들어갔으며, 이듬해 명나라 장수 유정을 따라 순천예교(順天曳橋)에 이르러 공을 세워 종2품 가선대부(架善大夫) 동지중추부사(同知中樞府事)에 올랐다. 다만 이 와중에 노쇠한 스승 휴정 대신 사명당이 전국 승려들의 우두머리처럼 되자 이를 못마땅하게 본 이순신이 그를 탄핵하기도 했다.

1604년(선조 37년) 국서를 받들고 일본에 가서 도쿠가와 이에야스(德川家康)를 만나 강화를 맺고, 포로 3천 5백 명을 데리고 이듬해 돌아와 가의대부(嘉義大夫)의 직위와 어마(御馬, 임금이 타던 말)를 하사받았다.해인사에 홍제존자비(弘濟尊者碑)가 있다. 이 비석은 불교사적으로 큰 의미를 지니는데, 무려 2백년 만에 세워진 고승 비이기 때문이다. 승려의 묘비라고 할 수 있는 고승비는 태조 연간에 세워진 것을 제외하고 15,16세기 동안 단 하나도 건립되지 못 하였는데, 사명당을 기점으로 우후죽순처럼 고승비가 세워져 19세기까지 고승비 170여개가 세워졌다.저서로는 《사명당대사집》, 《분충서난록》이 있다.

도쿠가와 이에야스(德川家康(とくがわ いえやす)1543~1616)는 일본 센고쿠·아즈모모야마 시대, 에도 시대의 사무라이이자 정치가이다. 오다 노부나가, 도요토미 히데요시와 함께 향토 삼 영걸로 불린다.

도요토미 히데요시(豊臣秀吉) 사망 이후 1600년 세키가하라 전투에서 동군을 지휘하였으며, 승전 이후 에도 막부를 개창하여 첫 쇼군(1603~1605)이 되었다. 1605년 3남 히데타다에게 쇼군 직을 물려준 다음에도 오고쇼의 자격으로 슨푸에 머무르며 정치에 참여하였다. 사후에는 닛코 동조궁에 묻혔으며, 도쇼다이곤겐(東照大権現)이라는 시호를 얻었다.

이에야스는 마쓰라의 센류에 제시된 시에서 묘사된 것처럼 "인내의 귀재"로 평가 받는다.이에야스는 어린 시절에 부를 여의고 여러 차례 죽음의 위기를 겪었으며, 계속 복종을 강요당해왔다. 하지만 아즈치모모야마 시대에 히데요시에게 철저히 복종하며, 임진왜란 도중에도 영지만 지키며 신중히 대처하였다고 평가받는다. 때문에 이에야스의 삶은 일본에서 여러 소설과 책, 드라마, 영화, 연극의 소재로 활용되고 있다. 나아가 일본 사람들은 그를 늘 '일본의 10걸'로 선정하면서 존경하고 있다 반면 에도 시대 서민들 사이에서는 천하 통일의 과정에서 수단과 방법을 가리지 않았다며 '살쾡이 영감'이라는 별명으로 부르기도 하여 상반되는 평가를 가지고 있다.

이에야스가 남긴 명언을 소개하면, "사람의 일생은 무거운 짐을 지고 먼 길을 감과 같다. 서두르지 말라. 부자유를 늘 있는 일이라 생각하면 부족함이 없다. 마음에 욕망이 일거든 곤궁할 적을 생각하라. 인내는 무사함의 기반이며, 분노는 적이라 여겨라. 이기는 것만 알고 지는 일을 모른다면 몸에 화가 미친다. 자신을 책할지언정 남을 책하지 말라. 부족함이 지나침보다 낫다."(人の一生は重荷を負て遠き道をゆくがご

とし。いそぐべからず。不自由を常とおもへば不足なし、こころに望お
こらば困窮したる時を思ひ出すべし。堪忍は無事長久の基、いかりは敵
とおもへ。勝事ばかり知りて、まくる事をしらざれば、害其身にいたる。
おのれを責て人をせむるな。及ばざるは過たるよりまされり.)

무대는 배경 가까이 세자 높이의 단이 좌우로 놓였을 뿐 다른 장치는
없고, 배경막에 막부 건물 오사카 성 같은 당대 일본 고성의 영상을 투
사해 시대적 역사적 상황과 극적효과를 높인다. 의상 또한 고증을 거친
듯 조선병사나 서민들의 옷, 장수복식과 승려의상에서부터 그리고 당
대 일본복식과 쇼군의상 등이 관객의 눈길을 끌고 장면변화에 따른 음
향효과 또한 박력감을 느껴 관객을 공연에 몰입시키는 역할을 한다. 부
분조명으로 장면변화에 대응하고 배경에 흩날리는 나뭇잎의 영상 역시
극적 분위기를 상승시킨다.

오영수, 김종구, 남일우, 권성덕, 이인철, 이호성, 정환금, 문경민, 고동
업, 신현종, 최승일, 배상돈, 장연익, 민경록, 노석채, 조승욱, 오봄길,
장지수, 양대국, 임상현, 김대희, 김춘식, 김민진, 박소현, 이 준 등 출
연자들의 호연과 열연 그리고 성격창출은 관객을 도입부터 극에 몰입
시키는 역할을 하고, 극적 감상의 세계로 이끌어 간다. 오영수의 사명
당(泗溟堂)과 김종구의 덕천가강(德川家康) 이인철의 풍신수길(豊臣秀
吉) 역은 3인의 발군의 기량과 탁월한 성격창출에 따르는 명연으로 관
객의 감상안을 부추기고 대미에 관객의 우레와 같은 갈채를 받는다. 장
연익의 히로사와 역과 노석채의 혜구 역도 2인의 성격창출에 따르는
호연과 함께 기억에 남는다.

기획 이강선 문경량, 분장감독 박팔영, 분장지도교수 한지수, 분장팀 남주희 안정민 강다영 이서영 순현정 성정언, 무대감독 송훈상, 무대 민병구, 영상 황정남 장재호, 음향 김경남, 음악감독 서상완, 조명 김재억, 조명팀 오정훈 이한용 김병주 박수빈, 의상디자인 김정향, 동작지도 이광복, 그래픽디자인 아트그램, 사진 박인구, 조연출 최윤정, 인쇄 동방인쇄공사 등 제작진과 기술진의 열정과 기량이 합하여, 한국 문화예술위원회와 스튜디오 반 그리고 극단 동양레퍼토리의 노경식 작, 김도훈 예술감독, 김성노 연출, 이우천 협력연출의 〈두 영웅〉을 명화 같은 명작 역사극으로 탄생시켰다.

(끝)

반민특위(反民特委)

노 경 식   작
김 성 노   연출
이 우 천   협력연출

2017년 8월 11일 - 8월 20일

아르코예술극장 대극장
공동기획 / 제작
극단동양레퍼토리 한국연극협회
한국문화예술위원회

연극동지들 빛나라!!

「반민특위」는 '반민족행위특별조사위원회'의 약칭이다. 일제 강점기의 40여 년 동안에, 일본에 협력하며 반민족적 행위로 同族에게 해악을 끼친 매국노와 친일부역자를 처벌하기 위한 특별기구를 말한다. 1949년 1월에 반민행위자 제1호 朴興植(화신백화점 사장)을 체포함으로써 대망의 민족사적 활동을 시작한 반민특위는 불과 6개월 만에 여러 가지 방해공작에 직면하게 되고, 급기야 반민특위 해체의 비운을 맞이하여 千秋의 恨으로 남는다. 제2차 세계대전 때의 프랑스 드골 장군과 유럽의 여러 나라들처럼 민족부역자 처단과 민족정기를 바로세우는 역사적 과업을 왜 우리들은 철저하게 완성할 수가 없었을까? 요즘에 와서 새삼스레 '적폐청산'이니 '일제잔재 청산'이라는 말을 들을 때마다 萬感이 교차한다.

나는 이 작품을 기록극 형식으로 구성하고 다듬었다. 첫 집필은 지난 2005년도의 일이니 어느새 12년의 시간이 물 흐르듯이 훌쩍 지나갔다. 때에 문화예술위의 '신작지원사업'에 선정되고, 劇團美學 공연(정일성 연출)으로 대학로의 무대에 올랐었다. 그런데 그 신작공연은 소정의 성과를 거두지 못하였다. 어떤 좋지 않은 사정 때문에, 작가인 나 자신도 그 공연을 감상할 기회를 사양하고 말았다. 원작자로서 자기의 분신이라고도 할 수 있는 그 첫 연극작품을 스스로 외면하는 일이란 생전에 처음 당면하는 화나고 불쾌한 사건이었다. 이래저래 아쉽고 섭섭한 기억으로 남아 있었으며, 〈반민특위〉를 다시 한 번 재공연할 수 있는 기회가 없을까 마음먹고 지내왔다. 생시에 먹은 마음 꿈에 나타난다고, 요번에 감사덕지 그 좋은 기회를 얻게 되었다. 그러니까 작가 본인으로서는 '초연작품'이 된 셈이라고 하겠다.

끝으로, 이번 작품제작에 온갖 노력과 정성을 기울인 연극동지들에게 심심한 고마움을 표하고, 빛나는 성과를 기대한다. 한국연극협회 정대경 이사장을 비롯하여 연출자 김성노, 이우천과 원로배우 권병길과 정상철, 이인철, 김종구, 유정기 등 출연자 및 스탭진 모두에게 거듭 감사한다.

늘푸른 아름다움과 싱싱함으로 ~~

김 성 노
(동양대학 교수)

어느 누구나 한 가지 일을 60년 가까이 한다는 일은 쉬운 것이
아니다. 보통 직장 일이 25살에 시작해서 60살에 끝난다 해도 35
년 밖에는 되지 않는다. 이러한 면에서는 예술, 특히 우리 같이 연
극을 하는 사람들은 어떻게 보면 축복받은 사람들이라고 할 수 있
다. 물론 여러 가지 생활환경 면에선 문제도 있지만…

그렇다고 모든 연극인이 지속적인 작업으로 금전적인 면은 아니
더라도 자기만족의 행복을 느끼는 것은 아니라고 생각한다. 이러
한 면에서 금년 『늘푸른연극제』에 초청된 오현경, 노경식, 이호재,
김도훈 선생님, 네 분은 그래도 다른 연극인보다는 많은 분들의 사
랑과 축복 속에 연극인생을 보낸 어른들이라고 감히 생각한다.

노곡 노경식 선생님은 1965년 서울신문 신춘문예 희곡당선작
"철새"로 문단에 데뷔한 이래 지금껏 연극의 가장 기본이 되는 희
곡, 즉 연극대본을 집필한 우리 연극계의 산 증인이시다. 대표작
"달집"을 비롯하여 "서울 가는 길" "포은 정몽주" "찬란한 슬픔"

"천년의 바람" "두 영웅" 등 우리 민족의 희노애락을 선생님의 개성있는 필력으로 펼치셨고, 어느 정도의 연륜이 있는 연극인이라면 선생님의 작품을 한번쯤은 접해 봤다고 생각한다.

내가 처음 연극에 입문했을 때 배운 연극은 '눈으로 보는 연극이 아니라 귀로 보는 연극' 이었다. 최근의 많은 연극들이 시각적인 면과 자극적인 면에 많이 치우치고 있다고 생각한다. 이런 면에서 선생님의 작품은 그야말로 눈으로 보는 연극이 아닌 귀로 보고 마음속으로 생각하게 만드는 연극이라고 믿는다.

이제 세 분 선생님과 노곡 선생님의 늘푸른연극제 공연에 선생님을 존경하는 많은 선배, 동료, 후배들과 함께 참여하여 연극무대를 꾸민다. 이 영광스러운 공연에 연출자로서 참여하게 됨을 감사드리며, 기쁜 마음으로 흔연히 참가하고 있는 모든 연극동지에게 개인적인 고마움을 전한다.

작년과 금년, 많은 원로 연극인께서 우리 곁을 떠나셨다. 작은 바램은 노곡 선생님을 비롯한 금년 늘푸른연극제에 참가하는 네 분 선생님께서 오래오래 우리들 곁에 계시면서 좋은 작품으로 후학(後學)에게 자양분을 주시고, 날카로운 질책으로 우리나라 연극계를 인도해 주기를 바라마지 않는다.

■ 공연극본

반민특위(反民特委)

(10장)

■ 스탭 :

무대감독	송훈상	조연출	김성은	기획	임솔지
무대	김인준	조명	김재억	음악	서상완
의상	김정향	분장	박팔영	영상	황정남
소품	조운빈	진행	정창훈		

■ 출연 :

권병길(이종형, 재판장)　　정상철(최린, 김태석)

이인철(이승만)　　김종구(김상덕)　　유정기(시민 3)

최승일(시민 2)　　배상돈(시민 1)　　문경민(최운하)

장연익(박기자)　　민경록(홍택희)　　이승훈(정기자)

노석채(백민태)　　장지수(아내)　　이영수(이 조사관)

이창수(이광수, 검찰관)   양대국(이기용, 김태선)

임상현(윤기병)   김대희(변호인)   김춘식(검찰관)

김민진(노덕술)   이준(특경대장)

군중 역(정진명 최원석 정나라 윤지영 김민정 이재은 박지원 정애란)

[등장인물]

이승만 (대통령)

김상덕 (50대, 반민특위 위원장)

정(鄭) 기자

아 내

이(李元鎔) 조사관

박(朴) 기자 외 사진기자 등

노덕술 (50세, 전 수도경찰청 수사과장)

최운하 (40대, 서울시경 사찰과장)

홍택희 (40대, 서울시경 수사과 차석)

백민태 (30대 초반, 테러리스트)

특경대장 (吳世倫)

김태선 (시경국장)

윤기병 (중부서장)

이기용 이광수(58) 이종형(55)

김태석(67) 노진설 곽상훈 오승은

시민들(노인) 1, 2, 3

기타, 특경대원 경찰관 시위군중 등 코러스 다수

[때와 곳]

서울, 1949년 여름
중구 남대문로의 「반민특위 본부」(현재 국민은행 본점) 및 시내
여러 곳

[무 대]

「반민특위」 사무실을 중심으로 하고, 정 기자 집과 중부경찰서
등등. 연극의 전개상황에 따라서 적절하게 변모한다.

1 장

1. 영상 :
일본제국의 '욱일승천기' 또는 일본을 상징하는 영상이 뜨고,
코러스는 머리에 일장기 머리띠를 두르고
「황국신민서사」(皇國臣民誓詞)를 복창한다.

'황국신민의 서사' (일본말)

1. 우리는 황국신민(皇國臣民)이다.

충성으로서 군국(君國)에 보답하련다.

2. 우리 황국신민은 신애협력(信愛協力)하여

단결을 굳게 하련다.

3. 우리 황국신민은 인고단련(忍苦鍛鍊)하여

힘을 길러 황도(皇道)를 선양하련다.

군중   고오꼬꾸 신민노 세이시,

와따시도모와 다이닛본 테이꼬꾸노 신민데 아리마스

와따시도모와 고꼬로오 아와세떼 텐노오헤이카니

츄우기오 츠끄시마스

와따시도모와 닌끄 단렌시떼 릿빠나 츠요이 고끄민또

나리마스

2. 영상 :
히로시마(廣島)의 원자폭탄 투하 '버섯구름'과 함께
일본천황의 「무조건 항복」 라디오 방송.
이어서 머리띠를 벗어 던지고 태극기를 흔들며
"대한독립 만세" 함성 ~~

3. 대형 태극기 영상 속에, 「8.15 解放과 光復」의 감격을 알리는
   필름 및 대한독립 만세의 "만세, 만세, 만만세!"
   함성이 천지를 진동한다.
   유행가 〈귀국선〉의 경쾌한 선율이 울려 퍼지고,
   무대 중앙에 대통령 이승만 박사 등장.

이승만   과거의 지난 세월 40년 동안에, 바다 건너 일본제국주
           의의 압제와 질곡 속에서 민족과 나라를 배반하고 팔
           아먹은 친일파 행위자와 민족반역자들은, 누구든지 상
           하귀천을 막론하고 그 잘잘못을 물어서, 기필코 확실하
           게 단죄해야만 합네다. 그것이야말로 오늘날 새 나라의
           민족정기를 바로세우고, 반만년의 찬란한 역사와 올바
           른 정신문화의 얼을 길이길이, 자손만대에 빛나게 물려
           주는 길일 것입네다. (암전)

4. 『반민특위』 본부 건물이나 현판이 영상으로 나가고,
   특경대장에게 조명 비친다.

특경대장   반민특위 특경대의 「우리의 선서」
대원들   하나. 우리는 일제하 반민족행위자를 색출하여 의법
               처리한다.
           하나. 우리는 민족정기를 바로잡아, 나라의 기반을 다
               지는 역군이 되자.
           하나. 우리는 본분을 다하여 신생 대한민국의 밑거름
               이 되자.

5. 반민특위에 체포되어 포승줄에 묶인 채 공판정으로 이송중인
   반민피의자들의 옛 사진.
   그 중에서 최린(72세)의 초췌한 모습.
   (포승줄에 묶인 김연수와 최린의 영상)

최린   (떨리는 목소리) 요, 늙은이를 죽여 주시오! ……

나는 죽을 죄를 지은 사람, 지금 와서 말씀한들 뭘 하겠습니까. 조국과 민족을 배반하는 죄업을 지었으니, 죽음의 벌을 받아서 지당합니다. 나 최린(崔隣)은, 한때 3.1만세사건 시에는 민족대표 33인 중의 한 사람이었으나, 일제에 빌붙어서 변절한 민족반역자이자 친일파 매국노 올시다. 하루라도 속히 백의민족의 이름으로 최린이 나를 죽여요. 나 같은 친일파 죄인은 당장에 죽어도 여한이 없음이야! 한평생 나의 일생 중에서 항일 독립운동은 한순간으로 짧았으나, 친일매국의 길은 수십 년간 기나긴 세월이었습니다. 온 민족 앞에 죄 지은 나를, 저- 광화문 네거리에서 찢어죽여요. 저잣거리에서, 만좌중에 사지를 발기발기 찢어죽이시오! …… (암전)

6. 일제 강점기에 부귀와 작위를 누린 여러 친일파의 영상들.
   고종황제의 조카 이기용(李琦鎔)의 사진과 함께
   이기용과 정기자가 등장한다.

이기용   여기가 '도꼬데스까'(어딥니까)?

정기자   (다가가서) 예, 반민특위가 활동하고 있는 본부 사무실입니다. 일제 강점기 때는 화려한 은행 건물이었지요. 으

리으리하게.

이기용   오- '무까시가 나즈까시이나!'

정기자   허허, '무까시가 나즈까시이나'라니? '무까시'는 '옛날 옛적'이라는 왜놈의 일본어 말이고. 그러니까 '옛날에 그 시절이 그립구나!' 하고, 그때를 추억하고 있습니까?

이기용   '혼또니 나즈까시이나!' 허허, 그렇소이다. 진실로 그때가 호시절이었지요.

정기자   점입가경이군요! 이기용 선생? 귀하로 말씀하면 고종 황제의 조카뻘 되는 왕족이십니다. 그러고 일본 천황의 자작(子爵) 칭호를 수여받고 귀족원 의원까지 지낸 인물입니다. 한일합방 그 당시나, 혹은 그 이후로 지금까지, 본인 자신이 조선민족을 배반하고 나라를 팔았다는 생각을 한 순간이라도 가져본 적 있으십니까?

이기용   '스미마셍!' 그와 같은 생각일랑 추호도 못해 봤습니다.

정기자   그 당시 일황(日皇)으로부터 하사받은 은사금(恩賜金)이 일금 3만 원이나 됐습니다. 아니그렇습니까, 이 선생?

이기용   그 당시에 본인은, 다만 스물두세 살의 미거한 청년이었으니까. 그때로 말하면, 일당 이완용(一堂 이완용(李完用, 1858~1926) 백작님은 3천만 엔(원), 노다(野田) 대감 송병준(송병준(宋秉畯, 1858~1925) 자작님이 1억 엔 등등, 그 양반들에 비교하자면 아무 것도 아닌, 나야말로 조족지혈이지요. 젊은 기자 선생, 3만 엔 가지고, 그까짓 액수가 무슨 대수겠습니까? 하하.

정기자   예에, 그렇군요. 그건 그렇다 치고, 조국이 광복한 지
         올해로 4년입니다. 그리하여 새 나라, 새 민국 정부를
         수립한 지도 벌써 2년째. 그런데 이 선생 댁 응접실에
         는 상기도 현재, 오늘날까지 천황 히로히또(裕仁)의 초
         상화가 모셔져 있고, 뿐만 아니라 30개가 넘는 금빛
         훈장들이 화려하게 벽면을 장식하고 있다고 하니까, 그
         같은 소문들이 역시 진실인가요?

이기용   '무까시, 무까시가 혼또니 나즈까시이나!'

정기자   네?

이기용   하하하. 그 옛날, 그 아름다운 시절이 그립구료! (암전)

정기자   (씹어뱉듯이) 저런 쓸개 빠진 작자들! 저런 놈의 인간 군
         상(群像)이 우리나라 한국 사회의 지도층이라니, 원. 아
         - 실례! 미안합니다. 왜 제가 이렇듯이 흥분하지요? 나
         의 신분은 한 낱 신문쟁이 기자에 지나지 않는데 말씀
         입니다. 허허.

7. 이광수의 여러 가지 영상이 보이고, 다른 한쪽에 일본의 '하오리'
   (옷)를 입고 깎은 머리털과 검은테 안경의 춘원 이광수(春園 李光
   洙) 모습. 정기자, 그 라이트 쪽으로 다가간다.

정기자   가야마 미쓰로(香山光郎) 선생님? 아, 실례! 우리 말로
         춘원 이광수 선생이라면 온천하가 우러러보는 대문장
         가이자 소설가입니다. 선생은 일찍이 그 유명한 「민족
         개조론」을 집필하고, 내선일체(內鮮一體)와 동조동근(同
         祖同根), 일본과 조선은 한 몸뚱이로서 똑같은 할애비

의 자손이다 하고 외치셨습니다. 따라서 조선인의 생활 풍습과 모든 사상과 의식의 일본화, 그러니까 일본 천황의 충성스런 '황국신민'(皇國臣民)으로 다시금 태어나야만 조선민족의 살길이 하루 속히 열린다고 주창해 왔었습니다. 우리 반도조선의 장차에 나아갈 길은, '조선인은 조선 사람인 것을 한시 빨리 잊어야 하고, 그 피와 살과 뼈가 곧 일본 사람이 되어야만 한다. 이런 속에서 우리는, 진정으로 조선인의 영생의 길이 있다' 그리고 또한 이런 말씀도 하셨죠? "자, 보아라! 조선놈의 이마빡을 바늘로 꾹꾹- 찔러봐서 일본사람의 핏방울이 새나올만큼, 일본인 정신을 철저히 배우고 길러내야 한다. …"

이광수   그때에 나는 조선민족이 일대 위기에 놓여 있음을 터득하고, 일부 인사만이라도 일본 천황에게 협력하는 것이 목전에 닥친 민족 위기를 극복하는 길이라고 통감했었습니다. 기왕지사 나는 버린 몸이니까 내 한 몸뚱이 희생해서 조선을 구하겠다는 생각으로 그리된 것이지요. 이광수 나 아니면, 누가 있어서 그리 하겠습니까?

정기자   잠깐만요 선생님. 우리나라를 구하고 위한다 함은 조선의 새파란 젊은이와 청년 학도들이 태평양 남양군도와 저- 멀리 중국 땅에 끌려가서 총알받이가 되고, 그래서는 이역만리 낯선 전쟁터에서 개죽음을 당하는 것 말인가요?

이광수   (한숨) 나 춘원은 대일본제국이 대동아전쟁에서, 요렇게

까지 조속하게 패망할 줄은 꿈에도 짐작 못했어요! 으흠 ……

정기자 　지금 그와 같은 언급은, 일본 제국주의의 패전이야말로 대단히 실망스럽고 통분하다는 뜻으로 이해해도 되겠습니까?

이광수 　…… (고개를 떨군다)

정기자 　일제의 징병제도가 우리 조선인에게 시행되자, 친일파 민족반역자들은 쌍수를 들고 입을 모아 환영했습니다. (외치듯이) "오호라, 2천5백 조선동포의 일대 감격이며 일대 광영이로다! 바야흐로 징병제 실시야말로 우리 조선인도 일본인과 똑같은 황국신민의 자격을 얻게 되었노라, '나이센잇따이', 내선일체의 원대한 이상과 꿈이 마침내 성사되었도다. '팔굉일우'(八紘一宇), 천황폐하의 광대무변하옵신 은혜에 감읍(感泣)하고 축하하노라. ……"

이광수 　(떨리는 목소리로, 더듬더듬)

〈朝鮮의 學徒여〉

그대는 벌써 지원하였는가/ -특별지원병을-/ 내일 지원하려는가/ -특별지 원병을-// 공부야 언제나 못하리/ 다른 일이야 이따가도 하지마는/ 전쟁은 당장이로세// 일본 남아(男兒)의 끓는 피로/ 아세아의 바다(海)와 육지(陸)를/ 깨끗이 씨어내는 성전(聖戰)// 이 성전의 용사로/ 부름받은 그대 조선의 학도여/ 지원하였는가, 하였는가/ -특별지원병을-/ 그래, 무엇 때문으로 주저하는가//　…… (암전)

8. 정기자가 무대 중앙에 집안에서 잠자는 듯이 뒤로 벌렁 누워있고, 배가 부른 만삭(滿朔)의 아내가 힘겹게 다가온다.

아내   여보, 오늘도 늦었어요?

정기자   (일어나며) 으흠, 술 몇 잔 마셨어요. 올챙이, 햇병아리 신문기자가 별 수 있겠소? 선배 기자들 쫓아 댕기다 보면 그렇고 그렇지, 머. 그래도 오매불망 나는, '사랑하는 와이프', 내 마누라 당신님 생각뿐이라니까.

아내   입술에 침이나 바르고 거짓부리 하세요.

정기자   무슨 소리야? 나, 진정이라니까!

아내   아니, 이 양반이? 호호, 술이 덜 깼나 봐요! '사랑하는 와이프', 그렇게 마누라를 생각하면 술 좀 작작 드시고 삼가해요. 유(you), 당신님은 신문사를 다니는지, 술도가에 취직을 했는지 분간이 안가요. 허구 헌 날 매일장주 말술에다가, 야간 통금시간도 곧잘 넘기기 일쑤고
……

정기자   (심드렁하게) 허허. '술 권(勸)하는 사회(社會)'야! 시방(現在) 돌아가는 세상이 뒤죽박죽이라니까.

아내   '술 권하는 사회!', 뭐가요?

정기자   여보도 밖에서 하루 종일 사회생활 하다 보면 그렇게 되고 말걸? 술 안 마시고는 안돼요.

아내   망우리 공동묘지에 가면 핑계 없는 무덤 없다드니, 원. 신생 대한민국 사회가 그래서 술 퍼마시게 권한단 말예요?

정기자   (담배를 한 가치 피워 물고) 사랑하는 마누라, 그 …, 〈술 권

	하는 사회〉라는 단편소설, 여보도 알고 있겠지?
아내	서글프다 웃겠네! 나도 학교 시절에 읽어봤어요. 소설가 현진건 선생이 일제 시대에 발표했던, 그 문학작품 아니에요? 암울한 일제 강점기에, 인텔리겐자 지식인의 정신적 방황과 고뇌를 그려낸 풍자소설 …
정기자	허허, 꼭 그렇다니까 글쎄. 지금은, 시방 술 권하는 사회라니까!
아내	새벽 두 시경에야, 술이 만취해서 돌아온 남편이 하는 말, "으윽- 취한다, 술 취해! 요놈의 사회가 나를 술 마시게 한다니까? …"
정기자	그러자 세상 물정 모르고 순박한 아내가, 바느질 고리를 앞에 놓고는 자탄하면서 한숨짓는 말인즉슨 …
아내	(흉내 내어) "휴우- 몹쓸 세상이네! 그 몹쓸 놈의 사회가, 착한 우리 서방님한테 왜 술을 권하는고?" 호호. (두 사람, 다정하게 크게 웃는다) 그때는 나라도 없이 불쌍한 식민지 시절이었으니까 그렇다 치고, 지금은 희망찬 신생 공화국인데 대한민국 사회가 술을 먹여요?
정기자	글쎄말야. 나도 잘은 모르겠다니까! 휴우 … (사이) '유'(You) 참, 병원에는 갔다 왔소? 당신님 뱃속에서 무럭무럭 자라고 있는 우리 아가말야.
아내	다녀왔어요. 당신을 닮아서 건강하고, 모두 모두 아주 튼튼하대요.
정기자	(무릎을 꿇고 아내의 불룩한 배를 감싸 안으며) 오늘날 우리가 이렇게 힘들게 사는 것은, 다가오는 너희들 새 세대를 위해서란다. 좀더, 보다 알차고 보다 멋지고 보다 아름

답고 신나게 … 그리하여 모든 인간이 살아가기 좋고,
평화롭고 행복한 세상살이를 만들고자 함이다! 귀여운
우리 아가야, 아빠의 말뜻을 알아듣겠냐?

아내   …… (흐뭇한 표정으로 내려다본다. 암전)

2 장

시민 1   이제 나라도 세웠고, 특히나 친일파의 죄를 다스릴 반
          민족특별위원회도 활동을 시작했으니까 새 나라의 기
          틀이 잡혀가는 모양새입니다.

시민 2   그래요. 미군정 시절에는 친일파 청산에 관심 없었으
          니까 그렇다 치고, 이제라도 친일파놈들을 싹- 잡아들
          여야지.

시민 3   그란디 이승만 대통령은 반민특위 활동에 있어 협조적
          이 아닌 것 같은데?

시민 1   당연하지요. 해외파인 이 대통령의 가장 큰 약점이란
          것이, 그 어른 측근에는 사람이 없는 거잖아. 그러니까
          국회에서 「반민법」을 자기네 뜻대로 통과시켰으니 대
          통령 속마음이 편하겠어요?

시민 2   아무튼 그 '화신백화점' 사장 박흥식을 시작으로 해서,
          요참에는 '대한일보' 사장 이종형이란 작자도 잡혀갔잖
          아!

시민 3   일정 때 만주에서, 일본군 밀정 노릇하던 그 이종형이

가? (사이렌 소리와 함께 시민 1, 2 ,3 퇴장)

무대 다른 쪽에서, 대머리 벗겨진 이종형(李鍾榮)이 포승줄에 묶여서 등장. 그의 언행은 오만방자하고 안하무인격이다.
그를 호송하는 특경대원.
기자들, 우르르 뒤따르며 취재경쟁에 열심이다.

이종형   (안하무인으로) 이런 쳐 죽일 것들. 본인은 애국자야. 나야말로 투철한 반공투사이자 혁혁한 애국인사 아닌가! 그래서 나 같은 애국자를 감옥소에다 잡아넣고, 재판을 부치겠다고? 어느 놈이 무슨 권세로 말야. 허허, 가소로운 작자들! 자네들은 뭣 하는 위인인가?

특경대원   (자신의 특경대 완장을 가리키며) 보시다시피 반민특위에서 활동하고 있는 특경대원 아닙니까? 특별검찰관님의 영장에 따라서 사장님을 체포하고, 반민특위 본부에 연행하는 길입니다. 자, 끌고가!

기자들의 카메라 플래시 받는다.

이종형   이런 놈의 작자들, 본인이 누군 줄이나 알아?

정기자   대한일보 신문사의 사장 겸 주필이라고 알고 있습니다요.

이종형   그래, 나 이종형 선생일세. 이종형 본관이야말로 진실한 애국자요 진정한 반공투사이고말고!

특경대원   (시큰둥하게) 예에, 잘 알아 모시겠습니다.

이종형   이따위 엉터리 반민법을 시행하는 것은, 대한민국 국

회에서 암약하고 있는 공산당 프락치들의 소행이란 말
야.

박기자　공산당 프락치요?

이종형　반민특위 안에는, 시제 공산당 앞잡이와 회색분자들이
득시글득시글해요. 똥간 속에 구데기 끓듯이 말야. 그
러니까 반민특위 같은 단체는 당연히 해체해 버리고,
하루 속히 빨갱이분자를 토벌해야만 한다고! 과거지사
는 친일파의 부화뇌동으로 조선민족이 망하였고, 금일
지사(今日之事)는 또 친일파 청산으로 나라가 망하려
하고 있음이야!

특경대원　사장님, 말씀 삼가십시오. 폭언 망발이 너무나도 심하
군요.

이종형　지금 현재의 반민법은 '망민법'(網民法)이란 말씀이야!
반민족행위자의 처벌을 위한 「반민법」(反民法)이 아니
고, '그물 망(網)자'의 '망민'인 게야! 그놈의 몹쓸 악법
이 온 국민을 그물로 옭아매고 있어요. 너나없이 친일
파를 만들어내고, 민족반역자를 조작하고, 양산해 내고
있다 그 말씀이야. 따라서 반민법이야말로 나라와 민족
의 분열을 책동하고, 국민 각자의 사생활을 불안하게
사회혼란을 조장하는 '망민법'이예요.

정기자　그 말씀에 증거가 있습니까?

이종형　이봐, 젊은 기자? 나는 공산당을 때려잡는 반공투사야.
투철하고 혁혁한 우익세력의 민주주의 반공주의자. 나
같은 늙은이 가슴에 훈장을 달아주지는 못할망정, 본관
손목에다가 쇠고랑을 채우다니! 나 이종형처럼 절세(絶

世)의 애국자 있으면, 어느 누구든지 한번 나와 보라고
해요. 아니 그래, 반공투사 이종형이를 반민특위 법정
에 세워 가지고 뭣을 어찌 하겠다는 거요, 엉?

특경대원　　자 자— 모든 것은 신성한 재판정에 나가서 말씀하세
요. 갑시다, 가요! (그를 끌고 안으로 들어간다)

카메라 플래시 ⋯⋯

박기자　　이종형이라, 거물을 잡았어. 특종이야, 특종! 정기자
안가?

정기자　　선배님 먼저 들어가세요. 전 할 일이 남았습니다.

박기자　　누가 올챙이 기자 아니랄까봐. 그래, 열심히 해라. 난
먼저 간다.

이때 이 조사관 등장.

이조사관　　바쁘십니다, 기자 양반.

정기자　　이 조사관님, 대어를 낚았군요. 반공투사요, 절세의 애
국자라고! ⋯

이조사관　　우리 대원들이 그자를 체포하러 갔더니만, 육혈포 권
총까지 빼들고 반항하더랍니다. 기세등등하게.

정기자　　허허. 충분히, 그러고도 남을 인물입니다 그려.

이조사관　　(서류를 들고 보며) 특별검찰관 조서(調書)에 의하면, 이종
형은 과거 일정 때 관동군 촉탁(囑託)으로, 만주에서 활
동한 악명 높은 밀정(密偵)으로 알려져 있습니다. 그야

말로 악질적인 '스파이' 민족반역자! 관동군 헌병대의 앞잡이 노릇을 하면서 250여 명의 독립투사를 체포 투옥시키고, 그리고 또 독립운동가 17명을 사형 당하게 하는 등등 악질 부역자입니다.

정기자   어쨌든지 저런 거물을 낚았으니, 반민특위도 용기백배 군요. 허허.

이조사관   근데, 정작 잡아 처넣어야 할 노덕술 같은 인간들은 수소문할 수 없으니 마냥 답답할 뿐이죠. 그 유명했던 악질 고등계 형사 노덕술이 말씀입니다. (머리를 저으며) 아무도 모릅니다. 철저하게 베일에 가려진, 그야말로 안개 속 인물이지요!

무대 한쪽에 조명 들어오면 경찰들의 호위를 받고 은둔해 있는 노덕술. 최운학과 뭔가 모의를 꾸미고 있는 모습이다.

정기자   오늘 아침에, 서울 도심의 안개 속같이 말입니까?

이조사관   허허, 맞습니다! 오리무중, 서울의 짙은 안개 속처럼 …… (사이)

비기사 저자들뿐이겠습니까? 모든 것이 안개 속이지요. 민족반역자뿐만 아니고, 현시국도 마찬가지라는 생각이 들어요. 정치도 그렇고, 사회도 그렇고, 경제도 그렇고 말야. 짙은 안개 속에서, 그야말로 한 치 앞을 전망할 수도 없는 ……

정기자   해방조국에 돌아와서는, 어느새 하루아침에 반공투사로 둔갑을 하고, 미 군정청(美 軍政廳)에 달라붙어서 애국자인 행세하는 것이야말로 목불인견이죠.

이조사관   그러고 또한 경무대의 이승만 대통령께서는 우리 반민
          특위의 역사적 과업에 관련해서 후원하고 격려하기는
          커녕, 건건이 쐐기나 박고 엉뚱한 말씀만 하고 계시니
          까 답답해요.
정기자   허허. 조사관님 말씀에 전적으로 동감입니다. 가만히
          살펴보자면 조심스럽고 우려할 만한 징후가 곳곳에서
          드러나고 있다는 생각입니다.
이조사관   아까 저 이종형이이란 인물도 자기가 발행하고 있는
          그의 신문 「대한일보」에다가 엉터리 궤변을 농하고 있
          어요. "공산당 앞잡이 국회의원을 숙청하자"는 폭탄적
          인 사설(社說)을 쓰는가 하면, 신성한 「반민족행위처벌
          법」을 지칭하여 '망할 망자' 「망민법」(亡民法)이라고 극
          언(極言)하고 있습니다.

          무대 다른 쪽에, 대형 플래카드가 내걸리고 군중의 함성 소리 ~~
          「反共救國 總蹶起 및 政權移讓 祝賀 國民大會」

괴청년들   우리는 「애국청년단」이다. 애국청년단! "국회에서 친일
          파를 엄단하라고 주장하는 자는 공산당이다! 공산당은
          빨갱이들이다! 빨갱이는 공산당이다! ……"
함성   "반민법은 악법이다! 반민법은 애국지사를 옭아매는 빨
          갱이법이다! 반민법을 폐기하라! 당장 폐기하라! 즉각
          적으로 완전히 폐기하라! 반민법을 당장 폐기하라!"……
          (암전)

3 장

(영상) 경기도 포천의 광릉(光陵) 숲

권총소리 '탕! 탕탕, 탕! ······'

사복 차림에 중절모를 눌러쓴 홍택희(洪宅熹)가 가죽가방을 들고 성큼성큼 다가온다.

허름한 잠바 차림의 백민태는 큰 나무 뒤에 잠깐 몸을 숨겼다가 다시 나타난다.

홍택희가 주위를 두리번거리자, 백은 헛기침하며 인기척을 보낸다.

홍택희	(그를 알아보고) 많이 기다렸습니까, 백민태씨?
백민태	홍 계장님, 오랜만입니다요.
홍택희	오면서 들으니까, 권총 소리가 납디다?
백민태	허허, 권총 연습을 해봤습지요! 손목도 약간 풀 겸해서.
홍택희	백민태씨, 그대는 타고난 명사수 아닌감?
백민태	계장님, 과찬하지 마십시오. 홍 계장님의 총 솜씨도 명사격 아닙니까?
홍택희	자- 여기. 약속한 대로 물건 가져왔습니다. 받아요.
백민태	(가방을 받는다) 웃어른 최난수(崔蘭洙) 과장님도 안녕하시죠?
홍택희	물론. 우리 시경(市警) 수사과장님이 노심초사, 준비하신 물건이오. 극비사항이니까, 어떠한 실수나 실패가 있어서는 절대로 불가합니다! 백민태씨, 그런 점을 각별히 유념해요. 최 과장님께서도 누누이 강조하고, 신

신당부 하셨으니까말야.

백민태   (빤히 보며) 홍택희 계장님, 절대로 걱정일랑 잡아매십시
         오. 만약에 실패하는 날에는 내가 죽든지, 멀리멀리 잠
         적해 버리면 되는 것 아닙니까?

홍택희   절대로 실패란 용납되지 않아요! 백민태, 그대의 목숨
         도 용서받을 수 없고.
         그 가방에 리볼버(revolver) 신형 권총 한 자루와 수류
         탄 다섯 발. 그리고 실탄들이 들어있으니까 확인을 해
         보세요.

백민태   (느긋하게 가방 속을 들여다보며) 그런데, 물건이 또 한 가지
         보이지 않는데요?

홍택희   하하. 어렷하실까? 테러리스트 백민태씨가 누군데
         ......
         (속주머니에서 돈 뭉치를 꺼낸다) 거사자금 30만 원 중에서
         10만 원. 착수금 조로 우선 먼저 10만이야. 현찰 7만
         원에다가, 3만 원은 수표 쪽지.

백민태   감사합니다!

         백민태는 돈 봉투를 받아서 잠바 안주머니에 쑤셔 넣는다.
         홍 계장이 담배 한 개비를 그에게 권하고 라이터 불을 부쳐준다.
         그리고 자기도 담배 한 대에 불을 붙여 물고 심호흡하듯 담배연기를
         내뱉는다. 사이.
         두 사람, 각자 상념에 젖는다. 홍은 상대방의 의중을 탐색하는 눈치
         가 역력하고, 백민태 역시 긴장을 늦추지 않고 시큰둥하다.

홍택희   백민태씨, 우리의 구국적 결단을 이해하겠소? 쥐도 새

	도 모르게, 모든 것을 깨끗하게 처리해야만 합니다.
백민태	…… (담배연기를 내뿜는다)
홍택희	서울시경의 우리들 작전대로, 국회의원 노일환, 김웅진, 김장렬 세 놈을 납치해서, 저쪽에 38선 지역 숲속에다가 갖다 놓기만 하면 돼요. 감쪽같이. 그것이 백민태에게 맡겨진 절체절명의 과업이고 숙제니까 말야.
백민태	국회의원 노일환과 김웅진은 현재 특별검찰관으로 맹활약중이고, 또 김장렬 국회의원도 특별재판관 아닙니까? 더구나 김웅진 같은 사람은, 「반민족행위처벌법」을 맨 처음으로 국회 안에서 발의한 인물이고 말입니다.
홍택희	그자들은 모조리 빨갱이요! 공산당 회색분자들이야! 우리 경찰에서 내사한 바에 의하면, 국회 안에는, 지금 현재 남로당 프락치들이 암약하고 있음이 명백해요. 적색분자 빨갱이들이 ……!
백민태	무슨 확실한 근거라도 있습니까?
홍택희	(담뱃불을 발로 비벼 끄고, 위협적으로) 백민태 당신은 수배중인 몸뚱이야. 지금 현재도 피의자 신분! 몽양 여운형 선생 죽기 전에, 그 집안 정원에다 폭탄 투척하고 야반도주한 자가 누군데? 바로 3년 전에 니놈이야. 테러리스트 백민태! 우리 경찰관서에서 눈 감아 주지 않았으면 너는 콩밥 신세란 말이다. 언제까지나 그 점을 명심하고 각별히 기억하라구, 엉? (그의 멱살을 바싹 움켜쥔다)
백민태	홍 계장님? 숨 막혀요, 아이구! …
홍택희	우리 경찰한테 밉보이면 국물도 없다. 백민태 너는 지구상에서 흔적도 없이 사라져 버리는 거야! 개미 새끼

　　　　　　도 모르게. 당신, 알아?

백민태　　그럼요, 홍 계장님! 나는, 나도 빨갱이놈 공산당이라면
　　　　　　질색입니다요. …

홍택희　　……　(손을 풀어주고 뒤로 물러난다)

이때 박수치며 등장하는 최운하.

최운하　　하하. 백민태씨야말로 진실과 정의가 무엇인지 숙지하
　　　　　　고 있는 피 끓는 젊은 용사구만! 아니 그렇소? 테러리
　　　　　　스트 백형의 그 의협심과 용기를 높게높게 평가하고
　　　　　　싶어요. 해서 우린 공생관계로, 서로서로 손길을 맞잡
　　　　　　자는 것 아닌가?

백민태　　명심하겠습니다, 사찰과장님.

최운하　　그러니까 그자들을 38선까지 납치하는 것이 당신에게
　　　　　　맡겨진 과업입니다. 기타 사후문제는 우리가 알아서 처
　　　　　　치할 테니까.

백민태　　일언이 폐지하고, 저로서는 38선까지만 납치하면 된다
　　　　　　이거죠?

최운하　　아암, 그렇고말고. 거기까지만 임무완수하면, 만사 오
　　　　　　케이! …

무대 안쪽의 어둠 속에, 철조망과 수풀이 있는 '가상의 3.8선' 영상
……

세 사람이 검정 띠로 두 눈을 가린 채 방향을 잃고 더듬더듬 헤매고
있다.

20대의 청년 3인이 M1총을 들고, 멀리 떨어져서 그들 셋을 겨냥하

고 있다.

이윽고 콩 볶듯 총소리, '땅 땅 땅! ……' 세 사람, 맥없이 사살된다.

경찰관 "내무부 치안국에서 긴급 발표합니다. 금일 17시 40분 경에, 개성 위쪽에 있는 3.8선에서 신원미상의 남자 3인이 죽은 시체로 발견되었습니다. 그들 3인은 3.8선을 넘어서 월북을 기도했던 것으로 보이며, 때마침 3.8선을 순찰하고 있던 민간인 신분의 「우국청년단」 단원들이 이들 월북자를 발견하고, 즉각 살해한 것으로 추측됩니다. 수사당국의 현장조사에 의하면, 불행하게도 충격적이며 비극적인 사실을 발견하였습니다. 사망자 3인의 신원은 우리 국가사회의 지도급 인물로서 현역 국회의원 신분이었습니다. 국회의원 김웅진(金雄鎭), 국회의원 노일환(盧鎰煥), 국회의원 김장렬(金長烈)씨 등입니다. 사망자 3인에 관련하여 삼가 명복을 비는 바이며, 그 유가족에게도 심심한 위로의 말씀을 전합니다. 지금 현지 경찰과 치안당국에서는 사건의 진상과 전모를 소상히 밝히고자 수사 중에 있습니다. 이상입니다!"

최운하 어떻습니까, 백민태씨? 우리들의 작전계획이.

백민태 (끄덕이며) 최운하 과장님, 대담하고 무자비한 작전계획이군요! 반민특위를 잡기 위해서 경찰 측이 선수를 치고, 국회의원을 제물로 삼는다?

최운하 문제는 확실한 비밀보장과 절대적인 작전성공이야!

홍택희 과장님, 그런 점은 하념(下念) 놓으십시오. 성공적인 작전 완수를 위해 만전을 기할 수 있도록 견마(犬馬)의 노력을 다하겠습니다.

백민태   오늘날 저- 반민특위 활동은 지당한 것 아닌가요? 온 국민이 열렬히 환영하고 있으니 말입니다.

최운하   아암- 좋고말구. 좋아요, 좋아. 그래서 누가 반민특위를 반대합니까? 허허. 과거의 친일파를 청산하고 나라의 민족정기를 바로잡고자 하면, 그 꼭대기에서 놀았던 우두머리 몇몇 사람이면 충분해요. 그런데 이처럼 무지막지하게 진행하다가는, 백만 명, 2백만 명이 모조리 걸려들 판이니까 그것이 문제점 아니겠소?

백민태   일정시대에 나라와 민족에게 죄 지은 자는 처벌을 받아서 마땅하고, 자기 자신의 죄과를 깊이 반성하고 속죄해야죠, 머.

홍택희   (뱉듯이) 자- 백민태, 쓸데없는 헛소리 늘어놓지 말고! (종이를 건네며) 이것이나 읽어봐요.

백민태   (펴보고) "나는 남조선의 이승만 괴뢰정권 밑에서 허수아비 국회의원 노릇을 하는 것보다는, 차라리 이북에 가서 평안하게 살기를 원한다! …"

홍택희   (단호히) 그놈들을 납치하고, 자필 성명서 3통을 그와 같은 내용으로 필히 작성토록 권하시오. 그리하여 그것을, 한 통은 대통령에게, 한 장은 국회의장 앞으로, 또 한 통은 언론기관 신문사에다가 발송하는 것입니다. 그러고 나면 개성 인근의 38선 지대에서! (방아쇠 당기는 시늉). 백민태씨, 내 말귀를 알아묵겠소?

백민태   예. 잘 알겠습니다. … (머리를 끄덕여 수긍한다)

그러자, 최운하가 저고리 품에서 노란 봉투를 꺼내 백민태에게 건네
준다.

최운하   자- 이것도 읽어 보시오.
백민태   (봉투를 읽어보며) '처단(處斷) … ' 이건 또 뭣입니까?
최운하   백민태 테러리스트의 두 번째 과업. '숙청 대상자' 명
        단이야.
백민태   몇이죠?
최운하   (차갑게) 얼마 안돼요. 15인!
백민태   아니, 15명이나? (서둘러 봉투의 명단을 본다)
        신익희, 김병로, 권승렬 …… (암전)

4 장

어둠 속에서, 노덕술(盧德述, 50세)의 체포 장면.
쇠휘파람 소리 요란하고, 노덕술의 호위경찰과 특경대원들의 격투
끝에 그의 양손에 수갑이 채워진다.

노덕술   (발악하여) 이런 개자식들! 니놈들 뭐야, 엉? 천하에 노
        덕술이를, 네깐 것들이 날 체포해? 요런 나쁜 새끼들
        같으니라고. 이놈의 자식들, 두고 보자! 나 노덕술이가
        모조리 니놈들을 소탕해 버릴 테니까 ……
특경대원   노덕술, 큰소리치지 말아요. 꼼짝 마, 임마! 노덕술이,
        너야말로 악질 고등경찰로서 반민 피의자, 역적새끼야.

......

다른 쪽, 전화를 걸고 있는 사찰과장 최운하의 모습.

최운하 (상기되어) 존경하는 시경국장님, 저, 사찰과장 최운하
올습니다. 우리 민주경찰이 무턱대고 앉아서 가만히 당
해야만 되겠습니까? 그러니까 앞서 보고말씀 올린대로
노덕술 전 과장님을 신호탄으로 해서, 미군정 때 수도
경찰 부청장을 지내신 최연(崔燕) 선배님이 붙잡혀갔
고, 또 현 성동경찰서의 유철(劉徹) 서장님도 잡혀가는
등등 줄줄이입니다요. 국장님, 진짜로 분통 터져서 더
는 못살겠습니다. 이거 도대체, 제깐 놈들이 뭣인데 막
무가내로 행패를 부립니까? 우리들 경찰 쪽에서 얌전
히 참고 보자니까, 저자들의 해꼬지가 심합니다요. 돼
나캐나 민주경찰을 무조건적으로 연행해 가질 않나, 또
개 끌듯이 끌고 가서는 잔인하게 고문질까지 자행하고
있다는 등등 …… 아니 예, 뭣이라구요? 그러니까 반민
특위 저것들의 고문행위가 사실이냐 그 말씀입니까?
아— 그런 악질적 고문행위는 불문가지, 마구잡이로 물
어보나마나 아니겠습니까. 촌구석 농투성이가 쟁기를
짊어지면 논이나 밭으로 나가는 법이고, 건너다보면 빤
히 절터지요! 존경하는 시경국장님, 우리 경찰관들 이
거— 불안해서 못살겠습니다. 꼭 바늘방석에 앉아있는
기분으로, 하루하루를 넘기고 있습니다요. 예, 예— 그
러믄입쇼. 저희들은 시경국장님만 믿고 따르겠습니다.

그러니까 내무부 장관님께 말씀드려 주시옵고, 그리고
또 쩌어- 하늘같이 높으신 경무대 웃어르신께도 잘 말
씀 진언(眞言) 올려서 …… 예예, 깊이깊이 알아 모시겠
습니다. 시경국장님, 충성! 대한민국 민주경찰 만세만
세! (차렷 자세, 암전)

이어, 김상덕(金尙德) 위상원장 방이 밝아지고,
이 조사관이 보고한다.

김상덕   (엄숙하게) 노고가 많았소이다. 그야말로 노심초사, 끈질
            긴 추적 끝에 노덕술을 체포할 수 있었다니, 마침내 개
            가를 올린 셈이구만!
이조사관   잘 아시다시피, 노덕술은 경찰 쪽의 철저한 비호를 받
            고 있어서 쉽지가 않았습지요.
김상덕   그런데, 어떻게?
이조사관   예에. 종로에 유명한 요정 있습지요. 그 명월관의 기생
            김화옥(金華玉)을 통해서 정보를 얻어내고, 그자의 소
            재를 파악할 수가 있었습니다. 그러니까 동화백화점 주
            인 이(李) 사장의 사택(社宅)에 은신해 있는 것을 …
김상덕   동화백화점이라고?
이조사관   그렇습니다. 이두철(李斗喆) 동화백화점 사장 집에서지
            요. 체포 당시에 노덕술은 4명의 호위경찰관을 데리고
            있었으며, 번호판을 단 경찰찜차까지 한 대 보유하고
            있었습니다. 그리고 압수한 가죽가방 속에서는 …
            (책상 위에 놓는다)
김상덕   가방은 또 뭣입니까?

이조사관	위원장님, 놀라지 마십시오. 그 가방 속에는 여러 가지 물건이 들어있습니다. 권총이 여섯 자루나 되고, 실탄이 수십 발. 그리고 또 거액의 현금, 자그마치 34만1천 원이 함께 들어 있었습니다.
김상덕	요런 나쁜 놈을 봤나! … (자리에 벌떡 일어난다)

이때 특경대장이 황급히 들어온다.

특경대장	위원장님, 저- 경무대 어른이 찾으십니다.
김상덕	뭣이라구요? 이 대통령 각하께서 나를 찾으신다고?
특경대장	황급히 경무대로 들어오시랍니다.
김상덕	알았소이다. 갑시다. (암전)

대통령 이승만과 김상덕 위원장의 대면 장면.
이 대통령은 〈매기의 노래〉를 흥얼거리며 꽃밭 주전자를 들고 물을 뿌리고 있다.

이승만	특위위원 여러분도 잘 알겠지만, 현금(現今)은 새로운 대한민국 정부를 세우고, 신생국가의 건국 초기입네다. 무엇보다도 중차대하고 막중한 것은 국가안보와 사회 치안과 안정을 유지하고, 북한 공산당과 맞서는 일입네다! ……
김상덕	대통령 각하, 지당하신 말씀입니다.
특경대장	각하, 저희들의 이번 활동은 왜곡된 역사를 바로잡고 민족정기를 바로세우는 절호의 기회이고, 기필코 짚고 넘어가야 할 민족의 고갯길이요 험한 가시밭 길이라는

생각입니다. 비록 저희들의 능력이 모자라고 보잘 것은 없으나, 우리 특위활동에 어떤 방해공작을 초래하거나, 민심을 혼란케 하는 행위가 있어서는 절대로 용납해서는 아니 된다고 사료됩니다.

이승만 (신경에 거슬린 듯) 무슨 말씀을 하고 있습네까. 누가 특위활동을 못하게, 어떠한 방해공작이라도 있다는 얘기입네까?

김상덕 오늘날에 저희들 입장과 심경의 일단을 피력하였을 뿐입니다. 나라를 팔아먹고 민족을 배반하고 동족을 괴롭혀 온 민족반역자들에게, 그들의 죄과를 따져서 반성과 참회를 받아내고, 그렇게 함으로써 그 죄악을 깨끗이 청산하고 용서해 준 적이 우리는 한 번도 없었습니다. 각하, 지난 반만년의 역사상에 말씀입니다. 그런 뜻에서 요번에 「반민법」이야말로, 역사상 하나의 '성전'(聖典)이다 하는 생각을 갖고 있습니다. 그래서 저희들은 ......

이승만 (얼굴을 찡룩이며) '성전'이라니? 기독교의 『바이블』 같은 것 말입네까?

김상덕 허허, 대통령 각하. 그런 뜻은 아니옵고, 다만 저희들은 이 '반민법'을 집행하고 발동할 때마다, 각자가 옷깃을 여미고 기도하는 심정으로 공무에 성실히 임하고 있다는 뜻이지요.

이승만 하여간에 이번 문제로 해서는, 사회적 혼란을 조성하고 민심을 이반시킬 때가 아닙네다.

특경대장 각하, 민심이 이반되는 것 아닙니다. 오히려 비 온 뒤에 땅이 굳어지듯이, 잘못되고 비뚤어진 과거사(過去事)는 바로잡고 민심을 하나로 뭉치자는 데 그 대의(大義)가 있는 줄로 압니다요.

김상덕 저- 구라파의 불란서 대통령 드골 장군은 히틀러의 나치 점령하에 발생한 민족반역자 청산에 있어서, 추호의 관용이나 용서를 두지 않고 가차없이 숙청하였노라고 들었습니다. 불란서의 위대한 역사와 민족정신을 좀먹는 정치가와 신문언론인과, 소설가와 작가 시인들에게는 더욱 엄중하게 가중처벌까지 해서 말씀입니다. 그리하여 드골 대통령께서는, "우리 프랑스가 다시 외세(外勢)의 침략과 지배를 받을지라도, 또 다시 민족반역자가 나오지는 않을 것이다!" 라고, 온 국민에게 선언하였습니다.

(프랑스 어느 마을의 교수형 영상, 사이)

이승만 근간에 경무대에 올라온 보고에 의할 것 같으면, 특위에서 활동하고 있는 특경대원(特警隊員)이란 자들이 경찰관 행세를 하면서, 무소불위로 사람을 잡아가두고, 난타하고, 고문행위를 가하는 일이 비일비재하다고 들었습네다. 그와 같은 불법행위가 발생하고 있다면, 그것은 심대하게 유감스럽고 걱정되는 사태가 아닙네까?

김상덕 각하, 무슨 당치 않으신 말씀입니까? 어디서 그와 같은 말씀을 …… (놀래서, 특경대장을 마주본다)

특경대장 대통령 각하, 우리들 특경대원이 사람을 불법감금하고, 난타 고문 운운 하시는 말씀은 금시초문이고 사실무근입니다. 필시 누군가 어느 한쪽의 거짓부리 모략입니다요.

김상덕	각하, 정히 의심스럽고 그렇다면, 국회나 경찰에서 합동조사반을 새롭게 구성하고, 그 시비곡직을 따져볼 수도 있지 않겠습니까?
이승만	그러한 문제점은 더욱 알아보기로 하고, 으흠! 내가 시방 김상덕 위원장님을 만나자고 한 뜻은 ……
김상덕	말씀 하십시오, 대통령 각하.
이승만	노덕술 경찰관에 관련되는 사항입네다.
김상덕	(놀래서) 노덕술 피의자를 말씀이니까?
특경대장	대통령 각하, 노덕술은 고등계 형사 출신으로서 악질적인 친일반민족 행위자입니다. 그는 1920년에 일제경찰에 투신, 평안남도 경찰부 보안과장의 현직에서 8.15해방을 맞이할 때까지, 무려 25년간을 고등계 사상업무에 종사해 온 부역자입니다. 그러니까 특히나, 항일독립운동가와 반일사상단체 탄압에 악명이 높았습지요. (메모지를 꺼내들고 손을 떨며) 그러므로 노덕술은, 반민법 제3조 '독립운동자나 그 가족을 악의로 살상 박해한 자' 및 제4조 6항 '군 경찰의 관리로서 악질적인 행위로 민족에게 위해를 가한 자'에 해당하는 확신범이올습니다! ……
이승만	나의 생각은 그렇습네다. 노덕술은 공산당 때려잡는 반공투사입네다!
김상덕	각하, 그것은 호미로 막을 것을 가래로 막는 격입니다. 도적놈 때려잡겠다고 도적떼를 빌어다가 막을 수는 없는 일 아니겠습니까?
특경대장	노덕술은 악질적인 고문경찰 친일파일 뿐입니다, 대통

령 각하!

이승만　노덕술은 해방 이후 미군정청 경찰에 투신하여 공산당을 때려잡고, 치안확보에 힘써 온 공로자입네다. 해방공간에서는 민족주의자 고하 송진우(古下 宋鎭禹)를 암살한 한현우(韓賢宇) 범죄자를 체포하였으며, 작년 여름엔 장택상(張澤相) 수도경찰청장을 저격한 범인을 검거한 인물입네다.

특경대장　각하, 수도경찰청장 사건도 그렇습니다. 노덕술은 그 사건의 피의자 박성근을 고문치사(拷問致死)하고 그 죽은 시신을 한강 물속에 몰래 내다버린, 이른바 '수도청 고문치사 사건'의 주범 올습니다. 그래서 현재도 수배 중에 있는 철면피하고　교활한 도피자였습니다.

이승만　(까딱없이) 내가 보기엔 그렇습네다. 노덕술 같은 유능한 경찰수사 전문가들이 있어야만, 우리가 발을 뻗고 편안하게 잠잘 수 있는 것입네다. 그러므로 노덕술을 유치장에서 하루 속히 풀어주는 것이 좋을 것이다 하고 본인은 생각합네다.

두사람　(경악하여) 아니, 대통령 각하?

이승만　김 위원장님은 어찌 생각합네까?

특경대장　(읍소하듯) 대통령 각하, 어찌 그처럼 놀라운 하명(下命)을 하십니까? 아무리 나라에 인재와 인물이 부족하다고 한들, 민족반역자를 옹호하고 친일파 청산을 반대하시다니요. 너무너무 슬프고 한스럽습니다! …

이승만　(빈 꽃밭 주전자를 그에게 던지듯이 안겨주며) 남의 말씀을 가로채지 마십시오. 김 위원장님에게 본인은 물었습네다!

김상덕	대통령 각하! 그와 같은 생각일랑 거둬주십시오.
이승만	왜 그렇습네까?
김상덕	(단호히) 그 말씀에는 따를 수 없음인가 합니다. 비록 국가원수의 직에 계신다고 할지라도, 소정의 법 절차에 따라서 집행된 범법자의 무조건 석방이란 불가한 일입니다. 송구스런 말씀이오나, 대통령 각하의 지금 처사는 그 자체로서 법률위반 행위라고 감히 말씀드리지 않을 수 없습니다!
이승만	뭐 뭐, 뭣이라구? 내가 법률위반 행위를 ……
김상덕	김병로 대법원장께서도 말씀하기를, "반민법은 헌법에서 규정하고 있는 특별법이다. 따라서 특위의 활동은 불법이 아니고 정당한 것이다"라고 하였습니다, 대통령 각하.
이승만	그만들 돌아가시오! 으흠! 흠, 흠 …… (분노하며, 퇴장)
특경대장	각하, 각하! 대통령 각하! (뒤쫓아서 따라간다)
김상덕	(탄식과 비감으로) 민주주의 국가 미국에서 철학박사 학위까지 받으신 대통령 이승만님, 새나라 대한민국을 어디로 끌고가십니까! …… (암전)

5 장

'노란봉투'를 들고 있는 백민태의 기자회견 모습.
신문기자들이 우르르 몰려든다.

박기자	왜 갑자기 테러리스트 백민태가 기자회견을 한다는 거야?
정기자	선배님, 무슨 음모가 있는 모양이죠? 치안당국이 국가 요인을 암살하려 한다는 것인데, 경찰이 왜 그런 험악한 음모를 꾸몄을까요?
박기자	글쎄 말이다. 허허. 세상이 온통 짙은 안개 속이니까 말야! …

무대 한쪽에 백민태 등장한다.

정기자	백민태씨, 본인의 신원서부터. 과거 이력을 먼저 밝혀 주시죠?
백민태	나는 일찍이 중국 땅에서, 일제 강점기에 조선독립을 위해 투쟁한 항일독립 운동가 테러리스트입니다.
박기자	항일 테러리스트? 그건 그렇고, 지금 현재 자수한 동기와 배경이 무엇입니까?
백민태	예, 나 자신에게 심경 변화가 와서 '폭로'하기로 마음 먹었습니다. 그러니까 지령받은 암살자 명부에 보면, 내가 존경하고 평소에 사랑하는 유명 인사들도 여럿이 포함되어 있었습니다. 그러고 또, 저- 노덕술씨가 체포되는 것을 보고는 심적 고민을 많이 했었지요. 왜냐면 음모를 꾸민 친일경찰들, 그중에서도 우두머리 노덕술 과장은 악질경찰로서 '고문왕'이란 사실을, 나도 지금까지는 미처 몰랐거든요? 저는 철저한 반공주의자이고, 항일 민족주의자니까 말입니다. 요것, 노란봉투 속에는 15명의 처단자 명단이 적혀 있습니다.

정기자	그 처단자 명단이 누구누구입니까? 말씀해 주십시오.
백민태	국회의장 신익희 선생을 비롯해서, 김병로 대법원장님, 권승렬 검찰총장, 반민특위 김상덕 위원장과 부위원장 김상돈 의원님 등등. 그리고 국회 안에 있는 몇 몇 사람의 소장파 젊은 국회의원들 ……
	(봉투에서 종이를 꺼내들고) 제가 명단을 소상하게 읽어 드릴까요? 김병로, 신익희, 권승렬, 지대형. 지대형 이름은 중경임시정부의 광복군 총사령관을 지낸 이청천 장군을 말하는 것입니다. 그리고 아까 얘기한 김상덕과 김상돈, 혹은 유진산, 곽상훈, 서용길, 홍순옥, 서순영 …… (암전)

시내 명동의 허술한 대포집, 밤.
이 조사관과 정기자, 박기자 셋이서 술잔을 기울이고 있다.
박기자 유행가를 부른다.

정기자	아, 박 선배님, 요런 시국에 노래가 나옵니까?
박기자	(술에 취하여) 이런 뭣 같은 세상에서, 술하고 유행가 노래가 빠지면 무슨 재미로 살아가냐, 임마? 그러니까 니놈이 올챙이 기자라는 게야!
정기자	(혀 꼬부라진 소리로) 거- 올챙이 올챙이, 그러지 마슈. 올챙이가 개구리 되는 것 아닙니까! 기껏 일 년 앞서 신문사에 들어왔다고, 꼭 선배 위세를 해야만 합니까?
박기자	임마, 정기자! 오뉴월 하룻볕이 어딘데, 엉? 허허. 너 시방, 1년 선배 기자님 나를 무시하는 거냐?
이조사관	헛소리들 그만하고 술이나 듭시다. (잔에 술을 따라준다)

박기자	이 조사관님, 안 그렇소이까? 신익희, 김병로, 이청천 장군 …… 또 누구누구 똑똑한 명사들 다 죽여 놓고 나서, 그럼 누구와 더불어서 손잡고 정치를 하고, 나라와 국민을 다스리겠다는 말입니까? 세상 개판이다. 안개 속으로 개판! 으윽 … (술 트림)
정기자	쪽발이들 일본사람 다시 모셔다 놓고, 백년 천년을 ─ 자자손손 잘살아보겠다는 속셈이지, 머. 민족반역자 친일파끼리, 지네들만말요. 허허.
박기자	요즘에 그래서 유행하는 소리 몰라? 미국 양키놈 믿지 마라, 소련놈 로스케한테 속지 마라, 일본놈 쪽발이들 다시금 일어난다! 아니 그래, 청천하늘이 무섭지도 않나? 살맛 안 난다, 진짜로 살맛 안 나요! 언감생심, 어쩌면 그따위 소름끼치는 흉계를 모의할 수 있느냔말야.
이조사관	시경 수사과장 그 최 아무개란 자가 담당검사에게 태연히 진술하더랍니다. 그 노란봉투에다가 '處斷'(처단)이라고 쓴 것은, 손장난 삼아서 한번 끄적거려본 것뿐이다! 낙서, 낙서. '낙서'라고 말요. 요런 나쁜 자식들 …
정기자	손장난이요?
박기자	손장난 삼아서, 낙서? 에라이─ 마른하늘에서 날벼락 맞고, 천벌을 받아서 죽을 것들! 퉤, 퉤 ─ 요것이나, 감자나 처 묵어라.
	(벌떡 일어나서 주먹으로 감자 먹이는 흉내)
이조사관	사전에 미리 폭로되었다고는 하나 문제점이 심각합니다. 그 첫 번째는 현직의 고급 경찰간부 사이에서 그런

음모공작이 있었다는 것. 둘째로는 그 인물들 전부가 하나같이 일정시대의 고등계 형사 출신들이라는 점입니다.

정기자 그리고 배후인물로는 재정에 박흥식, 언론계에 이종형, 또 경찰계의 선배 노덕술 등등이 있다는 것 아닙니까?

박기자 그래애, 잘들 논다. 하나 같이 좆 같은 새끼들!

(술 한모금 마신다)

이조사관 그건 그렇다치고, 개 뼉따귀 같은 백민태란 그 작자는 또 누굽니까? 그 야 기자 양반들이 소상히 좀더 알지 않겠소?

박기자 그 인물, 30대 안팎의 젊은 테러리스트 백민태란 이름자는 가명입니다. 진짜로 본명은 '수풀 림자' 임정화(林丁和)야. 어느 기자가 '백민태'가 무슨 뜻이냐고 물으니까 요롷게 대답해요. '흰 백'(白)자와 '백성 민'(民)자는 우리나라 '백의민족'(白衣民族)을 의미하고, 그리하여 백의민족을 '태평'(泰)하게 하겠다는 뜻으로 '백민태'라나?

이조사관 '백민태'라? 이름자가 근사하구만. 허허.

박기자 백민태는 중국에서 태어나고 성장하였다. 나이 18세 땐 벌써 장개석 군대의 국민당 당원이 되었다. 그는 북경(北京)에서 지하공작대원으로 활동하는 중에 일본군의 치안시찰관을 암살하였다. 그리고 또 어디서 일본군 부대의 병영과 군용열차를 폭파하는 등등 …… 으윽!

정기자 (술잔을 놓으며) 박 선배님도 잘 아시네요, 머. 단기4278년도(1945) 8.15해방 무렵에는 북경에 있는 무슨 극장인가를 폭파한 연후에 체포돼서 사형언도까지 받았답

니다. 그런데 바로 그 4일 뒤에, 일제가 패망하고 해방
되는 바람에 죽지 않고 풀려났지 뭡니까! 억세게 운수
좋게도, 무사히. 허허. 그래가지고 고국에 돌아와서는,
그해 12월 달에 몽양 선생 댁에다가 또 폭탄을 던졌노
라고말입니다. 물론 어느 누구의 사주였는지, 백민태의
독자적 행동이었는지는 아무도 모르고, 수수께끼 같은
안개 속 인물이지요. ……

박기자 야아, 술 떨어졌다! 한 주전자, 더 시켜요?

정기자 …… (담배를 피워문다. 사이)

이조사관 곰곰이 지난 3년간의 미군정 시절을 돌이켜보면, 불행
의 씨앗들이 어느새 벌써 새싹을 틔웠다는 생각입니
다. 무엇보다도 일제의 앞잡이 노릇을 한 친일경찰 세
력이 문제입니다. 그 인간들은 곳곳에, 구석구석 뿌리
를 내리고 확고하게 세력을 구축했어요. 감쪽같이 제복
을 갈아입고, 나 보란 듯이 둥지 틀고 앉아서 뻔뻔스럽
게도 말입니다. 그야말로 불행하고 파렴치하고 비극적
현상이지요! 과거 독립운동가를 탄압했던 그 피 묻은
손에서, 현재는 공산당 좌익세력을 타도한다는 깃발을
앞세우고 반공경찰로서 변신한 것입니다. 노덕술이 저
자가 우리 독립운동가를 세 명이나 고문사(拷問死)시킨
"일경(日警)의 호랑이"로 악명 높았다면, 김태석(金泰
錫) 같은 자는 "고문왕"(拷問王)으로 소문난 인물입니
다. 일경의 호랑이 노덕술과 고문왕 김태석, 이런 친일
부역자들이 민주경찰이란 간판을 내걸고서 버젓이말요!

박기자 (빈 주전자를 흔들며, 안에 대고) 야, 술 떨어졌다,

주모! 여기, 술 한 주전자 더 줘요.

주모   (코러스 중) 그만 좀 처먹어! ……

주모, 요란하게 칼질을 한다.

정기자   (비틀거리며) 박 선배, 그만 그만! 오늘은 나, 집에 가봐야 해요.

박기자   뭐야, 임마? 집에 들어가면, 배불뚝이 니 와이프가 꿀단지라도 챙겨놨냐!

정기자   바야흐로 통금 시간도 다 됐네요.

박기자   우리가 통금 걸리는 게 한두 번이냐? 딱- 한 주전자만!

이조사관   그래요. 마십시다, 한잔 더! 허허.

정기자   딱, 한 주전자만입니다?

이조사관   주모, 여기 한 주전자 더요.

주모   예 예, 여기 있습니다, 이 선생님.

(술 주전자를 내민다. 암전)

6 장

시민 1, 2, 3 등장.

시민 1   반민특위 활동이 순탄치만은 않네요. 이승만 대통령은 특위 권한을 약화시키는 수정안을 국회에 제출하면서 친일경찰을 석방하라고 압력을 넣고 ……

시민 3   이승만이 노덕술 보고 하는 말씀이 …… 그려 그리어.

시민 2   (이 대통령 어투로) "자네 노덕술이가 있어서, 우리가 두
           발 뻗고 편안히 잠을 자네! …" 하면서 칭찬하고 좋아
           들 했다잖아요.

시민 1   김상덕 반민특위 위원장, 그 인물은 대단한 사람이더
           구만요. 일본 유학생 시절에 1919년에는, 「2. 8 독립
           선언」을 주도한 학생 독립 운동가였어요.

시민 2   그리고 중경임시정부에서는 문화부장으로서 독립운동
           을 했었지. 그러다가 요번에 제헌국회에는 그의 고향인
           경상북도 고령(高靈)에서 국회의원에 당선되고 말여.
           그러니까 친일파 청산을 진두지휘하기엔 안성맞춤 인
           물이지, 머

시민 3   그럼 그럼. 그 '고문왕' 김태석이를 특별법정에 세운
           것만 봐도 역사적 사건이야. 그 역사적인 재판을 구경
           하려고 내가 '정동 대법정' 앞으로 나갔더니만, 아이구,
           야아 ~ 사람들이 어찌나 많은지, 구름떼같이 몰려들었
           어요. 해서 말탄 기마경찰 까지 동원이 돼서 질서유지
           를 잡아요.

시민 1   고문왕 김태석이 그놈! 그자의 창씨개명은 '가네무라
           (金村)태석'이야. 일정 때 고등계 '경시'(警視) 출신. 기
           미년 3.1만세운동 뒤에 새로 부임하는 사이또(齊藤實)
           총독한테 폭탄을 던진 우리 강우규(姜宇奎) 의사(義士)
           를 체포해서, 서대문감옥소에서 교수형을 당하게 했어
           요. 그뿐인가. 「밀양폭탄사건」, 「조선의용단사건」과 세
           칭 「일신사 사건」 등등 그자가 손 안댄 사건이 없어요.

시민	그리고 8.15 해방 무렵에는 중추원 참의와 경상남도 참여관까지 해처먹었잖아요? ……

기마경찰대의 말 울음소리와 군중의 소란이 들려오고,

재판장 노진설(盧鎭卨)과 피고인 김태석 둘의 모습.

영상 – 위창 오세창(葦滄 오세창(吳世昌) 선생의 휘호 '民族正氣'가 또렷이 걸려 있다.

재판장	고등경찰이란 무엇을 하는 곳인가?
피고	그저 그냥, 일본놈의 '고쓰가이'(小使) 밖에 아니됩니다.
재판장	'고쓰가이'라니?
피고	예– 일본사람들 옆에 붙어서 도와주는 소사, 그냥 잔심부름꾼이지요. (방청석에서 어이없다는 듯 큰 웃음소리)
재판장	기미년 독립만세운동 당시, 피고는 고등경찰로서 학생 사건을 취급하지 않았는가?
피고	아니옳습니다. 절대로 그런 일 없었습니다. 언제든지 나는 쫄쫄 뒤 따라 댕기는, 한 개 '고쓰가이'에 지나지 않았습지요.
재판장	한 개 '고쓰가이'라 … 그때에 피고가 취급한 사건은 무엇인가?
피고	(천연덕스럽게) 기미년 독립만세 사건의 범위는 참 넓습니다. 그 당시 만세소리가 하도 커서 정신을 못 차릴 지경이었으니까요. 심지어 우리 집 안방에서도 독립만세를 불렀고, 나도 큰소리로 우렁차게 만세를 함께 불렀습지요. 이 자리에서 내 자랑 같아서 거북하지만, 사실은 저도 애국자라면 애국자입니다. 그래서 '만세, 만

세!' 하고 소리쳐 불렀던 만세꾼들을 살째기 뒷구녕으로 빼주기도 했더랬습니다. (방청석 웃음)

재판장   그러니까 고등계 업무 일은 안보았다는 말인가?

피고   아니죠. 고등계 업무는 보았으나 취급은 안했었습니다.

재판장   고등경찰이라면 독립운동가와 사상범을 체포 고문하고 감시하는 일제의 주구(走狗), 곧 사냥개 같은 존재로 알려져 있어요. 그런데도 피고는 고등경찰에 근무하면서, 사상관계 사건을 한번도 취급하지 않았다는 게 우습지 않습니까?

피고   피고인은 일본인 순사들이 그냥 '이놈을 잡아라, 저놈 잡아라!' 하는 바람에 그대로 수행하였을 따름입니다. 그냥 그냥, 시키는 대로 '고쓰가이' 같이 말씀이죠.

재판장   고쓰가이, 고쓰가이, 일본말 쓰지 마세요. 피고 김태석에게 고문을 당했던 사람들이 많은데?

피고   그것은 헌병으로 있었다면 했을지 모르지만, 경찰에 있으면서 그런 짓을 했을 리가 만무합니다.

재판장   증인이 있는데도?

피고   어디, 누가 고문당했습니까?

재판장   김태경이란 사람이 특위검찰에 출두해서 고문당한 사실을 말하기를, "김태석이라면 3척동자도 떨 것입니다" 하고 증언했어요. 아니그러한가?

피고   그 당시에 김태경 같은 불량배를 유치장에 처넣고 콩밥을 먹였을 리도 만무합니다. 그자가 정신병자 아니면 그런 헛소리를 했을 리가 없습니다.

재판장   피고가 고등경찰에 재직 당시에, 중대 사상범 사건의

8할 이상을 본인 혼자서 취급하였다는 데 그것도 사실인가?

피고 그렇게 많이 어떻게 다 취급할 수 있겠습니까요? 수사를 지휘한 일은 한 개도 없었고, '고쓰가이', 아니 심부름꾼 소사처럼 그냥그냥 지시를 받았을 따름입니다.

재판장 중추원 참의(參議)로 있을 때는 무슨 일을 하였는가?

피고 그냥 자리를 주니까 받았습지요. 참의 자리를 받은 이상 여태껏 일해 오던 놈이 별안간 안할 수야 있었겠습니까? 안한다고 뒷꽁무니 빼도 별도리가 없었고, 일은 대충대충 했으나 대단치 않았습지요. 쉽게 간단히 말씀하면, 내선일체(內鮮一體), '나이센잇따이'란 것도 일본 사람 니네들만 잘났다고 떠들어서는 안된다, 우리가 다 같이 융화하고 함께 걸어가야 한다고 말했었습니다.

재판장 독립운동가 강우규 선생은 누가 체포했었나?

피고 자세히는 모르겠습니다만, 강우규씨 자신이 경찰서까지 찾아와서 자수한 것으로 기억하고 있습지요.

재판장 자수를 해요? 김태석 피고가 추적과 수색 끝에, 서울시 종로 누하동 17번지 임재상의 집에서 강우규 열사를 체포한 게 아닌가?

피고 피고인 본인은 그 사건에 관계치 않았습니다. 절대로입니다. 그 당시에 피고인은 무슨 중병을 앓고 있어서, 1주일만에야 겨우겨우 일어나서 변소깐에 갈 수 있을 정도였습지요. 그러니까 강우규 선생은 그해 9월 17일에, 본인이 종로경찰서에 자진출두해서 자수를 행한 것입니다, 재판장님!

방청석에서 분노와 질타의 목소리……

"저런 돌로 쳐죽일 놈!

저- 작자가 새빨간 거짓말을 하고 있네 그려.

저, 저- 저런 나쁜 철면피 같은 놈을!" 등등.

정리　(엄숙하게) 정숙, 정숙! …

재판장　잘 알겠습니다. 검찰측 논고 하세요.

검찰관 곽상훈(郭尙勳), 재판장을 향해 발언한다.

검찰관　(법복 차림) 재판장님, 곽상훈 검찰관이 말씀드립니다. 지금까지 피고는 애국자인 것처럼 횡성수설하며, 피의사실 모두를 부인하고 있습니다. 본 검찰관은 피고의 정신상태가 온전한지, 신경과 전문의사에게 정신감정을 의뢰할 것을 재판부에 제안하고자 합니다. 지금 특히 여기 기소문에도 나와 있습니다만, 피고 김태석은 가증스럽게도 밀항선 배를 타고 일본에 도피하려다가 체포된 자입니다. 민족 앞에 자기의 죄과를 자책하고 개전할 의사는 추호도 없이, 오히려 자기 죄악을 은폐하려는 데만 급급하고 있어요. 참으로 유감스럽다고 지적하지 않을 수가 없습니다.

존경하는 재판장님,

(서류를 들어올리며) 이것은 경찰서 유치장에서 피고 김태석이가 강우규 의사에게 가한 고문행위를 목도한 황삼

규(黃三奎) 동지의 증언록입니다. 황삼규 동지는, 과거 일정 말기에 본 검찰관도 역시 한때는 종로경찰서에서 철창 신세를 진 적이 있는데 그곳에서 만난 동지 올시다. (읽는다) '나는 악질 김태석이가 고문을 가하는 것을 잘 알고 있음이다. 유치장에서 강우규 의사께서 당하셨던 그 모진 고문 사실을 생생하게 목도하였다. 김태석이 그놈은 강 의사님의 혓바닥을 생짜로 뽑아내고, 그리하여 선생님 혓바닥이 세 치 가량이나 축- 늘어져서 삐져나온, 그와 같은 참혹한 광경을 나의 두 눈으로 똑똑히 보았다. 67세의 늙으신 나이에, 강우규 선생님은 인사불성으로 다 죽어가고 있었다. 아- 인두겁을 쓴 똑같은 인간으로서는 도저히 용납할 수 없는, 검은머리 인간의 할 짓이 못되는 것이다. 이야말로 천인공노할 죄상이 아니고 무엇이겠는가! …' 나의 황 동지는 분노와 설움에 복받쳐서 마룻방 기둥을 끌어안고 쾅쾅- 머리채를 부딪치고, 주먹 같은 눈물 방울을 울며불며 펑펑- 쏟아냈습니다! 재판장님, 이상입니다.

(숙연해지는 법정)

재판장 변호인. 최후변론 하세요.

변호인 (농락과 궤변으로) 에- 변호인 오숭은 올시다. 본 변호인이 검찰조서를 검토한 연후에 이것저것을 면밀히 살펴보건대, 피의사실을 입증할 만한 결정적이고 충분한 증거를 찾아내지 못하였습니다. 다만 피고인이 경찰에서 근무할 그 당시는, 너도나도 쥐나 개나, 소위 독립운동가란 작자들이 산사태가 나다시피 많고 많았습니다. 지나가는 개들도 '만세'를 외쳐댔으니까 말이죠. 가령 최자남(崔子南) 황삼규 같은 자들이 화약이나 폭탄을 일시적으로 보관하고 있었다고 해서, 그자들을 독립운동가라고 딱히 지칭할 수도 없는 것 아니겠습니까? 반드시 옥석을 가릴 수가 없는 것이다 그 말씀이에요. 그네들은 모조리 가짜 엉터리입니다. 그런고로 피고 김태석은 그같은 가짜 투성이, 엉터리 독립운동가를 잡아들였을 뿐이다 하는 것이 본 변호사가 내린 결론 올시다. 진짜 독립투사들을 왜 잡아들입니까? 나와 똑같이 피를 나눈 형제 동포들인데. 그러므로 피고가 경찰관 재직시에 체포한 인물은 가짜이고 엉터리 독립운동가들 뿐이었어요. 그렇다고 볼짝시면, 그것은 곧 조선의 독립운동을 위해서도 수많은 보탬이 되었을 것이며, 애국적인 처사 아닙니까? 이상입니다.

방청석 웅성웅성 ……
"아니, 뻔뻔스런 저- 인간을 좀 보게나!"
"저런 쓸개 빠진 놈, 오 변호사 저것도 유명한 친일검사 출신이 아닌가?"
"저놈이 죽을라고 미치고 환장했구만그려."
"악질 고등계 형사 김태석은 사형이오, 사형!" 등등.

정리   (엄숙하게) 정숙! …
재판장   (엄중하게) 판결하겠습니다.
        에- 피고 김태석에게 선고합니다. 반민법 제4조 2항,

	4항, 5항 및 제5조 위반죄를 적용하여 무기징역에 처하고, 재산몰수형 일금 50만 원을 병과한다.
변호인	(큰소리로) 재판장님, 재판이 아니고 오판입니다! 이거 불복입니다. …
재판장	그리고 변호인 오승은을 법정구속 합니다. 반민법 제7조 위반, '반민족행위자 옹호죄'로써 처분합니다!

방망이 때리는 소리, 재판장 퇴장.

반항하는 오승은 및 김태석 죄수, 경찰에게 끌려나간다.

방청객들, 크게 환호하고 박수치면서 퇴장.

7 장

시민 1, 2, 3 등장.

시민 3	50만 원! 가만 있자 … 쌀이 5만 가마니네?
시민 2	5만 가마니 그까짓 것이 많어? 그놈의 재산을 싹- 다 몰수해야 하는데.
시민 1	어쨌거나 우여곡절과 재판절차의 미숙은 있다고 쳐도, 반민재판은 역사적으로 잘 진행되고 있는 거지요?
시민 2	그럼, 잘되고말고. 매국노, 친일 반역자 처벌이라는 게 손바닥 뒤집듯 손쉬운 일이겠어? 하나씩 하나씩 해결해 나아가는 것이 중요한 거지!
시민 3	사사건건 비협조적인 이승만 박사, 반공을 가장한 친

일세력의 끈질긴 반항, 왜경출신 경찰간부들의 견제와 방해공작. 아직은 가시밭길이어. 갈길이 멀어요.

시민 1 쩌- 구라파(歐羅巴) 불란서의 유명한 실존주의 작가 알베르 까뮈(Albert Camus)는 드골 장군의 민족반역자 처단에 말썽이 생기자 요렇게 외쳤어요. "어제의 범죄를 처벌하지 않는 것은, 그것이야말로 미래에, 내일의 범죄에 용기를 주는 것과 똑같이 어리석은 일이다. 우리네 불란서 공화국은 관용으로 건설되지 않는다! …"

시민 2 미래에, 그러니까 훗날 내일의 범죄에 용기를 준다고? 이야하 ~ 요 친구 가 별것을 다 알고 있네그랴!

시민 1 으흠! 그것이야 일반상식이죠, 머.

시민 3 근데, 실존주의란 것이 뭐냐? (사이)
실존주의가 뭣이냐구, 엉?

시민 2 간단하게 설명해줄까? 실! 실제로, 존! 존재한다. 수업 끝. 허허.

시민 1 그나저나 5월 달에 들어서자마자, 큰 사건이 두 개나 터져 버렸어요!

시민 3 큰 사건 두 개라고? 고것이 뭣인데?

시민 1 첫째, 5월 3일자로 시행된 『서울신문』발행정지 처분! 『경향신문』과 더불어서 가장 비판적이고 진보적인 논조를 유지하고 있는 신문이 서울신문 아니요? 그런디 이승만 대통령의 입맛에 맞지 않았는지 정간조치를 내렸대요. 그러니까 신문사 펜대에 쇠고랑을 채우고 주둥이에다 재갈을 물려버린 꼴이 아닌감유?

시민 3 그리고 둘째로, 또 하나는 뭣이랑가?

시민 2 뭣이긴 뭐여. 그것도 몰라? 국회 안에서 벌어진 「남로
       당 프락치 사건」이제. 친일파 청산에 제일 적극적인 소
       장파 젊은 국회의원들을 빨갱이로 몰아서 체포해 간
       그 사건 말일쎄! …… (암전)

8 장

라디오의 뉴스 방송.
무대 뒤에 시위대 영상 ~~

라디오소리 "국회내 '친공의원'을 규탄하는 시위대의 행렬이 연일
       계속되고 있습니다. 이른바 국민계몽협회가 주최하는
       5,6백여 명의 시위대는 어제의 파고다공원 집회에 이
       어서, 오늘은 국회의사당 앞까지 진출하여 데모를 벌임
       으로써, 한동안 태평로 일대의 교통질서를 마비시키기
       도 했습니다. 그리고 어제 있었던 파고다공원 집회에서
       는 진상조사차 현장에 나갔던 김옥주(金沃周) 의원이
       봉변을 당하였고, 유성갑(柳聖甲) 의원은 뭇매를 맞는
       등 큰 불상사가 발생하기도 하였습니다. 한편 관련기관
       소식통에 따르면, 경찰청과 군 수사기관에서는 이들
       「남로당 프락치 사건」에 관한 모종의 비밀정보를 입수
       하고, 더욱 철저한 내사를 벌이고 있는 것으로 알려지
       고 있어 귀추가 주목됩니다. ……"

반민특위 사무실.

김상덕 위원장과 이 조사관 및 특경대장 등.

전화기를 들고 통화중인 이 조사관 ……

이조사관   (다급하고 초조하게) 여보세요? 여긴 반민특위 사무실입니
              다. 우리 위원장께서 시경국장님과 통화를 원하시는데
              부재중이라구요? 아니, 어느 곳에 계신지도 모른다니,
              그런 무례하고 잘못된 경우가 어디 있습니까? 지금 현
              재 이곳 상황이 심상치 않게 돌아가고 있다니까요, 글
              쎄. ……

김상덕   전화기, 줘봐요. 누가 받습니까?

이조사관   예- 최 아무갠가 하는 사찰과장입니다, 위원장님. 아무
              래도 의도적으로 피하는 것 같은데요?

김상덕이 전화기를 받아들고,

동시에 최운하의 모습이 다른 쪽에 나타난다.

그는 이쑤시개를 한 손에 들고 이빨 사이를 후벼가면서,

비스듬히 의자에 기댄 채 불손한 자세이다.

그러나 말솜씨는 공손하게 ……

김상덕   (받아들고) 나, 반민특위 위원장 김상덕 의원 올시다. 김
              태선 시경국장님이 어디에 계십니까?

최운하   아- 예, 김상덕 위원장님! 지금 현재 청내에는 아니 계
              신 모양입니다요. 아무런 말씀도 아니하고 그냥 나가셔
              서, 허허.

김상덕	사찰과장님? 어제 내가, 경찰 병력을 이곳에다 배치해 달라고 분명히 요청했습니다. 만의 하나, 불상사에 대비하기 위해서말요. 그 무슨 「국민계몽협회」인가 하는 시위대들이 반민특위를 습격한다는 정보가 있어서말요. 우리 특위 사무실에 관한 경비를, 시경국장님께 의뢰했단 말씀입니다. 내가, 특위 위원장 명의로 확실하게 ……
최운하	예, 물론 잘 알아 모시겠습니다. 그런데 아무런 지시 말씀도 없이 출타하시는 바람에, 저희 아랫것들로선 생판 영문도 모르는 금시초문입니다요, 위원장님.
김상덕	금시초문? 도대체 아무런 지시도 못 받았다 그 말씀이오?
최운하	그렇습니다, 특위 위원장님.
김상덕	그렇다면 본관의 말씀을 시경국장이 무시하고, 의도적으로 묵살했다 그런 뜻입니까?
최운하	원- 천만에 말씀을! 어느 어르신의 말씀이라고 무엄하게, 감히 그럴 리가 있겠습니까요? 헤헤. 공무상으로 여러 가지 바쁘시다 보니까, 아마도 총중에 깜빡깜빡하고 망각하셨는지도 모르는 일입지요.
김상덕	(화가 나서) 아니 뭐요? 총중에 깜빡깜빡 … 그건 그렇다치고 한 가지 더 물어봅시다. 그 '국민계몽협회'란 것은 어디서 나타나서, 뜬금없이 무엇을 하는 유령단체입니까?
최운하	위원장님, 우리 경찰에서도 목하 조사중에 있습니다요.
김상덕	목하 조사중이라? 허허, 요런 부실한 인생들을 봤나!

	그건 그렇고, 어서 속히 경찰대를 우리 사무실에 보내서, 특위를 경비를 할 수 있도록 조치하세요.
최운하	특위 위원장님, 그점은 불가능한 일이라고 사료됩니다. 저희들 민주경찰은 상부지시가 없으면 한 발짝도 나아가거나 움직일 수가 없음입니다. 어르신께서도 잘 아시는 바 아니겠습니까? 이번 사태는 널리널리 해량(海諒)해 주십시오, 위원장님! 저는 그럼 … 심히 바빠서 이만! (무례하게 전화 끊는다)
김상덕	으흠! … (전화기를 내려놓는다)
특경대장	위원장님, 내무장관에게 직접 통화하시는 것이 어떻겠습니까?
김상덕	내무부 장관은 현재 와병중 아닙니까? 출근도 제대로 못하고 …… 어쩔 수 없어요. 우리 특경대가 자체 경비를 서도록 합시다. 스스로말야.
이조사관	40명 남짓한 특경대원을 가지고, 수백 명이 넘는 데모대를 제어할 수가 있겠습니까? 어려운 일입니다요, 위원장님.
특경대장	위원장잠님, 그렇습니다. 중과부적입니다!
김상덕	중과부적! 중과부적이라 …… (암전)

다시 전화기를 들고 통화하는 최운하의 모습.

| 최운하 | (거만하게) 예, 최운하 사찰과장입니다. 아- '국민계몽협회' 손빈 부회장님? 하하. 그래요, 나 최운하요. (위엄을 갖추고) 그래요, 그래. 요사이 손 부회장의 노고가 |

많소이다. 현재까지는 국민계몽협회가 잘- 활동하고
있어. 좋아요. 글쎄, 그렇다니까? 눈부시게 맹활약중.
'베리 굿'이야, 베리 굿! 뒷배(背後)는 든든하게 우리가
버티고 있으니까 아무런 염려, 걱정일랑 붙들어매요.
이것도 다 하늘같이 높으신 존경하는 대통령님, 각하를
모시고, 애국자의 길 아닙니까? 하하. 그러고말야. 맨
날 파고다공원이나 국회의사당 앞에서만 설칠 것이 아
니고 바운더리를 넓혀요. 데모대 범위를 좀더 크게, 크
게말야. 저쪽 남대문로와 을지로를 위시해서, 반민특위
본부가 있는 사무실까지 치고 나가요. 기왕지사 떨치고
나선 김이니까 '무조건항복' 받을 때까지 밀어붙이는
것이지, 머. 빨갱이 국회의원은 때려잡아야 한다니! 하
하하. 그럼그럼, 좋다구. 멸공이다, 멸공 …

(전화를 탁- 끊는다)

이때 정기자 등장.
정기자는 현 시국이 너무 어처구니가 없어 참지 못하고 최운하에게
따지려 한다.

정기자   안녕하십니까, 사찰과장님?

최운하   어서 오시오, 기자양반. 아니, 신문도 못찍는 쭉정이
         기자가 웬일입니까! 그 신문사는 발행정지 아닙니까?

정기자   신문 못찍는다고 취재도 하지 말란 말입니까? 특위본
         부에, 지금 방금 가봤더니만 분위기가 어수선합니다.

최운하   왜요?

정기자   시위 데모대가 본부 사무실에 몰려올 것이라며 전전긍

긍하고 있던데요?

최운하 (시큰둥하게) 겁먹을 짓을 했나보구먼.

정기자 과장님, '국민계몽협회'란 것 말입니다. 거- 가짜 유령
단체 아닌가요? 관제(官製) 데모를 위해 어떤 기관에서
활동자금을 후원하고, 일시적으로 급조해 낸 …

최운하 엑키, 여보시오! 누구 생사람 잡을 일 있소이까? 그런
엉터리, 황당한 얘기를 여기 와서 따지다니요. 허허.
당사자 찾아가서, 신문쟁이 기자가 직접적으로 물어보
시구랴!

정기자 서울시경 사찰과에서 모른다면 누가 압니까? 담당 과
장님이 그걸 모르고 있다면 그야말로 직무유기지요!

최운하 (싸늘하게) 여보 정기자, 말씀 삼가해요! 대한민국 우리
나라 헌법에는, 언론자유와 집회 결사의 권리가 엄연히
보장돼 있어요. 그러니까 누구든지, 아무나 개나 말이
나 송아지나 돼지나 단체를 만들어내고, 길거리에 모여
서 큰 목소리 낼 수도 있는 것 아닙니까? 허허. (사이.
눈치를 보며) 하기사 세상살이가 조금은 뒤숭숭하죠, 정
기자님?

정기자 까마귀 날자 배 떨어진다고, 우익 반공주의자들로선
물실호기 아닌가요? 반공이다, 멸공이다 하고, 목청껏
떠들어대면서 말입니다.

최운하 (능청스럽게) 에이, 쯧쯧! 그런 이바구는 듣기에 불쾌하고
고약하다! 안그래요, 정기자님?

정기자 아니, 뭐가 말입니까! 같은 동료 국회의원의 '석방결의
안'에다가 찬성표를 던졌다고 해서, 빨갱이 공산당이라

고 성토대회를 한다니 그게 말이나 됩니까? 찬성표를 던진 국회의원이 88명입니다!

최운하 우리 경찰관 입장에서는, 현재 구속중에 있는 이문원(李文源)과 최태규(崔泰奎), 이귀수(李龜洙)씨 등 국회의원 3인은 '남로당 프락치'가 확실합니다!

정기자 그 소장파 젊은 국회의원들이 곧바로 반민특위를 지지하고, 적극 활동했던 인사들 아닌가요?

최운하 그래서 반민특위를 곱지 않은 시선으로 바라보는 사람들도 많아요!

정기자 그건 또 무슨 말씀입니까! 그렇다면 과장님 생각은, 반민특위가 무슨 '친공집단'이라도 된다는 의미인가요?

최운하 원, 천만에! 큰일 날 소리를, 하하하. (홍소) 우리끼리는 다투지 마십시다. 그대는 신문기자이고, 난 경찰 수사관 아닙니까? (담배를 한 대 피워물고 홀린 듯이) 학교에서 조금 배운 것들이라는 게 무엇이 중요한지를 잘 몰라요. 기자양반, 나의 생각도 들어봐요. 대한민국이 어떻게 세워진 나라입니까! 새 나라의 새 아침입니다. 그러므로 국가사회의 안녕질서, 곧 치안유지가 초미의 급선무이고 공산당을 타도하는 일입니다. 지금 현재 누가 있어 중차대한 그 일을 담당하고 있습니까? 우리나라의 경찰관들입니다. 새나라 대한민국의 영원한 영도자이며, 한없이 존경하고 존경하옵는 국부(國父) 이승만 박사님! 이승만 대통령 할아버지를 모시고, 우리네 치안 경찰이 그 막중한 국사를 똘똘 뭉쳐서 수행하고 있습니다. 그런데두 저- 반민특위는 똥인지 된장인지도 모르고, 검은 손길을 민주경찰한테 뻗치고 있어요. 그렇다면 호시탐탐 깨춤 추고 좋아할 자 누구이겠습니까! 3.8선 너머 북한 공산주의자밖에 더 있겠소? 콱- 숨통이 막히고 억장 무너지고 큰 사단이 일어날 일입니다. 그놈의 공산당 빨갱이를 때려잡고 새 나라 건설하자는데 왜들 이러십니까요, 엉?

정기자   (분노하여) 뭣이라구요. 아니, 그따위 엉터리 궤변이 어디 있습니까? 최 과장님, 정신 차리십시오. 정신 차려요, 제발! …

이때 한쪽에서, "공산당을 때려잡자!" "빨갱이 국회의원을 색출해라!" "공산당을 때려잡자"등 데모 행렬이 크게 지나간다.

최운하는 시위대의 소리에 미소를 머금고 정기자를 향해,

최운하   (보란듯이) 허허! 애국시민들께서 왜 저렇게 데모를 하시나? …… (퇴장)

정기자, 두 주먹을 마주치며 머리를 떨구고 절망한다.

이윽고, 무대 한쪽에서 아내가 뜨개질감을 한손에 들고 등장.

아내   …… (물끄러미 지켜보며) 피곤하고 배고프시죠?

정기자   으응. 이곳저곳 돌아다니다 보니까 식사도 걸렀어요. 당신은 저녁 먹었소?

아내   예, 먼저요. 당신 기다리다가 ……

정기자   그럼, 나를 기다릴 것까지 없어. 뱃속에 있는 태아를 위해서라도 양껏 먹어둬요. 우리 아가 건강하고 튼튼하게.

아내	(뜨개질을 펴보이며) 이 색깔 예쁘죠? 빨강색. 우리 아가, 겨울 모자예요. 벙어리장갑도 이쁘게 뜰 거예요.
정기자	참- 예쁘고, 앙증맞다. (손가락을 꼽으며) 굿, 베리 굿! 자나깨나, 그대는 애기 생각뿐이구나. 와이프, 고마워요! 허허.
아내	뒤숭숭하게, 세상이 왜 이렇게 시끄럽지요? 현직 국회의원이 데모대에게 폭행을 당하고, '남로당 프락치 사건'은 또 뭐예요?
정기자	이것저것 죄다 알 것 없어. 사랑하는 그대는 귀 막고 살아요.
아내	집안에 틀어박혀 있는 아녀자라고, 세상사 돌아가는 것 몰라도 돼요?
정기자	허허, 그런 말뜻이 아니고 … (짐짓) 나의 지극히 사랑하는 마누라와 우리의 귀여운 아가는 혼탁한 세상에서 멀리 떨어져 있어야 한다는 거요! 요렇게 시끄럽고 추잡하고, 너덜너덜한 세상사에 물들지 않게끔 말야.
아내	고양이가 쥐 생각하고 계시네요! 호호. 그건 그렇고, 신문사가 정간처분을 받아서 어떻게 하죠?
정기자	얼마 아니면 정부에서 풀어주겠지, 머. 서울의 신문 통신사 편집국장 모임인 「담수회」에서도 정간조치 재고를 요청하는 품의서를 경무대에 올렸어요. 그리고 중앙청 출입기자단과 유엔한국위원단 기자모임도 대통령한테 건의서를 제출하고, 또 반민특위에 출입하는 우리 기자단에서도 성명서를 발표하고 그랬으니까 ……
아내	이 대통령한테 미운털이 박혔던 모양이죠?

정기자	미운털이라니, 무슨? 우리는 언론의 정도를 걸어가고 있을 뿐이에요. 자기네 입맛과 비윗장에 안맞는다고, 글쎄 이건 언론탄압이에요. 무슨 놈의, '정부의 위신을 실추케 하고, 사회의 안녕질서를 문란케 하였으며, 정부와 민간을 이간시킨다'는 등등, 씨알도 안먹히고 가당찮은 이유를 붙여가지고는 말야. 흐음- 삐딱하게 세상이 잘못 돌아가고 있다니까!
아내	그나저나, 나랑 애기 걱정은 말고 당신이나 몸조심 잘해요.
정기자	고마워요, 그래애. 그런데, 여보? (짐짓 진지하게) 당신 참, 태교(胎敎)라는 말 들어봤어? 그 엄마가 태교를 잘해야만 훌륭한 애기가 출생한단 말야.
아내	뜬근없이 무슨 객쩍은 소리예요? 태교를 모르는 여자가 어디 있어요?
정기자	진짜? 그러면 당신이 얘기해 봐요. 태교가 뭐야?
아내	호호.
정기자	말해 봐, 태교가 뭔데?
아내	호호호 ……
정기자	모르지?
아내	그만둬요! 그렇다면 당신님이 애기를 낳도록 하시지?
정기자	여보, 말요. 내가 신문사 도서실에 가서, 남들 몰래 태교에 관한 책을 찾아봤다는 것 아냐?
아내	참- 기가 막혀서, 호호. 평소에 당신답지 않구료. 언제는 눈코 뜰 새 없이 바쁘다면서 야단치고. 야간 통금 시간 때까지 술독에 찌들어 사는 신문기자가 언제부터

말입니까?

정기자   왜 이래요? 장차 미래에, 한 아이의 아버지로서 나도
자기 할일은 한다니까 그러네! 자- 잘 들어봐요, 똑똑
히? (아내의 두 팔을 잡고, 또박또박) 평소에 화내지 말고 옷
을 두껍게 입지 말라. 무거운 짐을 들고 높은 곳에는
오르지 마라. 자기보다 높은 곳에 있는 물건은 손대지
말고, 잠을 많이 많이 자지도 말며 위험한 곳을 나다니
지 말라. 참혹하고 나쁜 것은 절대로 바라보지 않는다.
애기 엄마는 편안히 앉아서 성현의 말씀을 언제나 암
송한다. 시를 읽고, 붓글씨를 쓰고, 아름다운 음악을
뱃속의 아가와 더불어서 고요히 함께 들어야 하느니라.
……

아내   …… 애기의 엄마는 마음을 편안하게 가지고, 올바르게
바라보며 정견(正見), 올바르게 생각하고 정사(正思),
올바르게 말하고 정어(正語), 올바르게 행동한다, 정업
(正業). 네 가지의 이같은 마음가짐이야말로 중요하고
도 중요할지니, 반드시 꼭, 꼭꼭- 반드시 명심할지어
다! (그의 가슴에 다소곳이 안긴다. 암전)

9 장

데모행렬   "반민특위는 빨갱이 집단이다."
　　　　　"반민특위는 공산당 앞잡이다."
　　　　　"반민특위는 즉시 해산하라!"

"공산당 앞잡이 특위를 해체하라."
"반공만이 살길이다, 공산당을 몰아내자! ……"

반민특위 본부 사무실
김 위원장과 이 조사관, 특경대장 등

김상덕	(당황하고 불안하여) 이런 난감할 데가 있나! 서울시경에서는 아무 연락도 없습니까? 요럴 때 치안경찰은 뭣을 하는 겁니까, 엉? 요것은 불법이예요. 불법시위행동!
특경대장	경찰관들은 한 사람도 눈에 띄지 않습니다, 위원장님.
김상덕	데모 군중이 얼마나 됩니까?
특경대장	실히 5, 6백 명도 넘습니다.
김상덕	특경대장, 저- 시위대를 해산시킬 방법이 없습니까?
특경대장	위원장님, 특경대원 숫자만으로는 어렵습니다. 우리 대원은 겨우 40여 명에 불과하고, 치안유지를 목적으로 하는 특경대원이 아닙니다. 그러고 저들은 과격한 구호를 외쳐대고 있습니다. '특위는 공산당 집단이다', '반민특위를 즉시 해체하라' 등등.
김상덕	쯧쯧쯧. 정신머리들이 나갔구먼!

'쨍그렁!'
사무실 유리창이 돌팔매에 깨지는 소리와 함께 스피커 소리.
"노덕술을 석방하라!"
"노덕술은 공산당을 때려잡는 애국자이다!"
"애국자 노덕술을 석방하라!" 등등
'짝짝 짝- ' 박수와 함성 소리 ……

이때, 이 조사관과 정기자 총총히 등장.

이조사관　위원장님! 저 시위대는 전부 가짜입니다!

김상덕　그게 무슨 말이오, 가짜라니?

정기자　최운하를 비롯한 서울시경 경찰들이 배후가 돼서 시위
대를 조종하고 있답니다.

(서류를 내민다) 자, 여기. 데모대를 보호하라는 서울시경
의 지침서류입니다.

김상덕, 서류를 받아 읽으며 분노한다. 얼굴이 붉어진다.

김상덕　이런 나쁜 인간들! 아니, 서울시경에 근무하는 경찰 간
부들이 감히 이와 같은 해괴망측한 짓거리를 해요? 허
허, 천인(天人)이 공노할 일. (단호히) 특경대장!

특경대장　(차렷자세) 예, 위원장님.

동시에 유리창이 깨지고 또 함성 소리 …

"공산당 빨갱이와 싸우는 애국자를 잡아간 반미특위는 공산당 집단
이다!"

"애국자 노덕술을 당장에 석방해라." "석방하라, 석방하라!"

김상덕　지금 당장에, 데모대를 강제해산 시켜요! 시위 군중이
말을 듣지 않으면, 공중에다 대고 공포탄을 쏴서라도
…

특경대장　알겠습니다. 예에! (권총을 빼들고 퇴장)

김상덕　그리고 이 조사관은 관련 당사자를 모두 연행하고, 즉
각 구속시키도록 해요. 그자가 어느 누구이든지, 지휘

고하를 막론하고 말야!

'탕, 탕, 탕!' 총소리 울리고, 호루라기 소리 및 데모대의 혼란과 함
성소리 요란하다.
특경대원들이 최운하를 필두로 서너 명을 검거해서 압송하고 있다.
최운하는 눈 하나 깜짝 않고 당당한 모습이다.
그들 무대를 가로질러 퇴장한다. (퇴장)

전투복 차림의 중부경찰서장 윤기병과 종로서장 윤명운, 보안과장
이계무 등.
다른 쪽에는 김태선 시경국장. 등장. 모두 그를 향하여 엄숙히 '차렷
경례!' …
윤기병이 전화기를 들고 김태선에게 통화한다.

김태선   도대체 어떻게 돌아가는 거야!

윤기병   경찰국장님, 긴급보고 말씀을 올립니다. 현재 시경 산
         하, 사찰과 경찰관 150명 전원이 '집단 사직서'를 제출
         하였습니다. 일제히 …

김태선   뭣이라구? 150명 전원이 '집단 사직서'? 그것은 항명
         행위야. 항명행동은 절대로 용납 안돼! '집단사표'는 불
         가능한 일이예요.

윤기병   국장님, 아뢰옵기 황송하오나 분통 터져서 못살겠습니
         다. 우리네 서울시 경찰들은 힘도 없는 바지 저고리란
         말씀입니까! 반민특위 이 새끼들이 애국자 노덕술 선생
         을 잡아가더니만, 요번에는 또 사찰과장 최운하와 종로
         서의 사찰주임 조응선(趙應善), 그리고 민간인 신분으

로 '국민계몽협회'의 김정한 회장 외 1인 등 4명을 불법적으로 체포 구속한 것입니다. 바야흐로 특경대는 불법행위를 자행하고 있습니다. 평화적인 시위대를 마구잡이로 탄압하고, 현직 경찰관을 불법적으로 체포 구금하는 등등. 아니 글쎄, 특경대가 뭣인데 경찰관들을 못살게 하고 나옵니까? 이런 사태 속에서, 저희들이 어찌 사직서를 제출하지 않을 수 있겠습니까?

김태선   으흠, 잘들 날뛴다! 잘들 놀아요, 빨갱이 새끼들!

윤기병   시경국장님께서 명령을 내려주십시오. 소정의 적절한 조치를 모두 취할 수 있도록 말입니다.

김태선   그래요. 본관 역시, 특단의 조치가 절실하고 필요하다는 생각입니다. 만부득이, 불가피한 실력행사를 하는 수 밖에.

윤기병   존경하는 국장님. 우리 민주경찰이 특경대를 무장해제시키고 해체할 수 있도록 하명(下命)을 거두어 주십시오!

김태선   좋아, 그렇게 합시다. 차후에 발생할 모든 사태에 대한 책임은 본관에게 귀속합니다. 지금부터서 불법적 행위를 일삼는 특위위원을 일망타진, 모두 잡아들이고, 새나라 국가 사회의 치안과 혼란을 바로잡도록 하시오!
(암전)

윤기병   (모두) 타도하자, 공산당! 멸공, 멸공! … (사이)
지금부터 서울시 경찰은 특경대의 무장해제를 위해서 실력행사에 들어간다. 경찰관들은 출동준비를 위해 완전무장하고 대기하라. 작전시각은 명 6월 6일자 오전

7시. 그리고 각도에 있는 반민특위 지부의 전화선을 절단하여 연락망을 두절시키고, 특히 경기도의 특위지부는 그 사무실을 완전봉쇄한다.
(큰소리) 출동! 출동을 명령한다. 작전개시! ……

무대 안쪽에 '부르릉-' 자동차의 시동소리 요란하고,
헤드라잇 불빛이 눈 부시게 발사한다
잠시 동안 일대 혼란과 아수라장 ……

윤기병　(목소리) 저- 공산당 새끼들, 조져버려! 물샐 틈 없이, 닥치는 대로 연행하라! 본부 사무실에 아침 출근하는 자는 개미새끼 한 마리 놓치지 말고 …

이승만 대통령 서서히 등장, AP기자와 인터뷰.

이승만　사실을 말씀하자면, 특경대 해산은 내가 곧바로 명령한 것입네다. 나는 국회에 대해서, 특위가 기소할 혐의가 있는 자의 명부를 작성해 줄 것을 요청했습네다. 그 명부 속에는 백 명의 이름이 오르든지, 천 명의 이름이 오르든지 상관하지 않습네다. 다만 그쪽에서 이 같은 명부를 정부에 제출해 주면, 관련자 모두를 체포하여 한꺼번에 사태를 해결할 생각입네다. 내가 사랑하는 모든 국민은 나 대통령 이승만을 깊이 신뢰하고 믿으면 됩네다. 우리 정부쪽에 반민자들의 명부를 제시해 주기만 하면, 그 숫자가 아무리 많아서 천 명이든 백 명이든지, 한꺼번에 모조리 엄밀하게 조사 체포해 가지고,

잘 처리해 나아갈 작정이라는 뜻입네다. 오늘의 사태는 민족을 분열시키고 국력을 낭비하는 것입네다. 나를 믿으십시오! 나 대통령 이승만을 믿어주십시오. 뭉치면 하나지만 흩어지면 3천만입네다. 나를 믿고 따라와 주십시오. 친애하는 국민 여러분, 뭉치면 살고 흩어지면 죽습니다. 내가 대통령 이승만입네다! …… (암전)

10 장

시민 1. 2. 3, 다시 신문 한 장씩 들고 나타난다.

시민 1   『경향신문』은 1949년 6월 6일, 노덕술의 체포 이후 위기감을 느낀 친일경찰에 의한 반민특위 습격사건을 소위 '6. 6사건'이라고 불렀습니다. 이게 바로 그 이틀 후 실린 신문기사예요.

시민 2   그날 아침에 난리가 났었지, 안개가 짙게 낀 새벽에 특위본부는 아수라장으로 쑥대밭이 됐잖아요. 특경요원 35명이 평상시처럼 출근했다가 무장경찰한테 영문도 모른 채 끌려가고, 특위 검찰관 대장을 겸임하고 있던 검찰총장이 권총 빼앗기고 콘크리트 바닥에 무릎까지 꿇리는 수모를 당했어요.

시민 3   뭐야, 에잇! 아무리 그래도 그렇지. 검찰총장님 경찰한테 무릎을 꿇어?

시민 2   허허, 참말이라니까! 시방 서울 장안에 소문이 쫙- 퍼졌습니다.

시민 1 (신문을 가리키며) 그나저나 초대 대통령 우리 이승만박사
께서는 왜 그같은 행동을 하셨을꼬, 잉? 당신님이 찬성
하고 설치한 반민특위를, 요렇코롬 헌신짝 버리듯이 가
래침을 내뱉고 말여.

시민 2 누가, 아니래? 그게 다 여우 같은 늙은이 이 박사의 악
착같은 권력놀음이예요. 이승만 박사의 권력기반이란
게 애시당초 첫 출발부터가 외세(外勢)! 즉, 미국 사람
양키와 친일파들, 요 양대세력한테 깊게 뿌리박고 있기
때문이야!

영상 - (글자)
경찰관 최난수와 홍택희는 '살인예비죄 및 폭발물 취체법' 위반죄가
적용되어 각각 징역 2년의 실형이 선고되었다. 그러나 노덕술과 박
경림에게는 증거불충분을 이유로 무죄가 선고되었고, 능구렁이가 흙
담을 넘어가듯 흐지부지 일단락되고 말았다. 역사의 미궁(迷宮) 짙은
안개 속으로 ……

시민 1 (신문을 펼치며) 그나저나 「6. 6사건」 그날에, 경찰서로
끌려간 특경대원들은 모질게 당했을 게야!

시민 2 물론이고말고. 일정 때 순사 시절에 익히고 배운 '고문
기술자들'인데 오죽했겠어요? 불문가지어.

시민 1 '6. 6사건' 이후 반민특위는 힘을 잃어버렸고, 친일청
산이라는 역사적 과제는 물 건너 간 것이어. 쯧쯧쯧 …

시민 2 국회의원 김상덕씨도 특위 위원장 자리를 사퇴하게 되
었고, 다시금 친일파들이 활개치는 세상이 된 것이지!

시민 3   그렇다면 앞으로는, 친일파 색출과 청산은 안하는 거
           야?

시민 1, 2   안하기는? 끝까지 파헤쳐야지! 뿌리를 싹 죄다 뽑아버
           려야 혀! (두 사람, 신문지로 시민 3의 머리를 때린다. 암전)

(영상)

– 서대문 『독립기념관』이 보관하고 있는 갖가지 고문기구들.

희미한 어둠 속에 코러스의 여러 가지 고문 장면이 펼쳐진다. 마치
무당 집 방안에서 보듯이, 천장에 대롱대롱 매달려 있는 울긋불긋한
헝겊조각의 인형들. 피범벅이 된 고문인형 20여 개가 차례로 하나씩
툭 툭– 떨어진다.

정기자는 그들을 따라가면서 이리저리 올려다보며 소리친다.

정기자   주전자째로 뱃가죽이 남산(南山)만큼 부풀어오르게 맹
           물이나 고추가루 탄 찬물을 쏟아붓는 물고문. 다섯 손
           가락 사이에 막대기를 끼워넣고 손가락 비틀기. 쇠가죽
           으로 채찍질하고, 주리를 틀고, 미제 빠따 몽둥이로 무
           차별 난타하기. 화젓가락으로 살가죽을 태우는 불고문.
           여자를 홀라당 벗겨놓고 알몸인 채로 가하는 성고문.
           꽁꽁 뒷짐으로 묶여서 결박당한 채 시계 불알처럼 천
           장에 매달아놓고 비행기 태우는 공중전. 종이노끈으로
           남자의 자지 구멍에 심지를 박아넣고, 열 손가락 손톱
           밑에다가 쇠바늘 쑤셔대고, 사흘이고 나흘 동안이고 잠
           을 안재우기. 칠성판에 묶어놓고 생똥 싸게 하는 전기
           고문. 물에 불린 가죽끈으로 몸뚱이를 칭칭 감아서, 뜨
           거운 햇볕 속이나 난롯가에 갖다놓고 사람 말리기. 사

람의 팔뚝 관절을 뽑아서 흔들흔들 흔들어대기. 생사람
을 관속에 집어넣고 그 뚜껑에다 못질을 하는 벽관(壁
棺)! …… (인형들 사이에서 절망하고 절규하며 무릎 꿇는다)
여보, 여보! 나의 사랑하는 마누라와 태어날 애기는 혼
탁한 세상에서 멀리멀리 떨어져 있어야 한다니. 요렇게
추잡하고 시끄럽고 너덜너덜한 세상사에 물들지 않게
끔 말요. ……

만삭의 아내가 왼쪽에서 등장하여, 무대를 가로질러 주춤주춤 힘들
게 지나간다.

아내   (무심한듯) 여보, 여보! '유' 당신님 거기서 뭣을 해요?
            또 술 마셨어요? 술 좀 작작 마셔요. 얼마 아니면 우리
            아가가 세상에 태어나, 고고(呱呱)의 울음소리를 터뜨
            릴 텐데.
            (불룩한 배를 어루만지며) 아가야, 너는 아빠 같은 험한 세
            상에서 살아가지 마라! 귀엽고 이쁜 우리 아가야, 응?
            ……
정기자   ……

한 소녀의 청아하고 앳된 '동요'(童謠)가 온 무대에 울려퍼진다.

            (노래) "태극기가 바람에 펄럭입니다/
                    하늘 높이 펄럭입니다 …
                    새나라의 어린이는 일찍 일어납니다/
                    잠꾸러기 없는 나라 우리나라 좋은 나라//

(반복)　새나라의 어린이는 일찍 일어납니다

　　　　태극가가 바람에 펄럭입니다 …… (어둠 속에서)

서서히 막 내린다.　　(끝)

주인공 정기자(이승훈)와 ▶
아내(장지수)

▲ 서울 시민 : 왼쪽에서 최승일, 배상돈, 유정기 배우들

■ [참고도서 및 논문자료]

김도현 : 李承晚 路線의 재검토 (『해방전후사의 인식』 한길사,
        1980)

김삼웅 外 : 『반민특위 - 발족에서 와해까지』 (가람기획, 1995)

김재명 : '반민특위' 파괴공작의 全貌 (잡지 논문)
        『한국현대사의 비극』 (도서출판 선인, 2003)

김홍우 : 제헌국회에 있어서의 정부현태론 논의 연구 (서울대,
        인터넷)

박원순 : 2차대전 후의 프랑스의 부역자 처벌 연구 (인터넷~)

박한용 : 친일잔재 옹호하는 10가지 '궤변'들 (민족문제연구소,
        2002)

서영준 : '반민특위'의 활동에 관한 연구 (서울대 정치학 석사논
        문, 1988)

안 진 : '盧德述'-친일 고문경찰의 대명사 (반민족문제연구소)

오성진 : 이승만 정권의 정치충원에 관한 연구 (연세대 정치학석사,
        1985)

오익환 : 반민특위의 활동과 와해 (『해방전후사의 인식』 한길사,
        1980)

이강수 : 『반민특위연구』 (나남출판, 2003)

이용국 : 해방후 반민특위의 실패원인 연구 (민족문제연구소 인
        터넷)

임종국 : 『親日文學論』 (평화출판사, 1966)
        日帝 高等係 刑事 (잡지 논문)
        일제말 親日群像의 실태 (『해방전후사의 인식』 한길사,

　　　　　1980)

　　　　　『신록 친일파』 (반민족문제연구소 엮음, 돌베개,
　　　　　1991)

주섭일 : 『프랑스의 대숙청』(중심, 1999)

　　　　　프랑스의 나치협력자 청산 (사회와 연대, 2004)

정운현 : 친일파 연구의 현황과 과제 (한국정신문화연구원 발표
　　　　　논문, 1998)

　　　　　『증언 반민특위- 잃어버린 기억의 보고서』 (삼인,
　　　　　1999)

　　　　　『나는 황국신민이로소이다』 (개마고원, 1999)

한홍구 : 『대한민국 ‘史’ - 1』 (한겨레신문사, 2003)

허　종 : 『반민특위의 조직과 활동』 (도서출판 선인, 2003)

민족문제연구소 : 『친일파란 무엇인가』 (아세아문화사, 1997)

한국정신문화연구원 : 『내가 겪은 해방과 분단』 (도서출판 선인,
　　　　　2001)

역사적 아이러니의 〈반민특위〉

서 연 호
(고려대 명예교수)

반민특위는 '반민족행위특별조사위원회'의 약칭이다. 1948년 8월 15일에 대한민국정부의 수립 선포가 있기 전, 5월 31일에 제헌국회의 개원이 있었다. 국회에서 서둘러 제정된 것이 9월 7일의 「반민족행위처벌법」이고, 이 법의 실행을 위해 국회의원 10인의 반민특위 · 특별검찰부 · 특별재판부 등이 설치되었다. 공소시효는 1950년 9월까지였다. 반민특위는 일제강점기에 악질적인 반민족행위를 자행한 것으로 혐의자 680 명을 2년 동안 조사했다. 그러나 정부 수립 이전의 미군정청은 이들 친일파의 상당수를 채용하여 군정을 이끌었으므로 처벌에 반대했고, 이승만 대통령은 일제시의 친일파 관료들을, 특히 치안경찰 관직에다 다시 중용하고 있었으므로 그들의 처벌을 탐탁하게 여기지 않았다. 1949년 6월에 반민특위는 친일파 혐의의 경찰간부들을 조사하기 시작했는데, 이에 반발해서 경찰조직은 반민특위의 사무실을 '습격', 특경대원들을 불법 연행하는 등 특위 활동을 노골적으로 방해하였고, 뒤를 이어 특위 관련 국회의원들에게 '공산당 프락치'라는 명목의 경찰 구속사태가 벌어지기도 했다.

극작가 노경식의 〈반민특위〉는 이런 역사적 사건을 배경으로 창작되어 우리를 주목하게 한다. 이 작품에 등장하는 반민특위 위원장 김상덕, 일제 때의 고등경찰 출신으로 수도경찰청 수사과장을 역임한 노덕술, 그리고 이승만 대통령은 이 사건에 내포된 갈등의 정점을 이루고 있다. 또한 지난날 일제의 비밀경찰로서 김구 선생의 체포조로 활동했던 서울시경 수사과의 홍택희와 여운형 선생집에 폭탄을 던졌던 백민태는 국회프락치사건의 조작 과정을 함께 모의한다. 이렇게 단계별로 사태의 진행을 사실적으로 추구해 나가는 점에서 이 작품은 서사극 형식의 일종의 기록극적인 성격이 짙다.

여기서 이야기의 해설은 신문사의 정(鄭)기자가 담당한다. 정기자는 해설뿐만 아니라 그 아내와 함께 '동시대 젊은 세대의 시대적 고뇌'를 극중극으로 보여준다. 일찍이 현진건은 단편소설 〈술 권하는 사회〉를 창작하여 일제강점기의 엄혹한 사회 시대상을 은유한 바 있었는데, 정기자 부부도 광복 이후의 우리들 현실에서 상기도 여전히 '술 권하는 사회'에서 벗어나지 못하고 있음을 개탄한다. 말하자면, 이들 부부는 동시대를 투시하는 관찰자의 역할을 하고 있는 셈이다.

실제로 당시 특별재판부는 겨우 7인에게 실형, 집행유예 5인, 공민권정지 18인을 처벌했고, 선고를 받은 7인은 이듬해 재심청구로 모두 풀려났다. 법적으로 우리 사회에 친일파는 더 이상 존재하지 않는 것일까? 이 작품은 이런저런 이야기로 끝나지 않는다. 노경식은 반민특위를 다루고 있지만, 21세기 '오늘날의 한국사회'를 주시하고 있다. 정기자의 아내는 새로 태어나는 자식에게 "아가야,

너는 아빠 같은 험한 세상에서 살아가지 마라!"라고 말한다. 한편, 이승만 대통령은 "오늘의 사태는 민족을 분열시키고 국력을 낭비하는 것입네다. 나를 믿으십시오! 나 이승만을 믿고, 국민 여러분은 잘 따라와 주십시오!"라고 국민을 고집스럽게 설득한다. 이 극작품은 매우 희귀한 정치풍작극으로서, '오늘날의 우리 삶과 역사적 현실'을 한번쯤 되돌아보고 성찰하게 한다. (2017-07-05)

한국 리얼리즘 연극의 대표작가

유 민 영
(연극사학자)

　우리 희곡사나 연극사를 되돌아보면, 대략 10년 주기로 주역들
이 바뀌고 따라서 역사도 변해왔다는 점을 발견하게 된다. 1930년
대의 유치진을 시작으로 하여 1940년대의 함세덕 오영진, 1950년
대의 차범석 하유상, 그리고 1960년대의 노경식 이재현 윤조병 윤대
성 등으로 이어지는 정통극, 이를테면 리얼리즘 희곡의 맥이 형성
되었음을 알 수 있겠다. 그렇게 볼 때, 노경식이야말로 제4세대의
적자(嫡子)로서 우뚝 서는 대표적 극작가라고 평가하지 않을 수 없다.

　노경식의 데뷔작 〈철새〉(1965)에서부터 초기의 단막물 〈반달〉
(月出)과 〈격랑〉(激浪)에서 보면 그는 대도시의 뿌리 뽑힌 서민들이
나 6.25전쟁의 짓밟힌 연약한 인간군상을 묘사함으로써, 그의 첫
번째 주제는 중심사회에서 밀려나 초라하게 살아가는 민초에 대한
연민과, 따뜻한 그의 인간애가 작품 속에 듬뿍 넘쳐난다. 두 번째
는 역사에 대한 성찰이라고 할 수 있겠는데, 권력층의 무능과 부패
로 인한 민초들의 고초와 역경을 묘사한 작품군(群)이다. 그의 작
품들 중 대종을 이루고 있는 사극의 시대배경은 삼국시대부터 고
려시대 조선시대, 그리고 근현대까지 광범위하다. 삼국시대에는 주

로 설화를 배경으로 서정적 작품을 썼고, 조선시대부터 정치권력의 무능에 포커스를 맞추더니 근대 이후로는 민초들의 저항을 작품기조로 삼기 시작했다. 그러한 기조는 현대의 동족상잔과 군사독재 비판으로까지 확대되었다. 세 번째로는 고승들의 인생과 심원한 불교의 힘에 따른 국난극복의 과정을 리얼하게 묘파한 〈두 영웅〉(2007, 2016)과 같은 작품들이다. 네 번째로는 그의 장기(長技)라 할 애향심과 토속주의라고 말할 수가 있을 것이다. 〈달집〉(1971) 〈소작지〉(1979) 〈정읍사〉(1982) 등으로 대표되는 그의 로컬리즘은 짙은 향토애와 함께 남도의 서정이 묻어나는 구수한 방언이 질펀하게 드러난다.

그러나 무엇보다도 그가 돋보이는 부분은 리얼리즘이라는 일관된 문학사조를 견지하고 있다는 분명한 사실이다. 대부분의 많은 작가들은 시대가 바뀌고 감각이 변하면 그에 편승해서 작품기조를 칠면조처럼 바꾸는 것이 상례이다. 그러나 노경식은 우직할 정도로 자신이 신봉해 온 리얼리즘을 금과옥조처럼 고수하고 있는 것이다. 물론 그 역시 뮤지컬 드라마 〈징게맹개 너른들〉(1994)에서 외도한 것처럼 보였지만 그 작품도 자세히 살펴보면 묘사방식은 지극히 사실적임을 알 수가 있다. 그가 우리나라 희곡계의 제4세대의 대표주자로서 군림하고 있는 이유도 바로 그런 고집스런 작가정신에 따른 것이라고 말할 수 있겠다.

(『노경식희곡집』 제6권 유민영 〈노경식 작가론〉에서 인용)

'庚戌國恥'(경술국치)를 아십니까

또 한번 '재미없는 연극'을 창작한 셈이다.

허나 본인의 작가적 능력과 사상 탓이니 이를 어찌하랴! 요즘 표현대로 대학로의 신나고 재미나고 즐거운 연극 따위는 다른 극작가와 유능한 극단에게 맡겨두고 나는 나름대로 기다리고 바라볼 수 밖에.

어제 2005년 8월 89일은 '경술국치일'의 95년째 되는 날!

그러니까 20세기의 초엽 1910년 경술년에 우리나라 대한제국이 「한일합병」 문서에 강제 조인한 날로, 나라와 국권을 강도 일제에게 송두리째 빼앗기고 백성의 욕됨과 나라의 부끄러움이 극에 달하였던 치욕의 그날이다. 그 상채기와 욕됨과 수치가 지난 1백년 세월에도 아직은 가시지 않은 채, 어제는 민족문제연구소가 오는 2007년에 펴낼 『친일인명사전』에 수록할 '친일반민족행위자' 3090명을 일차로 발표한다고 해서 설왕설래 뒤숭숭하였다. 지난 반세기도 훨씬 전 1949년의 '반민특위 시절'에 우리의 선대 어르신들이 일제잔재 청산과 역사 바로세우기를 제대로 했더라면, 오늘날의 이 같은 사회적 혼란과 시대적 퇴영과 역사왜곡은 어느 정도 막아낼 수도 있었을 텐데 — 어쨌거나 역사와 국민 앞에 한스럽고 부끄럽고 죄송할 뿐이다.

이번 작품 〈반민특위〉는 2002년도에 공연된 바 있는 〈찬란한 슬픔〉(극단고향/ 박용기 연출) 이후 나로선 3년만의 작업이다. 그 동안 4년여에 걸쳐서 이 작품을 위해 제반 자료를 조사 섭렵하고 집필한 셈이다. 그리고 내가 믿고 언제나 바라마지 않는 ― 성질은 고약(?)하지만 … 연극연출가 정일성씨 및 극단미학과 출연자 스탭진 모든 분에게 감사하는 마음이 크며, 훌륭한 연극적 성과가 드러나기를 많이 기대한다.

　이 작품의 집필에는 많은 공부와 은혜를 입은 훌륭한 저작들이 많았다. 아래에 그 저술들을 일일이 밝히고 깊이 감사드리면서, 모쪼록 "痛恨의 실패한 역사"를 교훈 삼고 새롭게 알아보기 위해서라도 지대한 관심과 성원으로써 우리네 극장을 찾아주시기를 바라는 마음 간절하다.

연극작가 노경식,
언제나 인생은 '젊은연극제'

극작가 노경식(盧炅植·79)에게 전화를 걸어 이렇게 말했다.

"어떤 얘기든지 들려주세요."

극작가란 무언가. 연출가에게는 무한대의 상상력을, 배우에게는 몰입으로 안내하는 지침서를 만들어주어 관객에게 의미를 전달하는 자가 아닌가? 그래서 달리 어떤 것도 요구하지 않았다. 그저 인생 후배로서 한평생 외길만을 걸어온 노장의 이야기를 직접 들어보고 싶었다. 무대 위 모노드라마를 관람하듯 말이다.

(사진 박규민 기자)

자, 그럼 이제 커튼을 열어 이야기보따리를 풀어봐 주시겠습니까?

노경식희곡집 1권 〈달집〉을 꺼내 들다

인터뷰에 나가기 전 서재에서 책 하나를 찾아냈다. 노경식의 첫 희곡집 〈달집〉이었다. 노경식 작가와도 가까웠던, 지금은 고인이 된 은사에게 2004년 초판을 선물로 받았다. 책을 받고 13년 만에 일종의 필자 사인회를 거행(?)한 것. 1965년 서울신문 신춘문예 〈철새〉로 당선된 걸 생각하면 한참 시간이 흘러 희곡집을 발간했다.

"내가 책을 늦게 냈거든. 그래도 지금까지 7권이나 나왔어요. 희곡은 한 40편 되는 것 같아. 그중에 5편 정도 빼고는 다 공연을 했습니다."

전북 남원 출신인 노경식 작가는 경희대학교 경제학과를 거쳐 서울예술대학교의 전신인 드라마센터 연극아카데미에 들어가 동랑 유치진, 여석기 선생으로부터 극작 수업을 받았다. 올해 80의 나이에도 왕성한 활동을 하고 있는 한국 리얼리즘의 대표 현역 극작가다. 노경식 작가는 토속적인 색채에서부터 역사, 정치극에 이르기까지 다양한 형태의 작품을 써왔다. 앞서 언급한 1971년 작품 〈달집〉으로 제8회 한국연극영화 예술상(백상예술대상) 희곡상과 연기상 등을 받아 세간의 이목을 받았다. 작년 극작50주년 기념공연 〈두 영웅〉을 비롯해 〈징비록〉, 〈흑하(黑河)〉, 〈천년의 바람〉 등은 노경식을 대표하는 역사 시대극이다.

"내가 왜 역사나 정치에 관심이 많냐면 경제학과 중에서도 경제사를 전공했기 때문입니다. 조선, 한국 경제 그런 쪽. 그래서 시대극이나 역사적인 소재가 많은 부분을 차지합니다. 독립운동사라든지 임진왜란도 많이 썼고요."

〈소나기〉 작가 황순원의 눈에 든 남원 촌놈

처음 노경식의 가능성을 알아본 사람은 경희대 재학 시절 만난 소설 〈소나기〉의 작가 황순원이다. 황순원은 노경식이 수강하던 교양국어의 담당 교수였다.

"대학교에 입학해서 '하와이'란 제목의 수필을 교내 학보사에 투고했어요. 저는 당해본 적 없는데 전라도 출신 선배들이 서울에 올라와 가난 때문에 차별당한 이야기를 쓴 글이었어요. 꽤 길었는데 학보에 실렸더라고요. 그것을 보고 황순원 선생님이 잘 썼다며 칭찬해주셨습니다. 얘기를 들어보니 황 선생님도 동경 유학 시절 비슷한 차별을 당한 적이 있으셨더군요."

황순원은 학생 노경식을 볼 때마다 "너 수필 잘 쓰더라"며 글쓰기를 부추겼다. 결국 또 한 번 파란의 주인공이 됐다.

"우리 학교에는 그때 교내 문학상 제도가 있었어요. 미술, 음악, 시, 소설, 그림…. 1등이 되면 등록금이 면제였습니다. 황순원 선생님 역시 제가 글을 문학상에 내보기를 계속 권하셨습니다. 저는 그냥 희곡이나 한번 써볼까 해서 써냈습니다. 근데 그게 또 1등이 된 겁니다. 희곡을 쓴 건 그때가 처음이었습니다."

상을 주는 교수들의 입장이 사실 난감했다. 이전 수상자였던 무역학과 학생이 장학금만 받고 글쓰기를 멈춘 것이다. 경제학과인 노경식 또한 장학금을 받고 글을 쓰지 않으면 주나 마나 한 상황이 되니 심사위원

교수끼리 회의를 열었다.

"희곡 심사위원이었던 김진수 교수 옆에 있던 황순원 선생님이 '왜? 경제학과야? 노경식?' 하더니 '어, 노경식이 내가 알아. 내가 보증할게' 라고 해서 제가 된 겁니다."

결국 노경식은 빚을 톡톡히 갚은 거다. 대학 시절 희곡으로 장학금을 타는 바람에 지금까지도 열심히 작품 활동을 하는 극작가로 사니 말이다.

"〈달집〉 초연 때 모셨는데 작품이 마음에 드셨나봐요. 내 손을 꼭 잡고 '애썼다. 잘 썼다' 그러시면서 '희곡이 소설보다 좋은 거 같아. 관객을 놓고 박수도 받고 야, 희곡 좋은 거 같다' 나한테 그런 말씀도 하시더라고. 뭘 잘해드린 적도 없는데 참 예뻐해주셨어요. 황순원 선생님이 결혼식 주례도 서주시고 말입니다. 선생님이 서주신 제자가 많이 없을 겁니다."

〈반민특위〉 현역작가로서 저력을 과시하다

인터뷰 차 만났던 9월 대학로의 한 카페. 그 어느 때보다 한결 여유로운 얼굴이었다. 지난 여름 제2회 늘푸른연극제를 통해 무대에 올린 연극 〈반민특위〉가 관객의 뜨거운 호응과 평단의 찬사 속에 막을 내린 것. 공연이 끝나고 원로 연극인들과 함께 기분 좋은 온천 여행을 다녀왔다고 덧붙였다.

늘푸른연극제에서 노경식 작가가 선택한 〈반민특위〉는 신의 한수였다.

그와 함께 연극제에 초청된 배우 오현경, 이호재, 연출가 김도훈은 대표작을 내걸고 공연했다. 노경식 작가 또한 대표작인 〈달집〉을 공연할 것이라 대부분 사람들은 예상했다.

"〈반민특위〉는 2005년에 극단 미학에서 초연했던 작품입니다. 기대만큼 결과가 좋지 않았어요. 그런대로 성과가 나면 모르겠는데 미치지 못하니 작가는 한 번 더 해보고 싶은 생각이 있잖아요. 〈반민특위〉를 마침 생각하고 있었는데 늘푸른연극제에 선정됐습니다. 나를 초청한 거니까 맘대로 작품을 고를 수 있다기에 〈반민특위〉를 선택했습니다. 좀 오래전에 써서 개작을 많이 했어요. 이번에는 만족합니다."

그의 대표작 〈달집〉을 기다린 관객에게는 아쉬운 일이다. 하지만 노경식 작가는 현역작가로서 과감한 도전에 박수받기를 택했다. 원로연극인으로서 지금껏 살아온 노고에 대한 격려 대신 말이다.

"만족이야. 기분 좋습니다. 이번 연출을 맡은 김성노씨한테 고맙다는 소리를 몇 차례 했어요. 배우들의 연기도 좋았습니다."

〈반민특위〉는 일제강점기 친일파의 반민족행위를 처벌하기 위해 『반민족행위특별조사위원회』(반민특위)를 제헌국회에서 설치했으나 1949년 친일경찰의 '6·6습격사건'을 기점으로 반민특위가 해체되는 운명을 보여준 정치극이다.

여전히 잘 팔리는 극작가

"나는 잘 팔려, 고민 안 해(웃음)."

연극 〈반민특위〉가 끝나기가 무섭게 노경식 작가는 신작을 내놓았다. 이미 세상에 내놓은 것, 꼭 쓰겠다고 작정한 것 두 가지 작품이 있다. 여전히 잘 팔린다며 너스레를 떠는 모습이 재밌다. 우선 세상에 내놓은 작품은 〈봄꿈〉이라는 제목의 4·19혁명을 소재로 한 작품이다.

"4·19혁명에 관한 작품이 없어요. 왜 없는 줄 알아요? 4·19혁명이 나고 5·16 군사정변이 났잖아. 그 이야기에 손댔다가 시끄럽고 어쩌고… 몸을 사리는 거지 작가들이. 내가 4·19세대거든. 나라도 본격적으로 4·19 얘기를 써야 되겠다. 내가 겪은 이야기니까. 그래서 마침내 성공을 했어요."

4·19혁명과 관련해 작가로서의 사명감이 오래전부터 있어왔다는 노경식 작가. 몇 달을 걸려서 자료를 찾고 화보집을 보면서 작품을 썼다.

"내가 아는 얘기, 겪었던 일이예요. 그리고 4·19는 영웅들의 이야기가 아닙니다. 민초의 이야기죠. 구두닦이, 우리 학생, 대학생, 초등학생들도 나왔어요. '총 쏘지 마세요'라면서요. 양아치들, 매춘부까지 다 나왔던 민초들이 이뤄낸 민주혁명입니다."

이번 작품의 주인공은 매춘부라며 깜짝 놀랄 이야기가 될 것이라고 말했다. 그리고 또 하나는 작가의 고향 남원과 관련한 토속적인 얘기를 쓰고 싶단다.

"사실 〈봄꿈〉이 아니었으면 먼저 쓰려고 했는데 어쩌다 보니 자꾸 뒤로 밀리고 있어요. 늘 생각은 있어요. 우리 집안의 얘기도 관계가 있고요. '밤으로의 긴 여로' 같은 것을 쓰고 싶은데 어찌 될지."

프리한 80? 행복한 극작가!

노경식 작가와 얘기하는 동안 머리에 맴도는 의문 한 가지가 있었다. 지금까지 만나온 극작가는 대부분 연출과 겸업을 하고 자신만의 극단을 거느리고 있다.

"나는 한 번도 극단에 들어가본 적이 없어요. 단원이 돼본 적도 없고. 그냥 늘 자유롭게 조직에 구애받지 않고 연극을 했어요."

듣고 보니 이유는 간단했다. 노경식 작가가 극작가로 데뷔한 1965년도에는 출판사 편집장을 하고 있었다. 대부분의 드라마센터 동기들이 연극판으로 몸을 옮겼을 때 노경식 작가는 매일 출근을 해야 했다. 대신 누구든 노경식 작가가 쓴 대본을 넘겨주면 공연을 하겠노라고 했다.

"국립극단에서도 내 작품을 하겠다고 하니까 극단에 소속될 생각을 해본 적이 없어요."

내 극단을 가져보겠다는 생각을 해본 적도 없다. 다들 잘해주고 공연

잘하는데 굳이 그럴 필요를 못 느꼈다. 무엇보다 스스로 간섭하는 것을 좋아하지 않는다고 했다.

"어떤 작가들은 연출 해석이 잘못되면 언성을 높이는 사람들도 있어요. 그런데 그건 내 스타일이 아니예요. 혹시라도 연습실에 가면 앉았다가 '술이나 한잔하자!' 그러면 땡이고. 술 마시다가 살짝 얘기하면 되지. 화내고 그럴 필요 전혀 없어요. 한 사람 머리보다 두 사람이 낫지 않 겠어?"

연출자도 작가도 창조자이고 작품을 좋게 만들 뜻으로 만났으니 서로 의 신뢰가 아주 중요하다고 했다.

대학로 「만빵구락부」 좌장 납십니다!

경계 없이 만나고 사귄 덕에 주위에 사람들이 넘쳐난다. 그러다 만든 모임이 바로 만빵 모임이다. 노작가가 좌장(?)으로 있는 만빵 모임은 2 년째 대학로 바닥을 주름 잡는 원로 연극인 모임으로 자리 잡았다.

"두 주에 한 번씩. 매주 목요일 오후 5시. 만 원씩 가지고 빈대떡 주점 에서 모이다가 '만빵모임'이 된 거예요. 혼자 부담하려면 너무 크니까. 여유 있는 친구들이 가끔 다 내기도 하고, 나오면 받고 안 나오면 안 받고 그래요. 우리도 한번 모여보자 해서 만나는데 만빵모임의 존재를 아는 후배 연극인들이 빈대떡 주점에 돈을 맡기고 갈 때도 있더라고요. 만나서 한잔하고 그러면 좋잖아."

원래는 70세 이상만 모이다가 가끔 후배들도 종종 참여하고 있다. 만나서 막걸리는 기본. 웃고 떠들고 과거를 추억하다 요즘 젊은이들의 연극에 대한 걱정도 한다.

"평가라기보다 우리 연극이 좀 시류를 따른다고 해야 하나, 영합한다고 해야 하나. 가볍다고 말하기도 그렇고. 좀 묵직하고 깊이있는 그런 작품들이 나왔으면 하는 바람이 있습니다. 적어도 만빵 늙은이들은 그렇게 생각해(웃음)."

사실 이런 말을 하고 싶어도 이제 젊은 후배들을 만날 기회가 없는 것이 안타깝다고. 정말 특별한 인연이라 꼭 좀 와주십사 연락하는 사람이 있으면 연극을 보러 가는 정도다. 아무렴 어떤가! 그래도 늘 행복한 웃음을 잃지 않는 노경식 작가는 어딜 가나 인기가 높다. 지금 이 시간 해피 바이러스 내뿜으며 젊음의 거리를 거닐고 있을 노경식 작가에게 인터뷰 중 약속했던 한마디를 남기고자 한다.

"고향에 관한 연극 꼭 쓰기를 간곡히 부탁드립니다!"

권지현 기자 (9090ji@etoday.co.kr)

봄 꿈(春夢)
(14장)

[등장인물]

포주 아저씨(40대)
강릉댁(30대 후반)
두 자녀(아들 순철 국민교 4학년, 딸 순실)

난　희(21세 및 70대 노파, 1인 2역)
미　영(26)
정　자(18)
영　숙(19)

차윤호(대학생, 경제과)
청　진(대학생, 철학과)
종　만(대학생, 국문과)
흑인아들(50, 군의관 아버지 역을 겸한다)

지게꾼 황씨, 펨푸아줌마, 가죽잠바(형사), 펨푸총각,
영진오빠(군인)
기타 창녀, 술꾼, 경찰 및 행인들 다수

* 1 : 포주아저씨는 바른쪽 다리를 약간 절뚝거리는 지체장애자.
* 2 : 난희의 20, 70대 이중역은 관객이 보는 앞에서, 흰 머리털의
      가발을 덧쓰고 벗고 함으로써 변용하는 것이 무방하다는 생각이다.
* 3 : 4.19혁명의 시위군중은 출연배우 모두 참여한다.

[때와 곳]

1959년 겨울부터 1960년 4.19 무렵까지

[무   대]

무대는 전체적으로 크게 두 부분으로 나눈다.

무대 바른쪽은 서울역 건너편의 '양동(陽洞) 사창가(私娼街)'.

경사진 언덕배기에 초라하고 낡은 집들이, 전후좌우의 골목길을
따라서 빼곡이 자리 잡고 있다.

한식 기와집과 일본식 구가옥 및 임시방편의 루핑 판자집 등등.

이들 집의 안쪽 뒤에는 현대식 4층 건물이 보란 듯이 멋지게 서
있으며, 건물 유리창에는 '당구장' 표지의 빨강과 흰 공 그림. 그리
고 「서울다방」과 「중화요 萬里長城」 등의 간판이 걸려있다. 골목길
은 몇 군데 돌계단이 있으며, 가로등(街路燈)도 서있다.

길가에 면하고 있는 포주아저씨의 집은 허름한 일본식 2층 가
옥. 좁은 마당 한쪽에는 수도꼭지가 꽂혀있는 샘터와 빨래줄, 돌담

밑에는 채송화와 맨드라미의 꽃나무 몇 그루가 싱싱하게 자라고
있다. 긴 마루가 놓여있는 아래층은 안방을 중심으로 바른쪽이 부
엌, 왼쪽은 가운데마루를 사이에 두고 '아가씨'가 기거하는 방 두
개가 나란히 붙어있다. 그리고 가운데마루의 좁은 층계를 올라가
면 2층에도 방이 두 개 있어서 각각 '아가씨'의 몫이다. 아래층은
영숙과 끝방의 미영, 2층은 안쪽에서 정자와 난희 등.

  무대 왼쪽의 넓은 공간은 연극의 진행에 따라서 여러 곳의 장소
변화를 생성한다.
  '통술집' '남산 팔각정' '대학교 앞의 대로변' '병원의 수술실 침
대' 등.

  무대의 안쪽 호리전트는 영사막이 설치되며, 무대장치는 간략하
게 양식화하고 필요한 대소구를 적절히 활용한다.

  다만, 8~10장은 제4대 정
부통령의 「자유당」 「민주당」
의 선거벽보와 플래카드가 몇
곳에 나붙어 있으며, 11장에
서는 그것들이 일부 찢겨지고
바람에 너덜거린다.

▲ 김주열 열사의 시신이 발견된 마산의
  옛 중앙부두에서

서 장

(영상)　인천국제공항 및 활주로
국제여객기 한 대가 굉음을 울리며 착륙하는 모습

서울 수유동에 자리 잡고 있는 『國立四一九墓地』전경

트럼펫의 진혼곡이 은은히 울리고, 햐얀 소복을 입은 노파(난희)가
50대의 흑인아들과 함께, 어떤 '○○○ 墓' 앞에 꽃다발을 바치고 다
소곳이 묵념한다.
이윽고 그녀가 묘지 옆에 앉으며, 담배 한 개피를 꺼내 문다.
흑인아들이 라이터로 담뱃불을 붙여준다. 그녀는 시원하게 연기를
내뿜는다. 청명한 봄 하늘에 흘러가는 흰 구름을 올려다본다.
따뜻한 봄바람과 숲에서 들려오는 멧새 소리 ……

아들	(주위를 둘러보며, 혼잣말로) 소원 풀었습니다, 마마!
난희	…… (손수건으로 눈물 끼를 찍어내고, 가볍게 코를 푼다)
아들	코레아의 수도 서울 역시 뉴욕만큼이나 큰 모양이죠?
난희	……
아들	여기 4.19묘지는 서울에서 어느 쪽 방향입니까?
난희	미아리고개 넘어서, 북쪽이지, 머. 옛날 1950년에 일어난 한국전쟁 때는, 슬픈 유행가 〈단장의 미아리고개〉라는 노래도 있었단다.
아들	'단장의 미아리고개'?
난희	(입속으로 웅얼웅얼)
	"미아리 눈물고개, 님이 넘던 이별고개 ……"
	6.25전쟁 때 쇠사슬에 꽁꽁 묶여가지고 이북 땅으로

봄 꿈(14장)　213

납치돼 간 남편, 사랑하는 '허즈밴드'를 그리워하는 슬프고 한 많은 가요였어요. 내가 이 유행가를 입속으로 흥얼대면, 너의 파파는 싫어했단다. 뭐, 신세 처량하고 따분하게 그따위 노래를 좋아하느냐고? 호호 …

아들   마마의 애인이었습니까?

난희   애인? 호호. 나하고는 전혀 상관없는 전쟁 때의 슬픈 사연이에요. …

        (미소 지으며) 마마가 지금 이야기 하고자 하는 4.19는 그런 참혹한 전쟁이 끝나고 나서 7년쯤 뒤에 일어난 '4월혁명' 사건이란다. 한국 사람들 모두가 찢어지게 가난하고, 헐벗고 배고프고, 더럽고 불쌍한 세월이었지. 그와 같이 서글픈 시절이었는데, 나 같은 주제에 언감생심, '하늘같이 높은 대학생 애인'이라니 당치도 않아요! 그날 내가 죽을둥살둥, 시위대에, 데모 못나가게 붙잡았더라면 그 대학생이 총 맞아 죽지는 않았을 게야. 경찰들이 쏜 총탄에.

아들   지난 1960년 봄의 사건이었으까, 수많은 시간이 흘러 갔군요!

난희   그래요. 어느덧 반백년도 훨씬 넘은, 60년 전의 일이로구나. 까마득한 옛날이야기! 내 나이 70 고개를 넘고 80을 바라보게 됐으니까, 검은 머리털이 파 뿌리같이 하얗게 세고, 요렇게 쭈글쭈글하게 늙었고 말씀이야. 호호. 그래도 산 사람은 어떻게든지 살아가는 법이고, 죽어서 말없이 땅속에 묻혀버린 인간만이 억울하고 불쌍해요! 해마다 4월 19일 그날이 오면 나는 미국 땅에

살면서도, 꼬박꼬박 그님을 위해서 하느님께 기도했단
다. 파파의 양해를 얻어서 파파와 함께, 더불어서 함께
묵상하고 기도를 올렸어요. 아무리 세상살이가 어려울
때라도, 한 차례도 빠뜨리지 않고 말이다. ……

아들   허허. 우리 파파는 이해심 많고 선량한 인간이었군요!

난희   …… (머리를 끄덕이다)

이때, 흰나비 한 마리가 어디선가 날아와서 노파의 어깨에 내려앉는
다.

아들이 그것을 발견하고,

아들   (호기심으로) 맘, 흰나비가 날아와서 어깨에 붙었어요.
             날개 짓을 사뿐히 하면서 …

난희   그래애, 어디? (고개를 제치면서) 내 눈엔 안 보이는구나.

아들   맘의 왼쪽 어깨 언저리에 말입니다.

난희   봄날의 흰나비는 죽은 사람의 혼령이란 말이 있단다!

아들   그럼 그 옛날에 돌아가신, 죽은 대학생의 영혼인가요?
             허허.

난희   아무렴! 호호 …

(영상)
흰나비가 하얀 저고리의 어깨 위에서 훨훨 아름답게 날개 짓한다.

1 장

(서울역 건너편의 '양동 사창가')
서울역의 기적소리 길게 울리고, 열차의 쇠바퀴 멈추는 소리
'덜커덩 덜커덩' ……
그리고 열차 승객들의 소음과 잡다.

전기 불빛이 이집 저집 흐릿하고, 골목길의 가로등 불빛 아래는 창녀
들이 늘어서서 껌을 질근질근 씹어대며 손님 끌기에 부산하다.
지나가는 행인들 …

"놀다 가요, 아저씨!"
"쉬었다 가요, 학생!"
"총각? 총각, 숏 타임도 오케이! …
돈 없으면 학생증 맡기지, 머."
"이 가시내야, 학생증은 안 된단말야. 시계 맡겨라,
시계 맡겨요. 대학생이 시계 한 개도 안차고 그러냐?
호호"
"얘, 가난한 대학생이 팔뚝시계가 어디 있냐!
낄낄 낄……" 등등.

무대 안쪽에서 두 젊은이가 등장, 좌측 앞쪽으로 가로질러간다. 창녀
둘이 냉큼 달려들어 그들의 팔을 각각 끼고 나선다.

창녀 1   자, 들어가요!
창녀 2   놀다 가세요?

젊은이 2	(익숙하게) 얘, 요것 놔요. 왜 앞길을 가로막고 그러냐?
창녀 1	(애교부리며) 우리 여보, 놀다가. 아이! …
젊은이 2	(당황하며, 창녀2에게) 아니야. 우리는 이곳에, 친구집 놀러 왔어요. …
젊은이 2	(가로채고) 야, 팔 놔라 내 친구? 시방 한탕 치고 돌아가는 길이다. 신나게 '떡치고' 말야. 허허. 그래서 힘도 빠지고, 지금은 맥이 탁- 풀렸어요!
창녀 2	(그의 등짝을 손바닥으로 한껏 치고 돌아선다) 쌍 … 가그라, 임마!
젊은이 2	아니, 저것이?
창녀 2	(시비조로) 야, 올테면 와봐라! 한판 붙어볼래? 요리 와, 엉?
젊은이 2	(픽 웃고 돌아서며) 자- 가자! 저것들이 부러 시빌 거는 거야. 손님 끌기 위해서. 그러니까 한바탕 잘 끝냈노라고 둘러대는 것이 상책이란다! 요럴 때는 …… 허허. (친구의 손을 끌고 사라진다)

이때, 중년의 지게꾼 황씨가 술 취해서 고래고래 소리치며 등장한다.

지게꾼	'못 살겠다 갈아보자!' 대통령과 부통령 선거, 제대로 뽑자. 이승만 독재자, 대통령은 물러가라! ……
창녀 1	애게게. 황씨 아저씨 또 고주망태 됐네.
창녀 2	애국자 나왔다, 애국자 나왔어. 호호.
지게꾼	뭣이어, 요년들아? (지게 작대기로 휘젓는다. 창녀들 낄낄대며 피한다) 요것들아, 나라 살림살이가 잘돼야 느그도 잘

산단말여. 쌩(생) 몸뚱이 안 팔아 묵고… 못 살겠다 갈
아보자! 갈아보자. 으윽, 으윽 … (퇴장)

(영숙의 방)

전등 불빛이 켜지고, 손님과 싸움질이다.

영숙　　(그의 웃옷을 잡아채며) 야 요 새끼야, 옷 벗어! 땡전 돈 한
　　　　푼도 없는 것이 오입했냐? 요런 도둑놈의 새끼. 머머,
　　　　빈 지갑 속에 돈 들었다고? 자, 봐라, 임마? 돈이 지갑
　　　　속에 어디 있냐? 새끼야, 돈 없으면 첨부터서 외상이라
　　　　고 그럴 것이제, 왜 사기는 쳐 묵어? 암마, 당장 옷 벗
　　　　어요. 누구는 새끼야, 흙 파묵고 장사헌다냐. 내 것은
　　　　공것이냐? '공씹'이어! …

사내　　…… (머리를 쿡 처박고 까딱도 않는다. 암전)

2 장

난희　　(해설)
　　　　사람이 한세상을 살아가자면 궂은 일 좋은 일들이 수
　　　　백 수십 가지입니다. 나는 그 중에서 평생 잊혀 지지
　　　　않는 이야기 하나를 해드릴까 합니다. 이 늙은 것이 그
　　　　대학생을 맨 처음 상면하게 된 것은 4.19가 발생했던
　　　　그 전년도, 바로 그해의 추운 겨울날이었습지요. 그 시
　　　　절에 나는 서울역 정거장의 건너편에 있는 사창가에서
　　　　몸뚱이를 팔고 살았습니다. 시쳇말로 '똥갈보' 신세! …

(난희의 방)

아래층 안방에서 괘종시계가 새벽 5시를 친다.

윤호는 이불 속에서 일어나 벽에 기댄 듯 앉아서, 단편소설 한 부분을 눈으로 흥미 있게 읽어보고 있다.

그의 곁에는 난희가 잠옷(슈미즈) 바람으로 이불을 뒤집어쓴 채 잠들고 있고. 그녀는 육감적이고 피둥피둥한 육체를 뒤척이면서, '아이고, 아이고' 잠꼬대까지 한다.

윤호   아가씨, 아가씨!

난희   ……

윤호   (흔들며) 아가씨, 잠 깨요?

난희   으응?

윤호   아가씨, 술이 깼소? 제 정신 들어요? 장사하는 여자가 '올나이트' 받아놓고는 고주망태라니! 나는 '긴밤손님' 이야, 임마. 그대는 그 점을 잊었어요? 허허 …

난희   …… (부시시 일어나서, 눈을 비비고 살며시 웃는다)

윤호   아가씨, 물 좀 마시자! 나, 마실 물 한 그릇 줄래? 아까부터 목구멍이 말라서 말야.

난희   뜨거운 물?

윤호   아아니, 냉수. 시원한 것.

난희   흰눈 내리는 추운 겨울철에, 찬 냉수라니! …

난희, 겉옷을 걸쳐 입고 나간다.

윤호는 다시 책을 읽는다.

그녀가 냉수 한 대접을 들고 다시 들어온다.

난희	자, 받아요? 아이고, 추워라!
윤호	오, 땡큐. … (꿀꺽꿀꺽, 물을 받아 마신다)
난희	(혼잣말로) 오늘도 날씨 춥고, 흰 눈이 쏟아질 모양이죠?
	올해는 눈이 많고 춥다면서 …
	(그의 옆모습을 살짝 지켜본다. 사이)
윤호	왜?
난희	아무 것도 아니에요.
윤호	뭘, 사람을 그렇게 훔쳐보니! 내 얼굴에 검댕이라도 묻
	었어?
난희	아 아니, 그냥 … (웃음을 머금고, 물그릇을 다시 받아서 자기도
	한 모금 마시고 구석에다 밀어놓는다)
	그대는 참말로 이상한 남자다!
윤호	이상해, 내가? 뭣이, 어떻게 돼서? …
	(새삼 그녀를 빤히 본다)
난희	(혼잣말로) 참말, 별난 남자네요! 호호. 아가씨, 여자를
	돈 주고 사놓고 …
윤호	…… (못들은 체 책에 눈길)
난희	(책을 은근히 빼앗아 윗목에 던지며) 왜 요렇코롬 일찍 깼어
	요? 지금은, 시방 꼭두새벽이란말야.
윤호	…… (마주보고 웃는다)
난희	…… (겉옷을 홀랑 벗어던지고 이불 속에 기어들며, 앉아있는 윤호
	의 허리를 껴안는다) 우리 한숨 더 자자! 기상시간은 아직
	멀었어요. 어제 저녁 일, 나는 아무 것도 몰라요. 호호,
	아무런 생각도 안나! … (어린양하듯 한다)

윤호	진짜로 볼만 했었지. 아가씨가 가관이던데?
난희	(투정하듯) 아이, 싫어요! 내가 실수 많았지요, 당신님한테?
윤호	허허, 실수고 실례이고 괜찮아요. 사람이 술에 취하면, 어느 누구든지 마찬가질 텐데, 머.
난희	'바지씨'(남자 호칭), 미안합니다! 미안 미안, 진짜로! 그대에게 '써비스' 못해 줘서 …
윤호	허허, 또 미안하다고? 어젯밤에도 계속해서 미안, 미안 ……
난희	미안 미안. '아임 쏘리, 아임 쏘리! …'
윤호	어릴 때 초등학교에서 '미안'이란 단어만 배웠나? 술기운이, 아직도 작취미성(昨醉未醒)인가?
난희	골치 아파요. 머리통이 띵- 해요!
윤호	어젯밤은 술이 과분하던데? 내가 흉내 한번 내볼까? (짐짓 혀 꼬부라진 소리) "아저씨, 미안해요." "'바지씨', 미안 …" "옷 벗으세요, '바지씨'!" "씨팔, 아랫빤쓰 벗으라니까? 얼른, 한탕 해치웁시다." "호호. 한탕 싸고(排泄), 빨랑빨랑 잠 잡시다요." "미안 미안. 미안해요, 술 취해서 …"
난희	아이, 부끄러워. 싫어요, 싫어. … (다시 껴안는다) 여보야! 여보, 여보?
윤호	내가, 그대의 '여보'인가?
난희	대답해 봐요. … (다정하게 장난치듯) 여보오?
윤호	난 뭣이라고 대답하지?
난희	자기도 '여보' 하고 불러 봐요. '여보오' …?

윤호	여보?
난희	'여보오' …
윤호	'여보오' …
난희	아이, 좋아라. 됐다, 여보야! … (또 한 번 안긴다. 그제서야 윤호도 가볍게 안아준다. 사이) '여보 얼굴'을 똑똑히 좀 봐야겠다? 어제 저녁엔 몰라봤으니까. (그의 머리칼을 만지작거리며) 당신은 참말 멋져요. 그대는 미남이야. 우리 여보, 당신 멋쟁이! 호호 … (그의 품에 다시 기어든다)
윤호	아가씨 이름은 어떻게 되지?
난희	아가씨가, 뭐야? 싫어요. 당신이면 당신이지!
윤호	으응, 그래. (짐짓 다정하게) 당신님, 아가씨 그대의 '함자'는?
난희	'난희 …'
윤호	성씨(姓氏)는?
난희	윤(尹) 가. 윤 난희.
윤호	'윤 난희 …' 집에서도 그렇게 불렀나? 이곳 '색시'들은 본명(本名)은 절대로 밝히지 않는다던데. 본 이름은 감춰두고 가짜로 말야. 심지어 어떤 여자들은 자기네 성씨까지도 …
난희	뭐, 그럴 필요 있어요? 나는 그렇지 않아요. 굳이 바꾸고 싶지도 않구. '윤 난희'는 가짜 아닌, 진짜 이름이예요.
윤호	윤 난희! 이름도 멋지고, 그대의 얼굴도 예쁘고 …
난희	우리 여보는?
윤호	내 이름을 말인가?
난희	으응.

윤호	(웃음을 머금고) 운전수야, 난! 나는 이름 없다. 저쪽에, 신촌 중랑교간 시내버스를 운행하는 운전기사, 드라이버 … 그런데 참, 어젯밤엔 왜 그렇게 많은 술을 퍼마셨지? 곤죽이야. 아주아주 '만땅'이고
난희	술, 마시고 싶어서 마셨지, 머. 특별한 이유는 없어요.
윤호	그렇게 취하게 술 마시면, 주인한테서 꾸중 들을 것 아냐?
난희	우리집 포주아저씨?
윤호	으응. 장사를 해야 할 생각도 해야지.
난희	씨팔, 싫은 소리 들으면 듣지, 머! 뭣이 무서워서. 누가 겁나? 우리 같은 것이 체면 채리고, 염치 가리게 됐어요?
윤호	허허, 그것도 역시 말씀 된다!
난희	(벌떡 일어나 앉으며, 재미난 듯) 여보 당신, 내 '이바구' 들어볼래요? 어제 저녁에도 손님 '땡기기' 위해서 골목길에 나갔었지, 머. 그랬는디 겨울밤 날씨는 쌩쌩 춥고, 붙잡은 손님마다 모조리 퇴짜야. 씨팔, 기분 잡쳤지! 어제는 또 별나게 기분도 요상하고, 아랫주머니 속에 마침 3백 환이 들어있었거든? 뜬금없이 술 생각이 떠올라요. 에라, 모르겠다! 막걸리나 한 대포 들자. 그래서 왕대포 넉 잔을 들이켰지요, 머.
윤호	왕대포를 네 잔씩이나?
난희	왜, 가시내 몸뚱이에 과분해요?
윤호	(짐짓) 아아니. 기특해서 …
난희	에이! 왕대포 네 잔을 퍼 마셨는디, 간에 기별도 안가

	요. 배만 띵띵- 불러오고, 도무지 술 기분이 나야말이지. 그래서는 구멍가게에 들어갔다. 주인여자한테 '쐬주' 한 병을 사가지고, 그대로 왕창 나팔을 불었죠, 머.
윤호	허허, '짬뽕'을 했었구만. 소주에 막걸리면 직통이지! 두 다리가 배배 꼬이고 휘청휘청 ─ 그렇게 과음을 하면 안돼요. 건강도 유념해야지!
난희	나 같은 홑바지 계집애가, 뭘?
윤호	무슨 그런 말을? 모든 인간은 한 사람 한 사람이 값지고 귀중한 존재라는 말도 있잖아? 하늘만큼이나 고귀하고, 한없이 위대하고 말야! 허허 …
난희	(바싹 달려들며) 여보, 운전수 양반?
윤호	(의외인 듯) 으음?
난희	에이, 거짓부렁이! 당신이 뭐가 운전기사야?
윤호	허허. 내가 운전기사 아닌 것으로 보여?
난희	운전수는 아닐 거예요! 절대로 …
윤호	왜?
난희	으음, 말해 봐요? 내 생각이 틀렸나?
윤호	시내버스 운전수야, 난. 허허.
난희	거짓부리! 말해 볼까? (그를 훑어보며) 당신이 어젯밤에 나한테 대한 친절함, 또 신사같이 얌전한 몸가짐, 그러고 또 요렇게 얌전하고 점잖은 말솜씨! … (그의 한손을 훔치듯 냉큼 붙들고) 호호, 이 손가락들 좀 봐! 운전기사 손등이 요렇게 보들보들하고 고와요? 혹시나 어느 회사 사무원이라면 또 모르겠다. 절대로 아니고말고. (어린양하듯이) 여보 여보, 당신은 운전기사 절대로 아니

	다! 아이, 대답해 봐요. 내 말 맞지요? 호호 … (사이)
윤호	허허, 그렇다 손치고, 『황순원 단편집』. 이런 소설책은 누가 읽나?
난희	누군 누구, 내가 읽지요. 낮엔 할 일도 없고 심심해서. 저쪽에 서울역에서 남영동으로 나아가면 헌책방이 하나 있거든요? 책방 주인영감에게서 소개 받고 사왔지요, 머.
윤호	황순원 선생은 좋은 소설가야. 〈목 넘이 마을의 개〉 〈별〉 〈독짓는 늙은이〉 … 특히 〈소나기〉 작품은 유명해요. 학교 교과서에도 나오고 …
난희	황순원 소설가는 나도 알아요. 중학교 때 국어 시간에 배웠어. 윤 초시 댁 증손녀 딸애가 불쌍하게 죽어요! 호호 … 우리 여보는 진짜로 멋있구나. 우리 애인 한번 삼을까? 그래요. 연애 한번 해요, 우리들! (윤호의 얼굴을 끌어안고 키스를 퍼붓는다)

이때 통금해제의 4시 싸이렌이 적막을 깨뜨린다.

이어, 어깨가방을 멘 우유장수가 지나간다.

"따끈한 우유! …" "따끈한 우유나 쌍화차 사요."

"쌍화차나 우유! ……"

3 장

(아래층 주인의 안방)

한쪽 구석에 아침 밥상이 놓여 있고, 그 앞에 강릉댁과 어린 남매 순철과 순실. 조금 떨어져서는 포주아저씨를 중심으로 영숙과 미영이 둘러앉아 있다. 그들은 식사가 막 끝난 참이며, 주인아저씨는 치부책을 펴놓고 연필에 침 발라가며 돈 계산을 한다.

강릉댁	(아들을 보며) 학교 늦을라! 어서 빨리, 밥 묵고 나가 그라.
순철	……
순실	오빠는 밥 묵기 싫대요!
강릉댁	밥 묵기 싫으면 숟가락 놓고, 책가방 메고 빨랑 가든지. (빈그릇을 챙겨들고 부엌으로 퇴장) …
순철	(건너다보며) 아부지, 돈? 선생님이 월사금 갖고 오래요.
포주	돈 없다! 다음 주 월요일 날에 준다고 그래라.
순철	선생님에게 혼나요. 두 손 들고 벌서고, 청소당번 된단말여!
순실	오빠, 쌤통이다. 히히.
순철	뭐야, 요것이? (주먹을 치켜든다)
순실	(부엌 쪽에) 엄매, 오빠가 때려!
강릉댁	(소리) 느그들, 조용히 안할래? …
포주	(들은체 않고) 영숙이 너는 '숏 타임' 손님이 둘이제?
영숙	네, 6백 환씩이에요.
포주	(웅얼웅얼 입속으로 계산) 6백 환이 둘이면 천2백 환에서 6백 환 하고, 또 '긴 밤손님' 올나이트가 2천 환에서 5백 환 방세 빼고 1천 5백을 둘로 쪼개면 7백 환이라. 아까 6백 하고 7백이면 천3백 환. 영숙이는 1천3백 환이면 되는구나.
영숙	(한손 내밀고) 네, 맞아요. (포주, 돈을 세어 준다. 돈을 받아 쥐

미영   '숏 타임' 4명에다가, '긴 밤' 하나예요. 5백 환이 하나, 6백 환이 셋.

포주   5백 환이면 2백 환 허고 … 3, 6은 18, 천8백 환에서 절반이면 9백 환. 그러고 '긴밤' 천5백 환에서 방세 5백 제하면 1천 환이라. 그러니까 2백, 9백, 더하기 1천 환. 모두 2천 1백 환이구나. 계산 맞지야?

미영   맞아요, 2천 백 환! ……

미영, 돈을 받아서 다시 세어보고 역시 좌측 방문으로 나간다.
난희가 자기 방(2층)에서 내려와 방으로 들어온다. 밥상에 가서 젓가락질로 밥 먹는다.

순철   아버지 어머니, 학교에 다녀오겠습니다. (꾸벅)

강릉댁   (얼굴을 내밀고) 오냐, 우리 장남 아들 공부 잘 혀라.

난희   순철아, 친구들과 싸우지 말고, 선생님 말씀 잘 듣고?

순철   으응. 히히 … (책가방 메고 옆문으로 퇴장)

순실   왜 요렇게, 언니는 늦었어? 빨랑 내려와서 밥 안 묵고 ….

난희   너나 밥 많이 묵어요. 우리 순실이도 빨랑빨랑 크게, 응?

순실   호호. 엄마! … (밥 그릇 들고 부엌으로 퇴장)

포주   (못마땅하여 난희 쪽을 쏘아보며) 난희야!

난희   (돌아보고) 네?

포주   대관절 너는 어쩌자는 거냐! 그놈의 술은 미쳤다고 퍼마셔? 할 말 있으면 하고, 불평불만을 털어놔라. 어른

새끼고 애새끼고 간에, 어른 말씀을 들어 묵지 않는 것
이 제일 못할 짓이다! 무슨 놈의 불만이 그다지도 많
냐, 엉?

난희   (까딱없이, 흥미 없는 댓구) 조심하겠어요!

포주   (꾸짖어) 난희 넌 잔소리 들을 때뿐이어. 소 새끼가 돼서
그러냐, 곰 새끼가 돼서 그러냐, 엉? 새벽 창문이 밝아
오고 아침이 되면, 냉큼 털고 일어나란 말이다. 설사
손님이 붙잡고 놓지 안 는다 쳐도, "오늘은 빨래거리가
있습니다", "나 오늘은 '남대문시장'에 쇼핑 나가야만
돼요!" 하고 은근슬쩍 떨어버리는 것이어. 손님들이 기
분 상하지 않게 요령껏. 그래야만 다음번에도 또 손님
으로 널 찾아올 수 있게 말이다. 나의 생각과 말씀이
틀렸냐, 시방?

난희   예, 알았어요. (숭늉을 한모금 마시고 돌아앉는다) 그만해요,
아저씨! 똑같은 잔소리, 귓구멍 속에 딱지 앉겠어요!

포주   (말머리를 돌려) 헤헤, 우리 난희를 미워서 내가 그러겠
냐? 죄다 니년을 위해서 하는 말인겨! 내가 시키는대로
다소곳이 허고, 그러니까 어른 말을 귀담아듣고 보면
잠자다가도 시루떡을 얻어 묵는다고 옛날 말씀도 있다
이거여. 그래야만 니네들 살아가기가 편하고, 장차에
좋은 일도 발생하는겨. 헤헤. 그 사내새끼한테 밤새도
록 시달렸을 테니 오죽허겠냐! 난희 너도 생각 혀 봐
라. 저쪽에 끝 방에 있는 미영이년은 지난밤에도 2천1
백 환 벌이어. 어서 빨랑 돈을 벌어갖고 빚 청산 모두
끝내고, 요 바닥에서 훨훨- 벗어날 수 있게끔 말이다.

그래가지고는 버젓이 새 남편 만나서, 자식새끼 풀풀 낳고 행복하게 살아봐야제. 안 그러냐? 헤헤. 그러니까 허송세월하지들 말고, 열심히 열심히, 돈벌이에 온정신을 바치란 말이다. ……

난희   으흠 — 고양이가 생쥐 생각하고 있네요!

(콧 웃음치고 돌아선다)

포주   그러고, 얘 난희야?

난희   또, 뭐요?

포주   너, 옆방에 있는 2층에 한번 들어가 봐라! 그 가시내도 어젯밤부터는 첫 손님을 받기 시작했다. 헤헤. 마수걸이로 '처녀 딱지'를 뗐어요! 그러니까 새로이 양장옷도 몇 벌 사 입히고, 미장원 데리고 가서 '빠마머리'도 만들어주고 … (벽장에서 돈뭉치를 꺼내준다) 자아, 일금 3만 환이다.

난희   …… (말없이 돈 받아들고, 좌측 문으로 퇴장)

강릉댁   (부엌에서 얼굴을 내밀고) 여보, 그렇게 닥달하고 야단치지만 말아요. 살살 쬐끔씩 달래주기도 하고 …

포주   허허, 또 간섭이다. 임자는 가만히 처박혀 있그라. 내가 다 알아서 해요!

강릉댁   그리고 미영이 저것도 빚을 갚아가는디, 새로 빚을 덧씌워야 될 것 아니우? 우리 집에서 못 빠져나가게 …

포주   (발끈) 허허, 꼬치꼬치 챙견 말래두 그런다. 나도 생각 있어요. 집안에서 남정네가 허시는 일에, 여편네가 챙기고 간섭허고 나서는 게 아니어!

강릉댁   (뾰르퉁하여) 이 양반은 큰소리밖에 몰라! 아니 그레, 당신하고 조용하게 의논 한 번도 못 해봐요?

포주 허허, 저런 경을 칠 인간이 있나! …

(불끈 주먹을 쥔다. 암전)

(정자의 방)

정자는 쭈그리고 앉아서 이불을 안고 훌쩍훌쩍 울고 있다.

가만히 난희가 미닫이를 열고 들어선다.

난희 니 이름이 '정자' 맞지?

정자 …… (고개를 푹 박고 어깨를 들먹이다)

난희 울 것 없다, 얘! 맨 처음 첫날엔 나도 얼마나 서럽게
울었는지 모른다. 누군가 어떤 귀신한테 홀린 것 같기
도 하고, 세상 사람들이 도둑놈처럼 무섭구. 하지만 인
생이 살아가다 보면 별것 아냐! 그렇고 그렇지, 머.

정자 …… (아직도 울먹울먹)

난희 너, 몇 살?

정자 (가까스로 눈물 훔치며) 열여덟이유.

난희 낭랑 십팔 세? 호호. 난 열아홉 살에 이 바닥에 흘러들
어왔다. 인제는 3년 세월쯤 돼가나? 그건 그렇고, 하나
물어보자구. 정자, 니년의 고향은?

정자 충청도 강경(江景)이유. 유명한 '논산육군훈련소'가 있
는 고을 옆에 …

난희 으응, 그 육군훈련소가 있는 유명한 곳. 말은 들어서
알고말고, 나도. 고향 땅에 부모님은 계셔?

정자 아부지는 농사꾼이고, 우린 딸만 다섯, 그리고 막둥이

	남동생이 하나.
난희	오, 6남매.
정자	지는 둘째구요.
난희	남동생 막둥이가 귀엽겠구나! 큰언니는 뭣해?
정자	금년 봄에 결혼했시유! …
	(올려다보며) 언니는 고향이 어디대유?
난희	쩌어 경상도 바닷가 마산(馬山). 너 마산 알아?
정자	…… (머리를 젓는다)
난희	마산에 찾아가도 난 '쥐뿔'도, 아무도 없어. 나는 혼자
	서야. 외톨이!
정자	왜요?
난희	어머니도 죽고 아버지도 죽고, 모두 죽었다!
정자	참말로 유감이네유!
난희	니년이 미안해 할 것 없구 — 차차 알게 되겠지만, 나
	는 '아이노꼬'야!
정자	'아이노꼬'가 뭣이대유?
난희	'아이노꼬'는 말야. '튀기'를 그렇게 불러요.
정자	'튀기'요?
난희	'튀기'의 말뜻, 너는 모르지? '튀기'는 혼혈아, 잡종이
	란 뜻인데, 일본 말로는 '아이노꼬'야. '아이노꼬', 호호.
	나는 어머니가 조선 여자이고, 일본인 남자 사이에서
	태어났다. 일본 땅 오사카(大阪)에서. 그리하여 8.15해
	방이 되자, 우리는 한국으로 귀환하게 됐어요. 엄마의
	친정집이 있는 경상도 마산. 그러니까 나의 외할머니
	집(外家)으로 말이다. 내 여동생은 그때 네 살, 나는 일

곱 살이었지. 그래서 일본인 아버지도 함께 따라오게 됐어요. 그랬는디 시모노세키(下關)에서 귀국선 배를 타고 현해탄을 건너오는 중에, 그 아버지는 푸른 바다에 떨어져서 죽고 말았지, 머! …

정자 오매, 맙소사! 어쩌다가 그와 같이 슬픈 일이 …

난희 요런 이바구를, 내가 왜 끄집어냈지? 처음 만난, 생판 모르는 너한테 구질구질하게 말해! (사이)
그건 그렇다 치고 정자야, 그만 일어나라?

정자 왜요?

난희 밖에 나가서 서울 바람 쐬고, '남대문시장' 구경도 하고, 맛있는 것도 우리 사서 씹어보고 — 얘, 촌스럽게 그 낭자머리가 뭣이냐? 오늘부터는 서울 사람 되고, 생활에 적응하는 거야. 멋들어지게 살아야지! 호호.

정자 돈은 어디 있어서유?

난희 걱정 마, 정자야. 내가 알아서 해결할 테니까. 오늘까지 보름 동안이나 이 집에서 먹고 자고, 잠자고 똥 싸고 그것이 모두 돈 아니였냐? 요 집에서 외상값으로. 세상에 '공짜'는 없다, 너? 그래서 주인아저씨에게 빚 더미 지고말야.

정자 지가 몸값으로 빚 갚아주면 되잖아유?

난희 그래, 맞아요! 호호.
(손뼉까지 치고, 호주머니의 돈을 꺼내 보이며) 그러니까 포주아저씨가 요렇게, 또 돈을 빌려주는 거야. 촌스럽게 그 치마 저고리 같은 것 벗어 던져요. 새 양장(洋裝)으로 원피스 투피스 아름답게 사 입고, 그리고 머리털도 싹

	뚝 잘라내고, 지지고 볶아서 이쁜 '빠마머리' 하는 거
	야. 유행 따라 사는 것도 내 멋이지만, 꼬불꼬불 최신
	식으로 …
정자	싫어유, 싫어유! 그런 짓거리 하지 않을래유. 내가 주
	인아저씨한테서 그런 돈을 빌려유?
난희	애가 촌스럽게 놀래기는? 고것이 세상 살아가는 방법
	이다, 임마. 돈이 없으면 빌려 쓰고, 우리는 몸뚱이 팔
	아서 돈 벌어가지고 그 빚을 갚아주고. 그러고 또 그러
	다가 병이라도 나서 몸뚱이 아프고 돈 떨어지면 포주
	한테서 빌어다 쓰고 말야. 세상은 돈이 돌고 도는 거
	야, 임마! …
정자	……
난희	(매질하듯) 야- 임마, 가시내! 멍청이년, 바보야, 엉? …
	(정자의 양팔을 잡아 벌떡 일으켜 세운다. 암전)

4 장

난희	(해설)

그럭저럭 살다 보니까, 추운 겨울도 지나가고 이듬해
봄 1960년이 밝았습니다. 나 같은 것들이야 돌아가는
세상 물정을 알 까닭이 없었고, 무관심하기도 했습니
다. 1960년 초봄부터서는 대통령 부통령 선거에서 늙
은 이승만 박사와 이기붕씨가 다시 또 출마하고, 야당
인 민주당 쪽은 조병옥 박사와 장면 박사 둘이 출마한

다는 등등, 세상살이가 뒤숭숭했었지요.

(골목길, 이른 아침)
골목길 안쪽에서 멜대를 어깨에 멘 두부장수가 등장한다.
'땡그렁 땡그렁' 종소리를 울리며 ……
집 안에서 강릉댁이 슬리퍼를 끌고 종종걸음으로 나타난다.

강릉댁   두부아저씨! 두부요? 여그 두부 세 모만 줘요! …
두부장수   허허, 안녕하셨어요?
강릉댁   예에. 오늘도 많이 팔으셨소?
두부장수   그러믄입쇼, 허허.
강릉댁   …… (그녀의 들고 있는 양은그릇에 두부를 담아준다)
두부장수   그란디, 조병옥 박사님께서 돌아가셨어요! 오늘 아침
           신문에 났습니다.
강릉댁   (놀래서) 예에! 누누, 누가요? 민주당 조병옥 박사님이?
두부장수   아직도 소식을 못 들었습니까? 라디오 방송에도 나오
           고 …… 쩌어 미국의 어떤 육군병원에서 돌아가셨답니
           다! 무슨무슨, 나쁜 수술을 받으시다가 …
강릉댁   아이고, 원통해라! 원통해서 이를 어째. 대통령 후보님
           이 돌아가시다니요.
두부장수   그러게 말씀입니다. 원통하고 슬픈 소식이죠! 쯧쯧 …
강릉댁   (안쪽에 대고) 여보, 여보! 순철 아부지? 조병옥 박사님이
           죽었대요. 조병옥 박사께서 돌아가셨대요. 민주당 대통
           령 후보 조병옥 박사가 미국 땅에서 …
포주   (창문을 벌컥 열고) 뭣이라고! 조병옥 박사가 세상을 떠나
           셨어? 아이고, 세상 망했다! 대한민국이 망했어요! …

234   노경식제8회곡집_봄꿈•세 친구

(여기저기 얼굴들을 내민다. 암전)

(영상)
'민주당 대통령 후보 趙炳玉 博士 急逝' 신문의 톱기사, 김포공항의
비행기 트랩에서 손 흔드는 장면 및 조병옥 박사의 연설 장면 등.

(골목길의 통술집, 밤)
'서울역전 왕대포'의 포장 글씨 및 드럼통 탁자와 의자 몇 개.
차윤호와 청진과 종만 셋이 드럼통 의자에 둘러앉아서 대폿잔을 기
울이고 있다.

종만   (취하여) 자아, 마십시다! 한잔 더 들어요, 엉?

윤호   어쨌거나 이승만 대통령은 운수 좋은 사나이다. 억세
        게 운수 좋은 늙은이! 나이가 80을 넘어서 낼모레 90
        인데 …

청진   정확히, 만 85세.

윤호   그 늙은 나이에, 또 한번 대통령? 허허, '동해물과 백
        두산이 마르고 닳도록' 이구나! 천년 만년, 영구히 …

종만   옛날 옛적부터서, 황제와 임금님과 대통령은 하느님이
        내리시는 것! 아무나, 누구든지 마음대로 못해요. 씨팔,
        좆같다! 으윽, 으윽 … (트림)

청진   그러니까 요것을 어떻게 해석해야 될까?
        4년 전 정부통령 선거 때도 해공 신익희씨가 꼴깍- 죽
        었거든? 해공 신익희 선생이 호남지역으로 지방유세차
        내려가다가, 그 뭣이냐, 대전역 지나고 전라선 밤 열차
        속에서, 갑자기 심장마비로 돌아 가셨단 말요. 그것도

대통령 선거일을 얼마 앞두고 ……

그런데 4년 후에도 또, 선거일을 한 달 앞두고 조병옥 박사께서 갑자기 서거하신 거야. 저- 멀리 미국 워싱턴 D.C.에 있는, 무슨 월터리드 육군병원에선가 위암수술을 받다가 심장마비로 갑자기. 불시에, 뜻밖에 말입니다.

종만 윤호 형님, 그것 미스테리 있는 것 아닙니까? 혹시나 정치적 흉계라든지, 무슨 무슨, 무슨 악랄하고 무서운 정치적 음모 같은 …

윤호 에잇 짜식! 그것은 헛소리다, 종만아.

청진 그건 그렇다치고, 시방 내 얘기는 말입니다. 지금이나 그때나 똑같은 야당인사(野堂人士), 똑같은 민주당 후보, 똑같이 심장마비로 죽어갔어요. 엊그제 2월 15일에. 바로 코앞에다가 3.15정부통령 선거를 1개월 앞두고 …

윤호 그것이 어쨌단 말이냐, 청진이 너는?

청진 4년 전에도 그렇고 요번에도 또 그렇게. 한 나라의 운수란 것이, 그러니까 만백성의 '국운'(國運)일까요? 아니면 이승만 대통령 개인의 타고난 천운(天運)이 좋아서일까? 시방 차윤호 형님 말대로 억세게 천운이 있어서? 그렇다면 대한민국의 장래가 암담하고 백성들만 처량한 신세지요, 머. 허허, 좆도 씨팔이다! 4년 전 지난번에 해공 선생님 유세 때는, 한강 백사장에 몰려든 청중이 30만 명이었어요. 꾸역꾸역, 인파가 개미떼같이요. 단군 할아버지 이후 전무후무해요. 하얗게 끝도 갓도 없이 30만 명 인파의 대장관! ……

종만	(두 팔을 번쩍 치켜들고 고함) "못 살겠다 갈아보자, 못 살겠다 갈아보자!" "이승만 독재 타도! 이승만 정권 물러가라! …"
윤호	누가 들을라? 종만아 조용해, 임마! 자, 자아 … 한 대 포씩 더 들자.
종만	그래애, 좋습니다. 허허. (세 사람 술잔 부딪치고, 쭈욱- 단숨에 들이켠다. 주방 쪽에 대고) 주인아저씨? 우리 여그, 대포 하나씩 더 줘요. 술 석 잔에다가, 그리고 간천엽 안주도 한 접시 더?
주인	(소리) 예, 고맙습니다. 왕대포 셋 추가, 간천엽 한 '사라'(접시)요? (복창)
종만	아저씨, 오케이! 하하 … (사이)
윤호	오늘 낮에, 〈한국경제론〉 강의 시간에 교수님이 그러더라. 지금 우리나라는 완전실업자 250만에, 잠재실업이 50만 명. 그리고 오갈 데 없는 불쌍한 전쟁고아 20만에다가, 해마다 연년이 시골에선 절량농가(絶糧農家) 300만! 그 많은 농촌 인구들이 고향을 등지고 대도시에 쫓겨 나와서, '도시빈민'(都市貧民)과 부랑아 거지들로 전락하는 거야! 일제강점기 옛날에, 마치 조상 대대로 물려받은 문전옥답(門前沃畓), 내 땅을 일본놈에게 빼앗기고 두만강과 압록강 건너서, 쩌- 황량한 만주 벌판으로 쫓겨 가듯이 ……
종만	그래 옳소, 맞아요. 백만 학도여, 궐기하라! 똑바로 정신 차려라. 깨어 있으라, 백만 학도여! 으윽 … 그리고 보니까 어느새 우리도 4학년이 됐네요. 대학 졸업반의

4년생! 대학교 졸업하고 나서 사회에 나아가면 무엇을 해먹고, 그러나저러나 어떻게 살아간다? 내일의 전도가 양양한 것도 아니고, 답답하고 한심하다! 허허, 한심해 …… (술잔을 혼자서 들이켠다)

윤호　그래요. 정말로 앞길이 깜깜하고, 첩첩산중이란 생각이야!

청진　그것뿐입니까? 또 군대도 갔다 와야죠. 국민의 신성한 의무, 국토방위! 그래도 형님은 군대까지 마쳤잖아요? 1년 6개월짜리, '학보'(學補)로.

윤호　군대 복무를 마친 것이 자랑이고, 무슨 벼슬이냐?

청진　종만이 니놈과 난 졸업하고 나서 입대해야 하니까 3년짜리. 앞으로 3년 동안은 군대 가서 푸욱- 썩는 것입니다요. 허허.

종만　그러므로 '오등'(吾等)은, 매달 나오는 『사상계』 종합지밖에 안 읽는다! 그 중에서도 소설가 황순원의 연재소설 〈나무들 비탈에 서다〉 ……

청진　짜아식, 누가 국문과 학생 아니랄까 봐서? 임마, 종만이 넌 신문사의 「신춘문예」 준비나 철저히 해라. 그래 가지고 배고픈 시인이 되든가, 훌륭한 소설가로 출세를 하시든지 …

종만　얘, 청진아? 너도, 연재소설 〈나무들 비탈에 서다〉 매달 읽어보고 있지?

청진　『사상계』 잡지는 대학생들의 필독서 아니냐? 요즘에, 언필칭 '인텔리겐챠'(intelligentsia), 지성인(知性人)이라면 말이다. '우울한 시대의 우울한 자화상'(自畵像)

같은 것! …

윤호 (회의와 냉소) 우리 같은 놈들이 '지성인', 인텔리겐챠? 허허, 웃기는구나. 19세기 제정(帝政)러시아 시대에 서구의 계몽주의 사상으로 똘똘 뭉쳐서, 철저하게 무장돼 있었던 그런 젊은 지성인들 말이냐? 어림도 없다, 어림 없어요. 대한민국의 오늘날 젊은이들은 다르다. 우리는 그 같은 '인텔리'가 못된다. 우리는 '가방끈'도 짧고 모자라고, 철학과 실천력과 용기도 없어요. 뿐만 아니라 당장 코앞에 닥친 현실에만 안주하고, 무기력하고 말야. 우리는 제정러시아 그 시대 인텔리겐챠의 발바닥에도 못 따라간다. 한참 못 따라가지! 아암, 절대로 불가능이고말고. 허허 …

종만 6.25전쟁 때, 최전선(最前線) 수색중대에서 동호와 윤구와 현태, 세 전우(戰友)들!

(의자에서 일어나서, 수색군인 흉내로) '이건 마치 두꺼운 유리 속을 뚫고 간신히 걸음을 옮기는 것 같은 느낌이로군. 문득 동호는 생각했다. 산 밑이 가까워지자 낮 기운 여름 햇볕이 빈틈없이 내리부어지고 있었다. 시야는 어디까지나 투명했다. 그 속에서 초가집 일곱 여덟 채가 …' 그 소설의 첫 구절이다. 멋들어진 명문장이지! 청진아, 안 그래? 참혹한 한국전쟁이 끝나고 살아남아서, 세 젊은이의 정신적 갈등과 불안, 허무와 절망의 정신세계를 적나라하게 묘파하고 있음이야! 하하, 으윽 으윽! … (헛구역질하고) 아저씨, 여그 술과 안주 안줘요?

주인 예, 다 됐습니다. 나갑니다요! … (쟁반에 대포 세 잔과 간천

엽 안주를 들고와서 그들 앞에 각각 놓는다. 그림자처럼)

(영상)

서울운동장의 '海公申翼熙先生國民葬' 장례식과 한강 백사장의 선거 유세 장면. 서울 거리의 긴 장례행렬 등 눈물과 통곡 속에, 金炳魯 대법원장의 울음 섞인 조사가 카랑카랑 길게길게 이어진다.

(목소리)

"오늘 고 해공 신익희 선생의 국민장 식전을 거행함에 임하여, 대법원장 김병로는 사법부를 대표하여 삼가 조사를 드리나이다. 아아, 해공! 해공! 해공 선생은 가셨습니까! 어디를 가셨다는 말입니까? 아무리 생각하여도 꿈과 같아서, 선생이 영원히 가셨으리라고는 믿어지지 않습니다. 해공 신익희 선생이여! ……"

5 장

(미영의 방, 낮)

미영은 방바닥에 엎드려서 편지를 쓰고 있으며,

난희는 한쪽 벽에 기댄 채 달력을 펴들고 무슨 숫자 계산을 하고 있다. 그리고 영숙은 미영 가까이 앉아서 무료한 듯 헌 월간잡지를 이리저리 뒤적인다.

이윽고, 정자가 방안으로 들어선다.

정자   오늘 밤에는 '짜부(경찰) 비행' 없답니다! 걱정들 묶어 놓으래유, 호호. 어제는 오늘 밤에 '순찰' 나온다드니, 오늘은 '완전취소'래유. 담당 파출소에서, 아까 살째기 연락 왔다고 그럼서 … (난희쪽으로 간다)

미영	지랄들 헌다! 엿장시(수) '꼴린'(기분)대로 요랬다가 저
	랬다가 … (사이)
	애, 영숙아, 내 편지 들어볼래? (편지를 들고, 벌떡 일어나
	앉는다)
영숙	그래라우. 한번 읊어 보드라고, 잉? (사이)
미영	으음 …

(편지 내용) "사랑하는 심길수씨! 존재 없는 소인 여자가
쓸 줄 모르는 글 몇 자 올리겠나이다. 어느덧 당신과
작별한지도 십여 일이 되어가는 모양입니다. 그간 기체
후 일향 만강하옵신지요? 저는 그대의 하념지덕으로
잘 생활하고 있습니다. 그날 저녁은, 열시 반까지 오신
다고 하여 기다리고 기다리다가 외롭게 그냥 잤습니다.
웬일인지 그대의 모습이 영화의 활동사진 필림(름)처럼
아롱대며, 그 어딘가 머리 한구석에서 생생하게 아물거
리는군요. 짓궂은 운명 속에서나마 아득한 희망을 바라
보며, 모든 짓궂은 장애물을 무릅쓰고 인생길을 할딱거
리면서 살아가야 하는 기구한 운명 속의 가련한 여자
미영이랍니다. 아아 – 진정한 웃음과 희망의 바다는 멀
리 사라지고, 어두운 함정 속에서 허우적거리는 이 몸
뚱이를 구해줄 왕자님은 그 누구인지? 나는 누구한테
도 원망하지 않습니다. 더러운 함정에 빠져있는 이 가
련한 미영이지만 정신마저 썩은 것은 아니랍니다. 그대
는 지금 무엇을 하고 계신지 궁금하군요. 아아 – 님이
여, 보고 싶소! 얼른 돌아오십시오. 그러면 일기 고르
지 못한 봄철 날씨에 몸조심 하십시오. 미영이는 빌고

또 빌겠습니다. 쓸 줄 모르는 글월이나마 양해하고 읽어주기 바랍니다. 그대의 건강과 행복을 기원하면서, 이만 편지 글을 마치겠어요. 기다리겠습니다! 기다리겠습니다! 심길수씨, 그대를 사랑하는 미영 올림. …"

영숙   (감동하여) 진짜로 미영 언니는 그만이네! 문학가도 되겠어라우. 그렇제. 몸뚱이는 비록 썩었을망정 정신까지 썩은 건 아니고말고!

정자   언니야, 거시기 그 뭐죠? '짓궂은 운명 속에서나마 …' 거그 말이유. 그러고 나서, '아득한 희망을 바라보며 짓궂은 장애물을 무릅쓰고 …' 그 대목은 참말로 멋지네유!

난희   미영언니는 여고(女高) 출신이고, 나 같은 여중생(女中生)은 가방끈 짧아서 턱도 없지, 머. 우리네 실력은 딴판이어.

미영   또 언니 앞에서 까분다! 너는 여중학교에서 우등생도 따 묵었다면서?

정자   그 심씨라는 남자가, 그란디 미영 언니를 사랑해 줄까요?

미영   (빙긋이) 에이, 바보! 누가 누구를 사랑한다고?

정자   그렇다면 왜, '사랑하는 심길수씨' 그래유?

난희   정자 니년은 그래서 햇병아리어. 풋내기, 아직도 올챙이 가시내!

미영   정자야, 생각해 봐라. 그 사나이가 미군부대 PX에 직장 갖고 있다니까, 내 귓구멍이 솔깃해서 그런 것이다. 저쪽에 삼각지 있제? 그 용산에 있는 삼각지 미군부대.

코쟁이 양키부대말야.

영숙　우리 미영 언니는 양키 PX가 어떻고, 그런 데는 도통 관심없어요. 무조건 돈이 '이찌방'(제일)이어. 언니, 안 그래라우?

미영　사람은 내 수중에 돈이 있어야만 세상사는 맛이다! 가만히 뜯어보니까, 그 남자 '바지씨'가 '오까네'(돈)는 좀 쥐고 있는 것 같드라.

정자　'오까네'가 뭣이유?

난희　'오까네'는 왜놈 말로 돈이란다, '돈'. 영어로는 '모니' 고, 호호.

영숙　그 '바지씨'가 볼써 한 달도 지냈는디 시방도 안 나타나는 것은 무슨 이유가 있을 것이고, 또 맴씨(마음)가 변한 것 아니 겠소?

미영　밑져봤자 본전이다, 머. 요렇코롬, 그래서 편지 쓰는 것 아니냐? 호호. 재미삼아서, 심심풀이로 띄워보는 것 이제! (담배 연기를 길게 내뿜는다)

이때 펨푸아줌마가 마당에 나타나서 불러댄다.

펨푸아줌마　방안에 영숙이하고 미영이 있냐? 둘이 어서 나와라.

영숙　왜요, 아줌마?

펨푸아줌마　으음, 「서울여관」에서 색시 두 사람 찾는다. 얼른 싸게 싸게 …

미영　씨팔, 해도 안 떨어졌는디 대낮부터 지랄이야? 예, 알 았어. 나갈께요. (편지와 펜 등을 주섬주섬 챙기고)

가자, 영숙아!

영숙　　…… (일어나서 재킷을 입는다)

미영　　(발끈) 앞서 나가, 요년아! …

　　　　(두 여자, 마루를 통하여 퇴장. 사이)

정자　　언니 언니, 저- 미영 언니는 거창(居昌)이 고향이람서, 거창이 어디에 붙어 있대유?

난희　　정자 넌 궁금한 것도 많다. 거창이 어디 있어? 경상남도 거창 땅이지. 저- 지리산 가까운 동네. 미영 언니는 결혼에 실패한 여자란다.

정자　　그 이약(이야기)은 들어서, 나도 쬐끔은 알고유. …

난희　　6.25전쟁 때, 지리산 속에는 '빨갱이' 공비(共匪)들이 득시글득시글 했어요. 그래서 우리 국군 부대와 전투경찰이 합동작전으로 '공비소탕'을 펼쳤단다. 그랬는디 거창 그곳에 와서 주둔하고 있던, 어떤 이북 출신 전투경찰과 눈이 맞아서 연애결혼을 하게 됐어요. 갓 20살도 안된 처녀가 일찌감치 '속곳바람'이 난 것이다, 머. 그레갖고 새 신랑 따라서 서울까지 올라와 보니까, 거짓부리 '사기결혼'을 당한 것이어.

정자　　(놀래서) 뭐 뭐, 사기결혼이라고? 아니, 왜유?

난희　　왜는, 왜? 그 신랑놈한테는 눈 시퍼렇게 뜬 본마누라도 있었고, 어린 애새끼까지 버젓이 있더란다!

정자　　요런 나쁜 자식! 하늘에서 천벌 받을 놈이네유. …

　　　　(두 주먹을 불끈 쥐고, 벌떡 일어난다. 암전)

6 장

난희   (해설)

여기서 저는, 소녀시절 나의 '이바구'(이야기)를 간략히
하고 넘어갈까 합니다. 어머니의 고향 집 마산에는 외
할머니 홀로 외롭게 살고 있었습니다. 나는 그곳에서
외할머니의 따뜻한 손끝에 양육되어 중학교까지 졸업
했습니다. 그런데 그에 앞서서, 엄마는 혼자서 못살겠
다고 부산으로 새 남편을 얻어가고, 또 하나밖에 없는
여동생은 어느 부잣집의 '수양딸'로 보내졌습니다. 그
러므로 외할머니와 단 둘이만 살아가는 중에, 할머니가
무슨 병으로 갑자기 세상을 떠나고, 나는 고아 신세가
되었지요. 외할머니 장례식 때, 엄마가 부산에서 찾아
오고, 부잣집의 수양딸이 된 동생도 왔습니다. 내 동생
은 그때 중학교 1학년이었는데, '삐까번쩍' 입성도 멋
지고, 얼굴도 곱고 예쁘고 행복해 보였습니다. 그런데
그 부잣집에서는 나도 수양딸로 함께 가자고 말하고,
동생도 기쁜 마음으로 좋아좋아 했습니다. "언니, 함께
가자! 우리 같이 가서, 함께 살아요, 엉? …" 그러나 나
는 거절하고 엄마를 따라갔습니다. 그것은 내 어린 맘
속에도 동생이 행복하게 잘살고 있는데, 더부살이로 나
까지 얹혀사는 것은 동생을 불행하게 할지도 모른다는
생각이 살째기 떠올라서였습니다. 그때의 철부지 나로
선 동생을 위해 기특하고 갸륵한 생각 아닌가요? 호호.
그런데 그 부산 의붓아버지는 특별한 벌이도 없이 찢

어지게 가난했고, 어느새 자식새끼를 둘씩이나 갖고 있
었습니다. 그러므로 나는 엄마 집을 나와서, 밀양(密陽)
에 있는 어떤 집의 '어린애 엎어주는' 일로 입에 풀칠
을 해결했습니다. 그러나 그것도 반년 만에 그 집에서
뛰쳐나오고, 다시 부산에 돌아왔습니다. 그리하여 부산
영도다리 근처에 있는 어떤 음식점의 식모살이, 부산역
전에서 담배와 껌팔이, 다방에서 레지생활, 닥치는 대
로 아니해본 일이 없었습지요. 그러다가 "에라, 서울로
뜨자!" 하고, '서울바람'이 나서 야간열차에 올라탄 것
이 지금의 내 인생 길이 되었습니다. 흔히 들 하는 말
로 나의 아픈 과거사를 소설로 쓰자면, 아마도 두세 권
은 충분히 되고 남을 겝니다! ……

(골목의 앞쪽 모퉁이, 오후)
어린이 순철과 순실, 또 한 아이 셋이서 '고무줄놀이'를 하고 있다.
순철과 한 아이가 양쪽에서 고무줄을 길게 늘어 잡고,
순실은 한가운데서 뜀뛰기를 한다.
동요 〈퐁당퐁당〉을 같이 부르면서.

"퐁당퐁당 돌을 던져라
 누나 몰래 돌을 던져라
 냇물아 퍼져라 멀리멀리 퍼져라
 건너편에 앉아서 나무를 심는
 우리 누나 손등을 간지려주어라 …"

이때 난희가 밖에서 등장.

난희	니네들, 고무줄 놀이 하고 있구나. 순실아, 언니도 한 번 놀까?
순철	누나도 해요!
난희	좋아, 호호. 언니도 학교 때는 잘했어요. 운동선수처럼 …
순실	그러면 언니는 나하고 '가위바위 보' 해.
난희	자아- '가위바위 보' … 언니가 이겼지, 순실아?
순실	으응. 언니가 먼저 해요.
난희	니네들, '퐁당퐁당' 노래 크게 불러?

난희는 고무줄의 한가운데서 뜀박질한다.

그들은 〈둥근 해가 떴습니다〉도 바꿔 부르며 신나게 논다. 조금 길게 …… (암전)

시나브로 날이 어두워지고, 가로등에 불이 들어온다.

(골목길)

여기저기서 손님을 끌기 위해 창녀들이 그림자처럼 나타나고,

어떤 여자는 담뱃불을 붙여 입에 물고 한껏 긴 연기를 내뿜는다.

정자가 가죽잠바 차림의 형사 손에 붙들려서 위 골목에서 등장한다.

형사는 그녀의 어깻죽지를 바짝 움켜쥐고 있다.

정자	(심한 충청 사투리로, 반항하며) 요것 놔유! 사람을 시방 잘 못 봤시유? 나는 고런 여자가 아니어유.

가죽잠바	잔소리 … 얌전하게 따라와!
정자	아니어유. 사람 잘못 봤시유. 요것을 놓고 말씀허세유.
가죽잠바	파출소 가서 얘기하자니까?
정자	전 죄 없시유. 아무 것도 나는 몰라유. 못 따라가요!
	(버틴다)
가죽잠바	자 자- 가서 얘기합시다.
	(더욱 잡아끌며) 허튼소리는 그만 치우고 …
정자	…… (버틴다)
가죽잠바	으응, 형사에게 반항하는 거요? 이러면 공무집행 방해 죄야!
정자	…… (그녀는 힘껏 버티다가, 그의 손아귀에 잡힌 웃옷을 순간적으로 벗어던지고 골목 안으로 도망친다. 맨몸에 브라자만 걸친 채)
가죽잠바	아니, 이런! 허허 … (빈 웃옷만 한 손에 들고 어이없어 한다)
창녀들	깔깔깔 … (그 광경을 보고, 조롱하듯이 폭소를 터뜨린다)
가죽잠바	… (웃옷을 땅바닥에 버린다. 암전)

(난희의 방, 낮)
정자가 방에 들어와서 난희한테 바싹 달려든다.

정자	언니, 언니! 그렇게 달력 갖다놓고, 시방 뭣을 계산해유?
난희	(손가락으로 꼽아가며) 보면 몰라? 날짜 계산헌다. … 열하나, 열둘, 열셋, 열넷, 열다섯… 그럴 일이 있어요.
정자	무신 계산인디유?
난희	호호. … 정자 너, '달거리'란 말 알제?

정자	'달거리'! 세상 여자들이 매달 허는 고것?
난희	음, 월경(月經)말야. 그 '멘쓰'라는 것.
정자	그란디유?
난희	예전에, 어느 여성잡지 책에서 읽어봤는데 말이다. 여자들이 한 달에 한번씩 '멘쓰'를 할 적에, 아무 때나 임신이 되는 법은 없거든?
정자	여자는 '배란기'(排卵期)란 것이 있어가지고, 그때가 돼야만 임신하는 거예유. 여자와 남자가 접촉해서, 배란기 시기가 맞아떨어져야 임신이 성공할 수 있제, 머. 그건 나도 알어유.
난희	너도 알 것은 아는구나!
정자	그란디 고것은 뭣땜시 — 난희 언니도 임신 여부가 걱정돼서?
난희	호호, 정자야? 그런 뜻이 아니구, '이쁜 아기'를 갖고 싶어서 …
정자	'이쁜 아기'유?
난희	왜, 나 같은 여자가 애기 낳아서 기르면 잘못된 것이냐?
정자	(놀래서) 우리 같은 처지에 젖먹이가 무신 필요가 있어서. 언니도 생각해봐유? 여자들이 임신해서 애기를 갖자면, 무엇보다도 사내새끼 불알 '페니스'가 있어야 하고, 그런 남정네를 어디 가서 구해요? 남녀가 결혼해서 새신랑 새신부 되는 것도 아니고. 그와 같은 사건은 생각할 수도 없지유, 머.
난희	너하고 나하고는 생각과 뜻이 달라요. 나는 '대학생의 아

정자	기'를 가질 거야. 내가 좋아하는 어떤 대학생의 아기를! 난희 언니, 시방 미쳤어유? 난희 언니는 제정신이 아니구만! … (암전)

7 장

난희	(해설)
	짧은 만남에 긴 이별이라더니, 대학생 차윤호님과 내가 만난 것은 반년 동안도 채 안됩니다. 4.19 나던 해 전년도 12월 달엔가 만나가지고 4.19 그날에 세상을 떠났으니까, 12월 1월 2월 3월 4월(손 꼽아보며), 겨우 다섯 달, 5개 월 가량 되는군요. 그러고 나서 우리의 긴 이별은 반 백 년도 훌쩍 흘러갔습니다그려. 새까만 머리털이 하얗게 파 뿌리처럼 변하고, 포등포등 윤기 있는 살갗도 쭈글쭈글 요렇게 늙어갔습지요! 그 대학생은 술이 한잔 들어가고 시간이 나면, 친구들과 어울려서 마지못한 듯 우리네 사창가에 찾아들곤 했습니다. 한 달에 한 번, 아니면 두 번 정도의 만남이 이루어진 셈이지요. 너나 없이 어렵고 힘든 그 시절에, 가난한 대학생이 돈이 어디 있었겠습니까? 호호. 더구나 차윤호 학생은 친구와 함께 단칸간방을 얻어서 잠자리를 해결하였고, 무슨 시간제 아르바이트인가 하는, 중학생 집에 가서 아이들을 가르치는 것으로 자취생활을 영위하고 지냈답니다. …

(난희의 방, 밤)

차윤호가 방바닥에 엎드려서 잡지를 읽고 있다.

모표 없는 학생모를 눌러쓴 펨푸총각이 밖을 지나가며 작은 목소리로 전달한다.

펨푸총각   '짜부비행! 짜부비행! …'

밖에 나오지 마세요. 짜부들 떴어요! …

이윽고, 골목길을 군 경 검(軍警檢) 합동순찰반이 저벅저벅 지나간다. 그리고 조금 지나서, 난희가 작은 투가리(질그릇 단지)를 안고 고양이 걸음으로 바깥계단을 올라오는 모습이 보이고, 강릉댁이 뒤 안에서 나와 그녀를 제지한다.

강릉댁   너, 누구여! 난희 아니냐?

난희   깜짝이야. 놀랬잖아요!

강릉댁   장독대에서 뭣을 도둑질하는 거여?

난희   도둑질은 …

강릉댁   어디 보자구?

난희   호호. 장독에서 요렇게 김치, 쬐끔을 담았어요!

강릉댁   묵은김치는 왜?

난희   이따가 얘기할께. 그럴 일 있어서요. 호호 …

(계단을 올라서 방으로 들어선다)

윤호   … (부시시 일어나며 잡지를 한 켠에 엎어놓는다)

난희   윤호씨, 윤호씨? 내가 김치 쬐끔 훔쳐왔어요. 호호.

묵은 김치가 요렇게 세 포기야! 내일 아침에 집에 들어

	갈 때 갖고 가요, 엉? … (윗목 구석에 잘 놓는다)
윤호	뜬금없이 묵은 김치는?
난희	본인이 자취생이라면서? 가난한 대학생이 김치 같은 거 있어요? 호호 … (괜히 들떠있는 기분)
윤호	경찰관들이 출동한 모양인가?
난희	응, 군경검 합동단속반! 집안에서는 문제없어요. 괜히 한 번씩 그래요. 그까짓 거, 미리미리 사전정보로 알려주는디 합동단속이 되겠어요?
윤호	그런 정보는 누가 알려줘?
난희	짜고 치는 '고스톱'이지, 머. 지네들이 은근슬쩍 알려주고, 잡아갔다가는 다시 또 풀어주고. 양쪽이 주고받고, 그래야만 '떡고물'이 떨어져요! 호호.
윤호	허허, 악어와 악어새 관계구나! 부정부패를 주고받고말야. 쌍방간에 주고받고 또 받고 주고, 부조리와 부정부패의 확대재생산으로.
난희	(관심 없이) 우리는 신경 쓸 것 없어요. 세상살이, 그렇고 그런 것 아니유? (책을 집어들고) 요것, 잡지는 뭐예요?
윤호	종합 시사(時事) 잡지 『사상계』.
난희	'사상계' 시사잡지? 나는 모르는 이름인데 …
윤호	난희는 몰라도 된다. 읽기에 어려울 수도 있으니까, 허허.
난희	…… (이리저리 펼쳐본다)
윤호	그런데 말야. 너는 소설 같은 것 읽기 좋아하잖아? 그 속에, 「동인문학상 후보작」이라고, 단편소설이 실려 있다. 훌륭하고 재미있는 작품이야. 단편소설 〈오발탄〉

	(李範宣)인데, 읽어봐요 한번? 국문과 내 친구에게서
	얻어왔지. 난희 그대를 생각해서.
난희	생각해 줘서, 귀로 눈물 나네요! 호호 … (책을 잘 둔다)
	으음, 그건 그렇고 … 참, 윤호씨? 차윤호씨, 윤호씨!
	인제사 생각났다. 우리 남산(南山)에 올라가요? 요렇게
	기분 좋은 봄밤에, 산보라도 한번 하자, 엉?
윤호	밤중에, 남산에 올라가?
난희	왜, 어때서? 으음, 그대와 내가 아름다운 봄밤에 '데이
	트'를 즐긴다! 우리들의 아름다운 데이트, 호호 …
	여그서 남산은 가까워요. 저쪽에 후암동 해방촌에서 올
	라가면. 시원한 봄바람 속에 사꾸라꽃도 피고, 진달래
	와 개나리도 만발하고 …… 아이, 빨랑 일어나요?
	(냉큼 일어나서, 벽에 걸린 그의 옷저고리를 챙긴다) 자, 자아, 빨
	리 어서요?
윤호	주인아저씨가 아무 잔소리 않을까?
난희	상관없어요. 당신은 '숏타임' 아니고, 오늘 저녁에 '긴
	밤손님'이니까 말야. '올나이트', 호호 …
윤호	… (부시시 일어나서 그녀를 새삼 본다. 옷을 받아 입고) 그래애,
	나가자! 남산에 올라가면, '팔각정'(八角亭)이라는 게
	있지, 아마?
난희	그 '팔각정'은 나도 알아요. ……

난희가 앞장서 계단을 내려가고, 윤호가 뒤따른다.

남산 길을 따라서 걷는다. 나란히, 마치 연인처럼 다정히 손을 잡고.

무대를 구불구불 길게 돌아서, 무대 중앙의 안쪽 '팔각정'에 도착한다.

(영상) 남산의 서정적이고 아름다운 밤 풍경

난희   …… (말없이 양팔을 치켜들고 한껏 기지개를 한다)

윤호   …… (이리저리 서울 시내를 조망한다. 사이)

난희   (혼잣말처럼) 대학생 애인을 둔 여자애는 얼마나 행복할까!

윤호   뜬금없이 무슨 소리?

난희   잠깐 동안, 그런 생각이 들었어요.

윤호   싱거운 소리는 하지도 마라.

난희   나는 배운 것도 부족하고, 천한 직업의 가시내이고말
        야!

윤호   나는 그렇게 생각지를 않는데?

난희   그것은 또 무슨 말뜻?

윤호   허허 …… 딴 이야기 하자. 난희는 고향이 마산(馬山)
        이라고 했던가?

난희   윤호씨는 전라도 남원(南原) 땅? 남원은 한 번도 가본
        적 없어요.

윤호   마산은 나도 만찬가지야. 한 번도 가본 적 없다.

난희   마산은 아름다운 바닷가예요. 멍게와 해삼과, 우럭 복
        어 같은 해산물이 풍부하게 나오는. 그리고 〈가고파〉
        노래 있죠? (웅얼웅얼) "내 고향 남쪽바다 그 파란 물 눈
        에 보이네 …"

윤호   그 유명한 가곡은 나도 알고 있어. 남원은 성춘향(成春
        香)으로 유명한 〈춘향전〉의 무대란다. 그 발상지로서.

난희   〈춘향전〉 이야기를 모르는 한국 사람이 어디 있어요?

　　　　나도 알아요.

윤호　　　미천한 늙은 기생 퇴기(退妓)의 딸이 사대부가 명문 집
　　　　안의, 말하자면 귀족 출신의 아들놈을 사랑하는 …

난희　　　그런 이바구가 사실일까? 옛날에 그런 사건이 있을 수
　　　　있어요?

윤호　　　허허, 몰라요. 가능하니까 그렇지 않겠어? (사이)

난희　　　(가까이 다가가며) 내가 대학생 차윤호씨를 사랑하나봐!

윤호　　　왜?

난희　　　내가 말야. 요 난희가 대학생의 애인이 되면 안 될까?
　　　　그대는 훌륭한 인물이에요. 당신은 착하고, 참 좋은 사
　　　　람! (어린양하듯) 내 말 맞지요? 그렇지?

윤호　　　그따위 싱거운 이야기를, 또 꺼내기냐? 허허.

난희　　　어때서요? 나의 속마음은 내가 속마음을 묵은 대로지,
　　　　머! …

　　　다음 대사는 난희의 '환청'으로 한다. 그들의 목소리 …

난희　　　(웃으며) 언니 언니! 미영 언니, 내가 대학생에게 반했나
　　　　봐?

미영　　　(뱉듯이) 뭣이어, 요년아? 꿈 깨라, 꿈 깨!

난희　　　그 인물을 난희가 사랑할 거야!

미영　　　흥, 꿈을 깨요, 꿈 깨. …

영숙　　　나는 그렇게 생각지 않아요. 우리들이 대학생을 사랑
　　　　할 수도 있지, 머. 뭣이 어때서? 어디가 덧나나! 깔깔
　　　　깔 …

정자　　　나도 백 퍼센트 동감입니다! 영숙 언니 말이 진짜로 옳

아요. 호호.

미영   요년들이 미쳤구만. 혼들이 나갔어! 요것들아, 오르지 못할 나무는 쳐다보지도 않는 것. 치마 말과 저고리 말이 엇비슷해야, 옷맵씨가 고운 법이다.

난희   나는 '대학생 아기'를 하나 갖고 싶어요!

미영   뭐 뭐, 그 남자애의 자식을? 쯔쯔 쯔, 갈수록 태산이다. 사랑하다 못해서 인제는 핏덩이 새끼까지? 시나브로 니년이 미쳐가고 있구나, 시방!

난희   미영 언니, 내 말 들어봐요? 그 대학생은 좋은 사나이야. 지난겨울에 처음으로 내 방에 왔을 때, 그 남자는 내 몸뚱아리에 손 한번도, 털끝 한 개도 손 안댔어요. 술이 억수로 난 취해 있었고, 그런디 부처님 가운데 토막같이 꼼짝 않고 그냥 잠이 든 거야. 내 옆자리 이불 속에서. 요즘 세상에, 그런 남자애가 어디 있어요? 어떤 불알 달린 사내새끼가 그런 행동을 해! 언니 언니, 생각해 봐요? 똥갈보 집에 와서 하룻밤 화대를 지불했으면, 그만큼 실컷 즐겨야지! 니네들, 내 말쏨이 틀렸냐? 한 가지를 겪어보면 열 가지를 알아요. 나는 그 대학생과 멋지게 연애하고 싶어요! 호호 …

미영   (꾸짖어) 듣기 싫다! 꿈도 꾸지 말그라. 아니 그래, 똥갈보 계집년이 '하늘같이 높은 대학생'을 넘보겠다고? 허 허, 서글프다 웃긴다. 어림 반 푼어치도 없는 소리! 혓바닥이 길어야 가래침도 멀리멀리 뱉는 법이다. 그따위 헛소리라면, 내 방에서 나가그라! 썩- 나가, 요것들아!

난희   '하늘같이 높은 대학생!' …… (에코)

윤호	무슨 생각을 골똘히 해?
난희	아냐. 아무 것도 아니야! … (머리를 세게 흔든다. 사이)
윤호	내가 싱거운 농담 하나 들려줄까? 활동사진, 영화 애긴데말야.
난희	(건성으로) 으응, 해봐요.
윤호	영화에서, 어떤 부인이 남편한테 이혼당하고, 우리 같이 남산 '팔각정'을 올라왔어요. 그래서는 밤하늘의 별빛과 서울 시내의 휘황한 불빛을 바라보면서 탄식했어요. 한숨과 눈물을 쫄쫄 흘리면서, "아아, 저 찬란한 불빛 속에서 내가 살아야 할 집은 과연 어디이고, 왜 나는 이처럼 불행할까! …"
난희	그래서요?
윤호	그랬더니 영화 검열심의관이 그 부분을 가위로 싹뚝싹뚝 잘라버렸대요!
난희	아니, 왜?
윤호	국부(國父) 이승만 대통령을 모시고 사는 사람들이, 글쎄 서울 시내를 내려다보면서 행복을 말해야지, 한숨과 눈물을 보이는 것은 있을 수도 없는 일이라고. 허허.
난희	호호. …… (그의 가슴을 파고들며) 난희는 그대를 사랑하고 싶어요!
윤호	…… (말없이 내려다본다)
난희	차윤호씨, 나를 힘껏 안아줘요! (두 사람의 포옹과 격렬한 키스. 암전)

8 장

(포주집 마당, 오후)

미영과 정자가 수돗가에서 속옷과 타월 등 간단한 빨래를 하고,

난희는 마루에 걸터앉아서 담배를 피워 물고 있다.

미영과 정자는 적당한 때에 빨래 줄에 세탁물을 넌다.

한가하고 무료한 분위기. 여자들의 편안하고 일상적인 수다 ……

난희	영숙이는 밖에 나갔어요?
미영	순철이 엄마와 함께 갔다.
난희	왜?
정자	병원에 갔시유, 언니. 산부인과 의사한테 …

(바가지로 물을 퍼서 빨래를 헹군다)

난희	어느 병원인데?
정자	난 잘 몰러유.
미영	순철엄마, 강릉댁이 잘 아는 곳이란다. 자주 가는 …
난희	그거 엉터리인데.
미영	아무러면 어때서? 의사면 의사지!
난희	미영언니, 돌팔이라고. 그거 '의사면허증'도 없이 엉터리 의사! 정식으로 의사면허증도 없어요.
미영	수술만 잘하면 되제, 머.
난희	아냐, 엉터리로 소문 났어요. 병원에 갈려면, 서울역 뒤에 있는 「서울의원」 찾아가야 해. 그 돌팔이는 실수가 많아서 안돼요. 얼마 전에도 잘못돼 가지고, '하혈'

(下血) 하고 난리 났잖아요? 저쪽 집에 있는, 경상도 대구(大邱) 가시내도 말야.

미영 　'소파수술'이 뭐가 어렵노? 잠깐 동안 누워서 '긁어내 뿌리면' 된다, 머.

정자 　난희 언니, 거그는 병원비도 싸대유. 염가로 …

난희 　얼마인데?

정자 　8천 환이야. 딴곳에서는 2만 환이고.

난희 　시끄럽다, 가시내야! 싼게 비지떡이다.

정자 　얼마나 싸고 좋아요? 수술비가 반값도 안되는디. 호호 ……

미영 　(꾸짖어) 정자, 니년도 조심혀라. 잘못 묵고 '체하지' 말고.

정자 　여자가 '임신'을 막자면, 어찌 해야 돼유?

미영 　고것은 저 난희에게 배워라!

난희 　왜 나한테 배워요? 나보다는, 미영언니가 더 '뺀질이' 도사면서 …

모두 　호호 …… (까르르 웃는다)

미영 　(물 묻은 손을 치마에 닦으며, 마루로) 담배 한 대 줘라?

난희 　응, 여기 … (마루에 놓인 담배갑과 라이터를 밀어준다)

미영 　(한 개피를 뽑아물고 불붙여서, 연기를 내뿜는다) 걱정 말그라. 그 의사놈도 개안타! 한 푼도 아껴써야지, 우리가 무신 돈 있노? 그 수술비도 포주가 빌려주는 것 아이가? 재수없이 '체하면', 우리한테는 죄다 빚이다, 빚!

난희 　그것을 누가 몰라요? 돌팔이니까 걱정돼서 그렇지, 머.
　　　　(사이)

정자 　…… (수돗가 빈 물통에 걸터앉아 하늘을 본다) 서울의 봄하늘

이 청명하고, 억수로 좋네요. 오늘은 '3.15 정부통령
선거' 투표 날! 골목길이 한산허네유. 찾아오는 손님도
없고. 호호 …… 오늘같이 대통령 선거는 '임시공휴일'
아니유? 모든 국민이 대통령 투표 많이많이 하라고.

미영　　새 대통령 뽑는 날이니까, 엄숙한 마음으로 투표 참가
　　　　를 해야제. 요런 사창가에 나타나서 '오입질'이나 하면
　　　　쓰겠냐?

난희　　아이고매, 우리 미영언니 애국자 났다! '애국자' 났어
　　　　요, 호호.

정자　　그란디, 왜 우리는 투표권 없지유?

미영　　니년이 '서울시민증'이나 있어? 주소도 없는 것들이.

정자　　그렇다면 우린 선량한 국민도 아니네유!

난희　　참, 정자 넌 친구를 찾았어?

정자　　연락 안돼유. 사는 곳도 모르고. 처음엔 영등포엔가,
　　　　어떤 방직공장에 취직됐다고 그랬었는디 그런 가시내
　　　　는 없다고유.

난희　　너도나도 촌 가시내들이 '서울바람' 나서, 새파란 청춘을
　　　　망치는 것이다! 호호. (사이) 정자야, 꿈이 너는 뭣이냐?

정자　　나의 비밀이어유! 고것은 말할 수 없어요.

미영　　그렇다면 난희 니년 꿈은?

난희　　나도 꿈과 희망을 가슴 속에 품고 있죠, 언니! 그러면
　　　　미영언니의 꿈은?

미영　　나야 돈 벌어들이는 것이 희망과 꿈이고말고.

난희　　(따지듯) 그래갖고, '모니 모니' 돈은 벌어서?

미영　　'장국밥' 집을 채리는 것이다! 저쪽- 서울역 근처에 가

게 얻어서 …

정자 왜, 하필이면 장국밥 집?

미영 옛날에 내가 거창 살적에, '쌍과부'라는 밥집이 있었거
든? '쌍과부 집' 말이다. 남편은 없고 과부만 두 여자.
얼마나 멋있노! 어느 날 그런 생각이 퍼뜩 떠올랐어
요. 그래가지고 영숙이 그애 하고도, 손가락 걸고 약속
했다. 우리 둘이 돈 벌어서, 음식점 한 개 장만하자고
말이다!

난희 (짝짝 박수) 브라보! 우리 영숙이와 미영언니는 벌써 성
공했네, 머.

미영 돈이 제일인기라. 세상에서 '오까네', 영어로는 '모니
모니!'

난희 미영언니는 '오까네'가 꿈이라면, 윤난희는 '대학생 애
인'을 갖는 것이 나의 꿈과 희망! …
(두 손을 가슴에 안고, 좋아서 몸을 흔들어댄다)

미영 (못마땅하여) 가시내가 지랄헌다! 난희 너, '일장춘몽'이
란 말 알아?

난희 일장춘몽(一場春夢)?

정자 일장춘몽은 요렇게 화창한 봄날에 '한바탕 꿈'이라는
뜻이고, 노랫가락에도 나오는 것 아닌가유? (리듬으로)
"인생 일장춘몽인디 아니놀지는 못하리라. 에헤이야,
니나노 니나노 …" (모두 박수)

미영 그래애, 맞고말고. 우리도 꿈은 한 개 갖고 살아가야제!

정자 그러고 보니까 8도 사람이 다 모였네유. 나는 충청도
강경이고, 난희언니는 마산, 미영언니도 경상도 거창,

영숙언니 전라도 여수. 그리고 주인집 아저씨는 춘천과, 그 마누라님은 동해 바닷가의 강릉 출신! …

이때, 포주아저씨와 지게꾼 황씨 등장.
황씨가 지겟짐을 잔뜩 지고 올라와서, 한쪽 길가에 받쳐놓고 땀을 닦으며 쉰다.
포주 아저씨는 절뚝거리며 마당 안으로 들어선다.

포주	(돌아보며) 그러면 쉬었다가 가시오! 수고해요.
지게꾼	예에 ― 감사합니다. 허허.
정자	주인아저씨, 대통령 투표 했어요?
포주	…… (말없이 고개만 흔든다)
정자	왜요, 아저씨?
포주	대리투표 시켰다, 그냥!
난희	대리투표?
포주	투표소 앞에는, 완장을 찬 청년들이 삥- 둘러서 가지고 …
정자	완장, 완장이 뭐이에요?
포주	으응, 왼쪽 팔뚝에다가 요렇게 토시처럼 끼는 것 있어. 모두가 이승만 박사의 자유당 청년당원들이래. 그것들이 삥- 둘러서 있고, 어떤 동서기 같은 자가 따라나와서는, "어르신, 그만 돌아가시지요! 수고롭게 투표할 것 없고, 저희들이 깨끗이 잘 투표해 드리겠습니다. 그 투표권은 이리 주시지요? …" 그래가지고 투표권 내주고 돌아서 버렸다, 머. 허허 …
미영	아니, 세상에! 각자가 알아서, 본인들이 투표하는 것

아닙니꺼?

포주   …… (절뚝거리며, 마루에 올라서 안방으로 퇴장)

지게꾼   (삿대질하듯 큰소리) 고것이 부정선거라는 거여. 에잇, 천하에 나쁜 것들. 바로 부정선거! 니놈들이 벌 받을 것이다. 요번 선거는 부정선거다, 부정선거! 퉤, 퉤에 …
(가래침을 땅바닥에 뱉고, 다시 지겟짐 지고 사라진다. 사이)

정자   (아저씨의 뒤를 물끄러미 바라보고, 난희에게) 언니 언니, 우리 주인아저씨말여. 일제 때 징병에 끌려갔다가 총 맞은 것이 사실이유?

난희   아니면, 뭣 땜시 거짓말을 해? 사실이니까 그렇게 말을 하겄제.

미영   정자는 안방 벽에 걸려있는 사진틀도 못봤냐? 일제 때 그 빵같이 둥그런 해군모자를 쓰고 있는, 일본군대의 수병(水兵) 사진말여. 남태평양에서 큰 군함을 타고 싸웠는디, 아저씨는 오른쪽 허벅지에다 총상을 입고, 그 큰배도 바닷속으로 퐁당 침몰해 버렸다고말이다. 억울하게 개죽음 안당하고, 살아서 고향 땅에 돌아온 것이 천행이제, 머.

난희   우리 주인아저씨도 꿈이 있다? 아저씨가 어느 날 강릉댁한테 하는 이바구를, 내가 가만히 엿들었거든?

포주   (목소리) 마누라, 내 말을 명심허고 잘 새겨둬라! 나허고 강릉댁이 어린 자식들 앞세우고 서울까지 떠나온 것은 우리도 희망과 꿈이 있어서다. 쩌- 대관령 높은 고개를 넘고 넘어서, 서울 바닥을 찾아온 이유가 말여. 요런 사창굴에 파묻혀서 언제까지 살 수는 없잖혀? 순철과 순실이를 옷 입히고 교육시키고 출세시키자면, 순철이가 중학교 입학하기 전까지는 여그를 꼭 떠나는 것이 무엇보다 상책이다. 그래가지고 남산 저쪽 너머 장충동이나 한강 너머 흑석동 같은 동네로 이사를 가서, 남에게 손꾸(가)락질 안 받고 버젓이 한세상을 살아봐야제! 안 그렇소, 강릉댁? 허허 …

강릉댁이 무대의 위쪽 높은 곳에서 내려온다. 정자가 마중하듯 나간다.

정자　　　아주머니, 영숙언니는?
강릉댁　　호호, 잘 처리했다.
정자　　　수술 잘 됐어요?
강릉댁　　아먼, 문제없지, 머. 깨끗하게.
정자　　　그런디 왜 혼자서 와요?
강릉댁　　응, 저기 「퇴계로다방」 앞에서 누구를 만났다. 어떤 사내놈이 그 골목 안에서 지키고 있더라구. 군복 입은 청년인디, 영숙이를 기다리고 있었던 모양이어! ……
　　　　　(돌아서, 손가락으로 가리킨다. 암전)

　　　　　(멀리 골목 안)
　　　　　영숙과 영진오빠(군인)의 조우. 영숙은 힘없이 서있으며, 영진이가 그녀의 두 팔을 붙잡고 피를 토하듯이 얘기한다.

영진　　　순이야, 오빠다! 순이야?
영숙　　　알아요. 하나밖에 없는 우리 오라버니!
영진　　　순이야, 너를 찾으려고 얼마나 헤맨 줄 알아?

영숙	영진오빠 나, 순이 아니다. 내 이름 바꿨어요!
영진	이름을 바꾸다니?
영숙	순이가 아니고, 나는 영숙이예요.
영진	그래애, 순이든지 영숙이든지 …
영숙	나, 지금 많이 아파요!
영진	몸이 아프다고? 어디가, 왜?
영숙	영진오빠가 날 어떻게 찾아냈지?
영진	좋아. 그런 사정 이야기는 천천히 하기로 하고 …
영숙	오라버니, 감사해요. 미안해요, 오빠.
영진	순이야, 정신 차려라.
	자- 니가 살고 있는 집으로 가자!
영숙	집에는 안 들어갈래요.
영진	왜? 살고 있는 집이 싫어?
영숙	그 집은 싫어요, 싫어요! … (사이. 그의 얼굴을 만지며) 나는 우리 오라버니가 보고 싶었다! 참으로 보고 싶었어요.
영진	오빠도 순이 니가 보고 싶었단다!
영숙	사랑하는 영진오라버니. 군대 몸으로 어떻게 요렇게?
영진	으응, 정식 휴가를 냈어요. 너를 찾기 위해서. 순이야, 여수에 있는 옛날 친구한테 니가 편지를 띄운 적 있었지? 그 여자 친구에게서 연락받았다! 너무너무 감사하게도 —
영숙	오라버니, 주인집에 나 빚 많아요. 빚이 많아요, 영진오빠. 빚, 빚, 빚! …… (정신 잃는다)
영진	…… (축 늘어진 영숙을 두 팔로 안고 일어선다)

서울역을 출발하는 기적소리 크게 울리고, 점점 멀어져가는 열차의

쇠바퀴 소리 …… (암전)

9 장

난희   (해설)

보다시피 야당후보 조병옥 박사가 미국 땅에서 돌아가
시고, 꼭 한 달 만에 3.15 대통령 선거가 치러졌습니
다. 세계 민주주의 역사상 유례를 찾아볼 수 없는 제일
부끄러운 부정선거가 발생한 것이지요. 투표함 속에다
미리미리 '4할 사전투표', 유권자들의 '3인조 또는 5인
조 공개투표', 민주당 쪽의 '선거 참관인 쫓아내기' 등
등. 그래서 3.15선거 바로 그날에 맨 처음으로 부정선
거에 항의하는 데모가 경상남도 마산에서 발생하였고,
그 항의하는 시민들에게 경찰이 총을 쏘아대서 수많은
사상자가 발생하는 비극적 사건이 터졌습니다. 그러고
나서 한 달여 만에, 고등학생 김주열군의 주검이 마산
바닷가에서 떠올랐습니다. 기적같이, 하나님의 계시처
럼. 세상에, 김주열 학생은 왼쪽 눈을 생생하게 부릅뜨
고 바른쪽 눈은 최루탄이 박힌 채로, 사람이 차마 눈
뜨고 볼 수 없는 처참한 얼굴이었습니다. 김주열군의
그 처참한 모습은 온 국민을 격분시키고, 4월 18일에
는 서울의 고려대학교 학생 3천여 명이 드디어 가두시
위에 돌입했습니다. 어린 김주열 학생의 비극적 죽음이
'4.19혁명'의 횃불이 된 것이죠! 한편, 나 개인적으로

도 그날은 운명의 날이 되었습니다. 그 전날 밤 늦게, 차윤호 대학생이 나의 방을 찾아온 것입니다. 그것도 몸을 가눌 수 없을 만큼 술 취한 상태에서, '도라지' 위스키 한 병과 빈대떡 안주, 또 구운 오징어 한 마리를 종이봉투에 싸서들고 ……

(영상)
바닷물 속에서 떠오른 김주열의 시신 및 3.15마산의거의 1, 2차 시위장면 등이 구호와 함께 영사된다.
(시위구호)
"3.15는 부정선거다!" "김주열을 살려내라" "대통령 선거 다시하라!"
"김주열군을 살려내라!" 등등.

(난희의 방, 밤)
술과 안주를 방바닥의 헌 신문지 위에 펼쳐놓고, 난희와 윤호가 마주 앉아 있다. 윤호는 런닝샤쓰, 난희는 가벼운 잠옷 차림.
윤호는 술에 취해 이따금씩 고개를 떨구고, 몸뚱이를 흔들흔들, 혀 꼬부라진 소리를 한다. 또 술 한 잔을 단숨에 들이켠다. 빈 술잔을 내밀며,

윤호   자, 한 잔 더 …
난희   술은 그만, 호호. 우리 윤호씨, 술 많이 취했다!
윤호   잔소리 말고, 난희 너도 한잔 더할래?
난희   난 그만 마실래. 벌써 세 잔 마셨어요.
        (젓가락으로 빈대떡 한 점을 입에 넣어준다)
윤호   (받아 씹으며) 무슨 헛소리. 잔소리 마, 임마! 허허 …
        (술병을 들어 자기 술잔에 따르고, 난희 컵에도 부어준다)

난희	요것을 마지막으로 해, 엉? 좋아요, 그럼. 자- 건배, '간뻬이!'
윤호	건배! … (두 사람, 컵을 부딪치고 훌쩍 마신다)
난희	(몸서리치고) 아이, 독해! '도라지' 위스키는 골치 아프단 말야. 내일 아침에 머리통 아파요.
	(안주 한 점을 집어 씹는다)
윤호	'도라지'는 화학주다! 공업용 알콜 같은 것. 그러고 막걸리는 카바이트 술! 대폿잔 밑바닥에 남는, 그 시꺼먼 석탄가루 너도 알지? (빈잔에 술을 또 따른다) 우리 서민들은 낮이나 밤이나 퍼마시고 죽는 것이지, 머. … (사이)
난희	(오징어를 찢어서, 그의 손에 쥐어주고) 나도 그 신문을 봤어요. 김주열 고등학생의 시체 사진! 세상에, 어쩌면 인간이 그처럼 잔인할 수 있을까!
윤호	시퍼렇게 살아있는 사람 치고, 그 신문 안보고 모르는 인간들 있겠냐?
난희	마산은 '가고파라, 가고파' 내 고향이야. 마산 신포동에 있는 바닷가. 그 중앙부두를 나도 잘 알아요. 눈앞에 선하고, 추억도 생생해. (입속으로 〈가고파〉 노래 흥얼흥얼)
윤호	시끄럽다, 가시내야! 노래가 시방 나오게 됐냐?
	(꽥- 소리친다)
난희	아이, 놀래라! 깜짝 놀랬네요. 호호.
윤호	그 바닷가 이름이 '중앙부두'? 그렇다면 김주열의 고향은 어딘 줄 알아?
난희	그럼 알고말고지. 참- 신문에서 읽어보고 윤호씨 생각 떠올랐어요. 전라도의 남원은 차윤호의 고향 아닌가?

윤호	그래애. 맞다, 맞아. 고(故) 김주열 열사(烈士)는 남원군 주생면(周生面) 출신이다, 임마.
난희	남원의 주생면?
윤호	남원 읍내에서는 가깝다. 자전거 타고 20분도 안 걸려요. 으흑 — 그것이 남원이든지, 광주든지, 지리산이든지 대수냐! 아무 곳이면 어때서?
난희	권력자나 정치가들은 왜 그럴까? 부정선거 안하면 안 돼요?
윤호	임마, 권력과 권세는 아편이란 말도 있어요!
난희	그리고 이기붕씨는, "총은 쏘라고 준 것이다" 그랬다면서?
윤호	누가 그따위 더러운 소리를 해?
난희	지게꾼 황씨가 주인아저씨가 하는 얘기 들었어요.
윤호	그것뿐이냐? 존경하는 이승만 대통령께서는, (비아냥의 목소리 흉내) "이번의 마산 폭동은 공산당이 뒤에서 조종한 혐의가 있다고 합네다!" …
난희	호호.
윤호	미친, 정신나간 개자식들! 그 늙은 대통령이 또 망녕(妄靈)난 소리를 해댔단다. 말끝마다 주뎅(둥)이만 열었다 하면, 공산당이요 빨갱이래! 으윽- 난희 너하고 정치 이야기는 말자! 정치 현실은 지저분하고, 싱겁고 김빠진다말야. 허허 … (술잔을 훌짝 들이켜고, 다시 술병을 든다)
난희	그만 마셔요. 아이, 싫어, 싫어! (술병을 뺏는다) 술타령은 그만 '스톱' 하고, 다른 딴 얘기나 해요. 오랜만에 우리 둘이 만났으니까말야.
윤호	허허 …… 우리 무슨 이야기를 나눌까? 난희, 니가 먼

저 꺼내 봐요! (오징어를 질겅질겅 씹는다. 사이)

난희　저기, 아랫방에 여수에서 올라온 아가씨가 있었거든? 윤호씨도 얼굴 한번 봤을 거야.

윤호　(머리를 저으며) 몰라, 기억 없다. 전라남도 여수 출신. 그런데, 왜?

난희　나하고도 친했는데, 얼마 전에 그애가 죽었어!

윤호　죽다니! 왜?

난희　돌팔이의사한테 소파수술 받고 나서, 피를 많이 흘려서 죽었어요. 수술비 싸게 아끼려다가 ……

윤호　그 여자들이 하는, 낙태수술말이냐?

난희　영숙이 나이가 20도 채 안됐어요. 겨우 인제사 열아홉 살!

윤호　유감이구나! 나무아미타불 관세음보살 …

난희　아니, 부처님은 왜 찾아요?

윤호　가련하게 죽어간 영혼에게 쓰는 말이야. 나의 경우는 말이다! …

난희　…… (고개를 갸웃 한다)

윤호　허허. 어찌 됐던지, 인간은 존중받고 살아야만 해! 죽어서는 안 되고말고.

난희　그날, 더더욱 눈물 나고 안타까운 사건은 영숙이 친오빠가, 그 가시내를 데릴러 이곳까지 찾아왔었어요. 몰라, 어떻게 알고 찾아왔는지는 …… 영숙이는 위로 오빠와 밑에 여동생 하나, 그렇게 3남매인데, 아버지가 간암으로 돌아가셨대나봐. 그 후로 엄마는 바람이 나서 새서방, 남자를 집안에다가 불러들였대요. 버젓이, 뻔뻔스럽게도. 그러자니까 집안 싸움질도 발생했겠지. 오빠는 부끄럽고 화가 나서 군대에 입대하고, 영숙이는 집을 뛰쳐나온 거야. 나 한 목숨 못살아갈까 하고, 무작정 서울에 올라온 것이 그렇게 됐어요!

윤호   여기 생활을 오래 했었나?

난희   1년도 못됐어요. 아직도 약 10개 월쯤 … (사이)
        꽃다운 청춘이 꽃 한번 피워보지도 못하고 시들어진 것이 불쌍하고 애처롭지요, 머! 가시내가 심성이 곱고 착했는데. 무슨 일이든지 좋게만 생각하고, 우리들 사이를 친절하게 만들려고 애도 많이많이 쓰고 …

        (눈물 흘리며, 훌쩍훌쩍)

윤호   (짐짓, 그녀의 등 뒤를 가리키며) 방문 앞에, 영숙이가 저그 서있는데?

난희   어마나! 엄마아. … (질겁하고, 그에게 달려든다)

윤호   하하, 핫 …… (크게 웃음)

난희   아이, 몰라요. 무서워! 그렇게 놀래키지 마. (무릎에 엎드려 주먹질)

윤호   하하. 미안 미안. 장난이 내가 심했나! …… (사이)

        (환청 - 두 사람의 대화)

난희   윤호씨는 뭣 땜시 찾아오지? 나 같은 것을 사랑하지도 않으면서 …

윤호   난희를 사랑하지 않는다는 말, 나는 하지도 않았는데?

난희   그럼 좋아해서?

윤호   좋아한다는 말도 하지 않았다, 나는.

난희   이것도 저것도 아니고, 그렇다면 '하룻밤 풋사랑' 인가?

윤호	어떤 유행가처럼, 〈하룻밤 풋사랑〉?
난희	(음유로) '하룻밤 풋사랑에 이밤을 새우고/ 사랑에 못이 박혀 흐르는 눈물/ 아아 ~ 하룻밤 풋사랑! …'
윤호	좋을 대로 생각해라! 허허. 난희 너는, 문둥이 시인 한 하운(韓何雲)의 〈전라도 황톳길〉이란 시(詩)를 모르지?
난희	문둥이도 시를 써요?
윤호	(낭송, 큰소리) '가도가도 붉은 황톳길/ 숨 막히는 더위뿐 이더라// 낯선 친구 만나면/ 우리들 문둥이끼리 반갑 다// 천안 삼거리를 지나도/ 쑤세미 같은 해는 서산에 지는데// 가도가도 붉은 황톳길/ 숨 막히는 더위 속으 로 쩔뚝거리며 가는 길 …' (사이) 낯선 친구 만나면 문 둥이끼리 서로서로 반갑다? 허허, 그래요. 그래 그래, '절창'(絶唱)이고말고.
난희	차윤호씨는 좋겠다! 장래에 사회 나아가면 훌륭하고 존경받는 사람 되고, 멋진 숫처녀 만나서 결혼도 하고, 또 '이쁜 아기'도 낳고 …
윤호	왜, 그런 생각을 하지?
난희	내년 봄에 대학교 졸업하면, 은행 직원이나 신문사 기 자가 된다며?
윤호	한낱 꿈이고, 희망사항일 뿐이다.
난희	아아- '하늘같이 높은 대학생'을 난희는 사랑할 거야!
윤호	거짓말 아냐?
난희	진실이다!
윤호	그런 말을 믿을 수 있을까?
난희	나는 나는, 짝사랑이라도 좋아요. 언제까지나.

윤호	실없는 허튼소리!
난희	(큰소리) 차윤호는 내껏(것)이다! 그대는 내껏이야. 호호 ……

난희가 옷깃을 여미고, 제자리에 돌아온다.

윤호	우리 남산에나 올라갈까? 지난번에 운치 있고, 좋던데?
난희	너무 늦었어요. 곧 통금시간 돼요.
윤호	그럼 옷 벗고 잠이나 청할까? … (오징어를 씹는다)
난희	참- 나, 〈오발탄〉 소설 읽어봤어요.
윤호	재미가 있던?
난희	주인공 가족들이 불쌍해! 무슨 계리사인가 월급쟁이 집안에, 마누라는 배가 남산만큼 만삭이고, 늙은 엄마는 북쪽에 있는 고향 가자고 시도때도 없이 큰소리로 고함치고, 남동생은 전쟁 때 상이군인, 그러고 여동생은 미군부대 상대하는 '양갈보, 양공주' 신세 …… 그런데 가난한 월급쟁이 그 남자가 치과병원에 가서 이빨 뽑고, 시발택시를 잡아타고 집으로 돌아간다. 그러다가 온 입속에 핏물이 흥건히 고여서, 그만 그만 제 정신을 잃어버려요. 쯧쯧 …… 여보, 여보야! 그 주인공 남자가 죽는 거야?
윤호	으윽 – 죽는다고 할 수도 있고, 안죽는다고 할 수도 있고. 너는 죽어야 좋겠냐, 안죽어야 좋겠냐?
난희	죽기는 왜 죽어요? 악착같이 살아가야지!
윤호	아암, 악착같이 살아가야지. 죽기는 왜 죽어? (사이)

난희야? 난희 너를 내가 찾아오는 것은, 아마도 외로움 때문일 거야!

난희　차윤호 대학생이 외로워?

윤호　으흠. 허무와 고독과 절망 같은 것!

난희　왜, 외로워요? '하늘같이 높은 대학생'이 …

윤호　세상이 돌아가는 것도 그렇고, 세상을 살아가는 것도 그렇고, 앞으로 장래에 차윤호가 살아나갈 세상도 그렇고 …… 허허. (공허하고 자조적인 웃음)

난희　여보여보, 차윤호씨? 지금 나 헷갈려요! 그 말을 알아들을 것 같기도 하고, 아니기도 하고말야.

윤호　그냥 그렇게 생각해라. 따지지 말고.

난희　나도, 난희도 외로운 여자인데?

윤호　잘 만났다, 그럼! 두 외로운 여자와 남자끼리 … 하하하. (두 팔을 치켜들고 홍소)

난희　호호, 맞다 맞아요. 우리는 외로운 인간들이야! …

(털어버리듯 크게 말하며, 그를 덥썩 안고 뜨거운 키스)

이때, 밤 12시의 '통행금지' 사이렌이 길게 울려퍼진다. (암전)

10 장

(같은 난희의 방, 이튿날 이른아침)

난희와 윤호는 잠들어 있으며, 골목길에 부두장수의 '땡그렁 땡그렁' 종소리 …… 신문팔이 소년이 소리치며 뛰어간다.

"신문이오!" "아침신문, 아침신문" "신문 호외(號外)요, 신문 호외!

..."

아래층 대문간에서 포주아저씨가 나타나서 소리친다.

포주 　 얘, 총각? 신문 신문! 여기도 신문호외 한 장 줘라! …

소년 　 예에. … (신문을 던지듯 주고 달려간다)

포주 　 (펼쳐들고 경악하여) 요것이 뭣이다냐? 아니, 요런 처죽일
　 　 것들!

강릉댁 　 (냉큼 따라붙듯이) 왜 그래요. 밤새, 무슨 사건이 터졌수?

포주 　 쯧쯧, 요런 빌어묵을 놈들이 있나! 자자- 대문짝만 요
　 　 사진 좀 보소?

강릉댁 　 어디요, 어디?

포주 　 두 눈으로 봐요. 똑똑히, 자, 자 …

강릉댁 　 오매, 이 사진? 눈 뜨고 못 보겠네. 요런 무섭고 흉측
　 　 한 것!

포주 　 동대문에 깡패들이 고려대학교 학생들을 습격한 것이
　 　 구만.

강릉댁 　 무슨 일로다가, 왜?

포주 　 부정선거 다시하라고, 고려대학교 학생들이 데모에 나
　 　 섰단말여. 어제 대낮에. 그랬었는디 쩌어, 을지로 4가
　 　 '천일백화점' 앞에서 깡패들이 대학생들을 습격했구만
　 　 그려. 어젯밤 일곱 시경, 깜깜한 밤중에 … 깡패 괴한
　 　 들이 쇠망치, 몽둥이, 벽돌 같은 흉기를 들고 때려 부
　 　 수고, 닥치는 대로 공격했어요. 그래갖고는 시위대의
　 　 선두에 섰던 수십 명 학생이 부상당하고 쓰러지고, 순

식간에 온통 아수라장이어. 피는 철철 흐르고, 머리통 깨지고, 어떤 학생은 정신을 잃고 땅바닥에 쓰러지고 …… 쯧쯧. 요 사진 좀 봐라? 아스팔트 길바닥이 피범벅이네그려! 천벌을 받을, 요런 나쁜 인간들 같으니라구! 세상이 망했다, 세상 망했어요! 쯧쯧쯧. (암전)

(영상)
신문의 특종보도. '고려대 학생들의 피습사건'이 여러 컷 영사된다. 동대문을 통과하는 고대생들, 국회의사당 앞의 고대생 및 심야의 아스팔트 길바닥에 여기저기 널부려져 있는 부상 대학생들 ……

(동시에 '난희의 방')
윤호가 주섬주섬 옷을 챙겨 입고, 난희는 웃저고리를 들고 있다.

난희　　　(걱정스러운 듯) 간밤에 술 많이 했는디 해장을 해야제! 내가 곰탕 불러다줄게 먹고 가요. 으응?

윤호　　　괜찮아요. 나 그냥 갈 거야.

난희　　　윤호씨, 자기 배고프면 어쩌냐?

윤호　　　정치깡패들이 대학생을 공격한 거야. 일은 터지고 말았다!

난희　　　아이, 국물이라도 뜨고 가요. 곰탕집에 내가 빨리 뛰어갔다 올게.

윤호　　　고맙다. 나, 학교 친구들과 만나기로 약속했어. 아침 일찍이 ……

난희　　　그리고, 내가 줄 것이 한 개 있다. (종이상자를 꺼내들고) 선물 받아요!

윤호	그게 뭔데?
난희	호호, '빤쓰'(팬티)와 런닝샤쓰. 차윤호씨 당신의 속옷이야.
윤호	뭐, 뭐 … 내가 입을 내복을 니가 샀다고?
난희	왜, 그렇게 하면 안되나?
윤호	허허. 물론 안될 것은 없다! 그렇지만말야 …… (곤혹스럽다)
난희	자기의 샤쓰, 내복이 많이 닳았던데, 머. 속옷을 그래서 세 개씩 샀어요. 저기- '남대문시장'에 가서.
윤호	그래, 그래. 그렇지만말야. 으음 …, 그런데말야. 내가 너에게 할 얘기가 있어요. 난희 니가, … 요런 짓을 나한테 하면 안돼요! 절대로 …
난희	(의외라는 듯) 절대로, 왜?
윤호	글쎄 내 말을 들어봐요. 지난번에는 묵은 김치, 배추김치를 싸준 적도 있었지? 좋아요, 좋아. 내가 없는 집 자식이고, 가난한 자취생이라고.
난희	그것이 잘못이야?
윤호	(설득하여) 잔말 말고, 좀더 내 말 들어라. 난희 니가 나를 요렇게 대하면 절대로 안된다! 내 말 오해하지 말고 잘 들어야 한다? 니가 나를 이처럼 생각해주면 생각할수록, 차윤호는 그만큼 비참하고, 조그맣게 작아져요. 남에게 빌붙어서 살아가는 한 마리의 작은 기생충처럼. 나 자신이 너무너무 불쌍하고, 왜소하고, 처량해진단말이다. … 내 말뜻을 알아 묵겠어? 난희 니가 요런 식으로 행동하면 너를 만날 수가 없어요. 차윤호가 더 이

상, 앞으로는 윤난희를 찾아올 수 없다니까? 그러니까 내 말뜻은 …, 두 번 다시는 이와 같은 착한 행동일랑 하지 마. 절대로 … 대답해 봐요, 엉?

난희   (빤히 올려보다가) 자기가, 차윤호씨가 싫어하면 다시는 하지 않을게! (사이) 그래요, 자- 약속? (새끼손가락을 꺼낸다)

윤호   좋아요. 그렇다면 요번 선물은 수락하는 것으로 한다. 허허. 그런데 지금은 말야. 학교에 오늘은 나가봐야 하니까, 이 선물을 난희 너에게 다시금 맡겨둔다! 알았지?

난희   호호, 그래요. 그런디 오늘 학생데모에, 자기는 안 나가면 안 되나?

윤호   에이, 까불지 마라! 3.15부정선거 데모 때, 당신은 어디에 있었습니까 하고 누가 물어오면, 내가 어떻게 답변하는 것이 좋을까? 그때 나는 서울역 건너편의 어느 집에서 빈둥빈둥 허송세월 하고 있었다고? 허허 …

난희   윤호씨 자기는, 그럼 언제쯤 또 올 거야?

윤호   그런 약속 같은 것을, 우리가 언제 했었나?

난희   으응, 아무 때든지 알아서 해요! 당신께서 오고 싶을 때는 윤난희는 두 손 들고 언제나 대환영! 호호.

윤호   난희야, 고맙다! 감사해요. …

(그녀의 손등에 격식 있게 입맞춤. 암전)

(영상)
4.19혁명의 여러 장면 및 구호와 함성이 진동한다.
가두시위의 함성과 혼란 속에, 수많은 서울시민이 무대 위를 흘러간다. 서울역 전찻길과 남대문을 돌아서 대평로 넓은 거리에, 인산인해 군중이 개미떼처럼 모였다.

서울시청 광장과 국회의사당과 중앙청 앞까지 ……

(깃발과 구호)

"민주주의 사수(死守)하자!" "대통령 선거 무효이다" "3.15선거는 부정이다" "3.15는 무효이다, 부정선거 다시 하라" "깡패정치를 청산하라" "부패정치 청산하고 부정선거 다시 하라!" 등등.

데모 군중 속에는 지게꾼 황씨도 두 주먹을 높이 치켜들고 소리치고 있, 난희는 어린 순철의 손을 잡고 있으며 정자와 미영의 모습도 보인다.

(이하, 모두 목소리)

난희	순철아, 내 손목 꽉- 잡아. 놓칠라!
순철	누나, 재밌다. 신난다. 좋아 좋아. 히히.
미영	시방, 여그가 어디다냐?
정자	으응, 서울시청 광장 지나가고, 저쪽에 멀리 보이는 것이 국회의사당이유! 쬐끔만 더 걸어가면 국회와 중앙청 나오고, 거그서 더 효자동 쪽으로 나아가면 경무대! 경무대는 우리나라 대통령이 살고 있는 집 아닌감?
미영	이승만 대통령 살고 있는 경무대를 누가 몰라!
순철	(난희의 잡은 손을 높이 치켜들고 함께) "3.15부정선거 다시하라!" "대통령선거는 무효이다!" ……

이때, 불시에 난사하는 최루탄과 총소리 '탕, 탕, 탕! …'
모든 데모 군중이 땅바닥에 납짝 엎드리고, 사위는 쥐 죽은 듯이 고요하다. (암전)

11 장

난희   (해설)

1960년 4월 19일, 그날을 '피의 화요일'이라고 부릅니다. 수많은 학생과 선량한 시민들이 죽고 다치고 피 흘리고, 생지옥이나 다름없었지요.「4.19 민주혁명」기록에 보면, 전국에서 190여 명의 젊은 목숨과 6천4백 명의 부상자를 낸 말 그대로 '피의 제전'(祭典)입니다. 대학생과 중고교생은 물론, 심지어 국민(초등)학교 생도들도 고사리 손을 흔들며 길거리로 나선 것입니다. 그러는 중에 4월 25일에는, '각대학교수단 데모'가 발생했습니다. 백발이 성성한 늙은 교수님들이 종로 넓은 길거리에 나서서, "학생의 피에 보답(報答)하라! 학생의 피에 보답하라! …"(떨리는 목소리) 오늘날에 와서 새삼 돌이켜봐도, 감동적이고 눈물겹고 진시로 장엄한 일이었지요! (눈물을 훔친다) 그리하여 이승만 독재정권은 12년 만에 막을 내리고, 그 권좌에서 쫓겨났습니다. ……

(영상)

'各大學教授團'의 시위 장면, 고교생의 '民主主義를 死守하자', '李承晚 政府는 물러가라' '獨裁政權 타도하자'의 플랜카드와 거리 곳곳에서 박수치는 시민들.

종합병원 영안실에 흰 가운에 덮혀 있는 수많은 희생자의 시신 및 밖에서 쭈그리고 앉아 울고 있는 젊은 어머니들. ……

마침내 4월 26일 민주혁명의 승리를 환호하여 '계엄군의 탱크에 올라타서 태극기를 흔들고 기뻐하는 시민들' 및 5월 19일의 「4.19殉國學徒 合同慰靈祭」(城東原頭에서) 사진 등이 해설 중에 흐른다.

난희   (해설)

나의 이야기를 더 좀 계속해야겠군요. 그날부터서 열흘이 가고 20여 일이 지나도록 차윤호 대학생은 나타나지 않았습니다. 나는 궁금하고 걱정이 되기도 했으나, 아마도 무슨 바쁜 일이 있겠거니 하고 기다렸습니다. 왜냐면 우리는 한 번도 사전 약속 같은 것을 한 적 없으니까요. 그가 그냥 찾아오면 오고 아니오면 기다려지고, 그 대학생님이 한껏 보고도 싶고 …… 나는 애타는 심정으로 그님을 기다렸습지요. 한 달이 흘러가고 두 달이 다 돼도, 그 남자 차윤호는 나타나지 않았습니다. 그래서 나는 차윤호씨를 수소문하기로 마음먹고 찾아나섰습니다. 허나 풀밭에서 바늘 찾기 하듯이 망막한 일이었습지요. 그에 관해서 아는 것이라고는, 사실은 난 아무 것도 모르고 전혀 무지한 상태였으니까요. 그래도 대략 알고 있는 그의 학교와, 어렴풋이 짐작되는 그의 친구들을 만나보기로 했습지요. 그러나 그가 죽었다고는 꿈에도 생각지 않았습니다. ……

난희가 윤호의 생존 소식을 염탐하고자 여기저기를 방황한다.

(골목길의 늙은 점쟁이)
꾀죄죄하고 안경 낀 노인이 『사주 책자』를 펼쳐놓고 앉아 있다.

봄 꿈(14장) 281

난희가 총총히 지나치다가, 되돌아와서 그 앞에 쭈그리고 앉는다.

난희	할아버지, 점 좀 봐줘요?
점쟁이	여그 공책에 생년월일 적어요. 무슨 띠?
난희	양띠, 염생이요. (공책에 글씨 쓴다)
점쟁이	우선 앞서, 복채부터 놓구료. 일금 백환!
	(공책을 받아들고, 몸은 흔들흔들, 입속으로는 웅얼웅얼)
난희	알았어요. … (핸드백의 지갑을 꺼내서 종이돈을 놓는다)
	자- 요.
점쟁이	현재, 누구 사람을 찾고 있소?
난희	어디에 가면 소식을 알 수 있을까 해서요. 대학생인데 …
점쟁이	(체머리를 살래살래) 으흠, 찾아봐야 별것 없다. 헛수고야!
난희	헛수고라니요?
점쟁이	찾거나 말거나, 오십리 백리야. 오리무중 ……
난희	오리무중이라니, 사람이 죽었단 말예요?
점쟁이	가만 가만 …… 사주팔자에 자식새끼는 틀렸고, '후분' (後分)은 좋겠다.
난희	'후분'이 뭐예요?
점쟁이	인간이 늙어서 말이지. 늙은 말년에는 인생살이가 평안하겠어!
난희	나이 늙어서 말고, 시방 당장은요?
점쟁이	하하, 좋다 좋아. (무릎을 탁- 친다)
난희	할아버지, 뭣이 좋아요?
점쟁이	복중(腹中)에 태기(胎氣)가 있구나!

난희	복중에 태기?
점쟁이	바야흐로 수태중이야. 뱃속에 임신, '옥동자'가 꿈틀거리고 있다. …
난희	아니, 영감님이 미쳤어요?
점쟁이	관세음보살, 허허.
난희	에이, 엉터리! 늙은이가 엉터리 점쟁이구먼. …… (암전)

난희는 벌떡 일어난다. 다른 곳으로 가서 등을 돌리고 담배 한 대를 피워 문다.

(대학 캠퍼스의 한 벤치)
한 대학생이 짙은 녹음과 새소리 속에 한가롭게 앉아서 책을 읽고 있다.
난희가 빠른 걸음으로 다가가서 반갑게 그의 어깨 쪽을 가볍게 노크한다. 그 대학생이 무심히 뒤돌아본다.
난희는 깜짝 놀래고, 그에게 머리 숙여 사과한다.

(플라타너스가 있는 대로의 길가)
달리는 시내버스의 자동차 소음 속에, 대학생 청진과 종만이가 책가방을 각각 끼고 들고 느린 걸음걸이로 지나간다. 난희가 발 빠르게 그들의 뒤를 쫓는다.
그녀는 바싹 다가가서, 그들의 앞길을 막아선다. 가쁜 숨길을 고르며,

난희	실례합니다. 한 가지 물어보고 싶어서 …
종만	누구시죠?
난희	혹시, 차윤호씨와 친구 분 아닌가요?
종만	네, 그런데요?

난희	며칠째, 저쪽에 있는 대학교 교문 앞에 기다렸습니다.
청진	누구를 말입니까! 차윤호씨를?
난희	(더듬더듬) 저는 서울역 앞에서 장사하고 있는 여자인데요.
종만	서울역? 아하! … 인제 기억납니다. 서울역 건너편에서, 그 '아가씨 동네' 살고 있는 여자가 맞죠? 그렇지요, 허허?
난희	부끄럽습니다. 미안합니다! ……
종만	아니 그런데, 어쩐 일로?
난희	오랫동안 차윤호 대학생을 만나지 못해서 너무너무 궁금하고, 그리고 그분의 소식을 알 수가 없어서요? 그러니까 4.19 그날 이후로는 지금까지 …
	(사이. 두 사람 서로 눈짓을 하며)
종만	으음, 차윤호 형님 말이죠?
난희	예에.
청진	미안합니다! 그분은, 그 대학생은 이 세상사람 아닙니다!
난희	(바르르 떨며) 죽었습니까? 아니, 어떻게 어디서요?
종만	그 당시 차윤호 형님은 중앙청 옆에, '경찰 무기고' 앞 길에서 연좌데모를 하고 있었습니다. 그랬는데 무장경찰이 무차별적으로 공격하고 발사하는 바람에, 그만 슬프게도, 애석하게 됐습니다.
난희	아이, 몰라! … (울음을 씹는다)
청진	비극적이고 안타까운 일이죠! 생때같은 젊은이가 …
	(사이)
난희	(당돌하게) 그런데, …… 그런디 그대들은 왜 안 죽었지요?
청진	(뜻밖에) 예? 무슨 말뜻입니까?

난희	(횡설수설) 대학생 차윤호는 죽어갔고, 당신들은 지금도 살아있고! … 왜지요? 응, 안다, 알아요. 데모대에서 그 대들은 도망쳤군요. 뒷꽁무니 빼고 비겁하게 숨고 달아 났어! 그래서 살아났고, 버젓이 눈 뜨고 살아있었구나!
청진	(경악하여) 뭐요? 아니, 이런 정신 나간 여자를 봤나! …
난희	(앙탈하듯) 왜, 같이 안 죽었어요? 내 말이 틀렸어? 비겁 하고 못난 새끼들! 모조리 죽어야지, 함께. 데모를 함 께 했으면 함께 죽어야 마땅하지. 안 그러냐, 니네들?
종만	데모에 나간 사람들은 모조리 죽어야 한단말입니까?
난희	(냉랭하게) 그래야만 이치에 맞죠. 안 그래요? 어서 말해 봐!
청진	(울분이 치올라서) 콱- 죽여 버릴까보다! 뭣이라고? 그날 의 데모에서 우리는 도망가고, 차윤호만 죽었다고? 허 허, 이런 미친, 넋 빠진 것. 그날의 우리는 죽을둥살둥 너나없이 피땀 흘리면서 싸웠다. 너 같은 것이 그런 참 을 수 없는 진실을 알아? 요런 무례하고 괘씸한 년!
종만	(말리며) 참아라, 임마. 청진아, 참아요 참아.
청진	이런 쌍것아, 너 맛 좀 볼래? 요것을 그냥, 콱! … (주먹을 번쩍 치켜든다)
종만	자식아, 그만두란말이다. 니놈도 미쳤냐? 가자, 가! (그를 밀쳐낸다)
청진	흐응, 재수가 없을려니 별것이 다 설치네. 야야, 야, 임 마! 똥갈보가, 똥갈보 같은 소리 하고 있다, 엉? 쩌리- 가라! 꺼져라 꺼져. 이런 똥갈보년! 퉤퉤, 퉤 …… (침을 뱉는다)
난희	…… (그 자리에 털썩 쭈그리고 앉아 울음 운다)

종만	(그의 등짝을 밀며, 휘청휘청 사라진다. 뒤돌아보며 큰소리) 대학생 차윤호를 만나고 싶으면, 저- 수유리 공동묘지에 찾아 가 봐요! …
난희	…… (갑자기 헛구역질을 일으킨다. 그녀는 벌떡 일어나서 플라타너스 가로수를 부여잡고, 으윽 으윽- 심한 헛구역질 … 암전)

12 장

(포주아저씨의 안방)

난희를 상대로 포주와 강릉댁이 마주앉아 있다.

강릉댁	난희야, 몇 번을 말해야 알아듣겠냐, 엉? 어른 말씀을 귀담아 들어라.
난희	산부인과는 안 갈래요!
포주	허허, 귓구멍에다가 시방 말뚝 박았냐? 다소곳이 어른의 말을 따라야제. 여러 딴생각 접고 일어서라. 강릉댁 따라서, 싸게싸게 병원에 갔다와요.
난희	…… (머리를 젓는다)
강릉댁	내 말을 들어봐라. 너는 뱃속에 있는 것이 어떤 대학생의 씨라고 우기고 있지만, 그런 말을 어느 누가 믿어? 그리고 또, 그 대학생이 4.19에 죽어갔고, 지금은 요 세상 인간도 아니람서?
난희	그 남자는 이런 사실을 애초부터 몰랐고, 나도 태기가 있는 줄 몰랐어요. 그러니까 그 사람과 나와는 문제가

안 되고, 아무런 상관도 없어요.

포주　　그러니까 서방놈도 벌써 죽어갔고, 그런 새끼를 아녀
　　　　자 몸으로 낳아서 기르겠단 뜻이냐? 니년 혼자서말여.
　　　　철딱서니 없고 어리석은 것! 으흠 …

강릉댁　난희야, 자식새끼를 낳고 양육하는 일이란 것이, 어느
　　　　누구, 우리집 순실이같이 그런 소꿉장난인 줄 알아?

난희　　저는, 내가 좋아하는 남자의 씨를 받고 한세상 살아가
　　　　는 거예요! 그 이상 그 이하도 아니구요. 아줌마, 강릉
　　　　댁도 여자 아닙니까? 한 여자가 '이쁜 새끼'를 갖고
　　　　싶다는 게 무슨 잘못인가요?

강릉댁　(발끈하여) 뭣이어? 니가 귀신한테 홀렸구나. 그 죽은 대
　　　　학생놈 귀신한테! 미쳤다, 미쳤어. 니년이 정신머리가
　　　　돌았어요. 본정신이 시방 아니구나. …

포주　　아이구, 울화통 터져. 저런 황소고집에, 어리석고 미련
　　　　한 것을 봤나, 원! 쯧쯧쯧 … (벌떡 일어나 방문 열고 나간다)

난희　　주인아줌마도 알고 있다시피, 난 두 번이나 낙태수술
　　　　받았어요! 내가 열아홉 살에 이 길에 빠져서 3년째예
　　　　요. 작년 가을에 수술 받았을 때 의사 선생님이 말했어
　　　　요. 앞으로 한 번만 더 '긁어 내면' 다시는 애기를 가질
　　　　수가 없다고. 그렇게 되면 영구불임(永久不姙)이 된단
　　　　말예요! 저는 '영구불임' … 아줌마, 싫어요! 병원에 나
　　　　는 난 … 절대로 안 갈래요. (서럽게 운다)

강릉댁　(꾸짖어) 아이고, 복장 터져! 니년 꼴린대로 해라. 내가
　　　　못 참는다, 못 참아요. … (미영과 정자가 조심스럽게 들어서
　　　　고, 강릉댁은 일어나서 부엌으로 나간다) 느그들이 좀 잘 타일

러라! …… (사이)

미영　울지 말그라, 가시내야!

정자　난희 언니, 괜찮아유. 걱정 마. 언니가 그렇코롬 소원 하는 것인디.

난희　(새삼 뾰로통하여) 여자가 '이쁜 아기'를 낳고 싶다는 것이 그렇게도 잘못인가, 머. 내 새끼는 내가 낳고, 내가 기르는 것이어. 미영 언니, 안 그래요?

미영　나는 대답 몬하겄다. 여자가 새끼를 갖는 것이 좋은 일인지, 아닌지 … 옛날 말에, 무자식도 상팔자라는 이바구가 있다마는?

정자　고것은 자식놈이 부모의 속을 썩힐 때 써묵는 뜻인디? 언니도 참, 고런 말을 여그서는 갖다붙이면 안맞지유, 머.

미영　이바구가 그렇코롬 돌아가냐? 언니가 잘못혔다! 서글프다 웃겄네. 호호.

난희　2층 내 방에는 선물이 한 묶음 남아있어요. 그 대학생의 속옷, 런닝샤쓰와 빤쓰랑 각각 세 벌씩말야.

정자　엄마, 마- 우세스럽다! 그 사나이의 속옷까지? 호호.

난희　(혼잣말로) 4.19데모 때에, 죽을둥살둥 내가 말릴 걸 그랬었나봐. 그 대학생이 데모대에 못 참가하게끔. 그 사나이는 요렇게 말씀 했거든? "악착같이 살아야지. 죽기는 왜 죽어?" 하고 …… 내가 뺨따구를 얻어맞더라도, 한사코 데모대에 못 가게 꼭꼭- 붙잡아둘 걸!

미영　'하늘같이 높은 대학생'이 하찮은 니년 말을 들어 묵겄냐?

난희　미영 언니는 말끝마다 '하늘같이 높은 대학생'이래!

정자　하늘과 땅 차이지, 머. 우리 같은 것과 비교가 되냐?

　　　　　　호호 (가볍게 웃음)

미영　　　그건 그렇고, 수유리에 있는 공동묘지는 찾아갔었냐?

난희　　　(머리를 끄덕이며) 으응. '차 아무개의 묘' 하고, 비석을 한
　　　　　개 발견했어요. (사이, 다짐하고) 나는 애기를 낳겠어요.
　　　　　무슨 일 있어도 '이쁜 아기'를 낳는 것이 꿈이야! … …

미영　　　요년, 꿈도 야무지다! 사람의 일이란 것이 꿈대로만 성
　　　　　공하면 무신 걱정. 나, 봐라? 그 여수 가시내와 합동으
　　　　　로 '쌍과부' 집을 개업하는 것이 꿈이었는디, 영숙이
　　　　　그년이 먼첨 죽어뿌리고 말여.

정자　　　그러면 영숙 언니 대신으로, 나하고 꿈을 키워보면 어
　　　　　떨까 싶네요, 잉?

미영　　　시끄럽다, 요년아! 터진 아가리로 나불대지 마라.

정자　　　호호 …

미영　　　…… (담배 한 개피를 꺼내 물고 라이터를 켠다. 사이) 한 대, 태
　　　　　울래?

난희　　　(미소 지으며) 담배 연기는 뱃속 '태아'에게 해롭다면서?

미영　　　흥응, 알뜰살뜰이구나. 그러나저러나, 언니는 니년이
　　　　　걱정스럽다! 휴우 … (긴 담배 연기)

이때 포주아저씨가 방문을 드르륵 열어젖히고, 서슬 시퍼렇게 등장.

포주　　　(뱉듯이) 난희야, 보따리 싸그라! 당장 보따리를 싸요.
　　　　　아무래도 안 되겠다. 난희 널 '동두천'으로 보내야쓰겄
　　　　　다. 너하고 우리는 한 집안에서 같이 살 형편이 못돼
　　　　　요. 동두천으로 가!

미영	서울 북쪽에 있는, 쩌어- 동두천이오?
정자	'동두천'은 코쟁이들이 주둔하고 있는 곳 아니예요? '양갈보' 동네!
포주	그렇고말고. '양공주촌'(洋公主村)으로 떠나거라.
난희	…… (방바닥에 무너지듯 엎드린다. 암전)

서울역을 떠나는 열차바퀴 소리 멀리 사라지고, 기적소리 크게 운다.
(암전)

(동두천 '미군부대'의 한 병원)
앰뷸런스의 싸이렌 소리 크게 울리고, 수술실의 병상에 난희가 죽은
듯이 누워있다. 곁에는 링거 주사병과 의료설비.
하얀 가운을 입은 흑인장교 군의관과 백인 간호병이 손짓으로 대화
중 ……

간호병	우리 부대 '캠프 파이프(5)'의 철조망 밖 도로변에, 이 젊은 여자가 쓰러져 있었습니다. 우연히 지나는 길에 발견했습니다. 얼굴은 하얗게 사색(死色)이 되었고, 하반신은 피까지 흘리면서 …
군의관	'굿락'(Good luck)! 금일 착한 일을 했네. 시간을 놓쳤으면 큰일 날 뻔했어요. 젊은 여자가 임신 중이었다.
간호병	아니, 그렇다면?
군의관	자초지종, 원인은 몰라요. '자연유산'이다. 자연유산! ……

(환청 - 목소리)

윤호   난희야, 내 아기 하나 낳을래? 딸도 좋고 아들도 좋고.

난희   내가요? 호호.

윤호   임마, 나는 3대독자야. 니가 애기를 가지면 복 받는 거다!

난희   미영 언니 말대로, '하늘같이 높은 대학생'과 나같이
       천한 인간과?

윤호   하늘같이 높다고? 허허. 누구나 없이, 인간은 고귀할
       뿐이란다!

난희   요즘에, 대학 친구들은 왜 여기 안와요?

윤호   그놈들, 딴 곳으로 방향타를 돌린 모양이지? 종로 비원
       (祕苑)이 있는 저쪽에 '종삼'(종로 3가)으로. 나 같은
       놈은 난희에게 일편단심(一片丹心), 남원의 성춘향 같
       은 굳은 절개이고 말씀이야. 허허.

난희   (애교스럽게) 감사합니다! 차윤호 대학생님, 예뻐요. 호호.
       (암전)

난희   (해설)
       지금 보셨다시피, 나는 동두천으로 팔려갔습니다. 포주
       끼리 연락이 닿아서, '양공주'로 변신한 것이지요. 그러
       고 어느 날 자연유산이 되고 말았습니다. 저는 슬프거
       나 섭섭하지도 않았으며, 그냥 요년의 사주팔자려니 하
       고 받아들였다고나 할까요? 그런데 나의 운명이 백팔
       십 도로 또 한번 바뀌게 되었습지요. 아까 나를 살려준
       그 군의관 흑인장교와 천생연분(天生緣分)이 닿아서인
       지 그의 아내가 되었고, 그 사람이 한국 복무기간을 마
       치자 그를 따라서, 수륙만리 미국 남부의 뉴올리언스

(New Orleans)로 옮겨 살게 된 것입니다. 뉴올리언스
는 '재즈음악'의 발상지로 더욱 유명하지요. (흑인아들이
미소를 머금고, 서류봉투를 들고 다가온다) 그래요. 한 가지 사
실을 더 말씀해야겠군요. 여기 이, 내 앞에 서있는 미
국인 신사는 나의 친아들입니다. 짐작하시겠지만 저는
자식을 낳을 수 없는 '석녀'(石女)의 몸이 되었으며, 이
를 익히 알고 있는 남편은, 톰이 갓난아기였을 적에 양
자로 입적해서 오늘날에 이르게 된 것입니다. 우리 톰
은 이 늙은 어미에게는 너무너무 '효자'(孝子)랍니다!
호호. (그가 관객에게 가볍게 목례한다. 그리고 봉투를 열어 보이
자, 그녀는 책 두 권을 꺼낸다) 요렇게 누렇게 빛바래고 떨어
진 책 두 권. 『황순원단편집』과 이범선의 〈오발탄〉이
들어있는 『사상계』 잡지! 나는 다이아몬드 귀중품이나
무슨 가보(家寶)처럼 아끼고 또 아끼고, 현재까지 보관
해 왔습니다. 그것은 우리 한국말을 내가 잃어버리지
않기 위해서, 때때로 이 소설들을 읽어봄으로써 큰 도
움이 되기도 했습지요. 지난 세월에 황순원의 〈소나기〉
〈독짓는 늙은이〉 같은 작품이 영화화되기도 했습니다
만, 나의 기억으로는 4.19 이듬해에 〈오발탄〉 소설이
영화화 돼서 큰 인기를 끌었습니다. 나는 『동두천극장』
에서 군의관 남편과 나란히 앉아 그 영화를 관람했었
는데, 그 시절의 스타 배우들이 총망라돼 있었습니다.
가난한 주인공에 김진규, 배가 만삭이 된 마누라는 문
정숙, 상이군인 동생에 최무룡 등등. …… 사람의 한평
생이란 참으로 얄궂고, '미아리고개'도 많은가 봅니다.

과거 시절의 추억은 아름답고 소중한 것! 기쁜 일이든
지, 슬픈 사연이든지. 그러고 보니까 4.19도 한 개의
꿈이었는지 모릅니다. 오늘날까지 한국사회가 거쳐 온
세상을 볼작시면 4.19 이듬해에 5.16쿠데타가 발생함
으로써 '4.19정신'이 완전히 묻혀 버렸고, 그러고 전라
도 광주의 5.18민주화운동을 거쳐서 다시 정치군인들
에 의한 12.12사태, 또 어느 해인가는 6.10민주항쟁
등등, 수많은 넘어야 할 '미아리 고개'같이 말입니다.
그 시절에 나의 꿈도 봄꿈이었으며, 4.19 역시 하나의
'춘몽'(春夢), 봄꿈이 되고 말았습지요! 호호.

두 모자는 다정히 손 잡고 무대를 구불구불 돌아서,
수유동의 『국립4.19묘지』에 다다른다.

종 장

(영상)   서장의 『國立四一九墓地』 전경.
그들은 어느 '○○○ 墓' 앞에 경건히 묵념하고, 난희는 그 곁에 앉는
다. 그녀가 핸드백의 담배를 꺼내서 입에 물자, 흑인아들이 라이터
불을 켜준다. 담배 연기를 시원하게 내뿜는다.

난희   (혼잣말로) 어떤 안경 낀 점쟁이 영감님이, 내 인생의 '후
         분'이 좋대나? 차윤호 대학생의 생사를 몰라서 애타게
         찾고 있을 적에 말이다. 지내 놓고 보니까 그 '점괘'가
         들어맞은 셈이지? 이처럼 장성한 아들이 늙은 어미를

든든하게 지키고 있으니까 말야!

아들   Thank you, Mamma! (사이)

맘의 친구, 그 여자들은 살아있을까요?

난희   안 죽었으면 나만큼 늙어 있겠지. 미영 언니는 나보다 5년이 많았고, 정자 가시내는 세 살이 밑이었으니까.

아들   그 포주아저씨 부부는요?

난희   나는 그 사람들을 원망하지 않는다. 그들도 먹고 살자니까, 동두천으로 나를 팔아버린 게야. 그곳에 흘러가지 않았다면, 내가 어떻게 너의 파파와 인연을 맺을 수 있었것냐? 호호. 그보다는 어린이 순철이가 공부도 잘하고 똑똑했는데, 동생 순실이랑 훌륭한 시민이 되었기를 바랄 뿐이다.

아들   우리 마마의 꿈과 소망대로 성공했을 겝니다. 허허.

(영상)

흰나비가 날아와서 그녀의 어깨에 앉는다. 훨훨 날갯짓 ……

아들   흰나비가 또 날아왔군요.

난희   가만둬라. 그 대학생님의 혼령인 게야!

아들   허허 … (흥미있게 바라본다. 사이)

난희   자- 늙은 어미의 손을 잡아다오?

아들   예에. (그녀의 양손을 잡아 일으켜 세운다)

난희   아이고, 아이고 — 고맙다! (묘지를 돌아보면서)

차윤호 대학생님! 그대를 위해서 춤 한번 출까요?

(두 팔을 들어 사뿐이 춤추는 모양새, 노랫가락) "인생일장 춘몽인디 아니놀지는 못하리라. 에헤이야, 니나노 …"

아들	(박수) 짝짝 짝 ⋯ Bravo, Bravo. Wonderful!
난희	호호 ⋯⋯
아들	우리 맘, 소원풀이 하셨네요. 하하.
난희	Very good! 그럼 그럼.
아들	(그녀의 손을 잡아주며) 그만 내려가시죠. 내일은 또 장거리, 아메리카 여행을 해야 할 테니까.
난희	그러자꾸나. 미국 집으로 돌아가야 하구말고, 우리는. ⋯⋯

두 사람, 손잡고 무대를 한 바퀴 돌아서 무대 앞쪽 관객 가까이서 호리전트를 바라본다.
(영상)
흰나비 한 마리가 흰 구름이 흘러가는 창공으로 날아간다.
푸른 하늘 속으로 높이높이 멀리멀리, 훨훨 ~~
두 사람, 양손을 치켜들고 흔들흔들 그를 전송한다. 은은히 〈가고파〉의 멜로디가 울려 퍼진다.

난희	(목소리) "하늘같이 높은 대학생! 이승에서 고단한 꿈을 접으시고, 하늘나라에서 꿈과 평화와 행복을 누리소서!" ⋯⋯

이윽고, 인천국제공항의 활주로를 이륙하는 국제여객기의 굉음 ~~

천천히 막 내린다.

- 끝 - (2015-7-20, 2018-12-30 수정)

『세 친구』
(4막)

[등장인물] (**나이는 1945년 기준)

박 석 (朴 石) – 연출가 (40)

김이섭 (金怡燮) – 시인 (40)

유동진 (柳東鎭) – 극작가 (40)

이헌구 (李軒求) – 평론가 (40)

마담 – 찻집 「제비」 (30대)

홍사용 (洪思容) – 시인 (45)

현산 (玄山 구로야마) – 독립운동가, 60대 장기수(長期囚)

함세덕 (咸世德) – 극작가 (30)

임선규 (林仙圭) – 극작가 (35)

노천명 (盧天命) – 시인, 『매일신보』 기자 (34)

조택원 (趙澤元) – 무용가 (38)

김사량 (金史良) - 소설가 (31)
리여사 (李女史) -「동경다방」주인 (40대)

한용운(65) 정인보(52) 최남선(55) 이광수(53) 마해송(40)
이태준(41) 진장섭(41) 정홍교(42) 백철(37) 이진순(29)
서정주(30) 이토오(伊藤)검사 미무네(三宗)간수장
다까이(高井)계장 아베(阿部)회장
『매일신보』기자 외 사람들 다수

[때와 곳]
　1940년대 日帝强占下의
「大東亞戰爭」(태평양전쟁) 시절
　京城(서울) 일원 및 베이징
(北京), 도쿄(東京)

[무　대]
　무대장치는 연극의 전개와
발전에 따라서 가변적이다.

▲ 1942년 4월 〈북진대〉 프로그램/
　유치진 작 주영섭 연출/ 京城 府民舘

세 친구 (4막)　**297**

1 막

◎ [동영상]
1941년 12월 8일 일본 해군의 「진주만 기습작전」(眞珠灣 攻擊)을 시작으로 하고, 인도차이나(印度支那) 정글지대의 치열한 공방전.
일본제국의 휘날리는 군기(軍旗) '욱일기'(旭日旗 교쿠지쓰키). 〈陸軍分列行進曲〉(YouTube)

(1) ■ 무대 우측, 서울(京城)의 찻집 「제비」 간판 및 그 실내
카운터 자리에는 젊은 마담이 손거울을 들여다보며 얼굴 화장을 토닥토닥 손질하고 있으며, 그 곁에 놓여 있는 축음기(레코드)에선 유행가 한 곡이 신나게 흐르고 있다.
카운터 앞 떨어져서, 박석이가 다방 의자에 눕듯이 앉아서 잡지 한 권을 느긋하게 읽고 있다. 박석의 특징은 굵고 네모난 검은테 안경을 끼고, 소매 없는 조끼와 멜방 차림. 젊은 남녀 한 쌍이 자리에서 일어나 서로 손 잡고 나간다.

〈福地萬里〉

(작사 김영수/ 작곡 이재호/ 노래 백년설)
달 실은 마차다 해 실은 마차다
청대콩 벌판 위에 휘파람을 불며간다
저 언덕을 넘어서면 새세상의 문이 있다
黃色氣層 大陸길에 어서가자 방울소리 울리며. ~~

마담	(눈길을 건네며) 선생님은 뭣을 그렇게 열심히 읽고 계세요?
박석	(건성으로) 『國民文學』. 친일잡지 '국민문학'이다.
마담	친일문학 잡지 '국민문학'이요?

박석	(혼잣말로) 〈싸우는 국민의 자세〉라. 유동진이가 한 말씀 또, 대갈일성(大喝一聲)을 나불댔네 그랴! '싸우는 조선 국민'의 올바른 자세, 어쩌구저쩌고 …
마담	연극인 유동진 선생 말씀이죠? 극단 「현대극장」의 단장, 희곡작가님. 유동진 선생은 '내선일체'(內鮮一體)에 온몸을 바치셨다니까. 현시국의, 대일본제국의 대동아 전쟁에다가 …
박석	그럼그럼. '나이센잇타이' 내선일체, 일본과 조선은 한 몸뚱어리다! 좋아요, 좋다. 허허. (사이, 장난스럽게) 얘야, 옥(玉)아? 그 레코드 판 딴 것 좀 틀어라. '달 실은 마차다 해 실은 마차다', 〈福地萬里〉가 뭐냐! 압록강 두만강 넘어가서, 북쪽 땅 만주 벌판이 무슨 놈의 지상낙원이라도 된다드냐? 복지만리, 즐거울 락자 '낙토만주'(樂土滿洲)라니 …
마담	호호. (축음기 끄며) 박석 선생님도 백년설(1914~1980) 가수 좋아하시잖아요? 백년설씨 노래로, 그럼 뭣을 틀까요? '오늘도 걷는다마는 정처없는 이 발길 …', 〈나그네 설움〉?
박석	… (말없이 바라본다)
마담	아니면, 〈번지 없는 주막〉? (가볍게 구음을 내며) '문패도 번지수도 없는 주막에/ 궂은비 내리는 …'
박석	으흠 …
마담	으응, 알았다. 여그 〈복지만리〉 뒷판에 있는, (노래로) '버들잎 외로운 이정표 밑에/ 말을 매는 나그네야 해가 졌느냐 …' 어때요, 〈大地의 港口〉는? 신나고

경쾌하게 …

박석   그 노래도 친일가요(親日歌謠)다, 임마. 더 좋은 것 없어, 딴것으로?

마담   요즘이야 '친일유행가'가 전부 다죠, 머. 으음, 알았다! (연극의 흉내로) '길가에 핀 꽃이라 꺾지를 마오/ 홍도야 우지마라 오라버니가 있다!' 임선규 작 박진 연출 〈홍도야 우지마라〉 …… 〈사랑에 속고 돈에 울고〉는 왕년에 선생님께서 연출하신 신파연극 아닌가요? 전국적으로 온 나라와 경성(京城) 바닥을 눈물과 감동으로, 공전(空前)의 히트작품 말예요. 서대문 밖에 있는 「동양극장」(東洋劇場)에서, 호호.

박석   옥아, 내가 만들어낸 신파극은 「사랑에 속고 돈에 울고」이고, 〈홍도야 우지마라〉는 제목이 바뀌었어요. 그 연극이 대히트를 치니까 고범 이서구(孤帆 李瑞求 1899-1981 46세, 牧山瑞求 마키야마 쓰이모토무)가, 나중에 노랫말을 새롭게 작사하고 지어서 부른 유행가 제목이란 말이다. 확실히 알고 구별해서 말해라, 엉? 허허 …

마담   에이, 몰라요! '홍도야 우지마라'든지, '사랑에 속고 돈에 울고'라든지. 그것이 그것이죠, 머.

(다가와서 옆의자에 털썩 주저앉는다)

박석   가만히, 가만있어 봐요. (주위를 둘러보고, 장난끼로) 그렇다면 왕수복(王壽福 1917~2003) 노래는 어떠냐?

마담   여자가수 왕수복?

박석   그래애. 노래 곡목 〈그리운 江南〉! 왕수복의 그 유행가 말이다.

(일어나서 큰소리로 노래) '정이월 다가고 삼월이라네/ 강남 갔던 제비가 돌아오면은/ 이 땅에도 또다시 봄이 온다네/ 아리랑 아리랑 아라리요 …'

마담   …… (깜짝 기겁하여 박석의 입을 손으로 막는다) 선생님, 안돼요. 지금 제정신이예요, 선생님? 아이고, 몰라. 몰라! …

박석   (그녀의 손을 떼며) 아이고, 숨차다. 손바닥 치우고 말해라, 아가!

마담   석이 선생님, 누구한테 시방 콩밥 먹일 일 있어요? 그나마 다방 영업도 못하고 폐업하게.

박석   (짐짓) 허허. 아니, 「제비」 찻집에서 '강남 제비' 틀어대는디 누가 뭐래?

마담   '제비 노래' 〈그리운 강남〉은 총독부 금지곡이란 말예요. 절대불가, 〈그리운 강남〉 금지곡! 누구보다도, 박석 선생님이 더 빤히 알고 계시면서 …

박석   왜? '강남 갔던 제비가 돌아오면 이 땅에 또다시 새봄이 온다'는 노랫말 땜시? 허허. 누가 그런 것을 몰라? (말소리를 죽여가며) 다방 안에는 시방 손님도, 개미새끼 한 사람도 없잖혀? 마담상(樣) 옥이 너하고, 나같이 고등룸펜 연극연출가밖에.

마담   쉬잇! … 낮말은 새가 듣고 밤말은 쥐가 들어요. 고등계 형사들, 경찰서의 살쾡이 두 눈이 시퍼렇게 살아 움직이고 있는디 ……   (암전)

(2) ■ '탕 탕 탕!' 법정의 판결문 망치소리와 더불어 서대문형무소의

쇠창살 속에 시인 김이섭. 그는 가는 테의 둥근 안경을 끼고, 푸른 색 수의(囚衣)를 입고, 희미한 전등 빛 아래 쭈그리고 앉아서 『獄窓日記』를 쓰고 있다.

바른쪽 가슴에는 죄수번호 "2223"

일인판사　(목소리) "고인 김이섭은 일찍이 일본 와세다(早稻田)대학 영문과를 졸업하고 쇼화(昭和) 8년(1933) 4월 이래 그의 모교 中東學校 英語담당 교사로 8년간 봉직한 자이다. 일찍부터 민족의식을 포회(抱懷)하고 조선독립을 의도하여 오던 바, 右 敎職을 이용하여 학생들을 사주함으로써 所期의 목적 실현에 資할 것을 기획하고, 이를 선동하였다. 피고인은 평소에 「皇國臣民誓詞」 '고고쿠신민노 세이시'를 봉송하지 않았으며, 「宮城遙拜」 '큐죠 요하이'를 실행하지 않았고, 학교 수업시간에도 '니혼고' 즉 일본언어를 「國語」로써 전용(專用)하지 않는 등의 위법행위를 자행(恣行)한 '후테이 센징' 불령선인(不逞鮮人)이다. …"

김이섭　(일기를 읽는다) '어머님이 면회를 오셨다. 멀리 함경북도 경성(鏡城) 땅 나의 고향에서 옥에 갇힌 아들을 찾아오신 노안(老眼)에 눈물이 가득 고이셨다. … 네모난 널쪽 미닫이 구멍으로, 내다보고 들여다보는 아들과 어미 두 모자(母子)의 얼굴. 한 분신(分身)이면서 서로 갈라져서 1년에 한두 번, 그것조차 다만 몇 분밖에 허락되지 않는 구슬픈 면회! 오늘 내게는 그 시간조차 채울 만한 이야깃거리도 없었다. 가슴이 터지지 않을 만큼 목구멍이 메었다. 눈물을 어머님에게 보여서는 아니된다. 나

의 눈물 한 방울이 어머님께서 운니동(雲泥洞)의 내 집
에 걸어가실 때까지, 계속 낙루(落淚)가 될 것이기 때문
이다. …'

이때 기상나팔(트럼펫) '뚜뚜 뚜-' 크게 울리고, 간수들의 귀를 찢는
듯한 매몰찬 호루라기 소리 ……   (암전)

(3) ■「극단 현대극장」 사무실
◎ [영   상] 무대 위쪽에 '현대극장'의 공연 포스터가 지나간다.
  〈北進隊〉(四幕五場, 1942), 〈黑鯨亭〉(三幕, 1941), 〈黑龍江〉(五幕,
  1941), 〈南風〉(四幕, 1941 '흑경정' 改作), 〈대추나무〉(四幕,
  1942), 〈어밀레鐘〉(全五幕, 1943) 등.

유동진, 『매일신보』 신문기자와 인터뷰 중
두 사람 다 전시의 '국민복'(國民服 고쿠민후쿠) 차림이며,
기자는 머리에 '센토보시'(전투모)까지 쓰고, 기자수첩에 간간이 메
모한다.
유동진의 말씨는 약간 더듬거리는 듯하고, 경상도 사투리의 억양이
심한 편이다.

유동진   요즘 같은 엄중한 시기에, 우리들 '신체제(新體制)연극
         인'은 모든 국민이 황국신민(皇國臣民)의 건전한 오락
         으로써, 혹은 국민계몽과 교화를 위한 예술로써 제국이
         념(帝國理念)을 담아낼 수 있는 「국민연극」(國民演劇)을
         창조하고자 부단히 노력하고 있습니다. 그런 의미에서
         당면한 목표인 국민극 수립, 즉 '고쿠민게키 주리쓰'(國
         民劇樹立)란 일조일석, 하루 아침에 되는 것 아니고, 한

사람의 천재적 두뇌를 갖고서도 성사되지 않아요. 오로지 전연극인 한 사람 한 사람이 뒷전에 빠져서 낙오하지 말고, 전체 신민과, 극장에 오시는 관객이 함께 지혜를 모우고 힘을 합쳐야만 합니다.

기자　　　'고쿠민게키 주리쓰'… 옳으신 말씀입니다, 선생님. (주위를 둘러보며) 지금 벽에 붙어있는 현란한 이 공연 포스터들. 〈북진대〉〈흑경정〉〈흑룡강〉〈대추나무〉〈어밀레종〉 등등 … 저것들이 바로 '신체제연극'을 향한 극단 현대극장의 빛나는 업적 아니겠습니까?

유동진　　허허, 빛나는 업적은 무슨? 우리 극단, 현대극장의 창립취지는 '지도적(指導的) 국민연극'의 수립입니다.

기자　　　현대극장의 창단공연 첫 작품 저- 〈흑룡강〉은 명실공히 성공작 아니었습니까? 소설가 김사량(金史良 1914~1950)은 우리 매일신보에다가, '작품의 스케일과 전개에 있어서 능히 셰익스피어 무대를 연상할 정도였다'고 높이 평가하였고, 박영호(朴英鎬 1911~1953) 극작가는 '만주와 조선은 하나다! '선만일여'(鮮滿一如)를 주제로 한 국민연극의 한 전범(典範)'이라고 칭찬을 아끼지 않았습지요. 허허. 그리고 저쪽에 〈북진대〉 연극. 메이지(明治) 37년(1904)의 「일로전쟁」(日露戰爭) 때, 일본군을 도와서 경의선 군용철도 가설과 일본군의 군수품 수송, 또 로서아(露西亞) 군부대의 내부 정찰 등등, 「일진회」(一進會)의 영웅적 활동상을 묘파한 작품이지요. 그리고 〈흑룡강〉 포스터에, 저저- '대륙개척사'(大陸開拓史)라는 글귀도 특별히 인상적이군요!

유동진   〈흑룡강〉은 회심의 역작이라고 할 수 있습니다. 그러
         니까 만 2년 동안 걸쳐서 다섯 번이나 퇴고(推敲)를 거
         듭한, 조심누골(彫心鏤骨)의 야심작인 셈이지요. 대동아
         공영권(大東亞共榮圈) 건설과 오족협화(五族協和)의 이
         념을 구현하고자 힘을 썼다고나 할까. 허허. 그리고
         〈북진대〉 작품으로 말하면, 오래 전에 작고하신 일진회
         장 이용구(海山 李容九 1868~1912)님의 「대동합방론」
         (大東合邦論). 즉 조선과 일본이 대등하게 합방해서 아
         세아의 대제국을 건설한다는 선각자적 사상을 밑바탕
         에 깔고, 일진회원들의 눈물겨운 활약상을 표현한 연극
         입니다. 젊은 그들의 활동상이야말로 황국신민의 시각
         에서 '나이센 잇타이'(內鮮一體)의 실현과, 대동아 평화
         성취를 위한 당연한 도리였다고 나는 미루어 짐작하고
         있습니다.

기자   그리고 〈대추나무〉는 「제1회 연극경연대회」에서 영예
         의 '작품상'을 수상한 것 아니겠습니까? 작년에 처음으
         로 개최한 총독부(朝鮮演劇文化協會) 주최의 연극제에
         서. 우리네의 좁은 조선반도(朝鮮半島)가 아닌 저- 광
         활하고 비옥한 만주 땅 찾아가서, '왕도낙토'(王道樂土)
         를 건설한다는 연극 주제를 갖고서 말입니다.

유동진   젊은 기자분도 아시겠지만, 작년부터 총독부에서는
         「만주개척민(滿洲開拓民)」 제2차 5개년계획을 시행하
         고 있습니다. 『만주제국』(滿洲帝國)의 건국이념인 '오족
         협화의 왕도낙토'를 위해서 말입니다. 오족협화가 무엇
         입니까? 만주족 일본족 한족 몽고족 조선족, 5개 민족

이 다 함께 모여서, 한 가족처럼 오손도손 살아가는 '낙토만주'를 건설하자는 것이예요. 백년설의 노래, 유행가 〈복지만리〉도 그런 내용과 목표를 담고 있어요. 그와 같은 입장에서 〈대추나무〉 작품을 내가 구상한 것이지요. 좁은 땅덩어리 시골의 촌구석에서 아웅다웅 다투기만 할 것 아니고, 새로운 꿈과 원대한 포부를 안고서 넓으나 넓은 대지(大地) 만주벌판을 찾아가서 낙토를 건설하자! …

기자   그렇습니다. 시하(時下) 총독부에서 펼치고 있는 만주에의 「분촌운동」(分村運動)이 그런 것 아닙니까? 동진 선생께서 언젠가 『국민문학』에 발표하신 기행수필, 〈창성둔(昌城屯)에서〉가 기억나는군요. 그 기행문을 감명 깊게 읽어봤습니다.

유동진   그것도 그래요. 만주의 「개척이민」(開拓移民) 시찰여행에서 보고 느낀 점을 집필한 것인데, 평안북도 창성군의 한 마을이 압록강을 건너와 가지고, 새로운 삶의 터전 「분촌마을」을 개척하고 있어요. 그것은 왠고 하니, 그 창성군이 「수풍 수력발전소」 건설 때문에 마을 전체가 수몰(水沒)하게 됐습니다. 그들은 그러자 만주 땅에 입식(入植)하여 생활터전을 마련케 된 것 아닙니까? 갖은 간난신고와 역경을 딛고서, 땀 흘리고 노력하여 비로소 새 세상, 새 천지를 말입니다.

기자   참, 제2차 「대동아문학자대회」(大東亞文學者大會)에도 참가하셨더군요.

유동진   예. 『조선문인보국회』(朝鮮文人報國會) 임원의 한 사람

으로, 유진오(玄民 俞鎭午 1906~1987)씨와 최재서(石
耕牛 崔載瑞 1907~1964, 石田耕造), 김용제(知村 金龍
濟 1909~1994, 金村龍濟)와 나 등 5인이 도쿄(東京)에
서 개최된 회의에 참석했다가, 나고야(名古屋)와 교토
(京都) 등지를 여행하고 돌아왔습니다.

기자　　　수고가 많으셨습니다. 유 선생님, 「싸우는 조선연극의
방향」에 관해서 한 말씀만 더?

유동진　　허허, 조선연극의 이념과 방향성 말입니까? 지난 6월
호(1943) 『국민문학』에다 「싸우는 국민의 자세」를 집
필한 바 있었고, 『신시대』(新時代) 잡지에 「연극의 나아
갈 길」(1942), 『매일신보』 신문지상에는 「신체제하의
국민연극」(1941) 등 본인의 신체제연극인적 소신을 수
차례 발표했습니다만 ……

　동진, 자리에서 일어나 손에 들고 있던 '센또보시'를 단정히 눌러쓰
고 무대 앞으로 걸어 나온다.

유동진　　(강연하여) "현 시국하에 문학자 소설가 시인이나 연극인
들은 '싸우는 조선국민'의 모습을 여실히 그려내야만
합니다. 대일본제국의 총후신민(銃後臣民)으로서, 군수
공장에서 일하는 산업전사로부터 시골 농촌의 한 평
논밭에서 일하는 농부와 아녀자 부인에 이르기까지, 우
리 문학 예술가는 그네들의 국민생활과 감정을 생생하
게 터득하고 충실하게 묘사할 수 있어야만 합니다. 상
인은 무엇 때문에 장사를 하는가? 농민은 왜 일하는
가? 교사 선생님은 무슨 필요로 교편(教鞭)을 잡고 있

는가? 어머니는 무엇 때문에 자녀를 기르는가? 인간의 생명은 어째서 귀중한가? 등등, 일상생활의 근본을 깊이 있게 관찰 음미하고, 그 국민적 종극(終極)의 목적을 추구하지 않으면 안 됩니다. 그리하여 그것들을 예술가와 문학자는 작품화해야 합니다. 이와 같은 모든 노력과 우리의 헌신은 아세아의 10억 민족을 저- 바다 건너서 '미영귀축'(米英鬼畜) 서양(西洋)의 속박으로부터 해방시키고, 대동아공영권을 건설하여 '핫코 이치우' 팔굉일우(八紘一宇)의 대이상(大理想)을 실현하는 것입니다. 이와 같이 천황폐하께서 펼치고 있는 팔굉일우의 대이상은 아세아 제민족(諸民族)이 '하나의 가족'으로서 행복과 평화를 누리는 것을 의미하며, 예술가 문학자들은 이를 위해 몸 바쳐서 싸울, 굳건한 결의와 막중한 책무와 원대한 목표를 일분일초(一分一秒), 한시라도 망각하지 말아야 할 것입니다. ……"

동시에 무대 안쪽에 '짝짝 짝-' 박수와 실소(失笑)를 보내고 있는 두 사람의 모습.
김이섭은 형무소의 「채석장」에서, 박석은 찻집의 의자에 앉아서.
(암전)

(4) ■ 서대문형무소의 「채석장」(採石場)
김이섭 등 죄수 10여 명이 곡괭이와 쇠망치와 삽, 가마니 들것(擔架)을 각자 들고, 땀을 뻘뻘 흘리며 돌을 캐고, 또 나르고 있다.
한쪽에는 긴 칼을 차고 지키는 미무네(三宗) 간수장 ……
이윽고, 열두 시 정오(正午)를 알리는 오포(午砲, 사이렌) 소리가 길게 들려온다. 간수장이 기다렸다는 듯 호루라기를 힘차게 불어대고,

죄수들은 손의 도구를 그 자리에 내려놓은 채 '동쪽하늘'을 향해 부동자세를 취한다.

미무네　(구령으로) '일동차렷!' … 동쪽(東方)하늘, 천황폐하님 계시는 궁성(宮城)을 향하여 머리 숙여 숙배(肅拜)한다. '전원(全員), 큐조 요하이!'(宮城遙拜) …

◎ [영　상] - 일본 도쿄의 황성(皇城) 모습.

모두　… (허리 숙여 절한다. 길게)
미무네　'바로! … 고고쿠신민노 세이시'(皇國臣民誓詞).

◎ [영　상] -「황국신민서사의 액자」(傳單) 사진

모두　(더듬더듬 제창한다)
　　　'황국신민의 서사
　　　1. 우리는 황국신민입니다. 충성으로써 군국(君國)에 보답합니다.
　　　2. 우리 황국신민은 신애협력(信愛協力)하여 단결을 굳게 합니다.
　　　3. 우리 황국신민은 인고단련(忍苦鍛鍊)하여,
　　　　힘을 길러서 황도(皇道)를 선양합니다.'　　(암전)

(5) ■ 찻집「제비」, 밤
　　축음기에서 유행가 흘러나온다.

〈번지없는 주막〉

(작사 추미림/ 작곡 이재호/ 노래 백년설)

문패도 번지수도 없는 주막에
궂은비 내리는 이 밤도 애절쿠려
능수버들 태질하는 창살에 기대여
어느 날짜 오시겠소 울던 사람아. ~~

박석과 홍사용(露雀 洪思容, 1900~1947)이 앉아서 대작(對酌)하고
있다. 일본술 '사케'(正宗)와 '도쿠리'(술병)를 놓고, 구운 오징어를
빠다(버터) 접시에 찍어가며 안주를 삼는다.
홍사용은 한복 차림에 중절모를 쓴 신사로서, 둥근 손잡이의 멋진 화
류단장(樺榴短杖) 지팡이까지 들었다. 카랑카랑한 쇠목소리에 눈빛이
빛난다.

박석	(술잔을 들며) 자- 노작 선배님, 또 한 '고뿌'(杯) 드시죠?
홍사용	그래요, 박석 아우님. 허허.

두 사람, 홀짝- 마신다.
박석이 각자의 잔에 술을 부어주고 다시 들이킨다. 또 한 차례 더 …

홍사용	가만 가만, 서두를 것 없다니! 누가 쳐들어오지도 않는 디, 성급하게 술 마셔서 대순가? 그리고, 술집 아닌 다 방에서 요렇코롬 술타령해도 돼?
박석	시방은 영업시간 다 됐고, 초저녁 밤 아닌가요? 허허. 그리고 대시인(大詩人) 홍노작 어른이야말로 세상이 알 아주는 호주가(豪酒家) 아닙니까? 술 한 잔 일배주(一杯 酒) 하면 미소를 지으시고, 3배주 석 잔이면 파안대소

(破顔大笑) 호탕하게 웃고, 술 다섯 잔 5배주면 현하지
변(懸河之辯)이라! 앞강 물 뒷강 물이 흘러가듯, 거침없
이 기담궤변(奇談詭辯)이 무궁무진하고 말씀입니다.

홍사용　허허. 구운 오징어를 요렇게, 빠다에다가 살짝 찍어 묵
　　　　는 것도 별미로구나! (그렇게 씹는다)

박석　　요것도 죄다, 저기- 마담상 옥이가 창안해낸 술안주
　　　　아니겠습니까? 가난한 연극쟁이, 나 같은 딴따라 건달
　　　　'고등룸펜'을 위해서요.

홍사용　그나저나, 서대문 감옥소에 가서 이섭 시인은 만나보
　　　　았소?

박석　　중동학교 영어 선생 김이섭군 말입니까? 형무소 면회
　　　　는 이헌구가 자주자주 간답니다. 아시다시피, 이헌구
　　　　소천(1905~983)군과 이섭이는 동경 와세다(早稻田)대
　　　　학의 동문(同門)으로 서로간에 동창생들이지요.

홍사용　참, 그렇구만. 김이섭은 영문과(英文科), 이헌구는 불문
　　　　학과(佛文學科). 그리고 두 인물이 다 저쪽에, 북녘 땅
　　　　함경도 출생이고 말야.

박석　　그러니 죽마고우(竹馬故友) 아닌가요? 홍안(紅顔) 청춘
　　　　시절부터서, 허허. 뿐만이 아니고, '을사생'(乙巳生) 갑
　　　　장(甲長)으로 동갑내기들이지요.

홍사용　을사생이라! 그래요. 을사년이라면, 옳지. 「을사오조
　　　　약」(乙巳五條約)이 늑약(勒約)되었던 바로 그해 그 시절
　　　　이로구먼. 그 당시 『황성신문』(皇城新聞)에서는 〈시일
　　　　야 방성대곡〉(是日夜放聲大哭), '오늘밤에 눈물 흘리고
　　　　통곡하노라!' 하면서 크게크게 소리치고 말씀이야. 일

본의 그 이토 히로부미(伊藤博文)란 자가 고종 황제를 협박, 우리나라를 '보호국'(保護國)으로 만들고 식민지화하였것다! 그리고 나서 본인은 저- 하루빈(하얼빈) 역참(驛站)에서, 안중근(安重根) 열사에게 피스토루(pistol) 권총으로 탕탕탕! … 탄환(彈丸) 세 발을 맞고 그 즉석에서 비명횡사(非命橫死)라! …

박석   홍노작 선생, 말씀을 삼가십시오. 쉬잇 …

홍사용   시방 내가 거짓부리, 헛소리를 했남? 어흠! … (술을 홀짝 마신다)

박석   … (또 그의 잔에 술을 따라주고, 자기는 흰 상아 물뿌리(pipe)에 권련 (담배)을 꽂아서 성냥불을 그어댄다. 그리고 프런트의 옥이에게, '도쿠리' 병을 들어 보이며 술이 비었다는 신호를 보낸다)

홍노작 성님, 새삼스레 가만 생각해 보니까 저희 들은 서로가 '갑쟁이'(同甲)이군요. 나 박석이도 을사생, 저기 저 사람- 국민연극 하는 유동진과 서대문 감옥소의 김이섭군, 그리고 이헌구 불문학도! 모조리 을사생들입니다그려. 각자가 저마다 예술가입네, 문학자입네, 평론가입네 하면서 금란지교(金蘭之交)를 자랑하고, 막역한 절친(切親)들이지요. 김이섭은 시인, 유동진이는 희곡작가, 이헌구는 문학평론가, 나는 딴따라 연극연출가 ……

홍사용   하하하! (홍소한다) 그리고 보니까 동진이와 이섭과 소천 이헌구는 일본에서 공부한 해외문학파(海外文學派)로서, 똑같이 「극예술연구회」(劇藝術研究會) 출신의 멤바(버)들이로구만. 박석이, 귀하는 춘강 박승희(春崗 朴勝喜 1901~1964)와 더불어서 최초의 신극단체 「토월회」(土月會)를 이끌어왔었고 …

박석 　그야 홍노작 선배님 역시 토월회의 열렬한 동인 아니
　　　든가요? 희곡작품으로 〈향토심〉과 〈벙어리굿〉을 창작
　　　도 하시고 말입니다. 그러다가는 '벙어리굿'이란 작품
　　　은 인쇄 중에, 경찰에 잘못 걸려들어서 압수까지 당하
　　　구요.

홍사용 　허허. 그 작품 '벙어리굿' 땜시, 하마터면 유치장에 끌
　　　려가서 콩밥 신세 질 뻔했었지!

박석 　시방, 지금 생각해 봐도 작품 소재가 불온했었지요. 허
　　　허. '어느 날 어느 시대에 종로 보신각(普信閣)의 종이
　　　울리면 나라가 독립한다'더라! 그런 뜬소문만 믿고 경
　　　향(京鄕) 각처에서 사람들이 옹기종기 종각 주위에 몰
　　　려들었었다. 그래 가지고는 '독립'이란 말은 차마 입
　　　밖에 올리지도 못하고, 나름대로 제각각 벙어리 시늉만
　　　하는 게야. '디디 디디! 뒈뒈 뒈! …' 그리하여 서로서
　　　로 눈치껏 벙어리 바보 흉내만 내면서 보신각 종이 울
　　　릴 때까지 기다리고, 또또 마냥 기다린다구요? 아니 아
　　　니, 그런 코메디 같은 스토리가 순수하다고 할 수 있겠
　　　습니까! 불문가지 물어볼 것도 없어요. 드라마 내용이
　　　불순 이색적(不純異色的)적이고, 사상성이 불온한 작품
　　　이고 말구요. 비록 아이디어는 참신하고, 기상천외로
　　　탁월한 소재이기는 합니다만 …

홍사용 　그래애. 그것은 그렇다손 치고, 허허. 요즘같이 험악한
　　　시절(時節)을 잘못 만나서, 그대 세 친구들이 걸어가는
　　　인생항로(人生航路)는 판이하게 달라졌어요! 한 사람은

「신체제 국민극」에 몰두하는 어용 친일연극인, 또 한 사람은 감옥소 '빵간'에서 철창 징역살이, 그리고 한 친구는 다방에 죽치고 앉아서 요렇게 고등룸펜 신세! …

박석 시절이 하수상(何殊常)하니, '홀로서서 갈 곳 몰라 하노라' 아니겠습니까?

홍사용 그렇구나! 고려왕조 말년, 목은 이색(牧隱 李穡) 어른이 지은 시조 한 수가 떠오르는구먼. '백설이 자자진 골에 구름이 머흐레라/ 반가운 매화는 어느곳에 피었는고/ …'

두사람 (함께 술잔 들고) '석양에 홀로서서 갈곳 몰라 하노라.' …
(암전)

◎ 무대 안쪽에 각각 두 장면.
하나는 「尋牛莊」(심우장) 편액이 걸려있는 집 마루에서 만해 한용운(卍海 韓龍雲 1879~1944) 선사가 목탁을 두드리며 염불 중.
또 하나는 위당 정인보(爲堂 鄭寅普 1893~1950) 선생의 모습.
그는 검정 두루마기 차림으로, 두 자루의 촛불이 불타고 있는 네모 밥상머리에 꿇어앉아 '아이고, 아이고, 아이고! …' 호곡(號哭)하면서 두 주먹으로 땅바닥을 치며 울음 운다.

(6) ■ 다시 찻집 「제비」
마담 옥이가 홍사용 곁에 앉아있으며, 이헌구가 합석하였다.
그녀는 다소곳이 술을 따르고 있다.

마담 아니 저럴 수가! 육당(六堂 崔南善 1890~1957) 선생 집 대문간에 찾아가서, 촛불을 붙여놓고 곡을 한단 말예요? '아이고 아이고', 산 사람이 죽었다고 …

홍사용 양심과 절개를 버리고 훼절(毀節)하였으니, 산 사람이
죽은 것이나 매 한가지고말고.

박석 옥아, 그건 무슨 뜻인고 하니 들어봐요. 저-「만주국」
이란 나라는 현재 일본이 세워준 허수아비 정부 아니
더냐? 그런디 그 만주국의 「건국대학교」(建國大學校)
교수가 돼서 경성, 서울을 떠난다고 하니까, '육당 당
신은 인제는 죽었소!' 하고 제사 지내준 것이란 말이
다. 일본제국주의에 아부한 변절자! 안그래?

마담 그렇지만 너무 했어요. 서로서로 친구 사이이고, 똑같
은 역사학자라면서.

홍사용 그래애. 마담상 자네 말씀도 맞다. 저- 한용운 선사로
말씀하면, 성북동 골짜기에다 당신의 모옥(茅屋)을 지
으실 적에 저렇게 '북향(北向)집'을 세운 게야. 조선총
독부의 청사 건물이 꼴도 보기 싫다고 해서 말야. 남향
집이 아닌 북쪽으로 돌아앉아서 등을 돌리고. 아니 그
런가? 허허 …

박석 백릉 채만식(白綾 蔡萬植 1902~1950)이도 맛이 갔어요.
홍사용 왜? 그 장편소설 〈탁류〉(濁流)를 쓴 소설가?

이헌구 그자가 쓴 글을 보니까, "조선 사람은 '닛뽄
징'(일본인)이다. 하루 속히 닛뽄징이 되어야만 우리의
살길이다 …" 하고 망녕을 떨었던 데요?

홍사용 쯔쯔쯧! 혼이 제 정신들이 아니구먼. 말세야, 말세 …
(이헌구에게) 그건 그렇고, 소천은 늦었으니까 후래자 삼
배(後來者三杯)일쎄! 술이 석 잔이야, 엉?

이헌구	예에. 알겠습니다, 홍노작 어른. 허허.
마담	세 분, 어서 '사케' 드셔요?
세사람	…… (술을 마신다. 옥이가 또 술을 부어주고, 일어나 나간다)
이헌구	김이섭이는 형무소에서 '보수'(補守)로 승진을 했다는 군요.
홍사용	'보수'라니, 무슨 뜻?
이헌구	그 왜, 형무소에서 근무하는 간수(看守)들 있잖습니까? 그자들의 일손을 보좌해 주는 역할이 '보수' 직책이랍니다. 약간은 편하게 지낼 수도 있다는 군요.
박석	허허. 고것이 고것이겠지, 머. 오십보백보 …
이헌구	아니야. 쥐꼬리만 한 특전이랄까, 그런 것이 있대요. 허허. 가령 1주일에 목욕을 2회 두 번 할 수가 있고, 영치(領置)된 잉크와 펜, 책과 공책 같은 것을 제공받아서 글을 쓸 수도 있고 말이다. '옥중일기'를 그래서 집필하기 시작한 모양이야.
홍사용	허허, 좋아요! 영국의 오스카 와일드(Oscar Wilde)가 쓴 『옥중기』 책은 명문장이고말고. 자- 한잔 또 듭시다. (그들, 술잔을 홀짝 비운다)
이헌구	그동안 어르신은 어디를 주유천하(周遊天下)하고, 서울엔 언제 돌아오셨습니까?
홍사용	나야 조선 팔도(八道) 발길 닿는 대로지. '문패도 번지수도 없는 주막' 아닌가? 허허. 시골 부자(富者) 집에 찾아가서는 그 집안의 족보(族譜)를 따져주고, 동네 마을 사랑방에선 우리나라의 고사(古事) 옛날 이야기와 역사책도 읽어주고 말야. 또 어느 때는 심산유곡 절간

찾아가서, 주지승(住持僧)을 불러다놓고 부처님 설법(說法)을 강(講)하기도 하고 …

박석 예? 주지승 스님을 앞에다 놓고, 거꾸로 당신님이 불법을 강설한다구요?

홍사용 허허, 모르는 소리! 요새 젊은 땡중은 나만큼도 부처님 말씀을 몰라요. 공부들이 일천하고, 건성건성 부족해서 … (손수 세 잔에 술을 따르며) 누구한테 얘기 듣자니까, 소천 그대는 '현대극장'에서 일을 보고 있다며?

이헌구 유동진이가 도와달라고 해서, 극단 안에서 '선양부' 일을 책임맡고 있습지요. 말하자면 공연홍보와 선전활동을 …

박석 소천은 벌써 한참 오래됐지요. 그뿐입니까? 요즘은 「조선문인보국회」의 '평의원'(評議員)도 임명받았답니다! 유동진의 추천으로.

이헌구 석아, 그따위 이야기는 잠시 잠깐 덮어두기로 하자, 엉?

홍사용 자자- 술 한 잔 또 들어요! (그들 마신다. 새삼 비감하여) 나처럼 일찍일찍 죽어도 좋을 인간은 눈 뜨고 살아있고, 꼭- 살아있어야 할 인간은 '저세상'으로 하직(下直)해서 앞서거니 떠나가고 말씀이야. 인생무상이라니! 쯧쯧.

박석 빙허 현진건(憑虛 玄鎭健 1900~1943)과 이상화(想華 李相和 1901~1943)시인 말씀입니까? 절통하고 한스러운 일이지요! 올봄 지난 4월 25일, 그것도 같은 날짜에 현진건은 서울에서, 이상화는 대구 본가에서 소천(召天)하다니요. 겨우겨우, 인제사 불혹(不惑)의 나이 40대 장년인데.

홍사용	(허탈하여) 허허 … '저세상'으로 나 홀로 떠나가기 섭섭해서, 두 인간이 어깨동무 하고파서 그랬을까? 똑같은 날짜에 똑같이 죽어가다니! 아까운 인재들이에요. 두 사람 모두가 투철한 역사의식과 불퇴전의 신념을 갖춘 우리 세대의 지사(志士)이자 사상가(思想家), 독립운동가이기도 해. 하나는 서대문감옥소, 또 하나는 대구감옥소에서 한때 옥고(獄苦)를 치르기도 했었고 ……
박석	두 고인(故人) 모두, 문학지 『백조』(白鳥)의 동인(同人)들 아니십니까?
홍사용	현진건은 나와는 갑장(甲長)이고, 이상화는 나보다 한 살 아래, 월탄 박종화(月灘 朴鍾和 1901~1981)군과 동갑내기입니다. 현진건의 단편소설 〈운수 좋은 날〉이야말로 췌언(贅言)이 필요치 않는 명작(名作)일시 분명하고. 그러고 또한 이상화의 〈빼앗긴 들에도 봄은 오는가〉역시 먼 장래까지 불멸 불후의 명시(名詩)이고 말고!

◎ [영상 글씨] - 〈지금은 남의 땅 - 빼앗긴 들에도 봄은 오는가?〉

나는 온몸에 햇살을 받고
푸른 하늘 푸른 들이 맞붙은 곳으로
가르마 같은 논길을 따라 꿈속을 가듯 걸어만 간다.

입술을 다문 하늘아, 들아
내 맘에는 나 혼자 온 것 같지를 않구나!
네가 끌었느냐, 누가 부르더냐, 답답워라. 말을 해다오.

바람은 내 귀에 속삭이며

한 자국도 섰지 마라, 옷자락을 흔들고,

종다리는 울타리 너머 아씨같이 구름 뒤에서 반갑다 웃네

…… 그러나 지금은 - 들을 빼앗겨 봄조차 빼앗기겠네.

(시의 일부. 암전)

2 막

(1) ■ 서대문형무소의 쇠창살, 김이섭 독방. 밤

(꿈 장면) 유동진이 배우 분장을 하고 〈흑룡강〉의 주인공 '성천'(星天)을 연기한다.

유동진 (성천 역) '대인(大人), 목전의 일만 생각지 마시구 널리
천하를 살펴보세요. 우린 한시 바삐 일어나서 동방(東邦) 사람의 힘으로 이 동방을 지켜야 합니다. 그러하질
못하면 만주구 대국이구 일본이구 구할 수 없습니다.
한꺼번에 다 망하구 맙니다. 우리는 북쪽으로 저 우랄
산맥에 만리장성을 쌓구, 남쪽으로 쟈바섬(島)에다가
봉화 뚝을 세워야 합니다. 그래서 안으로 각 민족이 화
목허구, 밖으로 도적을 막아야 해요. 그래야만 비로소
이 만주 땅두 맘 놓고 사람 사는 나라가 될 꺼에요. …
이 만주 넓은 들녘이 문전옥토가 되구, 거기서 나는 곡
식을 실어갈 수 있는 기차두 기적소릴 힘차게 울리며
서, 푹팍 푹팍! 하고 내달릴 것입니다. …'

세 친구 (4막) 319

(기적과 열차바퀴 소리)

김이섭　…… (두 손으로 목도(木刀)를 바싹 꼬나들고 그림자처럼 다가간다. 목소리) 요런 나쁜 인간 유동진아! 〈흑룡강〉도 성이 안 차서, 일진회를 찬양하는 〈북진대〉 연극을 또 집필했단 말이냐? 이용구과 송병준(濟庵 宋秉畯 1858~1925, 野田平次郎 노다 헤이지로)의 「일진회」는 역사의 반역이고 대죄인(大罪人)이다. 친일단체(親日團體)의 추악한 괴수(魁首)들! 역적 이용구야말로 「한일합방청원서」(韓日合邦請願書)를 일본정부와 고종황제 어전(御前)에 상소한 '매국노'(賣國奴)란 말이다. 에잇! …

김이섭이 목도를 번쩍 치켜든다.
박석이 나타나서 그의 팔을 붙들고 막아선다.
잠시 동안 세 친구의 얼키고설킨 몸싸움 실랑이 ……
땅땅! 쇠창살에 가벼운 노크소리. 　 (암전)

김이섭이 감방으로 돌아와서 꼿꼿이 앉는다.
그러자 장기수 현산이 좌우를 살피며, 작은 나팔꽃 화분을 손에 받쳐 들고 와서 창가에 놓는다. 그는 머리털이 하얗게 세었다. 한쪽에 놓여 있던 김이섭의 '일기장'을 들고 읽기 시작한다.

현산　…… "며칠 전 '죄수 3274'번이 죽었다고 한다. 그는 사상범(思想犯)이었다. 창씨(創氏)는 '니시하라'(西原)인데 본명은 동희(東熙). 그것밖에 모른다. 30대 갓 넘은 한창 젊은 나이인데, 몹쓸 고문을 당해서 허약해졌다. 사람이 죽었다 해도 찾아가서 조상(弔喪)할 수도 없고,

벌써 시체실에 갔을 것이요 집이 어딘지도 모른다. 오
늘은 또 '히라야마 2966번'(平山, 황병윤)이 죽어서, 내
가 보수로서 그를 땅에 묻었다. 간밤에 내린 비 때문에
땅이 절벅거려서 조심스럽게 묻어줬다. 내가 일하는 제
15공장에도 사상범이 셋이나 있는데, 그들 3인은 만주
출신들이다. 모두 무기형(無期刑)에서 유기(有期)로 바
뀌었으나, 상기도 7, 8년씩 남았다. 독립운동이란 말을
풍편으로만 들었는데, 중학교도 못 졸업한 앳된 청년들
이 만주의 거치른 벌판에서 제 몸이나 가족을 돌보지
않고 폭탄을 안고 총을 들고 일본군에 뛰어든 것이 바
로 이 청년들이었구나 하며, 담박 눈시울이 뜨거워졌
다. 그들은 무엇을 바라고 믿고, 자기의 청춘과 정열과
가족을 몽땅 버리고, 민족해방과 조국독립을 위해서 총
칼을 들어단 말인가! 나 같은 단기형(短期刑) 3년짜리
는 입에 말하기조차 송구스럽다. 내가 만난 사상범 중
에서 가장 강직하고 투쟁적인 죄수는 '구로야마' 현산
(玄山)이라는 노인이다. 나는 그를 존장(尊長)으로서 깍
듯이 대하고, 그 역시 나를 시인 문사(詩人文士)로서 다
정하게 '김 선생' 하고 불러준다. 현산 어르신도 무기
징역에서 유기로 감해졌는데, 지금 벌써 10년 넘게 복
역중이다. 현산 노인장은 정의를 위하여, 인도(人道)를
위하여, 사상을 위하여, 민족을 위하여 엄현히 살고 있
다. 아직도 현산 어른은 투쟁하는 불덩어리이다. 가족
도 만주 어딘가에 있고, 누구도 알아주는 인간 하나 없
는데 말이다. 구로야마 노인장과 나는 같은 보수(補手)

	로서 자주 만나고, 함께 일하고, 이야기도 서로 나눈
	다. …"
김이섭	…… (꼼짝 않는다)

현산은 여기까지 읽다가, 그 노트를 푸욱- 찢어서 입안에 넣고 우물 우물 씹는다.

현산	'구로야마' 현산이라니! 시방 내 이바구를 쓰고 있었수 까? 김 선생, 요런 따위 글귀가 감옥소 밖으로 통과할 수 있을 것 같지비? 어림없슴메.
김이섭	…… (사이)
현산	허허. 자- 봐요? 내 '감빵'에서 기르고 있던 나팔꽃이오. 나팔꽃 넝쿨이 노끈을 타고 멋있게 올라가고 있지비. 내레 김 선생한테 선물이오. 김 시인님, 무시기 나쁜 꿈, 악몽(惡夢)이라도 꿨수까?
김이섭	(머리를 흔들며) 아무 것도 아닙니다! 허허. 보라색 나팔꽃이 이쁘고, 곱습니다요, 참말로. 현산 어르신, 감사합니다.
현산	나라를 위해서 독립운동 하다가 서대문감옥에 잡혀와서, 억울하게 옥사(獄死)한 독립투사들이 많지요. 하마 5, 6년 전 일입네다만, 일송 김동삼 장군(一松 金東三 1878~1937)도 이곳에서 돌아가셨습네. '일송'이란 아호는 독야청청(獨也靑靑), 푸른 소나무의 높은 기상을 뜻하는 것 아닙네까? '만주벌의 호랑이'로 별명이 붙은 군사 전략가였지비. 그때 일이 기억납니다. 그 어르신의 유해를 수습할 가족이 한 사람도 나타나지 않

앉어요. 유가족이 한 사람도, 누가 있어야 말이디? 그러자 만해 선사 한용운님이 그 소식을 듣고 찾아와서, 죽은 시체를 받아개지구 장사를 지내줬습네. 만해 스님이 자진해서, '리야가'에 손수 실어다가 어느 공동묘지에 …

김이섭 만해 큰스님으로 말하면 「기미독립선언」(己未獨立宣言)의 한 분이고, 독립운동가이자 승려 시인이기도 합니다.

현산 나도 들어서 알고 있지비. 그 유명한 시 제목이 〈님의 침묵〉 아닙네까? 허허. 일송 김동삼 장군은 그때가 환갑 나이였는데, 돌아가시면서 말씀한 유언(遺言)이 비통하고 절절해요. "나라 없는 몸 무덤은 있어서 무엇하느냐! 내가 죽거든 시신을 불살라서 한강 물에 띄워라. 푸른 바다를 떠돌면서, 왜적이 망하고 조국이 광복되는 그날을 지켜보라라!" 하고 …

김이섭 만해 선생님 얘기를 하니까 일화(逸話) 하나가 생각납니다. 저- 종로에 있는 「탑골(塔洞)공원」에서 일이죠. 어느 날 육당 최남선 선생과 딱- 마주쳤답니다. 육당이 반가워서 만해에게 인사하기를, "만해 선생, 안녕하십니까? 저 육당입니다." 그러니까 만해 스님이 대답하기를, "당신님이 누구요? 최남선 육당은 이미 벌써 죽었는데! 내가 그자를 제사(祭祀)지내 줬어요." 하고는 뒤도 안돌아보고 걸어가시더랍니다.

현산 하하하. 최남선 놈의 변절 행동를 꼬집은 것이로구만!

김이섭, 나팔꽃 화분을 두 손으로 높이 받쳐들고 쇠창살에 비춰본다.

이때 먼동이 터오고, 기상나팔의 트럼펫 소리 ……　　(암전)

(2) ■「극단 현대극장」 사무실

유동진이 벽걸이 전화의 송수화기를 들고 큰소리로 통화하고 있다. 함세덕(1915~1950 大山世德)은 '국민복' 차림, 테이블에 원고 뭉치를 놓고 앉아있다. 젊은 그는 머리 좋은 재사(才士) 기질에 경망하고 신경질적이다.

유동진　　뭣이라고? 시외전화가 돼서, 거리가 멀어서 잘 안들립니다. 그곳이 지금 어디? 함경도 청진(淸津)?

목소리　　아닙니다. 길주(吉州)에요. 청진은 닷새 뒤, 5일 후에 공연입니다. 그리고 나서 회령(會寧), 성진(城津), 북청(北靑), 신창(新昌), 홍원(洪原), 함흥(咸興), 원산(元山) 등지로, 북쪽에서부터 밑으로 내려갑니다.

유동진　　연극은 어느 것이 인기입니까?

목소리　　아무렴, 유 선생님이 집필하신 〈춘향전〉이지요.

유동진　　내 작품 '춘향전'? 허허.

목소리　　그리고는 함세덕 작 〈어밀레종〉이 그중 인기가 좋고, 〈남풍〉(南風)은 제일 꼴찌예요. 허허 …

유동진　　알았습니다. 배우들 건강 조심하고, 조석으로 내가 늘 염려하고 있노라고 전해줘요. 그리고 가는 곳 도착치마다 꼭, 수시로 서울에 전화하고 말야! …

　　　　　(전화 끊고, 자리에 돌아온다)

함세덕　　히히, '북선순업'(北鮮巡業)이 성공적인 모양이죠?

유동진　　요참에 함경남북도 지역, 북선의 순회공연은 괜찮은 모양이야. 그리고 함군(咸君)이 집필한 그 〈어밀레종〉

공연이 그 중 재미가 있고 좋대나봐.

함세덕 제 작품 말씀입니까? 요요, 새 작품 쓰는 일만 아니었
으면 나도 따라붙는 것인디. 히히.

유동진 자네에게, 함군한테는 기회가 많겠지, 머. 그러지 말고
다음번 전라도의 광주(光州), 전주(全州), 남원(南原) 지
방에, '남선순업'(南鮮巡業) 때는 합류해요. 남원이야말
로 〈춘향전〉의 발상지, 본고장 아닙니까? 남원의 고적
광한루(廣寒樓)와 오작교(烏鵲橋)도 볼만하고, 그러고
지리산(智異山)을 찾아가서는 그 유명한 화엄사(華嚴寺)
큰절도 구경하고 말야. (원고를 들어보며) 요것이 신작품인
가? 함군, 수고했네!

함세덕 그런디 요번 작품에 연출자는 누굽니까? 주영섭(朱永
涉 1912~? 松村永涉 마쓰무라 나가루) 형님인가요?

유동진 아니야. 주영섭군 말고, 내가 직접 연출할 생각이네.

함세덕 히히. 유 선생님 연출이라면 저야 영광이고 좋습지요!

유동진 (원고를 들고 보며) 작품 제목이 〈황해〉(黃海)라! 인천(仁
川) 앞에 있는 '서해바다' 말씀인가?

함세덕 예에. '4막'짜리 구성입니다요. 가만히 생각해 보니까,
전에 발표했던 〈무의도기행〉(無衣島紀行) 2막짜리 있었
지 않습니까? 그것을 4막으로 개작하고, 테마(主題)도
완전히 바꿨습니다. 현시국에 맞춰서 「해군지원병」(海
軍支援兵) 제도의 권장과 미영격멸(米英擊滅)을 독려하
는 주제로 말씀이죠. 그러니까 해양보국(海洋報國)의
푸른 꿈을 그려낸 작품입니다. 대동아공영권을 건설하
고, 남양(南洋)에의 진출(進出)과 포부를 묘사하고 있어

요. 뜨거운 태양열(太陽熱)과 창해(滄海)의 짙푸른 바다, 그리고 종려수(棕櫚樹)의 빠(바)나나와 키가 큰 야자수 열매가 무성하며, 원숭이들이 천방지축 뛰놀고 십자성(十字星)이 아름답게 빛나는 섬나라! 남지나해(南支那海), 남방세계의 원대한 꿈과 동경(憧憬)이랄까, 그런 것들을 말입니다. 헤헤 …

유동진 함군은 재사니까, 내가 믿고 말고.

함세덕 히히, 황공스런 말씀을.

유동진 그리고 보니까 함군은 금년엔 장막극을 세 편이나 탈고한 셈이구만. 올봄에 〈어밀레종〉, 여름철에는 〈남풍〉, 그리고 또 요번 가을엔 〈황해〉 작품 등등. 대단한 실력파야! 창작열이 정열적이고 뜨거워요. 허허 …

함세덕 송구스럽습니다, 선생님! (손을 비빈다)

유동진 좋아요. 우리 현대극장은 이 작품 〈황해〉를 갖고, 제2차 경연대회에 참가하기로 합시다. 올해는 공연지침이 가일층 강화됐어요. 현시국하 농어촌의 '생산증강' 및 '징병제'와 '육해군지원병' 제도를 독려함은 물론 대동아전쟁의 고무찬양과, '야마토 다마시이'(大和魂) 일본정신을 강조하는 예술적 작품이라고 말요. 그리고 금년에 새로이 생긴 규정인데, 참가극단마다 1막짜리「고쿠고극」을 첨부하도록 하고 있어요.

함세덕 예? 고쿠고극(國語劇)이라면 '일본말 연극'을 말입니까?

유동진 그래요. 조선민족의 황국신민화(皇國臣民化)를 위해선 일본말이 '필수국어'로써 일상화(日常化)돼야 하고,「창씨개명」(創氏改名)도 중단 없이 추진하는 것입니다. 우리네 조선 사람의 말은 그냥 산골 촌놈의 무지랭이 조선어일 뿐이고 …

함세덕 그렇다면 작품이 두 편으로 늘어난 셈이군요. '조선어연극'과 '일본어연극' 하나씩. 일본말을 알아들을 수 있는 관객 수준이 몇이나 될까요? 현재 우리 한글을 해독할 수 있는 인구도 온 국민의 7할이 문맹자(文盲者) 수준이라고 하는데 …

유동진 장래에 있어서, 총독부의 황국신민화 정책 및 그 방향과 목표는 확고하고 철저합니다! 아니그런가? 허허 …

(사이)

함세덕 (머리를 끄덕이며) 선생님, 궐련초(담배) 한 대 태우겠습니다? 히히.

유동진 …… (원고를 들여다본다)

함세덕 …… (성냥불에 담배를 피워물고, 연기를 조심스럽게 아래로 내뿜는다. 사이) 선생님 참, 소식 듣자니까, 동양극장(東洋劇場)의 서대문 「청춘좌」(靑春座)에서는 박석 선생님이 연출을 맡기로 하셨다는군요.

유동진 연출가 박석이가? 누가 그래?

함세덕 공연 작품은 임선규 선배님이 집필하고 …

유동진 그 〈사랑에 속고 돈에 울고〉의 신파작가(新派作家)?

함세덕 임선규 선배님이야말로 서울 장안의 스타작가 아닙니까? 「가정비극」(家庭悲劇), 신파연극의 왕자! 저- 명월관(明月館) 기생(妓生)들이 치마꼬리 부여잡고, '오금아 날 살려라!' 히히, 호호- 야단법석이구요. …   (암전)

(3) ■ (동시에) 찻집 「제비」

박석과 임선규(1910-1968 林中郎)가 마주앉아 있으며, 박석이 연극 대본을 뒤적이고 있다. 임선규는 깡마르고 연약한 몸집.

레코드에선 〈홍도야 우지마라〉 노래가 흘러나온다.

> 사랑을 팔고사는 꽃바람 속에
> 너 혼자 지키려는 순정의 등불
> 홍도야 우지마라 오빠가 있다
> 아내의 나갈 갈을 너는 지켜라. …

박석	(돌아보며) 옥아, 그 유성기 꺼라!
마담	호호. 〈홍도야 우지마라〉를 틀어야죠. 작가 선생님과 연출가 선생님, 두 분 예술가들이 함께 계시는데 …

그 사이, 창 밖에선 한 청년이 '노래 2절'을 부르면서 지나간다.

> 구름에 싸인 달을 너는 보았지
> 세상은 구름이요 홍도는 달빛
> 하늘이 믿으시는 내 사랑에는
> 구름을 걷어주는 바람이 분다.

임선규	마담상, 고마워요. 그런디 축음기 꺼요. 소리를 쬐끔 줄이든지 …
마담	예에. (볼륨을 죽인다)
박석	작품 제목부터 일본말이야. 〈하나 사꾸기〉, 우리 말로

는 '꽃피는 나무'! 으흠- 4막5장짜리 연극 '하나 사꾸기'라. 대본을 다 읽어봤는디, 일본어 비중이 작품의 3분지(의) 2야? 아니, 4분의 3쯤 되겠다. 1막은 순전히 조선말이고, 2막부터는 일본말 대사. 으흠! ……

임선규   박 선생님도 일어연극(日語演劇)을 집필하셨잖습니까?

박석   나야, 「이동극단」(移動劇團) 용으로 단막극 한 편 짧게 써봤지, 머. 허허. 임선규씨, 참가단체마다 '고쿠고연극'을 하나씩 필수라고 하는디, 요렇게 굳이, 일본말 조선말을 섞어쓸 필요가 있을까?

임선규   허허. 현시국은 일본말 '고쿠고상용화'(國語常用化)가 총독부의 정책방향 아닙니까? 어차피 그럴 바에는 일본어를 서로간에 혼용해 봤습니다요.

박석   그런 취지와 말뜻은 알겠어. 하지만 극장에 오는 시민들, 일반관객이 일본어를 능히 알아 묵을 수도 없을 것이고 말야.

임선규   선생님, 이 작품은 내선일체를 주제로 한 「가정비극」입니다. 이 연극의 주인공 조선 청년은 반도인(半島人)으로, 일본 동경에서 어렵게 어렵게 고학(苦學)하여 성공한 의학박사입니다. 그래서 그 은사(恩師)의 딸인 일본처녀를 새 아내로 맞이합니다. 그리하여 조선에 살고 있는 본부인과 그의 장남과, 가족들 간에 여러 가지로 심리적 불화와 갈등이 전개되는 것 아니겠습니까? 내지(內地)의 일본인 새 아내는 그들 조선인 가족을 부단히 '황민화'하려고 눈물겹게 정성과 노력을 쏟아 붓고 ……

박석	그래요. 안다, 알아요. 허허.
	(대본을 들고) 그런데 임선규씨, 이 작품으로 말하면 매력이 별로 없는데, 나한테는.
임선규	예에?
박석	다른 사람, 딴 연출가에게 한번 맡겨보면 어때?
임선규	선생님, 무슨 말씀입니까, 시방? 절대로 불가합니다. 안 됩니다요! 그리고 「청춘좌」 극단이 어떤 곳입니까? 박석 선생님이랑 최독견(崔獨鵑 1901~1970), 홍해성(洪海星 1894~1957) 세 어른이 『동양극장』에 몸담고 계실 적에, 일찍이 손수 창단하시고 키워낸 극단 아닙니까? 비록 지금에사 인연을 서로 끊고 지내고 있습니다만.
박석	그래, 그래애, 좌우간에 연구해 봅시다! …
	(물뿌리에 담배를 피운다. 사이)
임선규	작년에 제1회 연극경연 때는 5개 극단으로 참가 제한을 했었는데, 금년도에는 셋이 더 늘어나서 8개 연극단체로 범위를 넓혔노라고 말씀입니다.
박석	그것은, 왜?
임선규	작은 군소극단들에게도 참가 기회를 주겠다는 것이죠.
박석	누구, 누구?
임선규	그러니까 「예원좌」(藝苑座)와 「황금좌」(黃金座), 「극단태양」(太陽) 등등.
박석	임선규 그대는 작년도에 참가했었잖아?
임선규	예. 배우 심영(沈影 1910~1971 青木沈影 아오키 진에이)이가 이끄는 「고협」(高協) 극단에서 〈빙화〉(氷花)

	'어름꽃'이란 제목의 작품으로 참가해서,「극단 아랑」(阿娘)과 함께 '조선총독상'을 공동수상 했었지요. 그때의 연극작품 〈빙화〉는 전창근(全昌根 1908~1973 泉昌根)씨 연출이었구요.
박석	활동사진 〈복지만리〉를 감독한 작자? 그 국책영화 말야. '낙토만주'가 어쩌고저쩌고 하면서, '유자꽃 피는 항구 찾아 가거라!' 하는 …
임선규	예에. 그 영화 〈복지만리〉의 주인공 역이 심영씨 아닙니까?
박석	(수긍하며) 그리고, 명배우 황철(黃澈 1912~1961 平野一馬)의 「아랑」 극단에서는 요번에 무슨 작품이래?
임선규	박영호(朴英鎬 1911~1953) 작/ 안영일(安英一 1909~? 安部英樹) 연출의 〈물새〉랍니다. 해군지원병 문제를 다루는 소재라고 …
박석	(빤히 건너보다가) 요즘에 내가 연극하기 싫은 이유가 뭣인 줄 알아? 연극 공연 시작 전에, 징 치고 막을 올리기 전에 말씀이야. 극단 대표란 자가 무대 앞쪽에 맨처음 등장하여 동쪽을 향해서 「궁성요배」 '사이케레'로 절하고, 그러고 나서는 또 「황국신민서사」를 고래고래, 큰 목소리로 낭송(朗誦)하는 게야! 허기사 판소리 창극까지도 요즘엔 그 3분의 1을 '고쿠고' 일본말로 노래 불러야 되는 세상이니까 말야. 아니 글쎄, 이동백(李東伯 1867~1950) 같은 국창(國唱)들이 고유의 우리 판소리를 일본말로 어떻게 불러요? 허허, 가소롭다! … (담배 연기를 한 모금 내뱉고) 좋아요, 그래. 한번 붙어보자.

「청춘좌」의 옛정을 생각해서! 임선규씨, 내일 청춘좌 배우들을 소집해요. 내일 당장에라도 연습에 들어갈 수 있도록 말야.

임선규 　박 선생님, 대단히 감사합니다! ……

(벌떡 일어나서 꾸벅- 허리 굽혀 절한다.　암전)

(4) ■ 서대문형무소의 김이섭 독방
쇠창살 속의 김이섭이 무대 안쪽 멀리 법복 차림의 이토오(伊藤淸) 일본 검사를 바라보고 있다.

이토오 　피고인은 「황국신민서사」를 왜 반대했는가?

김이섭 　검사님, 조선 사람은 일본말을 다 아는 것이 아닙니다. 그런데 일본말 모르는 사람들을 붙잡아 놓고 황국신민 서사를 낭독하라고 하니, 그것을 반대하는 것이 당연하 지 않습니까!

이토오 　학교 학생들에게 대일본제국의 「국어」(國語) '고쿠고' 를, '일본어'라고 비하하여 낮춰서 불렀는가?

김이섭 　일본말을 지칭하여 「국어」라고 하면 학생들이 낄낄거 리고 모두 웃습니다. 그러니까 선생님을 오히려 조롱하 는 것 같습니다. 그래서 평소대로 '일본말'이라고 그냥 말했을 뿐입니다.

이토오 　하고 싶은 말이 있으면 말해 보라.

김이섭 　검사님, 조선사람이 '독립을 희망한다'는 진술 내용이 왜 「치안유지법」에 저촉되는지 이해할 수 없습니다. 독 립을 희망하지 않는다고 진술하고 싶었으나, 그것은 거 짓말, 솔직히 허위진술이 됩니다. 아니 그렇습니까? 나의 속마음 양심을 외면하고, 민족적 대의(大義)와 정의 (正義)를 부정하는 것입니다. 콧구멍에 물 붓기, 거꾸로 매달아서 비행기태우기, 옷 벗기고 몽둥이찜질 등등 고문을 당하면서도 '독립을 희망하지 않는다'고 말할 수가 없습니다. 그래서 '희망'이란 낱말을 부인하고 싶지 않았을 뿐입니다. '독립과 희망'이란 단어는 민족과 양심의 문제 아니겠습니까!

이토오   김이섭 피고인은 대일본제국의 건설에 유해한 인물로 규정한다. 내선일체와 팔굉일우의 이념에 장애물이 되는 불령선인, '후테이 센징'으로 판단한다.

김이섭   검사님, 「창씨개명」에 관해서도 한 말씀 하겠습니다. 지금 대동아전쟁에서 그럴 리는 만무합니다만, 만일 일본 제국이 패해서 미국 양키놈이 일본 사람들에게 강권합니다. 그 코쟁이들이 말하기를, '넬슨'이니 '와싱톤'이니 '링컨'이니, '피터' 혹은 '죤슨'이라고, 그와 같이 「창씨개명」을 강권한다면 일본인들이 반대하지 않을까요?

검사   '빠가야로!' '혼또니 고마따네.' … (암전)

김이섭, 그대로 쭈그리고앉아 『옥창일기』를 읽는다.

김이섭   "12월 8일 수요일. 오늘은 대동아전쟁 2주년을 기념하는 '대조봉대일'(大詔奉戴日)이다. 죄수들도 하루 일하지 않고 쉬는 면업일(免業日)이다. 대조봉대일이란 일본 해군이 미국 하와이의 진주만(眞珠灣)을 공격하여 대승을 거둔 날을 의미한다. 그 기념으로 죄수들에게 '모찌' 찹쌀떡을 한 개씩 나누어준다. 그러나 나 같은

'보수'들에게는 특별히 홍백(紅白), 붉은 색과 흰색의 모찌떡 두 개씩을 배급받았다. 나는 멸사봉공(滅私奉公)과 진충보국(盡忠報國)의 「야마토정신」(大和魂)을 제대로 갖추지 못하고 있다. 아무래도 난 황국신민이 될 수 없는 불충(不忠)한 자(者)이다.……"

이때, 현산 노인이 그림자처럼 들어와 모찌떡 두 개를 꺼내서 보인다. 그러자 김이섭도 자기 주머니에서 떡 두 개를 꺼내서 서로 맞바꾼다. 그러고는 떡을 한 입씩 베어 물고, 마주보면서 우물우물 씹는다. 양인(兩人)의 다정하고 흐뭇한 미소가 온 얼굴에 번진다.   (암전)

(5) ◎ [영상] - 도쿄 「메이지(明治)대학」 운동장. 조선의 전문, 대학생들이 「학병지원」(學兵支援)을 독려하는 최남선과 이광수(春園 李光洙 1892~1950)의 강연을 듣기 위해 가득히 운집해 있다.
그 영상을 뒤로 하고, 최남선과 이광수, 마해송(馬海松 1905-1966) 3인의 좌담회.
최남선은 흰 두루마기의 한복이며, 이광수는 일본 남자의 '기모노' (着物, 和服) 정장에다 신발까지 '게다'(나막신)를 신고 있다. 마해송은 양복 정장. …

마해송   (사회) 바야흐로 학병지원을 독려하기 위해, 두 분 선생님이 동경(東京)까지 이렇게 건너오시고, 메이지대학에서 조선의 전문학교와 대학생들을 모아놓고 강연해 주시니 감사한 마음 그지없습니다. 강연회는 대성황이었습니다. 저는 아동문학가 마해송 옳습니다. 동경에서 발행되고 있는 월간잡지 『조선화보』(朝鮮畫報)의 청탁으로 귀한 자리를 마련케 되었습니다. 마침내 우리 조선의 청년학도에게도 '내지인'(內地人), 즉 일본 측 대학생들과 어깨를 나란히 하고, 미영격멸의 군문(軍門)으로 당당하게 출정할 수 있게 된 점은 다시없는 영광이며 황은(皇恩)이라고 하지 않을 수 없습니다. 천황폐하의 시혜(施惠)에 의한 광영과 감동이죠! 조선청년에게는 얼마나 큰 영광이며, 장쾌한 일이겠습니까. 조선의 청년학도로서는 천재일우의 진충보국의 때가 온 것입니다. 일생일대의 소중한 기회입니다. 문학자는 붓으로, 청년학도는 병력으로, 근로자는 「보국대」(報國隊)로, 여성은 「애국반」(愛國班)으로, 청소년들은 「경방단」(警防團)으로, 이렇게 결전태세(決戰態勢)를 갖추고 팔굉일우의 대이상(大理想)을 실현하는 것입니다. 따라서 우리들 조선신민은 황은에 감복하고, 숙루(熟淚)의 뜨거운 눈물을 금할 수 없습니다. 그러면 먼저, 춘원 선생님? 제가 '창씨'로 부르겠습니다.

이광수 물론이오, 허허.

마해송 조선의 큰 보배요, 대소설가이신 '가야마 미쓰로'(香山光郎) 선생께서 소감 한 말씀을?

이광수 금일의 강연회장은 일종의 극적 광경이라고 할 수 있겠지요. 우리의 '고고쿠' 황국(皇國)을 위하여 전쟁터에 나가서 죽자는 굳건한 결의가 모든 학도의 얼굴에 역력히 드러나더군요. 심히 보람차고 의미가 컸습니다. 그런데 역시, 오늘 강연회의 압권은 우리 육당 선생님 아니었을까요?

최남선 허허, 무슨 그런 말씀. 금일 강연회는 청중 숫자가 1

천 5백 명은 족히 넘었을 겝니다. 큰 성황이었어요. 그러고 내 생각입니다만, 일본 「무사도」(武士道)의 연원(沿源)이야말로 우리 신라의 「화랑도」(花郎道)가 그 토대였다고 사료됩니다.

이광수   그렇습니다. 일본과 조선 두 나라, 양국 공통의 상무정신(尙武精神)이란 것이 그 화랑도 지점(地點)에서 서로 만나고, 합치된다고 봐요. 그런 의미에서 나는, 저- 신라의 화랑도 정신을 현시대의 우리들에게 막 바로 부활시키는 것이 좋다고 생각합니다. 「일선동조」(日鮮同祖) '닛센도소', 즉 일본과 조선은 같은 할애비이다. 고로 일본의 야마토민족(大和族)과 조선민족은 한 뿌리인 것입니다. 「동조동근」(同祖同根)이예요. 시방 현재 저쪽에 충청도 땅 부여에 위치하고 있는 『부여신궁』(扶餘神宮)이 이를 증명하고 있지 않습니까! 허허. 대아세아의 번영과 평화를 완수하기 위하여는, 조선 동포와 청년들이 기꺼이 모든 것을 다 바쳐야만 합니다. (벌떡 일어나서 두 주먹을 들고) 나, "가야마 미쓰로는 주장합니다. 우리의 모든 땀을 바치자! 우리의 모든 피를 바치자! 우리의 모든 생명을 바치자! …"(암전)

◎ [영상] 김기창 (雲甫 金基昶 1913~2001)의 〈님의 부르심을 받들고서〉 삽화(插畫) 그림. ('祝 入營 …'의 어깨띠를 두른 학도병 좌우에 갓 쓰고 안경 낀 아버지와 머리 수건을 쓴 어머니를 묘사한 수묵화. '대동아성전'(聖戰)에 출정하게 된 학도병의 감격과 장한 그 아들을 굽어보는 연로한 아버지 모습)

그림 앞에서, 한복(韓服)의 여류시인 노천명(1911~1957)이 자작시를 낭송한다.

〈님의 부르심을 받들고서〉
남아면 군복에 총을 메고
나라 위해 전장에 나감이 소원이러니

이 영광의 날
나도 사나이였드면 나도 사나이였드면
귀한 부르심 입는 것을

갑옷 떨쳐입고 머리에 투구 쓰고
창검을 휘두르며 싸움터로 나감이
남아의 장쾌한 기상이어든 …

이제
아세아의 큰 운명을 걸고
우리의 숙원을 뿜으며
저 英美를 치는 마당에랴

營門으로 들라는 우렁찬 나팔소리 …

오랜만에
이 강산 골짜구니와 마을 구석구석을
흥분 속에 흔드네.   (전문.   암전)

(6) ◎ [영상] 「사이판 전투」의 전쟁 장면. '반자이 절벽'(Banzai Cliff)
에서 옥쇄(玉碎)하는 섬 주민과 병사들의 처절한 광경 (YouTube)

■ 서대문형무소의 마당

김이섭과 현산 등 '보수' 10여 명이 정렬해 있고, 간수장 미무네가
훈시중이다.

미무네   지난번 남태평양의 과다르카나루(Guadalcanal 과달
카날) 전황(戰況)에 관해서 간략히 이야기했으나, 오늘
은 '싸이팡(Saipan)전투'에서 우리의 황군 전사(戰士)
와 섬 주민들이 장렬하게 '교쿠사이'(옥쇄)하였다는 사
실을 발표하지 않을 수 없다. 용맹한 그 순국열사들은
80미토루(미터)의 높은 절벽에서, '덴노헤이카 반자
이!'(天皇陛下萬世) '다이닛폰데이코쿠 반자이!'(大日本
帝國萬世),

('차렷자세'로 구호) 이와 같이 큰소리 높이 부르짖으며 검
푸른 바닷속으로 몸을 던져서 장렬히 '옥쇄'하였다. 그
러고 사이토(齋藤) 군사령관께서 자결하시고, 나구모
주이치(南雲忠一 1887~1944) 제독(提督) 각하는 '피스
토루' 권총(拳銃)으로 순국하셨다. 진실로 분개하고, 가
슴 아프고 뼈아픈 사태이다. 그리하여 「도조내각」(東條
英機 1884~1948)이 총사직하고 고이소 구니아키(小磯
國昭 1880~1950) 대장 각하께서 총리대신의 대명(大
命)을 이어받으셨다. 여러분도 알다시피, 고이소 각하
로 말하면 연전에 조선총독부의 총독을 역임하신 어른
이다. 현 시국 하 우리는 총후국민(銃後國民)의 신념을
가일층 공고히 하고, 아세아의 1억 황민이 함께 다 멸

사봉공과 진충보국을 다한다면, 그까짓 귀축의 무리 미영격멸 따위는 아무 것도 아니라고 본관은 믿는 바이다. 금일은 우리 서대문형무소를 대표하여 '보수' 17명으로 하여금, 저- 남산(南山)에 위치하고 있는 『조선신궁』을 참배키로 하였다. "일동 차렷! 앞으로 가! …"
(구보한다)

◎ [영상] - 붉은 황혼이 짓든 서울(京城) 시내 및 멀리 아름답고 푸른 한강.
모두 열을 지어 무대를 한 바퀴 크게 뜀박질한다. 저벅저벅 발맞춰서
……

무대 중앙의 안쪽을 향해 제자리걸음하고, '차렷자세'를 취한다.

◎ [영상] - 『조선신궁』(朝鮮神宮) 앞

미무네 (구령) "호국영령께 경배!"
모두 (의례 절차 - 허리 굽혀 절 두 번, 손뼉치기 두 번, 절 한 번 순서로한다)

그리고 무대를 한 바퀴 구보하여, 다시 제자리에 멈춰선다.

미무네 수고들 많았다. '석식'(夕食), 모두 저녁식사 마치고 감방(監房)으로 간다. "일동 해산!" …

모두 차렷경례하고 흩어진다.
김이섭과 현산은 무대 앞쪽으로 걸어나오며 속삭인다.

현산	김 시인님, 일본제국이 패망할 날이 멀지가 않았어요!
김이섭	(주위를 돌아보며) 예? 무무, 무슨 말씀입니까, 현산 어른?
현산	가까운 장래, 일제는 미구(未久)에 망합니다.
김이섭	아니, 어떻게 그와 같은 생각을 …
현산	두고 보시오. 오래지 않아서, 가까운 장래에 필시 패망합니다.
김이섭	설마, 그렇게 되기야 하겠습니까?
현산	저것들이 최후의 발악을 하고 있습니다. 나는 확신해요. 그러므로 민족해방과 조국광복의 날이 멀지 않았음이야!
김이섭	…… ?
현산	(목소리를 높여) 그건 그렇고, 허허. 가만히 내레 손꼽아 보니까니, 우리 김 시인님의 출옥일자(出獄日字), 날짜가 얼마 남지 않았습디다.
김이섭	예에. 한 2개월 정도 남았습니다. 현산 어르신, 부끄럽습니다. 선생님은 10년 동안이나 넘게, 이곳에서 신산고초(辛酸苦楚)를 겪고 계시는데 …
현산	무시기 그런 말씀을? 일없습네다. 독립운동을 하겠다고 뛰어든 마당에, 풍찬노숙(風餐露宿)이 대수로운 일이겠소? 동가식 서가숙(東家食西家宿)하고 말씀이야.
김이섭	저도 대강은 짐작하고 있습지요. 찬바람을 끼니로 삼고, 찬이슬 밭에서 한뎃잠(野營)을 설치고, 동쪽 집에서 밥 얻어 묵고 서쪽 집에 가서 새우잠을 자고 …
현산	허허. 김 선생, 감옥에서 나가시더라도, 우리들 호상간

에 잊지 않기요! 요런 늙은이, '구로야마' 현산을 언제
나 망각하지 않기를 바랍네다.

김이섭　(비감과 울분으로) 선생님, 한평생 잊지 않겠습니다! 꼭!
…, 꼭- 틀림없이, 결단코 약속드립니다, 현산 어르신.
모쪼록, 부디부디 건강 잘 챙기시기 바랍니다.

현산　(더듬더듬) 김 시백(詩伯)님, 고맙고 또 고맙습네다! ……

김이섭, 눈물이 핑- 돌며 현산의 차가운 양손을 굳게 잡는다. (암전)

3　막

(1) ■ 본정통(충무로)의 『미쓰코시(三越)백화점』이 있는 밤 거리
전기 불빛이 휘황하다.
인적이 드문 늦은 시각에, 잔뜩 술 취한 박석이가 비척비척 걸어오고
있다. 〈그리운 강남〉 노래를 고성방가 흥얼거리면서 …

'정이월 다 가고 삼월이라네/ 강남 갔던 제비가 돌아오면은/ 이 땅에
도 또다시 봄이 온다네/ ……'

박석　으윽, 술 취한다! … (어두운 길 한 귀퉁이에 가서 실례! 오줌을
싼다. 그때 일본수사 한 명이 호루라기를 불며 쫓아온다)

순사　휘익, 휘익! '오이 난다?' '빠가!'

박석　…… (한동안 계속한다)

순사　'오이, 고마따네.' …

박석　…… (흔들흔들 바지를 추스르며 그를 흘겨본다)

순사	'고레와 난데스까?'
박석	‥‥ (꼼짝 않고 물끄러미 지켜보다가, 차렷 자세하고 허리를 굽혀 절한다. 벙어리 바보같이 땅에 닿을 듯 꾸벅- 직각 90도 인사)
순사	‥‥ (어이없어 한다)
박석	‥‥ (연거퍼 두 번을 또 천천히 구부린다)
순사	하하하. (알았다는 듯) '고이쓰 빠가다나!'(이 자식 바보 천치 구나, 하고 돌아서 걸어간다)

멀리서, 이헌구가 이 광경을 지켜보고 있다가 성큼 달려와서 그를 부축한다.

이헌구	석아, 이 무슨 추태냐, 큰일 나게! 밤길 대로상에서 소피를 보고, 그리고 또 금지곡 〈그리운 강남〉 노래까지 불러대고 말야.
박석	으흠! ‥
이헌구	밤이 야심한데, 늦게까지 술은 어디서 퍼마셨어?
박석	(그제서야) 일본 순사놈, 사라졌냐?
이헌구	너, 술 안취했구나!
박석	술 기운은 취하고 볼일은 급하고, 어쩔 수 없이 실례했다! 그런데 재수 없게도 왜놈 순사놈에게 덜컥 걸렸어요. 허허.
이헌구	그래서, 순간적으로 바보 멍청이 같은 시늉을 한 거야?
박석	그렇다. '사일런스(silence) 연기!' 말없는 묵극(默劇) 흉내를 낸 거지, 머.
이헌구	하하. 연극쟁이 배운 도둑질이, 겨우 그래 '판토마임' 이냐? 자- 얼른 가자.

박석	으윽! … 나 오늘은 술 많이 마셨다? 기분도 울적하고, 진창 …
이헌구	그래, 그래애. 그렇잖아도 너를 찾는 중이다. 기쁜 소식이 있어서.
박석	기쁜 소식?
이헌구	찻집으로 우선 들어가자! 다방에 가서 얘기할께. …

■ 찻집 「제비」

그들, 안으로 들어와서 의자에 털썩 주저앉는다.
박석은 물 뿌리에 담배를 꽂아 성냥불을 부친다. …

이헌구	술타령은 어느 누구와 함께한 거야?
박석	으음. 그 왜, 총독부에 있는 연극담당 사무관 호시데(星出壽雄 히사오)란 작자 있지? 그 똑똑하고 젊은 놈이, 술 '이치고뿌' 하자고 해서.
이헌구	무슨 용건으로?
박석	별것 아냐. 요, 박석이가 「신체제연극」을 소홀하게 한대나? 새시대의 연극, '국민극 수립' 고쿠민게키 주리쓰를 위해서 말야. 그래서 말해줬다, 머. 지난번 경연대회에서 비록 평가성적은 불량했으나, 〈꽃피는 나무〉 '하나 사꾸기' 연극이야말로 나 박석 연출가가 만들어낸 것 아닌가요? '신체제 국민연극'을 위하여. 으윽! … (술트림)
이헌구	그래서, 석이 너한테도 '극단' 한 개는 만들어 줄 수 있다는 거야?

박석	유동진의 「현대극장」처럼?
이헌구	그 사무관 호시데란 자가 조선연극을 쥐락펴락 하고 있는 것 아닌가?
박석	그야, 물론. 허허. 호시데가 요, 박석에게 극단 만들어 줄 리도 만무하지만, 본관 역시도 사양한다! 그놈이 곧바로 실세(實勢), 권력자야! 유동진의 현대극장도 그의 기획작품이고말고. 허허, 안그래? 호시데 그자가 적극 후원해 주고, 지도편달도 하고 말이다. 너도 잘 알잖아? 소천 너는 현대극장 단원(團員), 식구끼리니까.
이헌구	그래요. 극단 사무실도 호시데가 주선한 것이란다. 저쪽 견지정(堅志町) 동네에. 이용구가 창시(創始)한 「대동일진회」(大東一進會), 즉 『시천교』(侍天敎) 교당(敎堂)이 자리잡고 있는 곳. 그리하여 그 건물 내에다가 큼지막한 사무실을 장만하게 됐어요. 극단 연습실도 만들고, 「국민연극연구소」 간판도 하나 내다걸고. 그 교당에는 일진회 활동을 하다가 죽은 자들의 영령, 위패(位牌)가 모셔져 있기도 해.
박석	(목소리를 높여) 그렇다고 그래, 일진회 소재의 〈북진대〉 연극을 쓴단 말이냐? 나쁜 자식! 뭐 뭐, '금일의 내선일체는 명일의 대동아건설의 초석이 된다는 선구자적 기개(氣槪)를 그려낸 군중극(群衆劇)'이라고? 이용구란 자는 매국노 이완용(一堂 李完用 1858~1926)하고, 꼭같은 길을 걸어간 인물이야, 임마. 친일파, 만고역적(萬古逆賊)의 더러운 치욕의 길! 으윽! … (사이) 그건 그렇다손치고, 기쁜 소식이란?

이헌구	으응, 이섭이가 서대문 감옥에서 내일 오후에는 나온 대요?
박석	뭣이라고? 우리 김이섭이가? (벌떡 일어나서 서로 손을 잡는다) 야 요것, 술이 확- 깨는구 나! 아니, 어떻게 돼서 그렇게 빨리?
이헌구	우리 김이산은 모범수란다. 해서 만기출옥(滿期出獄) 2 주일 전에 가석방(假釋放)이래요. 운니동 본가에 특별 히 기별이 왔었노라고 말이다!
박석	(큰소리) 야호, 야호! 좋다, 좋아요. (안에 대고) 옥아, 여그 술상 차려라! 하하하 ⋯⋯ (홍소한다. 암전)

(2) ■ 김이섭의 출옥환영회

[동영상] 「金怡燮詩人出獄歡迎會」의 벽보 글씨가 붙어있으며, 문인과
연극인 친지들이 긴 앉은뱅이 탁자의 술상에 둘러앉아 있다. 술상에
는 즐비한 여러 가지 음식물과 술 주전자와 술잔 등등. 기쁘고 조촐
한 술자리 ⋯

(이 '동영상'이 방영되는 동안, 찻집 「제비」에서는 희미한 불빛 속에
사람들이 영화 보듯이 그것을 지켜보고 있다. 홍사용을 비롯, 박석
김이섭 유동진 이헌구 등 5인.

카메라가 인물들과 분위기를 캡쳐하면서 이리저리 움직인다)

이헌구	(사회자) 오늘 밤은 진실로 기쁘고 즐거운 시간입니다. 불초 이헌구가 진행을 보겠습니다. 우선 먼저, 이 자리 에 참석하신 내빈 친구들을 간단히 소개합니다.
모두	'짝짝 짝 ⋯' (박수)

이헌구	내빈 소개는 나이, 대략 연장자 순서로 하죠. 경칭은 생략합니다. 허허. 먼저, 20세기 초, 1900년에 고고(呱呱)의 첫울음을 터뜨린 경안 서항석(耿岸 徐恒錫 1900~1985 松岡恒錫)과 홍노작 사용. 홍노작은 시인이고 경안은 연극연출가, 두 분은 동갑입니다. 서항석은 유동진의 「현대극장」에서 최근에 〈대추나무〉와 〈어밀레종〉을 연출했습니다. 다음으로 소설가 월탄 박종화와 춘강 박승희. 월탄은 역사소설 〈端宗哀史〉로 유명하고, 춘강은 우리나라 신극(新劇)의 효시 극단 「土月會」를 창단하였고, 내 옆에 박석과 함께 형제처럼 활동했습니다. 저쪽에 이태준(尙虛 李泰俊 1904~1970?) 소설가. 상허 이태준은 강원도 철원(鐵原), 그러니까 고향에 낙향해서 요즘은 문인활동을 절필(絶筆)하고 있는데, 오늘의 우리 모임을 위해서 일부러 상경(上京)하였습니다. …
모두	(박수) '짝짝짝 …'
이헌구	우리 40대 동갑내기들, 김이섭 유동진 박석 나, 네 사람. 요쪽에 극단 「黃金座」에서 활동하고 있는 〈村선생〉의 극작가 이광래(溫齋 李光來 1908~1968)와 백철 문학평론가. 모윤숙(嶺雲 毛允淑 1910~1990)과 노천명 두 여류시인. 백철과 노천명은 같은 『每日新報』신문기자들입니다. 그 옆자리에 무용가 조택원. 조택원은 신무용(新舞踊)의 최승희(崔承喜 1911~1969)와 함께 양대산맥 아닙니까? 또 그 옆으로, 아랫세대인 30대로는 임선규와 주영섭과 김사량과 함세덕. 주영섭은 여기 유

동진 작 〈흑룡강〉과 〈북진대〉를 연출했고, 임선규는 〈사랑에 속고 돈에 울고〉의 극작가. 함세덕은 요즘의 신체제국민극 〈흑경정〉이나 〈낙화암〉 〈어밀레종〉보다는 초기의 〈山허구리〉나 〈해연〉(海燕) 〈동승〉(童僧) 등이 더 좋습니다. 소설가 김사량은 연전에, 단편소설 〈빛 속으로〉가 일본의 「아쿠다가와(芥川龍之介) 문학상」 후보작에 선정돼서 유명하죠. 그러고 저쪽, 우리 시대의 명배우 두 사람 심영과 황철 …… (일어나서 목례한다)

모두   (박수) '짝짝짝 …'

이헌구   심영은 극단 「고협」의 대표이자 활동사진 〈복지만리〉의 주인공이었으며, 황철은 잘 알다시피 〈사랑에 속고 돈에 울고〉의 '기생 홍도' 오래비 역할로 유명하고, 현재는 「아랑」 극단의 단장이기도 합니다. …

(둘러보며, 혼잣말) 소개가 다 됐나? 허허, 좋아요. 그러면 한말씀 더 보태겠습니다. 수주 변영로(樹州 卞榮魯 1898~1961)와 공초 오상순(空超 吳相淳 1894~1963), 두 분 선배 시인한테서는 피치 못할 사정이 있어 불참이라고, 미안하다면서 전갈이 계셨습니다. 그러고 오늘 이 자리에 꼭 참석해야 할 두 사람이 있는데, 엊저녁에 시외전화가 나한테 왔었습니다. 한 분은 경상도 대구에 계시는 홍해성 선생. 그분은 일찍이 동경의 「쓰키지(築地)소극장」에서 연극예술을 수학한 연출가입니다. 또 한 사람은 〈승방비곡〉(僧房悲曲)의 소설가 최독견 선생. 최독견은 황해도 구월산(九月山)에, 홍해성은 대구

	고향집에, 각자 몸뚱이를 숨기고 도망쳐 있습니다. 세
	상살이가 하도 꼴보기 싫다고 해서! 허허.
모두	'쩝쩝 쩝 …'(잠시 쓴웃음 짓는다)
이헌구	마지막으로, 축하 전보도 한 개 와있습니다. 「청록파」
	(靑鹿派) 시인들. 문학지 『문장』(文章)을 통해 등단한
	시인들로, 박목월(朴木月) 박두진(朴斗鎭) 조지훈(趙芝
	薰)이 그네들입니다. 세 시인들 모두 팔팔하고 젊고,
	생각이 깊은 문학자들입니다. 소개가 너무나도 길어졌
	고, 장황하죠? 허허.
모두	…… (가볍게 박수)
이헌구	고맙습니다. 그러면 오늘의 술자리 주인공 김이섭 시
	인이, 인사말씀을 하겠습니다. 자- 이섭아?
김이섭	어흠 … (자리에서 일어난다)
모두	…… (박수)
김이섭	(안경을 추스르고) 허허. 생각나는 대로 몇 말씀 올리겠습
	니다. 쇼와(昭和) 16년, 1941년 2월 21일은 나에겐 잊
	지 못할 날입니다. 그날 이른 아침에 경찰서 형사들이
	나의 운니동 집에 불시에 들이닥쳐서 아무 영문도 모
	른 채 강제연행 당하고, 내 서가(書架)에 꽂혀 있는 책
	들도 한 '리야카'(손수레) 가득히 몽땅 실어갔습니다.
	그날은 마침 내가 봉직하고 있는 중동학교 봉급날이었
	고, 나의 베갯머리에는 그때 『학예사』(學藝社)에서 새
	로 펴낸, 저기- 앉아있는 이태준씨의 문고판 단편소설
	집에 관한 새책 「신간평」(新刊評)을 부탁받아서, 그 책
	과 원고지도 같이 놓여 있었습니다. 그로부터 3년 8개

월 동안, 4년여를 서대문감옥에서, 여러분께서 알다시
피 '사상범'이란 딱지를 달고 영어생활(囹圄生活)을 겪
었습니다. 시방도 나는 사상범의 정확한 의미를 모릅니
다. 학교에서 선생님이 학생들에게 '고쿠고', 즉 일본말
을 「국어」(國語)라고 가르치지 않고, 「황국신민서사」와
「동방요배」를 실행하지 않는 것을 갖고서 '사상범입네'
하고, 무슨 「치안유지법」에 저촉되는 것이라면 말이나
되는 소리입니까? 나는 납득할 수가 없어요. 허허. 그
건 그렇고, 형무소에서 생활하다 보니까 좋은 점도 있
습디다. 사상범은 '독방'(獨房) 차지입니다. 일반사회의
도둑질과 사기 횡령 같은, 이른바 잡범(雜犯)과는 절대
로 한 방에 두지 않고 독방이에요. 왠고 하니, 사상범
과 한 방에 같이 넣어두면, 그들에게 '사상의 전염병'
이 발생할 수 있으니까 예방 차원이라는 것입니다. 나
만 혼자서 편안하게(?) 독방생활 … '독방'은 겨우 한
평 남짓 작고 비좁기는 하지만, '잡방'은 크기가 3평
(坪) 3작(勺)으로, 거기서는 대략 15명 죄수들이 콩나
물 시루 같은 생활을 해야 합니다. 그러니 오죽이나 힘
들고 불편하겠습니까? 어느 동화나라의 왕자처럼, 나
야말로 홀로 독무대 아닌가요? '독방'에 갇혀서, 허허.
그런 생각지도 못한 서대문감옥소의 하념지덕으로, 전
무후무한 『나의 옥중기』(獄中記), 일기책을 깨알같이
기록할 수 있게 되었고 말씀입니다! …

모두   하 하 하! (그의 역설에, 박수 치며 고소를 날린다)
김이섭   허허. 거두절미, 나의 얘기는 이쯤하고 목구멍들이나

축이십시다. 불초 나를 위해 이처럼 성황을 이뤄주시니
행복하고, 무한 영광입니다. 감사, 감사합니다!

모두　　'짝짝짝 …' (박수)

김이섭　(자리에 앉으려다 다시 일어나서) 아아- 잠깐! 작년 섣달 그
　　　그믐날에, '빵간'에서 지은 〈옥중시〉(獄中詩) 한 편 낭송
　　　해 보자! 허허 … (눈 감고 외운다)

　　　1941년 섣달 그믐날- 옥창 제1년 말
　　　1942년 섣달 그믐날- 옥창 제2년 말
　　　1943년 섣달 그믐날- 옥창 제3년 말

　　　첫해에는 앞이 보이지 않아서 울었다
　　　둘째해에도 앞이 보이지 않아서 울었다
　　　세째해에는 앞이 내다보여서 울었다

　　　나는 나를 미워해서도 못살았을 것이다
　　　나는 나를 사랑해서도 못살았을 것이다
　　　나는 있다. 그것으로써 나는 살았다

　　　앞길을 헤치고 갈 발가락이 얼더라도
　　　오늘밤만은 다리를 뻗고 호연(浩然)히 자리라! …

이헌구　(잠시 엄숙한 분위기를 깨고) 자아- 그러면 우리 홍노작 선
　　　생께서, '건배사'를 제의해 주십시오!

홍사용　허허. 내가? …… 그렇게 합시다. (술잔을 들고 일어난다)

자- 모두 앞에 있는 술잔들을 들어요. 술잔 높이. 오늘은, 아까 뜬금없이, 우리 말의 낱말 한 개가 떠오릅디다. 그것이 뭣인고 하니, 「천신만고」(千辛萬苦)라는 문자야. 천신만고란 '천 가지 매운 것과 만 가지 쓴 것'이라는 뜻입니다. 온갖 어려운 고비와 심한 고생을 넘어서서, 마침내 희망과 꿈에 도달한다는 의미를 품고 있어요. 그러므로 '건배'하고 내가 선창하면, 여러분은 '천신만고' 하고, 세 번을 연달아서 복창하기로 합니다. 자- 준비. (큰소리로) 작년 봄에 '저세상'으로 떠나간 소설가 현진건과 이상화 시인같이 되지 말고, 우리들 모든 이의 행운과 건강을 위하여, "건배!"

모두　　　"천신만고! 천신만고! 천신만고!" 하하하. (서로 술잔을 부딪치고, 단숨에 쭈욱- 들이킨다. 그리고 힘찬 박수) '짝짝 짝 ……' (암전)

■ 찻집의 전등 불빛이 환하게 밝아진다. 그들도 박수와 웃음소리 …

홍사용　　자 자- 얼른 '코히'(커피) 드십시다. '코히'가 식기 전에.

모두　　　예에. (마신다. 사이)

홍사용　　그러면 동갑쟁이끼리 담소(談笑)들을 나눠요. 요즘 같이 험한 세상에 살다보면 호상간에 만나기 쉽지 않고, 좋은 이야기들 모처럼 많이많이 하시구료. 나는 또 다른 약조(約條)가 있어서. 그런디 유동진씨는 어딜 갔나? 방금 전까지 여그 앉아 있었는데 …

　　　　　(일어나면서 둘러본다)

이헌구　　예에. 아마도 화장실에 간 모양이죠?

박석	짜아식, 자리가 불편해서 피한 것 아냐?
홍사용	무슨 그럴 리가 … 오늘은 김이섭 시인 덕분에 기분 좋은 자리였어요. (밖으로 향한다)
김이섭	허허. 제가 오히려 감사합니다.
박석	안녕히 가십시오, 홍노작 어른!
홍사용	좋아요, 그래애. 허허 … (퇴장)
김이섭	요즈음 「현대극장」은 일거리가 많은 모양이지?
이헌구	으응, 연극공연에 쉴 틈이 없어요. 지난 6, 7월은 〈낙화암〉 공연, 8, 9월 달은 〈봉선화〉, 그리고 다음번엔 〈어밀레종〉 재공연 일정이 「부민관(府民館) 대극장」에서 또 잡혀 있단다. 〈어밀레종〉은 인기가 좋아서, 벌써 수차례나 재공연 됐고 말야. 그리고 보니까 세 작품이 모두 함세덕 작(作)이로구나! 허허.
박석	함세덕 그자는 젊은 것이 못써! 재주가 있는지는 몰라도, 아이가 경망하고 너무 촐싹거려요. 재승박덕(才勝薄德)이야. (물 뿌리에 담배를 태운다)
김이섭	내 보기에, 함세덕은 친일 어용작가야. 유동진보다도 더 심한 것 같아. 4년 동안 감옥에 있어서, 세상 공백을 메꾸느라고 이것저것 챙겨서 읽어봤었지. 총독부 기관지 『매일신보』는 물론, 월간지 『국민문학』과 『新時代』 『春秋』 등등.
박석	최재서의 국민문학은 태생부터서 친일잡지였으니까.
김이섭	한마디로 역사의 불행이고 오욕(汚辱)의 계절이다. 치욕과 비극의 역사! 그 본인, 당사자에게는 오점(汚點)이고 씻을 수 없는 불명예일 뿐이지. 희곡작품 〈어밀레

종〉도 읽어봤다. 잡지에선, 전적으로 '고쿠고' 일본말로 발표했더구만. 별로 썩- 잘하는 익숙한 일본어 실력도 아닌데 말야. 새파란 30대 작가가 타락했어요. 함세덕의 〈어밀레종〉은 우리의 천년 역사를 왜곡하고, 아름다운 전설을 거짓부리하고 있어요. 작가가 스스로 밝히기를, '〈어밀레종〉은 지금까지 정치적인 것을 한 단계 뛰어넘어서, 문화사를 통한 내선일체의 역사적 고찰을 시도한 작품'이라고? 허허, 서글프다 웃겠다! 한낱 궤변일 뿐이예요, 그것은.

박석   「봉덕사 신종」(奉德寺 神鐘)이 제작된 것은 신라의 혜공왕(惠恭王) 때야.

김이섭 바로 그 지점이다. 그래서 역사책을 나도 들쳐봤어요. 서기 771년의 통일신라 시대. 천2백 년 전의 옛이야기. 그 시절에 1천년 전의 일본은 나라도 제대로 갖추지 못하고 미개한 왜적(倭賊)의 소굴일 뿐이었다. 끊임없이 이웃나라에 쳐들어가서, 특히나 우리나라 신라를 해적(海賊)질로 괴롭히고 말야. 재산과 재물을 약탈하고, 부녀자들을 납치 강간하고, 사는 집들을 불태우고 … 그런데 봉덕사 신종을 만드는 주종사(鑄鐘師) 미추홀(彌鄒忽)이 뜨거운 쇳물에 눈이 멀어서 봉사가 되고, 그러자 일본국의 신묘한 의사 박사(醫博士)가 바다 건너와서, 그 두 눈을 뜨게 치료하고 쾌차시켜 준다고? 그 당시에 동(東)아세아의 일등 문명국은 일본도 신라도 아닌 중국 당(唐)나라야. 눈먼 봉사의 두 눈을 뜨게 하려면, 일본 사람이 아니고 중국 사람이어야 꼭 맞단

	말이다. 안그런가? 순 엉터리, 그따위 전설과 민담(民譚)이 어디에 있냐! 허허.
이헌구	사건은 그뿐만이 아니지. 신종을 만드는 주물(鑄物)이 부족해지자, 온 신라 백성이 놋그릇과 놋대야, 유기그릇을 들고 봉덕사 절을 찾아가서 자진 헌납하고 있어요. 시방 현재 집안에 있는 밥그릇과 놋숟가락, 젓가락, 놋요강을 사람들이 자진 헌납하고 있듯이말야. 현 시국하에, 소학교에 걸려 있는 땡땡이 학교종, 전국 사찰의 쇠북종과, 심지어 부처님 앞에 놓여 있는 촛대까지 온갖 유기물(鍮器物)을 송두리째 공출하는 것과 다를 바 없지, 머. 진짜 교활하게 현시국과 연결시키고 있어요.
박석	해서 내가, 함세덕은 재주가 승하다는 것 아닌가? 뜬금없이, 저- 남양군도 멀리 발리섬의 원주민을 소재로 한 〈추장(酋長)이사베라〉(5경) 연극은 한술 더 떴어요. 대동아공영권 건설과 「남방진출」을 위해? 허허, 약삭빠르고 넉살맞은 놈이야!
김이섭	말난 김에 한 마디 더 하자! 유동진 〈대추나무〉는 그것이 작품이냐? 개척민이다, 정착촌(定着村)이다, 「분촌운동」이 어쩌고저쩌고 선동 선전하고 있으나, 그런 짓거리는 일제의 거짓과 술책이란 말이다. 만주 벌판이 조선의 내 나라, 내 땅이냐? 남의 나라, 중국의 땅 덩어리야! 그리고 언필칭, 푸이황제(溥儀, 康德帝)의 『만주제국』이란 것은 또 뭣이냐? 일제가 내세운 괴뢰정부(傀儡政府)일 뿐. 뭣이냐, 「오족협화」, 5개 민족의 '왕도낙

토'라고? 가증하구나! 허허. …

박석   자자- '이치고뿌' 한잔 더해야제. 우리가 그대로 헤어
          질 수 있냐? 가만 있자. 여그서 가까운, 낙원동(樂園洞)
          뒷골목으로 나가볼까?

이헌구   너 또, 대로상 길가에서 '노상방뇨'(路上放尿) 할려고?
          세사람 하하하 ……

이때 유동진이 다방 안을 들여다보며,

유동진   어이, 실례! 나 먼저 가봐야 되겠다.
김이섭   동진아, 너 먼저 갈려고?
유동진   으응, 바쁜 일이 좀 있어서 …
박석   그래라. 아무도 붙잡을 사람 없다니! 허허. (박, 김 두
          사람이 따라서 밖으로 나온다)

밤하늘의 찬란한 별빛 아래 세 친구가 그림자처럼 원
을 그리며 서있다. 사이.
그들 셋은 까딱없이 서로 버티고 서서 돌려가면서 '뺨
때리기'를 행한다.
'찰싹, 딱! 찰싹 딱! ……'
이하, 이육사(李陸史, 1904~1944)의 시 〈광야〉와 〈청
포도〉 중에서 한 구절씩을 내뱉으며 뺨을 친다.

박석   (이를 악물고) 아가들아 정신차려라, 임마! (유동진의 뺨을 친다)
김이섭   '까마득한 날에/ 하늘이 처음 열리고/ 어디 닭 우는 소

리 들렸으랴'(박석의 뺨!)

유동진   '내 고장 칠월은/ 청포도가 익어가는 시절'(김이섭의 뺨!)

김이섭   '다시 千古의 뒤에/ 白馬 타고 오는 超人이 있어'(유동
진의 뺨!)

유동진   '아이야, 우리 식탁엔 은쟁반에/ 히이얀 모시수건을 마
련해 두렴'(박석의 뺨!)

박석   '이 曠野에서/ 목놓아 부르게 하리라 …'(김이섭의 뺨!)

별똥별이 밤하늘에서 우박처럼 쏟아져 내린다. 암전)

(3) ■ 『조선군사령부』의 '보도부'(龍山)

문화부 계장 다까이(高井)와 박석과 조택원(1907-1976, 福川元) 3인.
일본군의 욱일기(軍旗, 영상)를 뒤로 하고, 다까이와 조택원은 사복
차림.

그러나 박석은 '고쿠민후쿠'(國民服) 차림으로 머리에 '센또보시' 모
자를 쓰고, 다리엔 각반(脚絆)을 칭칭 감고, 신발은 '지카다비'(布鞋)
를 신었다. 그 어색한 옷매무새는 영화배우 채플린처럼 코메디언을
방불케 한다.

다까이 계장은 담배 골초로 쉴 틈 없이 담배를 빨아서 연기를 내뿜
곤한다.

그의 사무책상 위에는 서류 종이 한 뭉치.

다까이   (위아래를 훑어보며) 하하. 야아- '복상'(박씨) 연극연출가,
근사하무니이다! '고쿠민후쿠' 국민복을 정식으로 차려
입고 …

박석   다까이 상, 내 옷차림이 어떻소? 멋이 있지 않아요? 허허.

다까이	인제는 복상도 황국신민 다 됐구만! '후쿠가와'(조택원) 단장님, 내 말이 맞소이까?
조택원	허허. 그야, 온 나라 국민이 착용해야 할 생활복(生活服) 아닌가요?
다까이	(서류를 한 장 들고) 그런데 후쿠가와 단장님, 이 서류가 옳아요? 이번에 「북지황군무용위문공연단」(北支皇軍慰問公演團)의 신청서류를 본관이 검토해 봤는데, 딴 단원들의 신상서류는 하자 없이 모두 합격이오. 신의주에 있는 압록강철교의 '검문소 통과'를 허가합니다. 중국에 입국 가능해요.
조택원	계장님, 감사합니다.
다까이	그런데 문제가 … (박석을 빤히 보며) 으흠! 그런데 문제점이 하나 발견됐소이다.
조택원	(놀라서) 문제점이라니요? 무무, 무슨 말씀입니까, 계장님! 어디가 잘못, 글자가 틀렸습니까요?
다까이	(박석에게) 복상, 생각해 봐요? 세상이 다 알고 있는, 〈홍도야 우지마라〉의 명연출가 박석! 일등 가는 조선의 연극쟁이 박석이가 그래, 위문공연단의 '무대감독' 직책이라니 말이나 됩니까? 깜깜한 무대의 뒷구석에나 쭈그리고앉아서. 차라리 '총연출자'라면 또 몰라요. 그래도 역시 문제점이 없는 것도 아니지만 … (다시 조택원에게) 연극연출가 복상은 '신체제연극' 활동에 매양 비협조적 인물이다! 본관의 판단이 틀렸소이까, 후쿠가와상?
조택원	계장님, 아니 그그, 그런 것이 아니고 …
다까이	허허, 변명하지 마시오. 빤히 속셈을 들여다보고 있으

니까.

조택원   다까이상, 속셈이란 말씀이 무슨 의미입니까요?

다까이   이실직고, 바른대로 털어놔요!

조택원   아니, 무슨 속셈을 말입니까? 허허.

다까이   본관도 짐작하고 있소이다. …

(성냥불을 그어 또 한 대 불을 부친다)

박석   다까이상, 내 자초지종을 들어보구료. 우리가 서로서로
낯 모르는 형편도 아니고, 잘 알고 지내는 처지인데 말
요. 사실은 그런 것이 아니고 말야.

다까이   빨리 말해 보시오.

박석   그러니까 '북지황군 무용위문단' 공연준비를 시작할 당
시, 그때는 내가 그런 사실을 뒤늦게 나중에사 알았어
요. 해서 내가, 요- 후쿠가와 단장에게 부탁했어요. 나
도 함께 위문공연에 종군했으면 좋겠노라고. 그랬더니만
조 단장 말씀이, 연출자는 벌써 이미 정해져서 연습에
들어갔으며, 마침 무대감독이 필요하다고 해. 그래가지
고 는 내가 스스로 자원을 했어요. 그렇다면, 좋다! 무대
감독은 나, 박석이가 맡겠노라고 말야. 어흠! … 조택원
단장님이 이실직고, 진실대로 소명해요, 얼른?

조택원   예. 박석 선배님 말씀 말마따나 진실 그대로, 사실입니
다, 계장님.

다까이   자기보다 웃사람, 선배님을 '고스까이'(小事)같이 부려
먹어도 됩니까?

박석   허허, 그런 무슨 해괴한 말씀을. 다까이 상? 나와 조택
원 무용가 사이는 불알친구입니다. 수십 년간을 둘 사

	이는, 형제간처럼 소꿉친구로서 말요.
다까이	그렇지만 그건 아닌데 … (불쑥) 복상, 중국으로 도망치는 것이지?
박석	도망? 아니, 무슨 그런 망측하고 해괴한 어거지 말씀을. 허허 …
다까이	중국으로 탈출, 망명 아닙니까?
조택원	다까이상, 아닙니다요. 천부당 만부당한 말씀입니다, 계장님!
다까이	아무래도 수상쩍다니. 으흠! … (사이)
박석	다까이상, 요 박석이는 맹세코 돌아옵니다. 나는 중국을 한번도 여행한 적이 없었고, 해서 차제에, 넓으나 넓은 중국 천지를 구경도 할 겸해서 말요. 허허.
다까이	…… (잠시 생각하며, 담배 연기를 내뿜는다)
박석	다까이상, 담배를 많이 태우는데요. 하루에 몇 개피나?
다까이	하하. 하루에 두 갑 반. 술 마시면 세 갑쯤 됩니다.
박석	옳거니, 생각났다! 내가 돌아올 때는 라이타(터) 하나 사오겠소. 다까이상한테 귀국선물로서 말씀이야. 우리 계장님께서 담배를 많이많이 피우니까. 허허.
다까이	복상이, 라이타를?
박석	(너스레로) 아암- 그래, 그래요. 허허. 다까이상도 그그- '론손'(Ronson) 라이타라는 것 알지? 요 박석이가 귀국해서 경성에 돌아올 적엔, 꼭- 라이타 하나 사오리다. 귀국선물로서, 최고급품 '지포'(Zippo) 라이타! 차제에 우리도 멋진 라이타 한 개씩 장만합시다! ……
다까이	…… (미소를 머금고 본다)

박석	다까이 계장님, 박석이를 믿어요. 그리고 다까이상 마누라님도 여류무용가 아닙니까? 우리들 모두가 같은 예술가 가족끼리인데, 머.
다까이	후쿠가와 단장님, 이 말씀 신뢰할 수 있소이까?
조택원	한번 믿어보시죠, 머. 허허.
다까이	좋소이다! 후쿠가와 단장님은 우리 군사령부의 '촉탁 신분증' 소유자니까 그런 점을 신뢰하겠소이다. 그러나 라이타 때문에 도장 찍는 것은 아니올시다? 하하.
조택원	예에, 압니다. 감사합니다, 다까이 계장님!
박석	······ (말없이 목례)
다까이	······ (붉은 인주를 묻혀서, 서류에 쿡 쿡― 도장을 찍어준다. 암전)

◎ [영상] 압록강 철교를 달리는 긴 열차와 기적소리 ······

중국 요동반도의 산해관(山海關)을 지나고, 베이징역(北京驛)의 플랫포옴.

특별히 눈에 띄는 점은 표지판 「北京」의 글자에서 '京'을 '平' 자로 바꿔서 덧씌워놓은 종이 글씨가 바람에 떨어져서 너덜너덜 날리는 풍경이 쓴웃음을 자아낸다.

이 장면은 무언극(pantomime)으로 진행한다.

정거장에 환영나온 진장섭(秦長燮 1904-?)과 정홍교(丁洪教 1903~1978), 백철(白鐵 1908~1985 白矢世哲) 이진순(李眞淳 1916~1984) 등 4인이 두 팔을 치켜들고 한쪽에서 등장하고, 빈털터리 박석과 가방을 한손에 쥔 조택원은 반대편에서 등장, 서로 얼싸안고 웃고 반긴다.

백철과 이진순은 플랜카드를 들고 있다. ―「高等룸펜연극쟁이朴石大歡迎」

박석이가 「北平」의 표지판을 가리킨다. (이하, 목소리)

박석   저- '경'자 글씨는 어느 놈이 '평'으로 바꾼 거냐?
정홍교   한 나라의 서울 수도(首都)는 자기네 일본의 「東京」뿐이
          니까, 같은 글자를 함께 사용할 수가 없단다. 그래서 북
          경을 '북평' 글자로 바꿔붙인 것이래요. 허허.
          진장섭 쪽발이 왜놈들의 얄팍하고 더러운 수작이지, 머.
모두   (파안대소) 하하하! ……

정홍교는 흰 도기(陶器)의 배갈(白干酒) 술병과 술잔(대접)을 들었고,
진장섭은 돼지고기 오향장육(五香醬肉)의 안주를 손에 들고 있다. 정
홍교가 술대접이 철철 넘치게 술을 부어서 두 사람에게 권하자, 그들
은 단숨에 쭈욱- 들이킨다. 그리고 또 진장섭이 건네준 장육 안주
한 덩어리를 물컹물컹 씹어 삼킨다.

그들 모두 어깨동무 하고, 「동경다방」으로 몰려온다. (암전)

(4) ■「東京茶房」의 간판과 실내 (「제비」 자리에)
그들은 웃고 떠들며 들어와서, 한쪽 벽에 그 플래카드를 붙여놓는다.
그리고 술병과 안주 거리들이 탁자 우에 가지런히 준비되어 있다.
다방주인 리여사가 한복을 곱게 차려입고 공손히 맞이한다.

박석   요것이 꿈이냐, 생시냐! 친구들아, 고맙다. 하하 …
모두   (저마다) 하하, '띵 호아! … 오늘은 기분 좋은 날이구나!
정홍교   야하, 야- 스톱, 조용히 해라! (두 사람을 향해) 남의 집엘
          들어왔으면 주인장에게 초대면 인사, 현신(現身)부터

해야제. 안그러냐?

박석 　참, 그렇구나. 허허. (박석과 조택원, 엉거주춤 일어난다)

정홍교 　내 옆에 시방 서계시는 요 아름다운 요조숙녀(窈窕淑
女)로 말씀하면, 베이징 시내에서 가장 명성 높은 「동
경다방」의 주인 리(李) 아무개 여사! 리여사의 출생지
고향은 저기 우리 막내 이진순과 똑같은 '피양'(平壤)
출신이십니이다! (변사투로)

리여사 　두 분 선생님, 대환영입네다! 진작에 말씀들어서, 많이
많이 알고 있습네다. 너무나도 반갑습네다.

(허리 숙여 다소곳이 인사한다. 두 사람, 답례)

박석 　그래요. 리여사님, 참- 반갑습니다. 나는 플래카드에
써있는 저대로, 고등룸펜 연극쟁이 박진올시다. 그러고
이 멋쟁이 사나이는 세계적인 무용가 조택원 선생.

조택원 　주인 여사님, 조택원입니다. 많이 살펴봐 주십시오.

리여사 　조선생님은 참말로 멋쟁이십네다. … (목례)

박석 　그러고 잘 알고 있겠으나, 여그 진장섭과 정홍교는 나
와는 20년 지기(知己)입니다. 이 두 사람은 옛날에 「색
동회」 동인들이고 말야. 서른두 살에 일찍 죽은 소파
방정환(小波 方定煥 (1899-1931)과 더불어서 어린이
운동을 최초로 펼친 아동문학가들. 그러고 보니까 마해
송은 일본 동경에 자리잡아 살고 있고, 그 어린이 동요
로 유명한 〈반달〉 말야. 그그, '가기도 잘도 간다 서쪽
나라로 …' 하는 동요를 작사 작곡한 윤극영(尹克榮
1903-1988)이는 만주 북간도(北間島)에서 학교 교사
로 훈장질을 하고 있다는 풍문이고. 허허. 인생길이 달

	라서 뿔뿔이 흩어졌구나! 마치 우리네 을사생 친구들처
	럼. 그런디 백철씨 그대는 왜 북경에 나타나 있지?
백철	나, 말입니까?
리여사	백철 선생은 북경에서는 일류 명사입네다. 『매일신보』
	신문사의 베이징 지사장(支社長)으로 와 계십니다요.
	호호.
백철	(손사래치며) 그런 말씀일랑 접어두고, 박석 선생님 참
	반갑습니다! 박석 선생님이 오신다는 소식을 저- 진장
	섭 선배한테 듣고서 마중나온 것뿐입니다. 허허.
박석	그러면 이진순이 너는?
이진순	나 말입네까? 나도 소식 듣고서 달려왔습니다, 부리나
	케. 나는 북경에 온 지가 벌써 몇해째 됐습네다, 선생
	님. 허허.
박석	그렇다면 북경에서 무슨 일을 해. 나 같은 룸펜생활이야?
진장섭	말 마시게. 그냥 먹고 놀고만 있지 않아요. 얼마 전엔
	조선 청년을 모아가지고, 연극공연 〈춘향전〉도 했어요.
	허허.
박석	중국 천지에서 우리 연극 〈춘향전〉을?
백철	말씀 마십시오. 대성황이었지요. 공연이 매우 성공적이
	었습니다.
정홍교	으응, 그래. 나도 그날 〈춘향전〉 연극 봤다. 재미있었
	어요.
조택원	박 선배님, 나는 또 금새 출발해야 하는데?
박석	으응, 참- 내 정신 봐라! 여그 말요. 우리 조택원씨는
	또 기차 타고 상해 방면으로 떠나야 해요. 북지황군 위

문공연차 왔으니까 … (생각나서, 귓속말하듯) 그러고 말야. 그 '지포 라이타' 약속 잊지 말아야 돼, 임자? 그 다까 이상 계장에게 …

이진순 지포 라이타라니, 그게 무시기 말씀입네까?

박석 쉬잇! 으응, 우리들 사이에 비밀 약조가 한 개 있어요. '지포 라이타!' …

조택원 걱정 마세요. 명심하고, 신사협정은 지킬 테니까. 허허. (손가락을 건다)

박석 그러고말요. 요번에 나 박석이가 이렇게 북경 땅으로 도망쳐 나올 수 있게 된 것은, 조택원 무용가의 하해 (河海) 같으신 은덕 때문입니다! 전적으로, 하하. 자자- 박수! …

모두 …… (홍소하며 큰 박수)

리여사 호호. 말씀은 천천히 하시고, 우선 먼저 축배들을 하셔 야죠! …

리여사가 돌아가면서 술잔에 술을 부어준다. (사이)

이진순 (작은 소리로) 내 친구, 이해랑(李海浪 1916~1989)과 김동혁(金東爀 1916~2006, 東園 개명)이는 극단 현대극 장에서 잘 지내고 있습네까?

박석 나도 잘은 모른다. 듣자니까, 이해랑은 신의주쪽 지네 처갓집으로 도망가서 숨었고, 김동혁이도 멀리 함경도 로 떠났단다.

이진순 함경도는 왜요?

박석	함경도 어디선가, 우체국의 배달부 노릇을 한다고 말이다. 빨간 가족가방을 어깨에 들쳐 메고. 그리고 무대장치 하는 키 작은 이원경(李源庚 1916~2010)이 있제? 그놈은 시골 어디서 소학교 교원 노릇하고 있대나?. 소학교에서 도화(圖畫) 선생, 미술가로 말야. …

이때, 〈홍도야 우지마라〉 노래가 축음기에서 흘러나온다. 깜짝 놀라는 두 사람.

박석	(두리번거리며) 아니, 요것이 뭣이랑가?
조택원	이것, '홍도 노래' 아닙니까?
리여사	(은근히) 박 선생님, 놀래지 마시라요! '홍도 노래'는 저도 좋아합네다. 그러고 또한 잘 압네다. 호호.
정홍교	동경다방 여기서는 언제나 틀고 그런단다. 그래서 박석이 니놈에 대한 얘기도 자주자주 하고 그랬었지.
박석	아하, 이거야 정말, 고등룸펜이 난생 처음으로 호사하는구나. 나의 친구들, 고마워요! (감동하여 코를 훌적인다)
모두	…… (가볍게 박수)
진홍섭	자자- 술잔 들어요. 우리 축배 하자! (모두 잔을 든다) 축배사는 동경다방 주인공 리여사가 할까?
리여사	아이, 무시기 황송스런 말씀입네까? 진 선생님께서 하시라요.
진홍섭	자- 그러면, 으흠! … 앞뒷말 군소리 죄다 빼고, 그냥 '건배' 하자. 여기는 중국 땅이니까, 건배는 중국어로 한다? 자- '간뻬이!'
모두	(3번) "간뻬이, 간뻬이, 간뻬이! …" (훌쩍 마시고, '짝짝 짝'

박수 ~~)

박석　　나의 친구들아, 노래 한 곡조 부르기로 하자. 곡목은 〈그리운 강남〉이야? 내 나라 경성에서는 금지곡이라고 못부르게 하지만 북경에서는 괜찮겠지!

모두 무대 앞으로 걸어나와서, 서로 팔짱끼고 몸을 흔들며 노래한다.
리여사를 중심으로 좌우에 박석과 조택원 …

〈그리운 江南〉

(작사 김형원/ 작곡 안기영/ 노래 왕수복)

정이월 다 가고 삼월이라네/
강남 갔던 제비가 돌아오면은 … (끝까지 부른다. 암전)

4　막

(1) ■ 호텔 「北京飯店」의 화려한 로비, 밤
샹들리에 전등 불빛이 휘황찬란하다.
소설가 김사량이 한쪽 구석 탁자에 앉아서, 어린이 장난감 '기차놀이'를 갖고 이리저리 굴려보고 있다. 한동안 길게 ……
호텔의 손님들이 왕래한다.
이윽고 박석 등장. 그는 신사복 정장에 물뿌리를 꼬나물고 한껏 멋을 부렸다. 김사량의 맞은쪽 의자에 웃음을 띠고 앉는다.

김사량　　아이고, 박석 선생님을 북경에서 뵙다니 반갑습니다!
(꾸벅)

박석   나도 동감이고 말고. 허허. 그런데 김 소설가도 우리의
         조선 학도병 위문차, 베이징에 왔었노라고?

김사량   예, 노천명 여류시인하고 두 사람이 왔습니다. 한 10
         여 일쯤 됩니다. 그런데 선생님께선, 어떻게 요렇게 일
         급 호텔에 투숙하고 계십니까? (둘러본다)

박석   나 같은 건달 룸펜에게도, 쥐구멍에 햇볕 들 날은 있다
         니! … (지포라이터로 담뱃불을 부친다)

김사량   (놀래서) 아니, 그 귀하고 멋진 지포라이타까지?

박석   허허. … (사이) 요런 장난감 기차는 뭔가?

김사량   집에, 다섯 살짜리 큰놈에게 선물하려구요. 젖애기 계
         집아이도 하나 있으니까, 남매를 두었습니다. (장난감을
         보자기에 싼다) 생각해 보니까, 박석 선생님은 진정으로
         큰 결단을 내리셨더군요! 요번 참에 …

박석   큰 결단은 무슨, 허허. 서울생활이 하도 답답하고, 연
         극쟁이들 하는 꼬라지꼴보기 싫어서, 도망쳐 나온 것뿐
         이라네.

김사량   결국은 「망명」 아니십니까?

박석   '망명'이라니 나 같은 졸부(拙夫)에게는 당치도 않아요.
         (천장의 샹들리에를 훑어보며) 그나저나 친구들이 한껏 생각
         해 줘서, 요렇게 훌륭하고 좋은 호텔 방에다 잠자리를
         마련할 수 있었으니 감사덕지야. 진장섭과 정홍교 내
         친구들이 앞장을 서고, 「동경다방」 리여사가 각별하게
         도움을 주고 말일쎄. 나 같은 룸펜을 '오라버니, 오라
         버니' 하면서 헌신적이예요. 수억겁, 전생(前生)의 은인
         을 만난 격이라니까! 허허.

김사량	박 선생님의 덕망과 인격이 아니겠습니까?
박석	그건 그렇고, 김 소설가도 조선에 귀국하지 않을 결심이라고?
김사량	지난해 작년에도 상해에 들어가서, 비밀스럽게 염탐해 보고 그랬었습니다. 한 나라의 소설가가 구석방 서실(書室)에만 처박혀 있어서 되겠습니까? 조국의 광복과 민족해방을 위해 이역만리(異域萬里) 산야(山野)에서 투쟁하는 애국 열사들의 모습을, 나의 눈으로 직접 보고 나의 손으로 기록하고, 또 그것들을 조선동포에게 전달하는 것이 작가의 도리이자 역사적 책무가 아닌가 하는 생각이 들어서 ……
박석	대단한 결단이구만, 김 작가! 그렇다면, 어느 곳으로?
김사량	요즘은 우리의 조선인 학도병들이 일본군 부대를 탈출하여, 백범 김구(白凡 金九 1876~1949) 주석님이 계시는 『중경임시정부』(重慶臨時政府)나, 또는 연안(延安)의 태항산(太行山)에 있는 『조선의용군사령부』(朝鮮義勇軍司令部)를 찾아서 망명한다고 합니다. 그래서 저는 연안 쪽으로 찾아갈 생각입니다.
박석	연안은 공산주의자들 아닌가?
김사량	예에. 저도 잘 알고 있습니다. 그러나 중경은 장장 6천 리 길이라서 너무너무 멀고, 화북지구 태항산은 조금은 가깝습니다요. 허허.
박석	어쨌거나 몸조심 하시게나! 나 같은 40대 중늙은이로서는, 딱히 해줄 말씀이 없음이야. 으흠! … (한숨을 쉬며, 라이터의 담뱃불을 부친다) 그런디 요런 비밀 사실을, 노천

명 시인은 숙지하고 있는가?

김사량 　아무런 말도 안했습니다. 그러나 눈치를 챌 순 있겠지요. 내일은 경성으로 귀국해야 하는데, 나는 혼자 떨어져서 남쪽으로 여행을 계속하겠노라고 말했으니까요. 허허. (사이) 여기 북경반점은 조선 사람들이 단골인 모양이죠?

박석 　그건 그래요. 한마디로 복마전이야! 사기꾼 도적과 온갖 잡색(雜色)들이 설치고, 일본 헌병대의 스파이놈과 영사관에 선을 대고 있는 밀정(密偵)들이 득시글득시글해. 그뿐인가? 「북지황군」 위문차로 찾아오는 예술가 문학자들도 북경반점이 단골이야. 팔봉 김기진(八峰 金基鎭 1903~1985, 金村八峰 가네무라 야미네)과 그 문인들 하며, 음악 하는 현제명(玄濟明 1903~1960, 玄山濟明 구로야마 즈미아키)이가 「고려교향악단」을 데리고 왔었고, 여류성악가 김천애(金天愛 1918~1995, 龍宮天愛)도 지나갔었지. 갖가지 내노라하는 예술가들이 뻔질나게 드나들어요. 그리고 생각하니까 예술가들 중에서 친일분자 아닌 자를 찾아보기 난감하다니! 허허. 10년 가뭄에 콩 나기라고나 할까. 가만 있자! 친일파 분자 아닌 예술가들이 몇이나 될까? (손가락을 꼽아보며) 내 나이 위쪽으로는 수주 변영로, 공초 오상순, 홍노작 사용과 월탄 박종화, 소설가 이태준, 춘강 박승희와 홍해성. 홍해성은 대구 생가에서 신병으로 칩거 중이고. 그리고 황해도 구월산에 있는 최독견 … 우리네 밑으로 30대는 또 누가 있나?

김사량	청년 문인으로 김동리(金東里 1913~1995)와 황순원 (黃順元 1915~2000)이가 있고, 그리고 「청록파」 3인 방 조지훈(1920~1968) 박두진(1916~1998)과 박목월 (1916~1978) 시인 정도 아니겠습니까?
박석	김사량 그대는, 연전에 〈태백산맥〉(太白山脈) 소설을 하나 발표했었지?
김사량	부끄럽습니다. 『국민문학』에다 일본어로 연재했었습니 다! 허허.
박석	너나 없이 힘들고 어려운 시절이야! … (지포라이터로 담 뱃불을 부친다) 그리고 말야. 중국 북경은 경성, 서울보다 는 한결 나은 것 같아. 저- 천안문(天安門) 광장에나, 여그 북경반점이 자리잡은 '동단패로'(東單牌路) 길거리 를 나가보면 전쟁하는 나라 같지를 않아요. 중국 사람 은 유유자적하고, 그야말로 '만만디'(慢慢的)라니! 반짝 반짝 빛나는 자전거를 탄 젊고 예쁜 처녀애들이 반팔 샤쓰에 넓적다리가 다 드러난 짧은 바지를 입고, 얼굴 에는 선그라스 색안경, 신발은 색색가지 운동화를 신 고, 휘파람을 불면서 경쾌하게 달려가는 모습이 얼마나 평화로운 광경인가 말야. 허허.
김사량	중국 대륙은 땅덩어리가 광대하고, 인구 숫자도 4억입 니다. 섬나라 일본과는 비교조차 안됩니다. 당랑거철 (螳螂拒轍) 형국이죠. 요 새끼손가락보다 작은 사마귀 란 놈이 굴러오는 수레바퀴에 달려드는 격이라고나 할 까요?
박석	(수긍하며) 허허 … (담배를 한모금 빨아 연기를 내뿜는다)

김사량	선생님, 저같은 놈이 뇌꺼릴 말은 아닙니다만, 전세는 기울어졌다는 생각입니다!
박석	왜?
김사량	자- 보십시오. 일본군 항공기는 한 대도 없이 전멸 아니겠습니까? 연합군에게 완전히 제공권(制空權)을 빼앗긴 것입니다. 밤낮 없이 미국 비행기만 날아와서 폭격을 해대고 말씀입니다. 그리고 『난징정부』(南京政府)의 '왕징웨이', 그 왕정위(王精衛 1883~1944)란 인물도 작년 연말에 일본 나고야에서 죽었답니다.
박석	무엇 때문에?
김사량	모르겠습니다. 무슨 병이 들어서, 병사(病死)겠지요. 그 왕정위가 곧바로 중국의 「한간」(漢奸) 아닙니까? 선생님, '한간'이란 뜻 알고 계시죠?
박석	그것이야, 알고 말고. 허허. '한나라 한자'(漢字)에다가 '간신'(奸臣) 하는 글자를 보태서 한간이라고 부르면, 「매국노」란 의미 아닌가? 우리 조선의 매국노 송병준과 이용구라든지, '을사오적'(乙巳五賊) 이완용 같은 자들 …
김사량	그리고 보니까 생각나는군요. 금년 봄에, 유동진 선생의 「현대극장」에선 죽은 왕정위를 추모하여 '추도극' (追悼劇)까지 공연하지 않았습니까? 작품 제목은 〈백야〉(4막 김단미 연출). '흰백' 자에 '밤야'를 써서 '하얀밤', 〈白夜〉 말씀입니다. 작품 집필은 젊은 놈 함세덕이가 맡았구요.
박석	그 인간들, 똥인지 된장인지 구별도 못하는구만! 쯧쯧

...

김사량   만주국의 푸이황제같이, 왕정위란 인물도 일제가 내세운 허수아비, 꼭두각시였을 뿐입니다. 아무런 여차한 실력도 없고, 중국 인민의 지지를 못받고, 민족의 영원한 수치이자 역사의 죄인 아니겠습니까! ……

이때, 노천명이 홀을 두리번거리며 등장. 김사량이 손을 번쩍 치켜들고,

김사량   누님, 이쪽이오. 여기, 여기 …
노천명   …… (달려와서) 선생님, 그동안 안녕하셨어요? 호호.
박석   하하. 노천명 시인, 반갑습니다. 그런데, 서로 간에 누님 동생 사이인가?
김사량   나보다는 3년 연상이라서, 평소엔 그렇게 부릅니다. 허허. 앉아요, 누님.
노천명   으응, 그래애. (앉는다)
김사량   (보퉁이를 내밀며) 누님, 요것을 좀 부탁합시다. 고향 집에다가, 내가 전보를 벌써 쳐뒀어요. 누님이 열차편으로 경성에 돌아갈 때, 평양역을 통과하실 것 아니유? 그러면 내 집사람, 마누라가 정거장의 플랫포옴, 승강장에 나와서 기다릴 껩니다. 그러니까 요 보따리를 전달해주면 돼요. 간단해요, 허허.
노천명   그래애. 알았어요. 걱정마.
김사량   감사합니다, 누님?
노천명   감사하기는, 머. 그대 마누라님에게 서방님, 남편의 알뜰한 사랑까지 듬뿍듬뿍 얹어서 전해줄게! 호호.

김사량	누님의 은혜, 잊지 않을게요.
박석	(일어나며) 자자- 저쪽에, 호텔 레스토랑으로 자리를 옮기자. 내일은 서로들 헤어질 테니까 이별주라도 한잔 해야지. 오늘은 어른이 한턱 쓰마! 여그 북경반점의 청(淸)요리(중국음식)는 먹음직하고 풍성하고 유명해요. 백간주, 배갈의 향기도 좋고 맛있어요! 냉큼 일어납시다? 엉거주춤 앉아 있지 말고, 하하.
두 사람	박석 선생님, 감사합니다. 이 은혜 잊지 않겠습니다! 호호 … (꾸벅)

이때 공습경보 사이렌이 불시에 올리고, 샹들리에의 모든 전등 빛이 꺼지면서 깜깜한 어둠으로 변한다.

세 사람, 탁자 밑에 쭈그리고 엎드린다. 손님들 우왕좌왕 한다.

멀리서, 전투기의 기총소사와 폭격기의 폭탄 터지는 소리 …… (암전)

(2) ■『부민관』대강당

◎ [동영상] - 일본군가 〈애국행진곡〉이 잠시 흐르고, 현수막 간판. 현수막 내용 -「忿怒하는 亞細亞 - 演劇人總蹶起藝能祭」를 주문으로 하고, 위쪽 문자 '鬼畜米英을 擊滅하자/ 大東亞共榮圈을 建設하자', 밑에는 '主催 朝鮮演劇文化協會/ 後援 朝鮮總督府 國民總力朝鮮聯盟 朝鮮文人報國會 京城日報社 每日新報社'

무대 가득히 연극인들이 도열해 있다. 그들은 각각 깃발을 치켜들고, 구호문과 이름(姓名)이 박힌 어깨띠를 두르고 있다.

성명 : 柳東鎭 李軒求 山川實(宋影) 志摩貫(金兌鎭) 朴英鎬 趙鳴岩 林中郎(林仙圭) 大山世德(咸世德) 安部英樹(安英一) 木元是之(李曙鄕)

朝倉春明(朴春明) 萬代伸(申孤松) 松村英渉(朱英渉) 福川元(趙澤元) 盧天命 靑木沈影(沈影) 平野一馬(黃鐵) 松岡恒錫(徐恒錫) 牧山瑞求(李瑞求).

어깨띠 문자 : 內鮮一體 米英擊滅 同祖同根 同心一家 萬世一系 一視同仁 鬼畜米英 一億玉碎 鮮滿一如 日鮮同祖 新體制國民演劇

'국민복'의 아베회장이 〈연설문〉을 안주머니에서 꺼내 읽는다.

아베회장　(연설문) 금일은 반도의 전조선 연극예능인들이 미영귀축의 격멸과 대동아공영권의 평화를 위하여, 총후(銃後) 황국신민으로서 필승결의와 각오를 다짐하는 시간입니다. '싸우는 연극인'으로서의 함성(喊聲) 없이 새 시대의 「신체제국민연극」은 융성 발전하지 못합니다. 결전태세(決戰態勢)의 연극예능인은 가장 긴급한 국가시책인 징병제와 생산증강을 위해서 총력 후원해야 합니다. 모든 연극예능인의 활동은 도시 대중뿐만 아니고, 농어촌 산촌과 생산공장까지 요원의 불길처럼 활활 불타올라야만 합니다. '신체제연극인'은 각자가 연극전사(演劇戰士)로서 무대가 곧 전쟁터, 전장(戰場)이라는 결사적인 예술가 정신을 발휘해야 할 때입니다. 그리하여 천황폐하의 팔굉일우의 대이상을 실현하고, 대동아의 백년, 천년 만년의 평화와 번영을 위해 끝까지 우리는 적성(赤誠)을 다하고, 모두 다 함께 기뻐하고, 삼가 황은의 광대무변하심에 감격해 마지않아야 할 것입니다. 대동아공영권의 건설과 번영을 위하여, 바야흐로

역사적 위업 속에서 실현하고 확고히 달성합시다! 조선
연극문화협회장/ 조선총독부 정보과장 아베 다스이치
(阿部達一)

모두　　　'짝짝 짝 …'(감동의 박수)

한 걸음씩 앞으로 나서서 구호(캐치프레이즈)를 외친다. 나머지 사람
들 복창한다.

구호　　　"조선인은 황국신민이다"
"우리는 연극전사로서 본분에 매진하자"
"귀축미영을 격멸하자"
"대동아공영권의 건설과 평화를 달성하자"
"천화폐하를 모시고 팔굉일우의 대이상을 완수하자"
등등 …

모두　　　(아베 회장의 先唱을 따라서) "덴노헤이카 반자이!"(천황폐하
만세)
"다이닛폰데이코쿠 반자이!"(대일본제국 만세) …
(열렬히, 3창)

◎ [동영상] - 「가미카제특공대」(神風特攻隊)의 비극적 장면
(YouTube)
그 영상 앞에서 서정주(未堂 徐廷柱 1915-2000 達城靜雄)가 자작시
를 낭송한다.

〈松井伍長 頌歌〉(마쓰이 오장 송가)

- 마쓰이 히데오(松井秀雄)

아아 레이테만(灣)은 어데런가

언덕도

산도

뵈이지 않는

구름만이 둥둥둥 떠서 다니는

몇천 길의 바다런가

아아 레이테만은

여기서 몇만 리런가

귀 기울이면 들려오는

아득한 파도소리 …

마쓰이 히데오!

그대는 우리의 오장 우리의 자랑

그대는 조선 경기도 개성 사람

인씨(印氏)의 둘째아들 스물한 살 먹은 사내

마쓰이 히데오!

그대는 우리의 가미카제 특별공격대원

구국대원(救國隊員) …

원수 영미의 항공모함을

그대

몸뚱이로 내려쳐서 깨었는가?
깨뜨리며 깨뜨리며 자네도 깨졌는가

장하도다
우리의 육군항공 오장 미쓰이 히데오여
너로 하여 향기로운 삼천리의 산천이여
한결 더 짙푸르른 우리의 하늘이여

아아 레이테만은 어데런가
몇 천 길의 바다런가

귀 기울이면
여기서도, 역력히 들려오는
아득한 파도소리 …
레이테만의 파도소리 …… (시의 일부. 암전)

(3) ■ 김이섭이 찻집 「제비」에 앉아, 「가미카제특공대」 영상을 바라
보고 있다.
친일유행가 흐른다.

〈감격시대〉
                              (작사 강해인/ 작곡 박시춘/ 노래 남인수)
거리는 부른다 빛나는 숨쉬는 거리다
微風은 속삭인다 불타는 눈동자
불러라 불러라 불러라, 불러라 거리의 사랑아
휘파람을 불며가자 내일의 청춘아. …

이윽고 이헌구 등장. 그는 다방에 들어서다가, 그의 어깨띠를 냉큼
풀어서 당황한 듯 바지주머니에 구겨넣는다. 그의 앞자리에 앉는다.

이헌구   많이 기다렸지?

김이섭   레코드에서 나오는 남인수 노래, '휘파람을 불며가자
내일의 청춘아 …'를 감상하고 있었지요. 허허. 저- 유
행가처럼 신나고 즐겁고, 얼마나 살기 좋은 세상인가
말이다! 소천, 너는 요즘에 하는 일이 많은 모양이지?

이헌구   이것저것, 그냥 좀 그렇다. 허허.

김이섭   '코히'(커피) 한잔 들어?

이헌구   응, 그래애. (안에 대고) 마담상, 여기 코히 한잔?

마담   (목소리) 예에.

김이섭   이헌구야, 나는 이런 생각을 하고 있었다. 우리 둘이
서로 친구가 되고, 우정을 맺은 것이 20년쯤 되지, 아
마? 그 시절에 만나서, 맨 처음이 어떻게 됐더라?

이헌구   뜬금없이, 무슨 객쩍은 소리냐!

김이섭   기억이 잘 않나요. 말해 봐?

이헌구   짜식, 엉뚱하기는, 허허. 너하고 나하고 초대면한 것이
어디선지 까묵었어? 그때는 말이다. 와세다대학교 강
당에서야. 너는 영문학과 1학년, 나도 불문학과 1학년
입학생. 그래갖고 조선인 학생의 「신입생환영회」 자리
에서, 생면부지(生面不知), 맨처음으로 말이다. 그런데
수인사(修人事)를 하고보니까 깜짝 서로들 놀랬었지.
나는 함경북도, 그 명태 해산물로 유명한 명천군(明川
郡) 출신인데, 너도 똑같은 함경도야! 그 함경북도 경

성군(鏡城郡)의 어대진(漁大津) 바닷가 태생 아냐? 하하. 그래서 우리 둘은 유독히 친절하게 사귀게 됐었지. 그 고단하고 힘든 자취생활을 한 솥밥 먹으면서 시작한 것이 오늘날까지 아니더냐? 그러고 보니까 김이섭이 너와 나는, 참으로 길고 긴 인연이고, 오랜 세월에 따뜻한 우정(友情)이었구나! 얼굴을 서로서로 붉히고, 우리는 말싸움 한번 걸어본 적도 없이 …

김이섭   그래서, 붕우유신(朋友有信)인가?

이헌구   붕우유신? 허허. 그까짓 삼강오륜(三綱五倫)까지 들먹일 것은 아니고 …

김이섭   헌구야, 내 생각인데말야. 너 그, '보국회' 때려치우고 안나갈 수 없겠냐?

이헌구   (당황하여) 그야 뭐뭐! … 돌아가는 세상사 형편이 그렇잖아? 나도 그런 생각이 쥐뿔도 없는 것은 아니다만 …

김이섭   불혹의 40대 나이라서, 우리의 인생길에 할 말을 꾸욱 - 참고, 호상 간에 모른 체 하면서 지내왔었다. 친구는 친구끼리 서로 간섭하지 말고, 한 마디 말도 아껴가면서 말야. 저- 북경으로 도망친 박석이, 친일연극 「신체제」에 몸 바친 현대극장의 유동진, 서대문 감옥소의 나, 「조선문인보국회」의 이헌구 너 …… 세상살이란 종국에는, 역사와 민족 앞에 맞서다가 당당하게 죽어간 자, 혹은 민족과 역사 앞에 굴신하고 아첨하면서 더럽게 살아남은 자, 두 계급으로 나누어진다! 죽어간 자는 까맣게 흔적도 없이 무명인(無名人)으로 지워지고, 살아남은 자는 아마도 대대손손 부귀영화를 누릴 것이다.

헌구야, 한마디만 물어보자. 『춘추』 잡지에 니가 발표
했던 그 논설문 말야. 〈華盛頓에 日章旗를 날리라!〉고?
그건, 아메리카 미국의 수도 와싱돈(워싱턴)에다가 일
본제구의 '히노마루' 깃발을 꽂아보겠다는 욕심이고 소
망이겠지. 니네들은 그런 짓이 실현 가능이라고, 참말
로 믿고 있다는 것이냐? 택(턱)도 없는 소리, 어림없다!
그따위 어리석은 우물 안 개구리 같은, 잠꼬대 같은 망
상은 꿈꾸지도 마라. … (잠시 대화가 끊어진다)

마담   …… (커피잔을 이헌구 앞에 가만히 놓고, 말없시 다시 퇴장)

이헌구   …… (커피잔에 설탕을 넣고 휘저어서, 한모금 맛본다)

니 말마따나, 우물 안 개구리 같은 우리가 무엇을 알
아? 깜깜한 눈 뜬 봉사들이지!

김이섭   (뱉듯이) 지금은 광기와 절망과 거짓의 시간이다! 앞길이
깜깜하고 끝이 보이지 않는다. 절망과 암흑의 시대, 광
기와 야만이 판을 치고 있다. 온 세상이 미쳐가고 있구
나. 희망도 없고 미래도 없어요. 미쳐가고 또 미친 오
욕의 역사야! 전에도 한번 내가 말한 적 있었지? 그 감
옥소에서 만난 현산 노인장은 세상을 바라보는 형안을
가지고 계셨다. 그 어른이 말했어요. 반드시, 일제는
역사의 죄악이고 가까운 장래에 망한다고. (비감하여) 생
각하면, 그 노인장이 서대문형무소를 죽어서 나올지 살
아서 나올지, 어느 누구도 감히 장담할 수가 없어요.
어떤 자들은 더운 밥 국 말아서 배 불리 처 묵고, 등
따습게 단잠에 취해서 호의호식하고 있을 적에, 독립운
동가 그들은 무엇을 위하고, 누구를 위하고, 무슨 보답

과 영광을 위해서, 그와 같은 신산고초를 겪어야 한단 말이냐! 누구 한 사람 아무도 알아주는 이가 없으며, 무명인으로 역사 속에 남아서, 바람처럼 낙엽처럼 그렇게 사라지고 잊혀 질것이다. 그네들은 허허벌판 광야(曠野)를 두 손 호호- 불면서 헤매이고 달려갔었다. 살갗이 찢어지는 아픔과 고통 속에서 살인적인 고문(拷問)을 견뎌내야 하고, 제국일본의 생산증강을 위해 강제노역(強制勞役)에 시달리고, 일본 황군의 노래개감 위안부 정신대(挺身隊)가 되었으며, 차가운 감옥방 안에서 배고픔을 참고 참아가며 새우잠을 자고 있었다. 다만 꿈속에서나마, 실낱같은 기쁨과 행복을 맛보고자 말씀이야! …… (고개를 숙이고 울음 운다)

이헌구   …… (그의 손수건을 꺼내 준다)

김이섭   (수건을 받아 눈물 닦고, 혼잣말) 내가 오늘 왜 이러지? 미안하다, 이헌구! 내가 울컥- 했어요. 무슨 이바구를 하다가 요렇게 됐지? 으흠! …

(감정을 추스리고) 그리고 또 서대문형무소에는, 동남아(東南亞)의 '비루마(버마)전선'에서 잡혀온 영미포로들 10여 명도 있었다. 그 가운데는 호주(濠洲)의 멜본(멜버른)대학 교수 출신도 있었고, 영국의 똑똑한 청년장교도 있었어. 그 포로들이 하는 말. 이번 전쟁은 일본제국주의의 무모한 도발이었으며, 이미 벌써 전세는 기울어져서, 해가 뉘엿뉘엿 서산(西山) 에 걸린 황혼(黃昏)이라고 하더라.

이헌구   그와 같은 국제정세를 우리는 챙겨볼 수도 없지. 안 그러냐?

김이섭 (단호하고 담담하게) 일제는 망한다! 아암- 망하고말고. 시간문제일 뿐이다. 저놈들은 살아있는 사람을 '인간폭탄'(人間爆彈)으로 만들어서 개죽음을 시킨다. 생사람이 자살무기가 되고 인간폭탄이 되는 시절이야. 생때같은 조선청년을 죽여 놓고는, 그를 지칭하여 군대의 귀신, 「군신」(軍神)이라고 장광설을 늘어놓는다. 일억옥쇄(一億玉碎) '이치오쿠교쿠사이'와 자살특공대라니! 인간생명에 대한 존엄도 없고, 인간양심의 수치도 모르고, 인간도리는 땅바닥에 떨어졌어요! ……

(남의 얘기하듯) 허허. 이야기 하나 더 하자. 만기출옥으로 내가 형무소에서 나올 적에, 책 두 권을 선물하고 왔다. 하나는 우리나라의 『조선역사』(朝鮮歷史), 또 한 권은 대학 시절에 공부했던 『영미시선』(英米詩選) 원서(原書). 그때는 그 원서 책값이 비쌌다. 영본국(英本國)으로부터 직수입한 책이라고 해서 말야. 역사책은 현산 노인장에게, 그리고 20년이나 된 너덜너덜 낡아빠진 영어시집(英語詩集)은 영국인 포로한테. 그러자 그 청년장교가 '땡큐 베리 마치!' 하면서 무슨 말을 지껄인 줄 알아? 이놈의 지긋지긋한 전쟁이 끝나면 영국으로 놀러오라고. 자기가 런던의 웨스트민스터 궁전 북쪽에 있는 유명한 「빅벤」(Big Ben) 시계탑과 민주주의 전당 「국회의사당」을 구경시키고, 또는 대문호(大文豪) 셰익스피어의 탄생지, 에이본 강이 흘러가는 아름다운 스트랫포드(Stratford-upon-Avon)를, '고요한 아침의 나

라'(The Land of the Morning Calm), 동방의 조선 국 시인 김광섭에게 안내하겠노라고 말이다! 허허 ……

◎ [영상] 이 대사 중에 3장면이 나타난다. 1) 형무소의 「홍제원농장」(弘濟院農場) - 죄수를 감시하는 망대(望臺)가 보이고, 무 배추 콩 등 채소밭에서 일하고 있는 미영포로(米英捕虜) 10여 명. 2) 채석장의 현산 노인. 3) 파일럿 모습의 가미카제 특공대원 마쓰이 히데오 (印在雄).

김이섭 (분노하여) 자- 봐라, 이헌구! 「자살특공대」의 저- 얼굴을? 가미카제 톳코타이! 새파란 청소년이 왜 인간폭탄이 돼서, 청천 하늘을 날아가야 한단 말이냐! 조선의 아들들이 왜 일본제국의 총알받이가 되고, 조선 사내들은 왜 탄광으로 끌려가며, 앳된 숫처녀 딸들은 정신대와 군수공장으로, 왜 강제동원되고 말야. '에잇!' ……

김이섭이 불끈 일어나서, 쥐고 있던 찻잔을 영상의 벽을 향해 돌진하듯 내던진다. 찻잔과 기물들이 깨지고 부서지는 소리 …

◎ [영상] 처참하게 불바다로 변하는 미군의 「東京大空襲」(도쿄 다이 쿠슈) 장면. 이어서 번쩍 하는 섬광(閃光)과 함께 히로시마(廣島)의 원폭(原爆) 「리틀보이」(Little Boy)의 괴물같은 버섯구름이 솟 구쳐오른다.

(4) 일본의 「항복방송」
쇼와천황(昭和天皇) 히로히토(裕仁)의 찌익찌익- 잡음 섞인 '무조건항복'(無條件降伏) 라디오 방송의 목소리가 흘러나오고, 동시에 3장면

이 나타난다.

박석은 북경의 「동경다방」에서 주인 리여사 및 여러 손님들고 함께.
흰 종이에 쓴 벽보가 눈에 띈다. "茶房을 無料로 개방하오니 누구든
지 들어와서 라디오 방송(廣播 중국어)을 들으시오!!"

김이섭은 그의 운니동 집 골방에서 쭈그리고앉아 그 방송에 귀 기울
이고 있다.

무대 앞쪽의 유동진은 '항복방송'이 있는지도 모른 채 『약초국민극
장』(스카라극장)의 무대에서 여배우와 연극연습 중(마임) ……

공연간판 : 「劇團 現代劇場 大公演/ 『산비들기(山鳩)/ 朴在成
         (1914-1947) 作 柳致眞 演出/ 公演 若草國民劇場/ 昭
         和二十年 八月 十三日」

이윽고 「동경다방」에서는 사람들이 얼싸안고 "만세! 만세!", "완시,
완시"(중국어) 소리치며 환희의 기쁨을 나누고, 김이섭도 벌떡 일어
나서 두 주먹 불끈 치켜들고 혼자서 외친다. "조선독립 만세! 조선독
립 만만세!" "조선독립 만세다", 하하하 …

그러나 유동진은 세상 모르고 연극연습에 몰두하고 있다.

◎ [영상] "만세, 만세!" 하는 함성이 천지를 뒤흔들고, 「解放, 解放!!」의
깃발을 흔들어대는 경성 시내의 군중 및 태극기 물결 ~~ (한동안 길게)

■ 밤 하늘의 찬란한 별밭과 별똥별(流星) ~~

박석은 「동경다방」에 홀로 앉아서 〈홍도야 우지마라〉를 들으며 하얀
그릇의 배갈 술잔을 들이켜고 있다.

유동진은 그의 집 뒤란의 캄캄한 한구석에서 친일연극의 '포스터와
서류' 더미를 불태운다.

김이섭은 무대 위쪽의 골방에서 걸어나와서 그의 자작시를 읊는다.

〈저녁에〉

저렇게 많은 중에서

별 하나가 나를 내려다본다

이렇게 많은 사람 중에서

그 별 하나를 쳐다본다

밤이 깊을수록

별은 밝음 속에 사라지고

나는 어둠 속으로 사라진다

이렇게 정다운

너 하나 나 하나는

어디서 무엇이 되어

다시 만나랴. (전문)

▲ 1934년 6월 동경 유학생들의
신극운동단체(15명) 설립 신문기사

시나브로 별들이 사그라지고,

幕 내린다. (끝, 丙申年 2016. 11. 1.)

** (孫女 '盧胤芝'가 출생한 지 1개월 5일째 되는 날에,
　　할아버지가 손녀를 기념하여 적어둔다)

■ 참고문헌

김광섭 『나의 옥중기』 창작과비평사, 1976

박 진 『세세연년』 출판회사 세손, 1991

고설봉/ 장원재 정리 『증언 연극사』 도서출판 진양, 1990

동랑40주기추모문집 『동랑 유치진』 서울예술대학교출판부, 2014

서대문형무소역사관 『독립과 민주의 현장』, 2010

서연호 『식민지시대의 친일연극』 태학사, 1997

선안나 『일제강점기 그들의 다른 선택』 피플파워, 2016

양승국 『월북작가대표희곡선』 도서출판 예문, 1988

양승국 『해방공간대표희곡 1』 도서출판 예문, 1989

유민영 『함세덕희곡선』 새문사, 1989

유민영 『한국근대연극사』 단국대학교출판부, 1996

유민영 『한국연극의 아버지 동랑 유치진』 태학사, 2015

유민영 『한국연극의 巨人 이해랑』 태학사, 2016

이재명 『일제 말 친일 목적극의 형성과 전개』 소명출판, 2011

임종국 『친일문학론』 평화출판사, 1966

임종국/ 이건제 교주 『친일문학론』 민족문제연구소, 2013

정운현 『나는 황국신민이로소이다』 개마고원, 1999

정운현 『친일파는 살아있다』 책보세, 2011

정운현 『친일파의 한국 현대사』 인문서원, 2016

박영정 「동랑 유치진, 1905-1974」(논문), 2004

여석기 「柳致眞과 愛蘭演劇」(논문), 1987

홍선영 「전시 예술동원과 '국어극'」(논문) '일본문화연구 47집',
        2013

2부

1. 나의 자화상(自畫像)

 노경식

나의 自畫像

80평생 쌓은 塔이
광대놀음 글일레라

세상사 둘러보고
역사를 찾아보고

묻노라 太平煙月은
어디쯤에 있는가.

2017년 丁酉 10월 3일 開天節 --

2. 자찬묘지명(自撰墓誌銘)

豊川盧公下井堂炅植自撰墓誌銘

　경식은 극작가로서 호는 노곡(櫓谷), 당호는 하정당(下井堂), 본관(本貫)은 황해도 해주 풍천(海州豊川). 세종조 대사헌 송재 숙동(松齋叔仝)의 17세손이고 신고당 우명(信古堂友明)의 15세손이다. 우명은 경암 희(敬庵禧)와 옥계 진(玉溪禛) 두 아들을 두었는데, 큰아들 희가 경식의 14대조 할아버지이다. 희의 아우 진은 명종조 문신으로 청백리(淸白吏)에 녹선되었고 시호는 문효(文孝公).

　일찍이 8대조 숙(俶) 할아버지가 경남 함양(咸陽)으로부터 전북 남원(南原) 고을에 넘어와서 세거를 이루었는데, 교룡산성(蛟龍山城) 아래 '조리고개'(造理峴) 묘사(墓祠)는 그 할아버지를 모신 곳이다. 고조할아버지 광진(光鎭, 배필 全州李氏)이 외아들 남수(南壽, 배필 仁同張氏)를 낳았다. 남수 증조할아버지는 3형제 응현(應鉉) 종현(宗鉉) 주현(柱鉉)을 낳았는데 큰아들 응현이 삼가독자(三家獨子) 해근(海根)을 두었으며, 해근은 무녀독남(無女獨男)의 2대독자 경식을 낳았다. 경식의 생년은 1938년(戊寅) 음력 7월 14일(양력 8월 9일) 辰時生. 응현 할아버지의 배필은 창녕성씨 원식(昌寧成氏元植)으로 곡성(谷城) 태생이며, 아버지 해근의 배필은 장수황씨 후남(長水黃氏, 아버지 京魯)으로 남원 출생이다. 아버지 해근은 갑인생(1914)으로 무자년(1948, 34세)에 남원읍 하정리(洞) 본가에서,

어머니 후남은 무오생(1918)으로 무진년(1988, 70세)에 서울특별
시 관악구 신림동 251-145호(本籍)의 본가에서 각각 병사하였다.
할아버지 兩主(合葬) 및 아버지 내외 묘소(双墳)는 남원시 노암동
산 224번지이다.

경식의 아내(室人)는 경주최씨 수로(慶州崔氏水路, 아버지 光鎭)
계미생(1943년 음력 11월 15일(양력 12월 11일) 戌時)으로 1966
년 5월 27일 서울에서 혼인식하였고 석헌(石軒) 석지(石芝) 석채
(石楪) 등 2남 1녀를 두었다. 큰아들 석헌은 정미생(1967년 9월
28일, 음력 8월 25일 子時)으로 건국대학교 항공우주공학과(工學
士)를 졸업하고, IT관련 기업 「Fantaplan」(대표)을 경영하고 있
다. 고명딸 석지는 기유생(1969년 6월 19일, 음력 5월 5일 丑時)
으로 한림대학교 중국학과(文學士) 졸업 및 고려대 경영대학원
MBA학위를 취득하고, 화장품업체 「CELLTRION」의 마케팅본부
장(상무) 재직중. 작은아들 석채는 신해생(1971년 6월 9일, 음력
5월 17일 亥時)으로 단국대학교 연극영화과(文學士)를 졸업하고,
「국립극단」정단원(12년) 등 연극배우로 활동중이다.

큰아들 석헌은 김선주(慶州金氏善珠 1975년 乙卯 음력 10월 13
일 卯時生)와 결혼, 장손녀 윤지(胤芝 2016년 9월 27일 丙申 8월
27일 午時生)를 낳았다. 작은아들 석채는 이은옥(全州李氏恩玉
1972 壬子 10월 5일)과 결혼, 딸 윤아(胤娥 2007년 7월 31일 丁
亥 6월 18일 酉時生)와 아들 윤혁(胤赫 2009년 9월 1일 己丑 7월
13일 寅時生)을 낳았다. 고명딸 석지는 태준건(文學博士, 永順太氏
竣建 1967년 丁未 8월 11일 辰時生)과 재혼, 아들 현진(炫璡 2005
년 6월 17일, 미국 LA. 출생 RYAN ROH)과 딸 윤진(胤璡 2007
년 8월 18일 丁亥 7월 6일 寅時生, 미국 LA. 출생 CHRIS ROH)

을 두었다. 또 석지는 첫남편 박범우(朴凡雨 陸軍大領)와 사이에 장녀 박가운(朴嘉沄 1997년 4월 11일 丁丑 3월 5일 申時生)을 낳았다.

여기에 『문학의 집·서울』-수요문학광장(107회, 2010. 7. 21.)에서 발표한 '작가의 말'을 옮겨 싣는다.

■ 「죽을 때까지 이 걸음으로」

나의 서울 생활은 올해로 꼬박 52년이다. 전라도 '남원 촌놈'이 1950년대 말, 아직은 6.25전쟁의 상흔과 혼란이 채 가시지 않은 암담한 시절에 청운의 뜻을 품고 서울까지 올라와서 대학에 들어가게 되었다. 그것도 문학예술과는 아예 먼 거리의 경제학과에 입학하였다가 어찌어찌 졸업이라고 하고는 그냥 낙향해서 2년간의 하릴없는 룸펜생활. 그러다가 시골 구석에서 우연찮게 어느 신문광고를 대하고는 또 한 차례 뛰쳐올라와 가지고 남산 언덕배기에 자리잡은 드라마센터 「연극아카데미」(극작반, 『서울예술대학교』전신)에 무작정 발을 들여놓은 것이 오늘날 노경식의 My Way이자 촌놈 한평생의 팔자소관(?)이 된 셈이다. 어린 시절, 나의 고향집은 읍내 한가운데 '하정리 83번지'에 있었다. 곧 남원읍에서는 제일 번화한 곳으로 잡화상 가게와 여러 가지 음식점, 중국집, 그리고 하나밖에 없는 문화시설 『南原劇場』도 거기에 있었고, 몇 걸음만 더 걸어가면 시끌벅적한 장바닥(시장통)과 〈춘향전〉에서 유명한 『廣寒樓』의 옛건물 역시 지척에 있었다. 일 년에 한두 차례 울긋불긋 포장막으로 둘러치고 밤바람에 펄럭이는 가설무대로 온 고을 사람들을 달뜨게 하는 곡마단(써어커스) 구경을 빼고 나면, 남원극장에서 틀어주는 활동사진(영화)과 악극단의 '딴따라 공연'만이 유일한 볼거리요 신나는 오락물이다. 그리고 매년 4월 초파일에 열리는 향토의 민속놀이「남원춘향제」때면 천재가인(天才歌人) 임방울과 김소희 선생 등을 비롯해서 전국에서 몰려드는 내노라 하는 판소리 명창과 난장판의 오만가지 행색 및 잡것들. 신파극단의 트럼펫 나팔소리가 〈비 내리는 고모령〉이나 '울려고 내가 왔던가 웃으려고 왔던가/ 비린내 나는 부둣가에 이슬 맺은 백일홍--' 하며 애절하고 신나게 울려퍼지는 날이면, 어른 아이들, 여자와 늙은이 젊은이들 할 것 없이 달뜨지 않은 이가 뉘 있었으랴! 아마도 그런 것들이 철부지 노경식으로 하여금 위대한 연극예술과의 첫만남이 되었으며, 또한 내 피와 영혼 속에 알게 모르게 접신(接神)의 한 경지가 마련된 것이 아니었을까 하고 자문자답해 본다.

어쨌거나 희곡문학과 연극예술에 몸 담은 지 어언 반백년을 헤아리는 세월! 나는 연전에 『노경식연극제』(舞天劇藝術學會 (대구) 2003) '작가의 말'에서 피력한 소회의 일단을 이에 재언하고자 한다. "지금까지 내가 써온 극작품을 뒤돌아보니, 무대공연에 올려진 희곡이 장 단막극 모두를 합쳐서 30여 편에 이른다. 이들 가운데서 '쓸 만한 작품'이 몇이나 되고, 뒷날까지 건질 수 있는 물건(?)은 얼마나 될까? 사계 여러분과 관객한테서 때때로 과분한 평가를 받은 작품이 5, 6편은 되는 것도 같은데, 과연 그같은 평가들이 먼 훗날까지도 이어갈 수 있겠으며, 우리나라의 극문학과 연극예술 발전에 작은 보탬이라도 될 수 있는 것일까! 내 나름대로 열심히 살아왔구나 하는 생각이 들고 위안도 되겠으나 차라리 허전함과 부끄러움이 앞선다. 허나 어찌 하랴. 워낙에 생긴 그릇이 작고 못나고 얇으며 대붕(大鵬)의 뜻이 미치지 못하는 바에야, 죽을 때까지 이 걸음으로 걸어가는 수밖에--"

　돌이켜보면 40여 년을 연극계에 몸담고 창작해 온 셈이다. 일찍이 1965년에 서울신문사 신춘문예에 단막물 〈철새〉를 갖고서 등단이랍시고 사계에 얼굴을 내민 처지였으니까, 올해로 딱히 2년이 모자라는 40년 세월이다. 그동안 나는 먹고살기 살기 위해 15, 6년간의 출판사 편집쟁이 생활을 겹치기하면서, 그리고 이따금씩 TV특집극과 라디오드라마 집필을 빼고 나면, 오로지 연극예술의 순수희곡 창작에만 매달렸던 꼴이다. 배운 도적질이라더니 아는 것도 변변치 않고 내가 할 수 있는 또 다른 재주 -- 시장경제와 자본주의 세계에서 돈벌이할 수 있는 재능 같은 것도 -- 영영 없어서, 한심하고 우직하게 대가리 꾹 처박고 원고지만 끄적거리면서 마냥 한세상을 살았다고나 할까! 그러고 보니까 그 힘들고 어려운 집안 살림을 큰 불평 한마디 없이 다소곳이 잘 살아준 마누라가 미쁘고 감사하며, 크게 비뚤어지지 않고 그런대로 성장해 준 세 명의 자식새끼들이 장하고 대견할 뿐이다.

　[주요약력]
　1938년 전북 남원 출생.
　1950년 남원용성국교(41회) 및 1957년 용성중학(3회)을 거쳐 남원농고(18회, 남원용성고교의 전신) 졸업.
　1962년 경희대학교 경제학과(10회)를 졸업하고 드라마센타 演劇아카데미 수료.
　1965년 서울신문 신춘문예 희곡 〈철새〉 당선.
한국연극협회 한국문인협회 민족문학작가회의 회원 및 이사. 한국 PEN클럽 ITI한국본부 한국극작가협회 회원. 서울연극제 전국연극제 근로자문화예술제 전국대학연극제 전국청소년연극제 등 심사위원.

추계예술대학 재능대학(인천) 국민대 문예창작대학원 강사 및 『한국연극』지 편집위원, 「서울평양연극제추진위원장」등 역임.

　2003-『노경식연극제』(舞天劇藝術學會 주최, 大邱)

　2006- 전라북도 南原市「下井堂文庫」설립 (장서 4천여권 기증, 『南原市立圖書館』창설의 계기되다)

　[주요작품]

〈달집〉(71)〈징비록〉(75)〈소작지〉(79)〈黑河〉(78)

〈탑〉(79)〈북〉(81)〈정읍사〉(82)〈하늘만큼 먼나라〉(85)

〈춤추는 꿀벌〉(92)〈징게맹개 너른들〉(뮤지컬, 94)

〈서울 가는 길〉(95)〈千年의 바람〉(99)

〈찬란한 슬픔〉(2002)〈反民特委〉(2005)

〈圃隱 鄭夢周〉(2008)〈두 영웅〉(2016) 외 40여 편.

[주요저서]

『노경식희곡집(전7권) 1권- 달집』『2권- 정읍사』

『3권- 하늘만큼 먼나라』『4권- 징게맹개 너른들』

『5권- 서울 가는 길』『6권- 두 영웅』『7권- 연극놀이』

역사소설 『무학대사』(상하 2권)『사명대사』(상중하 3권)

『신돈- 그 착종의 그림자』

프랑스 번역희곡집 『Un pays aussi lointain que le ciel』('하늘만큼 먼나라' 외)

『韓國現代戲曲集 5』(일본어 번역,〈달집〉게재)

『압록강 '이뿌콰'를 아십니까』(노경식散文集)

『2010 국립예술자료원 구술예술사 '노경식'』
『두 영웅 봄꿈 세 친구』(제8회곡집)

[주요수상]

백상예술대상 희곡상(3차례) 한국연극예술상(1983) 서울연극제
대상(1985) 동아연극상작품상(1989) 大山문학상(희곡, 1999) 行願
문화상(문학부문, 2000) 동랑유치진연극상(2003) 한국희곡문학상
대상(2005) 서울특별시문화상(연극, 2006) 한국예총예술문화상대
상(연극, 2009) 대한민국예술원상(예술, 2012) 2015 자랑스러운
연극인상(한국연극협회) 등 다수

[현 재]

서울연극협회 원로회의 의장/ 한국문인협회 자문위원/
(재) 차범석연극재단 이사/ (사) 사명당기념사업회 이사/
(재) 동학농민혁명기념재단 고문

말년에 이르러 신작희곡 2편을 완성하였다.

〈봄꿈〉(春夢 13장, 2015)은 청년시절에 내가 몸소 보고 겪은 대
학의 4.19세대로서, 피의 장엄한 4.19민주혁명을 증언하고픈 오래
된 욕망과 꿈과 숙제를 비로소 실천한 것이다. 그리고 〈세 친구〉(4
막, 2016)는 일제치하의 슬프고 한많은 오욕의 비극적 역사문제
로서 친일연극인과 문학자들을 소재로 한 작품이다. 유구한 역사
는 '회칠한 무덤'이 되어서는 안된다. 빛나는 참 역사의 진실과 정
의의 바른길이란 감추고 덮어서는 아니되고, 단연코 밝은 햇빛에
드러내놓고 말려서 새롭게 정돈하고 확인하고 창신(創新)해야만 하

리라. 뼈를 깎는 아픔과 고통, 반성과 참회 속에서, 오로지 훗날의 교훈(敎訓)과 대의(大義)를 위함이라고 감히 말씀하고자 한다.

2017년 9월 4일 八旬을 맞이하여

丁酉年 (陰)七月 十四日 生日

노경식 삼가쓰다

3. [중국 단둥(丹東)을 다녀와서]

압록강 '이부콰'를 아십니까

▌한발짝 뛰면 북녘땅...아! 지척이 천리로구나

8.15 해방 61주년을 맞았지만, 55년 후 6.15공동선언문이 채택됐지만, 우리는 여전히 주변국으로부터 자유롭지 못하고 통일마저 요원하다. 한 발짝만 훌쩍 뛰면 갈 수 있을 것을, 마음대로 갈 수 없는 곳 북한. 중국 압록강변 이부콰에서 분단의 아픔을 통탄한 이 글은 남원 출신의 저명 극작가 노경식씨가 보내왔다. 노씨는 몇년전부터 '서울평양연극제' 창설을 위해 뜻있는 연극인들과 뛰고 있으며, 최근 몇몇 연극인들과 함께 중국 선양(瀋陽)을 방문, 북측 인사들과 연극제 창설문제를 논의하고 돌아왔다. (편집자 주)

'압록강공원'에서 찍은 기념 사진

우리나라가 중국 러시아와 국경선을 맞대고 있는 두만강 압록강 중에서, 북쪽 땅과 가장 가까운 지점은 어디일까? 두만강의 회령과 도문 사이, 반쪽으로 쪼개진 백두산 천지, 그리고 혜산진의 어떤 지점 등등 여러 군데 있을 터이다. 그런데 압록강 하류께에 '한 걸음만 훌쩍 건너뛰면' 곧바로 북한땅인 지점이 있다. 이름 하여 '이부콰(一步跨)'다.

우리 일행 4인이 선양에서 압록강의 국경도시 단둥(丹東)을 향해서 전세 승용차 편으로 출발한 것은 오전 7시 30분경. 220여㎞의 선단(瀋丹) 고속도로를 남으로 달렸다. 흐린 날씨에 하늘의 구름은 금새 비라도 내릴 듯이 낮게 깔리고, 시원하게 달려가는 2차선 고속도로의 속도감과 경쾌함 하며, 차창 양편으로는 푸른 옥수수와 콩밭이 저 지평선 너머까지 끝도 없이 광활하게 펼쳐져 있다.

동북3성의 광활한 '만주벌판'이다.

'다시 千古의 뒤에/ 白馬 타고 오는 超人이 있어/ 이 曠野에서 목놓아 부르게 하리라.' 뜬금없이 이육사 시인의 절창 한 구절이 뇌리를 스쳐간다. 일제에 체포되어 차가운 베이징 감옥에서 한 많은 40년 생을 마감한 민족시인 이육사 선생도, 아마 압록강을 건너 이 길을 따라 선양을 거쳐서 베이징으로 갔으리라.

일제는 "새 세상, 새 천지가 눈앞에 열렸노라"고 떠들어대며, 최신 유행가까지 만들어서 우리민족을 이 허허벌판으로 내몰았다. 유행가 '복지만리(福地萬里)'(작사 김영수, 작곡 이재호, 노래 백년설)는 그 환상을 보여준다.

'달 실은 마차다 해 실은 마차다
청대콩 벌판 위에 휘파람을 불며간다
저 언덕을 넘어서면 새세상의 문이 있다
황색기층 대륙 길에 빨리가자 방울소리 울리며'.

가난하고 순박하고, 농토를 빼앗긴 농민들은 수도 없이 이곳으로 넘어왔던 것이다.

이런저런 상념 속에서 우리는 2시간 40여 분만에 단둥에 닿았다. 시내의 한 역사기념관에 잠시 들른 뒤 점심식사는 한 많은 '압록강 철다리'(鐵橋)와 신의주 땅이 빤히 보이는 음식점 안동각에서 중국식으로 채웠다. 압록강 유람선에 올라서는 강안 저쪽의 신의주와 고층건물이 즐비한 단둥쪽을 이리저리 조망하면서 반가운 마음과 착잡한 심사로 반 시간쯤을 보냈다. 유람선과 '압록강공원'에서는 기념 사진도 몇 컷을 찍고⋯. 그리고 나서 우리 일행은 다시 압록강 따라서 동북 방향으로 30여분을 달려서 호산장성에 다다랐다. 젊은 중국인 운전기사 말로는 단둥서 호산까지는 30킬로쯤 된다. 그러니까 우리가 호산장성에 도착한 것은 대략 오후 세 시경.

우리가 찾아간 '이뿌콰'(一步跨)는 虎山長城(景區- 관광지) 안에 있었다. 호산장성은 '압록강 국가중점 풍경구' 가운데 하나인데, 중국 만리장성의 동쪽 끝 출발점(起點)이란다. 지금껏 알려진 하북성의 山海關부터가 아니고, 더 동쪽으로 늘어나서 여기 호산장성이야말로 진짜 그 출발지라는 주장이다. 호산장성 입간판에는 만리장성의 '東端- 起點'이란 글귀가 뚜렷하다.

이 虎山長城의 뒤쪽 바로 산 밑 압록강 물가에 있는, 전체가 겨우 3백여 평이 될까말까 한 빈 공터가 '이뿌콰'이다. 압록강을 사이에 둔 中朝邊境(國境) 가운데서 가장 가까운 데가 여기 '이뿌콰'란다. 한문 글씨 '一步跨'의 跨는 '넘을 과, 사타구니 과'자이니까 '사타구니를 벌려 훌쩍 넘어간다'는 뜻이다. "일보과- 한 걸음, 한 발짝만 건너뛰어라!" 과연 그렇구나. 此岸과 彼岸의 거리는 불과 15~16여m나 될까말까? 손에 닿을 듯 건너편이 곧 '북조선' 땅이다. 지금 당장 여기서 한 발짝을 훌쩍 건너뛰면 내 나라 내 땅인 북한의 '義州郡 방산리'라니 그야말로 지척이 천리로구나! 빈 공터의 이 강 언덕에 서서 북한 땅을 바라다보는 우리네 한국인치고 어찌 가슴이 두근거리고 숨통이 '콱' 막히고 눈앞이 흐릿흐릿, 감개무량하지 않을 수 있으랴! 드넓고 푸른 압록강이 아니라 한 뼘 남짓 마치 실개천 같은 좁디좁은 도랑물! 그것도 밤새 상류쪽에서 비가 와서 그런지 새까만 흙탕물이 졸졸졸 흐른다. 아니, 진짜로 가깝고 가깝다. 쩌~그 저 너머가 바로 북한이오? 평시에는 돌로 된 징검다리가 놓여 있었는데 오늘따라 불어난 물에 잠겨서 돌이 보이지 않는다고, 동행한 고종원 교수가 설명한다. 뿐만 아니라 작년까지만 해도 이런 선전용 입간판이나 표지돌 같은 것이 전혀 없었는데 많이많이 변했다고 덧붙인다.

그리고 이 '一步跨' 바위돌 옆에는 또 한 개의 바위돌이 버젓이 서 있다. 붉은 색 글씨로 큼지막하게 새겨진 '咫尺'(쯔처)이란 두 글자. 그리고 그 뒷면에는 명나라 태조 朱元璋의 압록강 시가 한 수. '지척'이란 여덟 치와 한 자 사이를 이름이니 매우 가까운 거리란 뜻 아닌가. 그래, 지척이 천리이고 지호지간(指呼之間)이라더니, 참말로 지척이다. 우리 한국 사람들의 정감을 충분히 자극하고도 남는다. 또 한 차례 가슴이 뭉클하고 애잔해진다.

그건 그렇다치고 이와 같이 '咫尺입네', '한 발짝을 훌쩍…' 어쩌고 하면서 이름 붙여 놓고는 한국인 관광객 유치와 돈벌이에 나선 중국인들의 속내란 것이, 또 한편으로는 너무 영악하고 철두철미한 장삿속이나 아닌지 얄밉고 서글프고 야속하지 않을 수 없었다.

여기 '一步跨'를 자상하게 설명하자면 이렇다. 우리네 시골 동네의 어느 냇가에서 보면 그 야트막한 제방에는 가늘고 길게 늘어진 수양버들이 몇 그루 서 있고, 또한 옥수수와 콩 고추 따위의 채소밭에다가 여기저기 무성한 잡초들, 그리고 호박 넝쿨이 헝클어져 있는 밭뙈기 옆의 작은 공터라면 틀림없겠다. 관광지 치고는 허술하고 조악하기 이를 데 없다. 그곳에는 여느 나루터의 원두막 같은 정자 하나가 지어져 있고, 담배와 사탕을 파는 손바닥만한 노점상 하나, 한문 글자가 깊게 새겨진 1m가 넘는 '一步跨'와 '咫尺'의 큰 바위돌 두 개, 맞은쪽 북한 땅을 조망할 수 있는 허름한 망원경 한 대, 그리고 빈 공터에서 경칫돌로 층층이 쌓아 놓은 20여 계단을 밟고 내려가면 좁디좁은 압록강 물이며, '虎山景區-유람선 노선도'의 입간판이 덩그렇게 높이 서 있는 것이 전부이다. 그 입간판 아래쪽에는 우리나라 한글도 친절하게(?) 적혀 있다. "경구여행 목선 박을 타고 중조양안 풍광구를 관광한다." 중국과 조선의 압록강 연안을 목선 타고 유람하라는 의미. 목선이라고 해봐야 마치 카누처럼 길쭉하고 열 사람도 채 올라탈 수 없는 발동선 엔진이 달린 쪽배 두 척이 고작이다. 가는 곳마다 돈타령이다. 호산장성 입구의 입장료가 50위안, 망원경 한번 들여다보는 데 2위안, 샛노란 구명 조끼를 윗몸에 걸치고 쪽배 타고 수초 우거진 좁은 수로를 따라서 한 바퀴 도는 데도 1인당 20위안 등…. 허나 기념 삼아서라도 통 통선 한번 아니탈 수도 없겠다.

'내 고장 칠월은 청포도가 익어가는 시절' 오늘이 7월 14일 금 요일이다. '내가 바라는 손님은 고달픈 몸으로/ 靑袍를 입고 찾아 온다고 했으니// 내 그를 맞아 이 포도를 따 먹으면/ 두 손 함뿍 적셔도 좋으련' 하고 이육사 시인이 노래했듯이, 나도 이 도랑물같 이 좁은 압록강 물을 신발 신은 채로 텀벙텀벙 바짓가랭이 함뿍 적 시며 훌쩍 한번 넘어가 봐도 좋으련만! 그날 그때는 또 언제쯤일 까?

호산장성에서 오후 5시경 귀로에 올랐다. 그동안은 참고 기다렸 다는 듯, 소낙비 한 줄기가 세차게 차창을 때린다. 그야말로 상쾌 하고 시원한 빗줄기! 조금 전에 우리가 가졌던 시름과 상념을 모조 리 다 씻어내기라도 하려는 듯….

〈노경식 작가는〉

　　1938년 남원 출생으로 남원용성고, 경희대를 졸업했다. 1965년 서울신문 신춘문예 희곡 '철새' 당선으로 등단했다. 주요 작품으로 '달집' '징비록' '징게맹게 너른들' '정읍사' '하늘만큼 먼 나라' 등 장단막극 30여 편이 있다. 백상예술대상 희곡상(3회) 한국연극예술상, 서울연극제 대상, 동아연극상 작품상, 동랑유치진 연극상, 한국희곡문학상 대상 등을 수상했다. 현재 서울평양연극제 추진위원장, 동학농민혁명기념재단 고문, 한국문인협회 이사 등으로 활동하고 있다.

노경식(극작가·서울평양연극제 추진위원장)

출처 : 『전북일보』(2006-08-10)

"역사 속 민초의 삶 그린 아버지 작품들...
꼭 한번 연기하고 싶어요."

"이 도랑물 같이 좁은 압록강 물을 신발 신은 채로 텀벙텀벙
바짓가랭이 함뿍 적시며 훌쩍 한번 건너가봐도 좋으련만…(후략)"

압록강 상류에는 사타구니(跨·과)를 한번 크게 벌려 폴짝 뛰면
북한과 중국을 넘나드는 지점이 있다. 지난 2006년 원로 극작가
노경식(75)씨는 중국이 '압록강 국가중점 풍경구'라며 한국인 관광
객들을 불러들이는 데 열을 올리는 바로 그 곳, 중국 랴오닝성 단

소장 도서 4천 권을 기증한 뒤 감사의 표시로 받은 부조 앞에 선 부자

둥시 호산장성(虎山長成)의 경구(景區·관광지)인 이뿌콰(一步跨)에 들를 기회가 있었다. 당시 노씨는 중국 사람들의 영악한 장삿속을 새삼 느끼며, 흉중에 솟아오르는 서글픔을 지그시 억눌러야 했다고 한다. 지난해 3월에 낸 산문집 제목을 아예 『압록강 이뿌콰를 아십니까』(동행)로 했던 것은 그래서다.

책은 희곡집(전 7권), 역사소설 등을 통해 익히 알려진 노씨의 문재(文才)가 살갑게 다가오는 계기이기도 했다. 40여 편의 장막 희곡에 축적된 세월의 관성도 있겠지만 여전히 그는 건재하다.

연극 배우인 아들 석채(43)씨와 함께 있으니 시쳇말로 존재감은 배가된다. 현역으로서 아직 서슬 퍼렇다.

"지금은 4·19 혁명을 소재로 한 작품을 준비 중이에요. 경희대 (당시는 신흥대) 3학년 학생으로 동대문까지 스크럼 짜고 동참 했던 기억을 살려보려는데…."

1960년에 4·19, 이듬해가 5·16이었다. 1년 만에 세상이 뒤 집혀 '군사정권의 암흑기'로 바뀌는 요지경 같은 세월을 잘도 버텨 냈던 시기다. 그런데 4·19 정신을 규명하는 연극이 없다니…. 그 는 오랫동안 생각해 온 것이라 했다.

"배경이요? 소재가 학생보다는 민초예요."

때마침 이촌향도(離村向都)의 바람이 휩쓸던 시대, 누구든 거지 처럼 살았고, 경무대 앞에서는 시위대가 총 맞아 죽어 가던 시절이 었다. 내년 봄에나 탈고할 요량인 신작에 대해 말하며 노(老)작가 는 "역사의 흐름 속, 민초의 삶을 주제로 했다는 점에서 기존작의 연장선"이라고 말했다. 현재와는 무관하게, 밀린 숙제를 하는 심정으로 완결된 희곡으로 쓰고 싶은 마음이다. 중견 연출가 임진택씨의 최근작 '상처꽃'이 현대사의 비극을 다룬다는 점에서, 굴절된 시간을 자신의 미학적 속으로 끌어들이려는 땀이 선배들을 분발하게 한다.

"나는 당연히 4·19와 아무 연관 없지만, 아버지의 영향으로 전부터 역사에 관심 두고 있었다." 석채 씨는 아버지의 또 다른 면모를 한참 우회해서 알게 됐다. 자신으로서는 그 존재조차 희미했던 아버지의 '달집'(1971년작)이 1960년대의 작품 '산불' 등과 함께 레퍼토리화 대상 작품으로 적극 고려되고 있었던 것이다.

국립극단 배우로 활동하던 시기였다. 예술감독이 바뀌는 바람에 유야무야되고 말았지만, 이후 그는 "배우로서, 그 작품을 꼭 해보고 싶다"는 바램을 갖게 됐다. 전투 중 시력을 잃어 상이용사가 됐지만 핏줄을 이어 가야 하는 손자 윈식 역은 매력적인 배역이었다. "장애인의 좌절과 희망, 삶에의 의지를 제대로 그려 내고픈 마음이다." 비록 삶의 시간대는 현격히 차이 나지만 부자는 이래서 하나다.

석채 씨는 지금 프리랜서 배우다. 1998년 5월 해체될 때까지 14년 간 국립극단 단원으로 100여 편에 출연했던 그다. 해체 이후는 '연수단원'이란 이름의 자격으로 프로그램 참가, 2011년 5월 '키친'에서 주방 정육사 막스로 분했던 것이 국립과의 마지막 작품이었다. 자기 일만 아는 고지식한 남자와 사회 간의 문제를 영국의 뿌리 깊은 사회주의적 전통에서 조명한 작품이었다.

　그는 "나의 대표작이라고는 할 수 없지만 당분간은 국립과의 작업은 없다는 비장한 심정이 있었다"고 했다. 신자유주의 하에서는 배우 역시 불완전고용 상태의 노동자라는 생각이었을 것이다. 궁핍의 시절이었으나, 가난으로 평등했던 저 문청(文靑) 시대의 낭만을 만끽한 아버지가 행복한 세대였을까.

　노경식씨는 신흥대(현재 경희대) 경제학과 58학번으로, 작가 황순원으로부터 2년 간 국어를 배운 인연으로 스승을 주례까지 모셨다. "교과서의 '소나기'로 이미 알고 있었던 선생님은 내가 보내준 수필을 보고는 칭찬과 격려를 아끼지 않으셨어요."당시 교내 문화대상에 뽑힌 희곡은 상연까지 됐고, 가난한 학생에게 1년간 등록금 면제라는 혜택을 주었다.

　학보에 10회 연재됐던 전쟁 이야기 '난류만은 흘러야 한다'였다. 당시 시 부문 수상자는 뒷날 한국일보에 입사한 이성부 시인이었다. "내가 1년 선배였는데, 한국일보 재직 시절 종종 만났죠." 시인과 절친했던 민중미술가 손창섭 등등 해서 문화판과 친교를 트는 계기이기도 했다. "당시는 군대 안 가면 일절 취직 못 한 시절이었어요. 2대 독자였던 나는 규정에 따라 일반 군인의 4분의 1인 6개월만 복무할 생각이었어요." 그래서 졸업후 가려 했으나 때마침 터진 5·16 북새통으로 접어야 했다. 힘든 사회상에 취직은 엄두도 못 내고, 2년을 룸펜생활로 놀았다.

그러다 1963년 남산드라마센터 창립 사실을 신문 광고로 알게 되고, 연극아카데미의 극작과에 입학한 것으로 새 삶이 시작됐다. 유치진 이원경 여석기 등 한국 연극 1세대의 기라성들이 스승이었고, 순대국 안주가 일품이던 명동 뒷골목의 막걸리 집은 또 다른 대학이었다. 드라마센터에서 활동하면서 그는 극작가라는 이름을 슬슬 달게 된다. 유치진, 차범석이 선도하던 사실주의적 연극의 시대였다.

"셰익스피어를 필두로 입센, 체홉, 오닐 등을 신주단지처럼 모시던 때였어요." 윤조병, 윤대성, 노경식이라는 사실주의파의 대극에 산대놀이 등 한국적 무대미학을 천착하던 오태석이 장차 한국연극의 노둣돌을 자임하고 있었다. "모든 상황을 수렴하는 사극 리얼리즘에 연극의 정통이 있다고 믿었다. 그러나 양식에 얽매이지는 않으려 했다."

그러나 석채씨의 리얼리즘론에서 시간의 흐름을 본다. "현실을 있는 그대로 재현한다는 의미에서의 리얼리즘은 이제 없다. 현재는 원하는 대로 해체하는 시대이기 때문이다." 그래도 그에게는 리얼리즘이라 할 만한 작품이 있다. 극단 성좌에서 권오일 연출의 '느릅나무 밑의 욕망'에서 맡은 주인공 에벤 역이 그러했다. "권 선생님이 대학로에서 올린 마지막 작품이었는데, 당시 공연 끝나면 꼭 '소주 한잔'이셨죠." 사람은 스타일로 기억되는 것일까. 오고 간 언어보다 대선배의 부드러운 대화 스타일이 오래도록 기억에 남는다. "배우의 흠결이 보여도 연습장에서 즉각 말하지 않고 뒤에 아버지처럼 편안하게 말하셨어요. 보통은 (연출가들이) 배우들에게 마구 스트레스 주기 일쑤인데….”

그가 요즘 후배들과 느끼는 괴리감은 어떤 걸까. “(세대 차는)당
연히 있죠. 제 입문기 때는 선배만 보면 무조건 머리 숙였고 연출
은 곧 법이었어요. 요즘은 자기 의사, 고집이 강해요. ‘싸가지 없
다’는 말이 목구멍까지 치밀 정도로.” 그가 배울 적만 해도 선배의
말에 뭐라 토를 다는 일은 없었다. 그러나 연극 행위조차 자기 개
성의 표출로 보는 요즘이다. “사실 나도 입문 시절에는 자아도취적
이었죠. 그러나 지금 후배들은 자신이 최고라는 식이에요.” 그런
후배들에게 주는 조언이다. “책 많이 읽고, 사회를 생각하라고 해
요.” 서른 다섯을 넘어야 현실이란 것을 알게 된다는 나름의 이론
이 그래서 생겼다. 결혼을 구체적으로 고민하게 됐고, 배우의 사회
적 의미를 생각하며 연기의 전환점을 맞은 시기였다.

연극행위란 그래서 거대한 학교다. 처음 국립극단에 갔을 때 대
선배 백성희가 던진 “대학에서 뭘 배웠느냐”는 질문에 제대로 할말
을 찾지 못하고 당황했던 기억은 여전히 그를 채근한다. 초심을 확
인하고 싶은 걸까, 그는 국립극단 입단 초창기에 자신에게 큰 배역
을 주었던 희랍 비극 ‘브리타니쿠스’에 다시 도전하게 되기를 바란
다. “처음으로 메인 타이틀로 나선 무대였지만 너무나 큰 아쉬움만
남는다. 당시 원작의 무게에 겁도 났고, 또 거기에 비해 28세의 배
우에 불과했던 나는 너무 작았다.” 연극배우의 관건이란 정치적 함
의 등을 제대로 표현할 수 있게 하는 인간적 숙성의 문제라는 사실
에 도달하기 위한 과정이었던 셈이다.

그는 자식이 둘이다. "걔들이 만일 연극배우가 되겠다고 한다면 나는 무조건 반대할 것이다." 물론 "최저생활마저 보장해 주지 못하는 현재 여건이 개선되지 않는다면"이라는 단서가 붙는다. 하지만 지금으로선 어느 누가 저 말에 토를 달 것인가. 그는 말했다. "누구든 스타를 꿈꾸고 발을 디디지만 특히 연극 쪽 현실은 너무나 각박하다."

그러나 그에게는 연극에의 꿈이 숙명론과 묘하게 혼재돼 있음을 본다. "결국 내가 살 곳은 무대 위다. 국립에 있을 때는 사실 연극만으로 생활이 가능할 것이라고 믿었다. 지금은 TV 드라마에 나가지만 연기에의 꿈을 놓지 않고 있다." 그러나 기본도 떼지 못한 초보들을 큰 역으로 쓰는 현실은 너무나 불편하다.

곰곰 듣고 있던 아버지가 "연극에 관한 한 외국도 마찬가지"라며 "(그런 기초예술은) 국가나 사회가 보호해야 한다"는 말을 건넸다. 그는 이산가족의 비극을 그린 1985년 작 '하늘만큼 먼 나라'를 본 어린 아들이 펑펑 울었다는 것을 안다. 2004년에는 불어 희곡집이 나왔고, 고향 남원 하정동에는 자신이 기증한 4,000여권의 도서로 만든 『남원시립도서관』이 있다. 그러나 어엿한 후배가 된 아들과 나누는 교감만 할까.

- 『한국일보』 (2014년 5월 19일)

❖ 우리시대 우리작가 :

노경식 희곡과 무대공간으로서
'전라도'—

김 봉 희

1. 정통 리얼리즘의 한 길, 노경식의 희곡 무대 공간을 살피다.

인간이 살아가는 공간은 많은 경험과 다양한 기억의 저장소이다. 인간의 삶을 다루는 문학은 이러한 공간에 의미와 가치를 부여함으로써 장소의 정체성[1]을 형성해 나간다. 특히, 극문학에서 무대 공간은 단순한 공간적 배경을 표현하는 것만은 아니라 극작가가 구현하는 주제를 형성해 나가는 의미가 가득한 장소이다. 게다가 극적 공간은 극작가의 희곡적 작법에서 출발해서 배우의 표정과 몸짓, 무대 장치까지 수많은 의미를 관객들에게 전달하는 역할을 한다. 따라서 극작가들은 무대 공간에 생명력을 불어 넣어 막이 내릴 때까지 관객들의 시선을 끝까지 붙잡고 있어야 한다.

실제, 극작가들은 자신의 나날살이의 경험이 있는 지역성이 묻

---

[1] "인간을 구체적인 경험을 통해서 낯선 추상적인 공간을 의미로 가득 채워 바로 그 공간이 '장소'가 된다." Yi-Fu Tuan(구동회 외 역), 『공간과 장소』, 대운, 1999. 6쪽.

어 있는 무대 공간을 선택하는 경우가 많다. 왜냐하면 극 무대에 지역성이 부가되면 극작품에 리얼리티를 확보할 뿐만 아니라 줄거리 체계를 통한 주제의식을 강렬하게 전달할 수 있기 때문이다. 그래서 극작가는 무대 공간에 지역성을 부여하여 자신만의 극작의 세계관을 그려내곤 하는데 그 대표적인 작가 가운데 남원 출신의 노경식(1938~) 이 있다.[2] 노경식은 설화적 인물을 통하여 민중들의 애환적 삶을 지역적 정서와 함께 그려내는 정통적인 리얼리즘 극작 세계를 올곧게 지키고 있는 극작가이다.

노경식은 1938년 전북 남원에서 출생했으며 이곳에서 유년기와 청소년기를 보냈다. 그는 1962년 경희대학교 경제학과를 졸업한 후, '드라마센터 연극아카데미' 극작 반을 수료했다. 1965년 서울신문 신춘문예에 희곡 「철새」가 등단되면서 극작가의 이름을 내걸었다. 그 후, 50여 년을 넘는 활발한 극작 활동을 통해 42편의 희곡을 남겼으며[3] 대부분 작품들이 연극 무대에 올라 관객과 만났

---

2) 노경식은 1938년 전북 남원에서 태어나 남원 용성초등학교, 남원용성중학교를 거쳐 남원농업고등학교를 졸업하였다. 1962년 경희대학교 경제학과를 졸업하고 잠시 고향 남원에 머물렀다가 드라마연극센터 연극아카데미 극작 반에 들어가게 된다. 연극아카데미를 수료한 1965년, 서울신문 신춘문예 희곡 「철새」가 당선되면서 문단에 이름을 올렸다. 그 후, 43편의 희곡을 발표했으며 '노경식 희곡전집' 7권을 출간하였다. 그의 희곡 공연은 '백상예술대상'을 3차례 수상, '서울연극제 대상', '동아 연극상 희곡상' 등 업적을 남겼다. 현재, 서울연극협회 고문, 서울연극협회 남북연극교류위원회 자문위원, 재단법인 차범석 연극재단 이사를 역임하고 있다.

3) 그의 50여 년 극작 활동을 정리한 희곡 41편을 '노경식 희곡집 1-7권'에 담았다. 그리고 2017년 신작 희곡 「봄꿈」(『한국희곡』, 2017년 여름)을 발표했다. 그의 희곡집 목록은 다음과 같다.
①『노경식희곡집1권-달집』(연극과인간,2004)②『노경식희곡집2권-정읍사』(연극과인간, 2009) ③ 『노경식희곡집 3권- 하늘만큼 먼나라』 (연극과인간, 2009) ④ 『노경식희곡집 4권- 징계맹개너른들』 (연극과인간, 2009) ⑤ 『노경식희곡

다. 그리고 그는 현재까지도 활발한 극작 활동을 이어가고 있으며 연극계 원로로서 든든한 버팀목 역할을 하고 있다.

이처럼 노경식은 1960·1970년대 전통 극 변동의 큰 흐름 속에서 정통 리얼리즘 극작 세계를 굳건히 지켜나갔을 뿐만 아니라 오랜 극작 활동기간 동안 민중들의 애환적인 삶의 길목을 조명한 휴머니즘 극작가이다. 게다가 그는 전라도 방언을 통해 민중들의 밀접한 생활상을 들여다보기도 하고 전라도 지역을 무대 공간으로 삼아 민중들의 삶을 애절하게 표현했다. 무엇보다 노경식의 극작품은 전국의 여러 극단에 의해 연극 무대로 옮겨졌다는 점도 간과해서는 안 된다.4) 그만큼 그의 희곡은 공연예술로서 그 의미가 크다 하겠다.

그럼에도 불구하고 학계나 연극계에서 노경식의 희곡에 대한 이렇다 할 논의와 연구 성과를 내놓지 못했다.5) 그의 희곡에 대한

집 5권- 서울 가는 길』(연극과인간, 2009) ⑥ 『노경식희곡집 6권-두 영웅』(연극과인간, 2011) ⑦ 『노경식희곡집 7권- 연극놀이』(연극과인간, 2012)

4) 그의 주요 공연으로는 「달집」(3막4장)은 '국립극단' 제61회 공연(1971. 9. 14-18)으로 명동국립극장에서 임영웅 연출로 올렸다. 이 공연은 '한국연극영화예술상'("백상예술대상") 작품상, 연출상(임영웅) 여자주연상(백성희)을 수상하였고, 노경식은 희곡본상 수상하였다. 그의 대표작인 「小作地」(3막5장)는 '극단 고향' 제25회 공연(1979. 6. 29-7. 4)으로 광화문 '쎄실극장'에서 박용기 연출로 공연되었다. 1982년 7월 10일에서 12일 양일 간 전주 창작극회에서 재공연 되었다. 이 작품은 제1회 전국지방연극제(부산)에서, 光州극단 市民이 '대통령상' 수상하였으며 이상용 연출로 공연되었다. 「井邑詞」(12장)는 '극단 민예극장' 제64회 공연(1982년 6월)으로 문예회관대극장에서 정현 연출로 올려졌다. 이 공연으로 노경식은 제19회 한국백상예술대상 "희곡상"을 두 번째 수상하였다. 「하늘만큼 먼나라」(3막16장)는 '극단 산울림' 제29회 공연(1985. 9. 12-17)으로 문예회관대극장에서 임영웅 연출로 올려졌다. 이 작품은 제9회 '대한민국(서울)연극제' 대상 및 연출상(임영웅), 남녀 연기상(조명남 백성희) 수상하였고 '동아연극상'과 '연기상(박정자)'을 수상하였다. 게다가 이 작품은 KBS 〈TV문학관〉으로 각색 방영되기도 했다.

5) 노경식 희곡에 대해 주목한 첫 논의는 한상철의 「시대상황과 민중적 삶의 관계 추적 -노경식 론』(『한국현역극작가론 1』, 한국연극평론가협회 엮음, 예니, 1987)이 있다. 이 논문에서는 모두 6가지 소재별 유형화와 주요 작품에 대한

논의는 극 내용뿐만 아니라 극적 특성, 연극적 활용 등 다양한 영역에서 논의되어야 할 것이다. 이러한 논의의 진행 흐름의 첫 걸음으로 글쓴이는 그의 극작품 가운데 「달집」(『연극평론』, 1971년 제1호), 「소작지」(『한국문학』, 1976년 4월, 5월, 6월호), 「정읍사」(『한국연극』, 1982년 5월호), 「강 건너 너부실로」(1986년 공연, 『노경식희곡전집3권- 하늘만큼 먼나라』, 연극과인간, 2009), 「만인의 총」(『월간 예술세계』, 1986년 5월호)을 대상으로 무대 공간으로서 장소성에 주목하고자 한다.6) 이 극작품들은 그의 작품 가운데서도 무대 공간 '전라도'의 지역성을 짙게 드러내 보이고 있다. 단지 이 극작품들은 무대 배경으로서 '전라'의 지역성을 옮겨놓은 것이 아니라 무대 공간의 '전라도'에 애환적인 장소의 의미를 부여하고 있다 하겠다. 따라서 글쓴이는 전통 리얼리즘의 한 길을 굳건히 가고 있는 노경식 극작가의 지역성이 짙게 묻어있는 무대 공간을 탐색하고자 한다.

소개를 하고 있다. 한옥근의 「노경식 희곡연구」(『한민족어문학회』 47집, 2004)에서도 노경식 희곡의 목록을 정리하고, 주제별로 '전통주의와 로컬이즘', '설화의 세계와 휴머니즘', '민중적 삶과 역사의식' 세 가지로 유형화했다. 이 두 논문 모두 노경식 희곡의 연구의 선행적 작업에 그치고 있다. 그리고 2003년 5월 대구의 '무천극예술학회'에서 '노경식 연극제'와 학술토론회가 개최되었으나 일회성에 그치고 말았다.

6) 그 외에도 전라도를 배경으로 삼고 있는 작품에는 「타인의 하늘」, 「징게 맹개 너른들」, 「침묵의 바다」, 「한가위 밝은 달아」 등이 있다. 이들은 연구 대상에서 제외한다. 연구대상으로 삼은 극작품들은 단순 무대 배경으로 전라도의 장소를 옮겨놓은 것이 아니라 전라도 특유의 진한 애절한 공간의 색채를 짙게 드러내고 있다.

2. 인고의 공간 - 떠남, 죽음

극의 공간은 인물들이 살아가는 장소이다. 그곳에서 그들의 삶을 정리 정돈하여 관객들에게 등장인물들의 삶이 가져다주는 의미를 전달하기도 한다. 그런 의미에서 노경식의 희곡은 인물들이 전달하는 대사와 행동의 의미, 장면의 배열을 통해 빈 공간을 의미로 가득한 무대 공간으로 형성해나가고 있다. 특히, 「달집」과 「소작지」는 우리의 슬픈 역사 속에서 전라도를 배경으로 펼쳐지는 민중들의 애잔한 삶을 탁월하게 그려내고 있는 노경식의 대표 극작품이다.

인간은 저마다 슬픔을 극복하고 단련시키는 방법이 다르다. 누군가는 슬픔과 마주보고 대응하기도 하고, 다른 누군가는 뒤로 꽁꽁 감추고 숨겨 놓고 한평생을 살기도 하고, 때론 다른 이는 아무렇지도 않게 속으로 삼켜두고 자신의 것을 지켜나가는 이들도 있다. 노경식은 우리의 아픈 역사의 흐름 속에서 가장 상처받은 힘없는 민중들의 삶을 '전라도'의 공간에 옮겨와 집단적 비극의 감정을 이끌어내고 있다.

노경식 희곡 「달집」의 주인공 '간난'과 「소작지」의 '공차동'은 자신의 슬픔과 아픔을 애써 외면하고 자신의 생각만을 지켜나가는 공통점을 지니고 있다. 두 작품의 주인공들은 당연히 민중들이다. 민중들은 시련과 역경 속에서 착취와 억압을 받는 약한 대상이며 자신의 슬픔을 제대로 드러나지 못한 채 속으로 그저 삼켜야 하는 존재였다. 그래서 오로지 살기 위해서 그들의 것을 움켜지고 있을 수밖에 없다.

「달집」의 '간난'의 남편은 '6.10만세' 의거로 인해 일제 헌병대에 끌려가고, 간난은 그를 살리기 위해 정조를 강제로 받치고 만다. 하지만 남편은 그녀에게 돌아오지 못했다. 그 후, 간난은 자신의 과거를 묻어둔 채 며느리의 정조를 강조한다. 「소작지」의 공차동도 마찬가지다. 소작지의 계약서를 지키기 위해서 마름인 사주사의 농간과 횡포를 꿋꿋하게 견뎌나간다. 심지어 딸까지 늙은 지주 집에 몸종으로 보내고, 아내를 겁탈한 사주사의 횡포도 모른 척 눈감는다. 이 두 주인공에게는 오로지 살기 위해서 억지스럽게도 지켜내야 할 무언가가 있다.

이러한 주인공들의 행위로 인해서 주변 가족들은 깊은 상처를 받는다. 그 상처는 극의 결말로 치달아갈수록 더욱더 악화된다. 「달집」에서는 간난의 며느리는 로스케에게 겁탈을 당하고, 인민군 부역에 나갔던 손자며느리는 빨치산에게 강간을 당하고 만다. 이들은 자신의 정조가 유린당한 것을 이겨내지 못하고 죽음을 선택하고 만다. 게다가 그들의 슬픔은 아들 '창보'의 떠돌이 생활과 한국전쟁에 두 눈을 잃은 큰손자, 빨치산이 되어 주검이 된 작은 손자까지 거듭되고 있다. '간난'의 가족은 정처없이 떠돌거나 그녀의 신념으로 인해 죽음으로 내몰렸다. 그녀를 둘러싼 가족의 비극은 그녀의 그릇된 생각으로 인해서 빚어진 것은 아니다. 모든 슬픔과 아픔의 근원은 힘없는 나라의 백성이기 때문이다. 따라서 역사의 아픔 속에 '간난'은 슬픔의 시간을 간신히 버티고 있는 것이며[7], '전라도'는 민중들의 고통을 견뎌내고 있는 인고의 공간이 되어 버

---

7) 「달집」의 결말 부분에서 노파 간난은 남편, 아들, 며느리, 손자와 손자며느리까지 잃어버리고도 아침햇살이 퍼져 나오는 전라도의 황금들판으로 나간다. 그녀는 "느그들이 아모리 나를 못살게 굴어도 요 할미는 갠찮다. 갠찮해. 요놈들아!"를 중얼거리며 참새를 쫓기 위해서 들판으로 나간다. 무대 공간은 한없이 아름다운 들판이지만 노파 '간난'의 견뎌내야 할 시간은 더욱 안쓰러울 수밖에 없다.

렸다.

공차동 여그는 에미애비 산소가 있는 내 고향땅이란 말여. 추석 대명절이 돌아와도 산소에 벌초는 누가하고? 엉? 〈중략〉 내가 꾹꾹 -참고 못살아갈 것도 없당깨로 요 공차동이는 말이여. 엉? 장차에 손자새끼가지도 나는 어그서 죽치고 앉아 꼭 버텨낼란다. 〈중략〉 내가 심 써서 농사를 지으면 고 땅은 바로 내 전답인 것이어. 넘의 땅이 아니랑께. 본래 내 땅인디 고까짓 쪽발이 놈 즈그들이 백년이야 갈라고?

    -「소작지」(『노경식희곡집2 정읍사』 2막 2장 일부분)

공차동 최가야, 임마! 내 품앗이 삵은 갚고 가야제. 니가 언제 와서 갚을 것이어. 엉? 흥. 느그들이 다시 돌아와서 땅을 사겠다고? 〈중략〉 느그 놈들이 죄다 떠나고 나면 누가 있어 농사를 짓는단 말여. 엉? 시방 광주 바닥에서는 공부 많이 배운 똑똑한 우리 학생 자석들이 왜놈을 실컷 때려주고 고런단 말이다. 느그들은 모르고 있제. 나는 모조리 알고 있당깨. 나는 다 알고 또 믿고 있다. 야! 쪽발이 저것들이 백년을 갈 것이냐, 천년을 갈 것이냐! 흥, 짜식들! 갈라면 가그라, 요놈들아! 나는 하나도 무서울 것 없당깨로!

    …… (공허한 메아리)

    -「소작지」(『노경식희곡집2 정읍사』 3막의 일부분)

「소작지」의 공차동은 비록 소작농이지만 오로지 자신이 가꾸며 일구고 있는 땅을 지키기 위한 신념으로 가득하다. 물론 공차동도 자신과 주위 사람들이 고향 땅을 떠나고 사람들이 죽어가는 원인을 잘 알고 있다. 하지만 공차동의 바람은 흙을 파고 일구어서 막

내 동식이를 공부시키는 일이다. 왜냐하면 자신의 자식은 더 이상 무식한 소작농으로 살아가지 않아도 된다고 생각했기 때문이다. 그래서 만주로 떠난 차동의 성님이나 동생 삼동, 지주의 종을 팔려 갔다 도망쳐 온 딸 점순이를 따라가지 않았다. 아내가 사주사에게 농간을 당하고 죽으려고 하던 것도 모두 무시하고 땅을 지키기 위해 사주사에게 고개를 숙인다. 그리고 3막의 마지막 대사에서 공차동은 자신만의 신념을 통해 소작농 계약서를 들고 허탈한 감정으로 뒤섞여서 외친다. 공차동의 마지막 대사 "나는 하나도 무서울 것 없당깨로"를 통해 자신에게 위로의 말을 건네고 있는 것이다. 어쩌면, 공차동은 자신에게 인고의 공간, 자신의 고향을 지켜야 할 안쓰러운 공허한 메아리와 같은 외침을 울리고 있다 하겠다.

노경식의 희곡 「달집」과 「소작지」에서 형상화된 전라도라는 공간적 배경은 슬픔으로 가득하다. 그 땅을 지키지 못한 이들은 고향 땅을 등지거나 죽음의 비극을 맞이한다. 민중들은 슬픔의 시간을 간신히 버티고 있는 것이며, 극의 결말 부분으로 갈수록 '전라도'는 민중들의 고통을 견뎌내고 있는 인고의 공간으로 형성되고 있다. 「달집」에서 우리의 아픈 역사를 '간난'의 생애에 집약시켜 놓고 무대공간인 전라도는 간난이 안고 있는 인고의 시간과 슬픔을 끌어안고 사는 장소로 만들고 있다. 그리고 「소작지」에서 전라도는 일제 식민지를 살아가는 소작농 공차동이 무엇과도 바꿀 수 없으며 끝까지 지켜나가야 할 생명의 터전인 것이다.

3. 숭고한 공간 - 희생, 용기

노경식의 희곡에서는 유독 설화적 소재와 요소를 많이 사용하고 있다. 그는 극작품에서 설화적 내용을 차용하면서 그것을 뒷받침해 줄 수 있는 민요, 옛이야기, 가요들을 배치하고 있다. 단지 그는 작품에서 설화적 요소를 재해석하거나 변용하기 위해 이들을 사용하는 것이 아니라 설화의 역사와 시대적 상황에 맞는 극적 사실성을 높이기 위해서이다. 신라의 설화를 극화한 작품에서도 시대에 맞는 향가, 가요를 삽입해 놓고 있다.8) 전라도 지역 설화를 극화하면서 전라도의 옛이야기나 자장가를 삽입하여 지역적 정서와 민중들의 토속적인 생활상의 리얼리티를 확보하고 있다.

특히, 전라도 지역 설화와 사적지를 극화한 희곡 「江건너 너부실로」와 「만인의 총」은 극중극 형식을 통해 지역의 장소성을 뚜렷하게 형성해 나가고 있다. 극중극은 극 속에 다른 극이 삽입되어 있는 이중구조를 말한다. 극중극의 효과는 전체극의 내용을 반복하거나 정리해주는 기능을 통해 주제를 부각시키는 점과 극의 혼란을 야기 시키는 두 가지로 나타난다. 그 가운데 노경식의 희곡작품은 극을 정리하면서 주제를 한층 부각시키는 역할을 하고 있다.

기효증 (탄식하며) 어느 날인가 내가 친정 이야기를 꺼냈더니만, 그 애가 하는 말이 이랬어요.
기씨부인 (소리) 지아비가 돌아왔을 적에, 집안에서 찬바람이 불면 안 되는 일입니다. 서방님 맞아주는 낯익은 얼굴은 아무데도 없고, 빈 마당과 찬 방바닥에, 고리치고 반겨주는 강아지 새끼 한 마리와 천장에 매달

---

8) 신라의 '거타지 설화'를 극화한 「하늘보고 활쏘기」(『한국문학』, 1978. 4월호)에서는 거타지의 1인극 드라마로 거타지의 입으로 처용가의 도솔가 등이 읊어진다. 이것은 신라의 설화적 시대적 배경에 맞는 사실성을 확보해주고 있다. 그 외, '지귀설화'를 극화한 「탑」이나 '만파식적 설화'를 극화한 「神笛」에서도 극 성격에 맞는 다양한 설화적 소재들을 삽입시키고 있다.

린 거미줄뿐이라면, 너무너무 적적하고 허망한 일이
지요! 어느 날 지아비가 불쑥 찾아들기라도 할라치
면, 그 아내와 자식된 새끼는 다소곳이 문 밖에서
기다려 주는 것이 도리요, 정 아니겠습니까, 큰 오라
버니?

기효증　허허, 말이야 열 백번 옳았었지. 때에 내가 생고집을
　　　　부려서라도 친정집에 데려다 났더라면 좋았을 것
　　　　을…… 〈사이〉

김남중이가 유골함을 안고 일어나서, 할아범에게 준다. 할아범
이 안고 터벅터벅 걷는다.

-「江건너 너부실로」

(『노경식희곡집3 - 하늘만큼 먼나라』 3막 2장 일부분)

　「江건너 너부실로」는 전체 3막 2장의 극 구성을 취하며 전라도
장성에 내려오는 '팔뚝무덤' 이야기를 극화하였다. 1막 1장에서 3
막 1장까지는 정유재란 시기 전남 장성 마을에 내려오는 '기 씨 부
인'의 정조와 지조에 대한 이야기를 전개하고 있다. 임진왜란의 소
용돌이 속에 시부모님을 잃고 남편 김남중마저 왜군에게 끌려가
소식이 없는 상황이었다. 김남중의 아내 기 씨 부인은 집안을 지키
며 남편을 기다리고 있었다. 이를 안타깝게 생각한 기 씨의 큰 오
빠는 너부실 친정에서는 잠시 아들을 데리고 난을 피해 있으라고
기별을 한다. 그러나 기 씨 부인은 집안을 지키고 있다가 끝내 전
남을 도륙한 왜놈들과 만나게 된다. 왜놈들은 외동아들을 붙잡아
가고, 기 씨 부인은 왜놈에게 잡힌 손을 부끄러워하며 팔뚝을 자르
고, 자신은 팔뚝만 남긴 채 강물에 몸을 던졌다.
　3막 2장에는 정유재란이 끝나고 장성 고향집으로 김남중이 돌아

온다. 김남중은 할아범에게 기 씨 부인의 정조와 장렬한 최후의 이야기를 듣고 '팔뚝'만으로 기 씨의 장례를 치른다. 이때 작가는 기 씨 부인의 큰 오빠의 이야기를 통해 다시 한 번 기 씨 부인의 절개와 꿋꿋한 신념을 극중극 형식으로 담아 관객들에게 전해준다. 이처럼 앞선 대사를 한 번 더 반복함으로써 관객들에게 '기 씨 부인의 정조와 기개'라는 주제를 집중력 있게 전달하고 있다. 동시에 무대 공간은 용기 있는 기 씨 부인과 전라도의 민중들의 희생을 통한 숭고한 장소로 변해 버리고 있다.

노경식의 다른 희곡보다 애국심이라는 주제에 초점을 맞춰진 「만인의 총」은 전체 9장으로 구성되어 있는데, 극의 앞뒤에 서장과 종장을 삽입시켜 두고 있다. 서장은 극적 요소에 개막을 알리는 '프롤로그' 역할을 한다. 서장은 전체 줄거리가 발전해 나가는 부분이며 어떠한 상황의 한계를 정하고 관객의 주의를 집중시키는 부분이기도 하다. 서장에서는 현대의 병사들이 고상사의 고향에 있는 무명용사의 탑인 '만인의 총'을 방문하면서 시작된다. 그 곳에서 고면장을 만나서 임진왜란 당시에 상황을 전해 듣고 마침내 정유재란 당시 남원성 공격 상황까지 설명을 듣는다. 이처럼 「만인의 총」은 서장에서부터 이중적인 극중극 형식을 알리면서 극이 시작된다.

1장과 9장에서는 전북 남원성에 살고 있는 민중들 손공생, 아버지, 큰아들, 금이, 남원부사 임현, 구례현감 이원춘, 선비 오흥업 등 남원 주변에 있는 전북 관민들이 장렬히 왜군과 맞서 싸운다. 이들 가운데 한 명이라도 도망가거나 자신의 안위를 찾는 사람이 없다. 오로지 자신의 안위를 지키는 이는 명나라의 장수들뿐이다. 전북의 민중들은 각자 그 자리를 지키는 일이 자신을 지키는 일이라고 생각한다. 극 속 인물들의 용기는 민중들을 더욱 끈끈한 정으로 뭉치게 하고 끝내 목숨을 던져 장렬히 싸운다.

> 고면장　(목소리) 요렇게 해서 우리 조상님들은 장렬한 최후를 마치셨다는 게야. 때에 왜병은 이틀 동안을 더 머무르면서, 나머지 살육과 약탈과 방화와 파괴를 무참히 자행하고 말았어요. 죽은 시체의 코를 베고, 귀때기를 잘라내고... ....〈중략〉 허나, 어느 누구의 말마따나 인간은 패하는 것이 아니고 파괴될 뿐이라네! 왠고하니, 우린 애걸복걸 하면서 무릎꿇고 항복헌 것은 결코 아니었으니깨. 그러므로 우리는 다시금 꿋꿋하게 되살아나서, 요렇코롬 조상님을 뵈러 온게 아니겠냐?

-「만인의 총」

(『노경식희곡집3 하늘만큼 먼나라』 9장의 일부분)

정유재란 '남원성 전투'는 처참하면서도 장렬한 전투였다. 남원성 안, 가구가 겨우 아홉 채 정도만 서 있었다. 그렇게 남원의 관민들은 쓰러져갈 때까지 싸웠다. 작가는 그들의 희생을 통해 지금의 우리가 있을 수 있다는 이야기를 전달하고 있다. 마지막 종장은 줄거리가 끝났음을 알리는 동시에 줄거리를 요약 정리하는 기능을 한다. 종장에서는 '만인의 총'이 보이면서 군인들의 경례와 함께 진혼곡이 흘러나온다. 이처럼 다시 한 번 무대 공간은 무명용사들의 희생에 대한 숭고한 의미들로 가득하게 된다.

노경식의 희곡 「江건너 너부실로」와 「만인의 총」은 극중극 형식을 통해 지역의 장소성을 형성해 나가고 있다. 「江건너 너부실로」은 전남의 장성마을에 전해오는 '팔뚝 무덤'에 관한 이야기를 극화한 것이다. 이 극은 에필로그 기능을 강화시켜 기 씨 부인의 정조와 민중들의 희생이라는 주제를 강화시키고 있다. 그리고 「만인의 총」은 극의 처음과 끝부분에 이야기를 더하는 이중적 구조를 취하여 정유재란 당시 전북 남원 관민들의 용기 있는 정신과 희생에 주목했다. 결국 이 두 작품은 극중극 형태를 취하면서 임진왜란 당시 전라도 민중들의 나라를 위한 용기 있는 마음을 담아내고, 관객들에게 그들의 희생정신에 절로 고개를 숙이게 만들어 버리고 있다. 따라서 이 두 작품의 무대 공간은 숭고한 희생정신이 가득한 장소가 된다.

4. 희망의 공간 – 기다림, 꿈틀거리다

노경식 희곡의 결말은 대부분은 비극으로 막을 내린다. 그의 희곡 등장인물들은 현실의 고통 속에 미쳐가기도 하고, 정든 곳을 떠나가기도 하고, 심지어 죽음을 선택하기도 한다. 이러한 이별, 떠남, 죽음을 통해서 극작가가 구현하고자하는 굴곡진 민중들의 삶의 애환은 더욱 짙은 색을 띠게 된다. 하지만 그의 희곡은 슬픔만 존재하지 않는다. 인간의 삶이 정말로 마지막이라고 생각하는 순간에 새로운 희망이 스며들기 시작하는 것처럼. 노경식의 희곡도 등장인물들이 슬픔의 끝을 달리고 있을 때, 한줄기 빛과 같은 희망이 움터서 다가온다. 그 순간, 무대는 새로운 희망이 꿈틀거리는 공간이 된다.

노래 〈중략〉
꽃샘바람 몸으로 돌고
밤이슬도 차갑소.

초산에 달 오르니
임의 소식 알리듯
달 그림자 임이신가
내 님이여 어서 오소서
-「정읍사」(『노경식희곡집2 정읍사』 제10장의 일부분)

　노경식의 희곡 「정읍사」는 백제의 고대가요를 바탕으로 작가의
극적 상상력이 발휘된 작품이다. 작가의 상상력은 극적 시간부터
백제의 국운이 기운 시점으로 잡아 놓고 있다. 북장수 아내는 '황
산벌 전투'에 독전대원으로 나가 돌아오지 않는 지아비를 기다리
고 있다. 지아비인 북쟁이는 전투에서 두려움 때문에 군영을 뛰쳐
나오고, 산적에게 붙잡혀 그들의 흥을 돋우는 북장단을 치고 있다.
북쟁이는 군영을 뛰쳐나온 자괴감과 현재 자신의 모습에 더없이
절망하다 산적의 소굴을 빠져나온다. 그때, 산적 왕방울에게 들켜
싸움을 벌어지고, 그는 산적 개소의 칼을 맞고 쓰러진다. 그것을
모르는 지어미는 산꼭대기에 올라가 여전히 달님에게 지아비 무사
귀환을 빈다. 지어미에게 유혹이 없지는 않았다. 그때마다 지아비
와 오롯한 정을 나누었던 장면을 떠올린다. 그 기다림에 희망을 주
는 부분이다. 인용 부분은 약초꾼의 유혹을 물리치고, 약초꾼에게
"북쟁이가 산적이 되었다"는 소식에도 아랑곳 하지 않고 산 정상에
올라서 지아비의 무사귀환을 빌고 있다. 이 공간만은 지어미의 애
잔한 기다림이 있는 희망의 공간인 셈이다.
　그 외, 희곡에서도 슬픔의 낭떠러지에 몰린 극적 주인공에게 희
망의 빛을 보여주고 있다. 「달집」에서는 모든 것을 잃어버린 노파
'간난'에게 들판의 아침 햇살이 희망의 움으로 비춰오고 있다. 모
든 고향 사람들이 떠나버린 마을에 빈 들판같이 남은 「소작지」의

공차동에게도 막내 동식이가 친구들과 작별 인사를 나누는 메아
리 울려서 들려온다. 메아리는 마치 헤어짐이 잠시 슬프지만 다시
만날 수 있다는 듯이 희망의 메아리를 울려주고 있다 하겠다.

아버지　　　뙤놈 장수 야원이가 도망친다! 비겁한 저놈을 잡아
　　　　　　죽여라!

큰아들이 대신 쫓아가다가 왜병의 칼을 맞고 쓰러진다.

둘째　　　　(성벽에서)화약고를 폭발시켜라! 화약고를 폭발시켜요!
　　　　　　……

둘째가 화약(성 벽 위 구석에서)에 불을 당긴다.
이어 , 번쩍 하는 섬광과 함께 화약고의 대폭발...
　　　〈중략〉
성벽 위의 시체 더미 속에서, 금이가 가까스로 헤집고 일어나
는 모습이 희미하게 멀리 보인다.
　-「만인의 총」(『노경식희곡집3 하늘만큼 먼나라』 6장의 일부분)

　「정읍사」와 마찬가지로 「만인의 총」도 전북 남원의 '만인의 총'
사적지에 관한 작가의 극적 상상력을 더해서 만든 작품이다. 이 작
품은 역사적 인물 구례현감, 남원선비 오흥업 등을 제외한 나머지
인물들은 작가에 의해서 형상화 되었다. 하지만 정유재란 당시 호
남을 도륙하던 왜군과 맞서 싸우던 남원 관민들의 항쟁이라는 역
사적 사실을 극적으로 묘사하고 있다. 작가는 이름 없이 죽어간 민
중들의 의로운 기상과 굳건하게 지킨 조국애를 보여주기 위해서
그들에게 이름을 명명해 주었다. 대장쟁이 아버지, 큰아들, 큰아들
의 아내 금이, 둘째, 금이의 남동생 손공생, 술을 빚는 주모, 흙을

파던 농부. 이들 하나 자신을 위해 평탄한 길을 가지 않는다. 숨지도 않는다. 임신을 한 금이 역시 그렇게 희생되는 인물로 그려지고 있는데 남원성이 대폭발되어 함몰되는 순간, 아기를 가진 금이를 일으키고 있다. 어떠한 좌절과 상처 속에서도 꿋꿋하게 일어나는 민중의 잡초 같은 생명력을 보여 주고 있다. 그것이 바로 희망의 싹이다.

노경식 희곡은 절망 속에서 커다란 희망의 빛줄기를 숨겨두고 있다. 이것은 그가 '전라도'라는 무대 공간에 담겨있는 역사적 아픔을 뿌리를 보여주면서 그것을 이겨내고 극복할 수 있는 힘을 보여 주고 있다. 지금은 그 힘이 미약할지라도 나중에는 거대한 횃불이 되어 돌아올 것을 알고 있는 것처럼. 극작가 노경식은 희곡 곳곳에 짙은 어둠 같은 슬픔을 무대에 가득 채운다. 그리고 그 속에 희망의 꼬리를 살짝 감춰놓고 막을 내린다. 관객들은 이미 무대 공간 속에서 희망의 분위기를 안고 돌아간다. 결국, 노경식의 희곡 속 '전라도'는 슬픔의 덩어리만 안고 사는 곳이 아니라 그 슬픔을 이겨낼 수 있는 끈질긴 생명의 싹이 트는 희망의 공간이 되는 것이다.

5. 노경식의 시선이 머문 무대 공간

전라도는 마치 탁 트인 하늘이 넓은 들판을 안고 있는 듯 정겹고 아늑한 곳이다. 예전부터 '기근에도 전라도를 찾으면 굶어죽을 일이 없다'는 말이 나올 정도로 전라도는 곡창지대이며인정이 많은 곳이다. 그러나 전라도는 격변하는 우리의 역사 속에서 유독 많은 아픈 기억을 고스란히 안고 있으며 슬픈 가락이 숨겨져 있다. 특히, 임진왜란과 나라잃은시기 일제의 수탈이 극심한 지역이기도

하다. 이러한 지역에서 나고 자란 노경식은 아픈 이야기들을 귀에 담고, 가슴에 편지처럼 꽁꽁 동여매고 있었을 것이다. 그는 이 모든 것을 무대 공간에 고스란히 담아냈다.

물론, 그는 무대 공간을 '전라도'만으로 설정한 것은 아니다. 하지만 그는 50여 년의 극작 활동 가운데서도 민중들의 삶의 자리를 지켜보고, 보듬어보고, 쓰다듬는 일을 마다하지 않았다. 그의 눈길은 날카로우면서도 따듯했다. 그가 형상화한 인물들에게 찬바람 같은 시련은 있어도 쓰러져 넘어지는 일은 없었다. 그것이 역사의 외지고 굴곡 많은 '전라도'라는 지역성과 만나서 노경식 희곡에 스며들었다.

그는 전라도 땅위에서 슬픈 역사를 겪어온 민중들이 만들어 놓은 인고의 공간의 힘을 보여 주었다. 굴곡 많은 우리의 역사 한 줄기에 민중들의 시련과 그것을 극복하려는 의지를 단단히 새겨 놓았다. 때로는 전라도에 전해지는 설화와 전통적 이야기 속에 민중들의 희생을 담아 숭고한 공간을 형성하기도 했다. 이러한 공간은 관객들에게 애잔하면서 용기 있는 삶의 무게를 잡아 주었다. 게다가 무대에 가득한 슬픔 속에서 희망의 빛줄기를 비추고 있다. 이것이 극작가 노경식이 바라보는 무대 공간으로서 '전라도'이다.

노경식의 희곡 속 등장인물들은 우직한 그와 닮아 있다. 어느 누구도 삶의 굴곡 속에서 자신의 안위만 찾으며 혼자서 뛰어가는 이가 없다. 그는 첫 희곡집 『노경식 희곡집 1- 달집』의 '머리말'에서 "죽을 때까지 이 걸음"으로 걸어갈 수밖에 없다고 했다. 그의 다짐처럼 그는 그렇게 자신의 희곡 속 인물들과 삶의 길을 함께 걸어왔다. 앞으로도 그렇게 걸어갈 것이다. 그리고 자신이 나고 자란 곳 '전라도'를 무대 공간 삼아 그 곳 사람들을 지그시 바라볼 것이다.

마치 그의 희곡 「소작지」에서 늦가을 볏짚가리를 지붕에 올리는 일을 도와주던 막내 동식이가 저녁 풍경쳐다보며 내뱉는 대사처럼. 그윽하고, 따뜻하게.

> 동식   (머리를 서쪽 하늘에다 돌리고) 야, 저 하늘 좀 봐라.
> 하늘이 아주 삘허당께. 참말로 근사하다!

(『문예연구』 2019 여름 101호 전재)

김 봉 희
경남대학교 국문과를 졸업하였으며 동 대학원에서 박사 학위를 받았다. 1995년 『예술세계』 희곡부문 신인상을 수상하며 문단에 나왔다. 1997년 '대산문화재단' 희곡부문 수혜를 받았다. 현재 경남대학교 교양융합대학 의사소통교육부 교수로 재직 중이다.
저서: 창작집 『저녁전 계단오르기』(평민사, 1998),
       『너울너울 나비야』(예니, 2006),
       『멀어지는 그대 뒷모습』(연극과인간, 2012) 등이 있다.

마지막 희곡집?

김 성 노
(극단 동양레파토리 대표, 동양대학교 교수)

노경식 선생님이 희곡문학에 등단하신 지가 올해로 54년이 된다. 어느 누구나 한 가지 일을 50년 넘게 한다는 일은 쉬운 일이 아니다. 보통 직장 일이 25살에 시작해서 60살에 끝난다 해도 35년 밖에는 되지 않는다. 이러한 면에서는 노경식 선생님은 어떻게 보면 축복받은 사람이라고 할 수 있겠다. 물론 여러 가지 면에서는 문제도 많이 있지만… 선생님은 흔들리지 않고 계속 연극예술의 가장 근본이 되는 희곡작품을 집필하는 데 한평생을 바치신 분이라고 당당히 이야기하고 싶다.

노곡 노경식 선생님은 1965년 서울신문 신춘문예 희곡 당선작 〈철새〉로 문학에 입문하신 이래 지금껏 연극의 가장 기본이 되는 희곡, 즉 연극대본을 집필해 온 한국연극계의 산 증인이시다. 대표작 〈달집〉을 비롯하여 〈서울로 가는 기차〉〈포은 정몽주〉〈찬란한 슬픔〉〈千年의 바람〉 등 우리 민족의 희노애락을 극작가의 개성있는 필력으로 펼치셨고, 어느 정도의 연륜이 있는 연극인이라면 선생님의 작품을 한번쯤은 접해 봤다고 생각한다. 내가 처음 연극에 입문했을 때 배운 연극은 '눈으로 보는 연극이 아니라 귀로 보는 연극'이었다. 최근의 많은 연극들이 시각적인 면과 자극적인 면에 많이 치우치고 있다고 생각한다. 이런 면에서 선생님의 작품은 그야말로 눈으로 보는 연극이 아닌 귀로 보며 마음속으로 생각하게 만드는 연극이라고 믿는다.

　이번 제8희곡집에 상재되는 네 편 중에서 영광스럽게 나는 두 편의 작품을 연출하는 인연과 행운을 맛보았다. 한 편은 16세기의 7년 대전 임진왜란이 끝나고 조선과 일본의 화해통상을 이끌어낸 두 나라 지도자, 사명당 유정대사와 도쿠가와 이에야스의 평화담판을 다룬 〈두 영웅〉이며, 다른 한 편은 우리 현대사에서 친일청산에 실패한 불명예와 치욕적인 사건이라고 할 수 있는 〈반민특위〉이다. 두 작품 모두 우리나라의 역사이면서도 제대로 알려지지 않은 한 많은 애달픈 이야기이다.

　〈두 영웅〉은 4백여 년 전 조선의 큰스님 사명당과 일본의 대장군 도쿠가와 이에야스 사이의 대결과 담판을 소재로 하여 그 이후 260여 년 동안 한일 간의 선린통상과 평화우호의 초석을 다지는 이야기를 다루고 있다. 이 작품은 한국의 대표 극작가 '노경식 등단 50주년'을 기념하고, 아울러서 2015년의 '한일수교 50주년'을 기념해서 만들어진 작품이기도 하다. 최근의 한일관계의 '경제적 침탈과 국난'을 곱씹어보면 양국의 정상과 지도자들에게 권하고 싶은 작품이다.

　〈반민특위〉는 일제강점기에 활동했던 민족반역자와 매국노 등 친일파들을 처단하기 위해 설치한 『반민족행위특별조사위원회』가 오히려 친일 부패세력에 의해 해체되는 비극적 과정을 다룬 작품으로서, 오늘날 있어 친일 적폐청산이나 일제잔재 청산이라는 말이 인구에 회자되는 요즘에는 다시 한 번 반추하고픈 작품이다. 이 작품은 2017년에 노경식 선생이 「늘푸른연극제」(원로연극제)에 초청받아서, 당신 자신의 작품 선택으로 대학로 아르코예술극장 대극장에 올려져서 많은 호평을 받은 바 있었다.

이와 같이 선생님의 작품은 먼 지역의 이야기가 아닌 바로 우리의 이야기, 특히 우리의 아프고 슬픈 역사를 진솔하게 보여주고 있다. 좀 더 직설적으로 말하면 선생님이 50여 년 동안 우리에게 해주신 연극 소재는 바로 우리네 한국인의 이야기이다. 이런 한국인의 역사 이야기를 선생님은 일관성 있게 변하지 않은 리얼리즘이라는 문학양식을 통해서 우직하게 보여주고 계신다.

이제 노곡 선생님이 자신의 여덟 번째 희곡집을 상재하신다. 선생님과 술자리를 자주하는 나에게 선생님은 여덟 번째 희곡집을 얘기하시면서 "니가 이번 희곡집엔 두 작품을 연출했으니 뒷풀이 글을 써봐요" 하고, 제8희곡집 『봄꿈·세 친구』에 글을 올리는 영광을 주셨다. 그러면서 선생님은 자신의 마지막 희곡집이 될 것 같다고 말씀하셨다. 그러나 선생님을 아는 연극동지들은 그 말씀을 믿는 사람은 없을 듯하다.

'선생님에게 마지막? …'
아마도 또 다른 한국인의 이야기를 들고 한국연극의 텃밭 우리네 대학로에 나오실 것을 나는 진실로 기대하고 확신한다.

최근 많은 원로 연극인들이 우리 곁을 떠나셨다. 작은 바람은 노곡 선생님께서 오래도록 우리 곁에 남으셔서 훌륭한 작품으로 우리에게 영양분을 주시고, 또한 날카로운 질책과 따뜻한 우정으로 우리들을 인도해 주시기를 바라며 글을 마친다.

생활연극으로 무대에 올리고 싶은
노곡 선생의 〈달집〉

정 중 헌
(사) 한국생활연극협회 이사장

1. 노경식 선생님의 원고 청탁

80고개를 넘으신 노경식 선생이 희곡집을 낸다는 소식을 동방인 쇄공사에서 처음 들었다. 인쇄에 연극을 접목해 온 허성윤 사장이 노(老)작가의 작품집을 출간해 드린다는 미담(美談)이었다.

며칠 후 노 선생님이 이번에 출간할 제8희곡집의 목차를 보내며 '뒷풀이글'을 부탁하셨다. 상재할 희곡은 〈두 영웅〉, 〈반민특위〉, 〈봄꿈〉, 〈세 친구〉이였다. 4편 중 〈두 영웅〉과 〈반민특위〉는 무대화된 작품을 보았으며, 〈봄 꿈〉과 〈세 친구〉는 메일로 보내 주신 희곡작품으로 읽었다.

임진왜란 후 사명당과 도꾸가와 이에야스의 역사적 담판을 그린 〈두 영웅〉은 노경식 등단 50주년 기념으로 김성노 연출로 헌정되었다. 역시 김성노 연출로 극화된 〈반민특위〉는 2017년 「늘푸른 연극제」(원로연극제) 작가로 선정 초청돼서 아르코대극장에서 공연되었다.

희곡으로 읽은 〈봄꿈〉(春夢)은 제목처럼 아련한 추억을 되새겨

주었다. 지금은 변모한 양동의 사창가, 남산 기슭길, 4.19묘지 등
이 배경으로 등장하는 이 작품은 4.19혁명에 가담한 젊은이와 창
녀와의 지순한 사랑을 그린 러브스토리지만 시대의 아픔과 회한이
녹아있다. 〈세 친구〉는 일제 식민통치 시대에 활동한 세 예술가의
서로 다른 삶을 조명하면서 연민과 성찰과 청산의 메시지를 전하
고 있었다. 초고에는 한국 연극예술가들의 살아있는 실명(實名)을
썼다가 작품을 다듬으며 가명으로 바꿨는데, 몇 차례 공연 기회가
무산될 만큼 예민한 소재를 다루고 있었다.

　이 4편의 희곡 작품집에 발문(跋文)을 쓰는 것은 행복이고 기쁨
이다.

2. 노경식 작가와의 교유

　조선일보 연극기자 시절에 노경식 선생을 자주 뵙지는 못했다.
하지만 그의 대표작 〈달집〉을 본 기억이 생생해 늘 존경해 마지않
았다. 성균관대 대학원 박사과정 재학 중 희곡 〈달집〉을 텍스트로
읽으며 그 명료한 테마와 토속성 짙은 걸쭉한 대사에 반해 다시 한
번 무대공연을 보고 싶었다. 그 염원이 2013년 10월 『신주쿠양산
박(新宿梁山泊)』 대표이자 재일교포 연출가 김수진에 의해 이뤄졌
다. 그가 일본 단원들을 이끌고 아르코대극장에서 일본어로 〈달
집〉을 공연한 것이다. 대사가 일본어인데도 원작의 농촌 분위기를
우리 정서에 맞게 살려내 참으로 감동적이었다. 1971년 명동 국립
극단에서 임영웅 연출, 김도훈 조연출로 초연된 〈달집〉에서 간난
노파 역을 백성희(白星姬) 선생님이 맡아 명연기를 펼쳤는데, 이
작품에선 재일교포 이려선(李麗仙) 명배우가 열연해 호평을 받았
다. 이 연극을 보며 새삼 희곡의 힘을 느꼈고, 노경식 작가에 대한

존경심을 갖게 되었다.

노경식 선생님과 본격 교유가 시작된 것은 2016년부터. 그해 2월 극작가 노경식 선생의 등단 50주년을 기리는 뜻깊은 무대가 마련되었고 축하 자리에 초청을 받은 것이다. 노경식 작, 김성노 연출의 〈두 영웅〉이 아르코예술극장 대극장에서 올려 졌고, 공연의 피날레 마지막 날인 2월 29일은 「극작가 노경식 등단 50년 축하 공연」 파티가 대극장 로비에서 열렸다. 이 자리에는 연출가 임영웅 선생, 이순재와 신구 오현경 전무송 박웅 이승옥 대배우, 임권택 영화감독과 이종덕 예술기획 장윤환 언론인, 배우 심양홍 전국환과 서연호 김윤철 신선희 김도훈 김삼일 박정기 허성윤 등 많은 문화예술계 인사들과, 그의 고향 전라도 남원(南原)에서 불원천리 올라온 죽마고우(竹馬故友)들이 참석했다. 필자도 여러 연극계 어른들과 함께 기념사진을 찍고 축하를 드렸다. 그날 페이스북에 사진과 함께 다음과 같은 글을 남겼다.

극작가 노경식 선생님의 등단 50주년 무대에 초청받아 〈두 영웅〉을 보고 뒷풀이에 참석했다. 필자는 노 선생님의 〈달집〉을 본 이후 노경식 작가를 존경해왔다. 노 선생님은 홍복을 받은 분이다. 역사를 보는 안목, 그 울림을 〈두 영웅〉으로 극화하고 50주년 기념식도 후배들의 축복 속에 했으니 말이다. 역사 연극의 중요성을 강조해온 필자에게 오늘 밤은 축제 같은 순간이다. 노경식 선생님 건강하시고 오래 공연예술 안에 계시기를 바랍니다.

3. 연극동네 노경식 촌장님

극작가 노경식 선생은 연극동네 '촌장'(村長) 같은 분이다. 대학로에는 여러 어른들이 계시지만 동네에서 자주 뵐 수 있고, 마을 경조사에 빠지지 않으며, 더욱이 후배들과 어울려서 막걸리 잔을 기울이며 연극과 인생을 상담해 주고 조언해 주는 큰형님 같은 어른이시기 때문이다.

노경식 선생님과는 한 달에 두 번 꼴로 모임을 갖고 있다. 15명 안팎의 연극인들이 소박한 『대학로빈대떡』 집에 모인다. 회비 만 원을 내고 간단한 안주에 막걸리나 소주를 마시면서 담소하는 연극동지들의 친목 모임이다. 때로는 연극계 현안이나 문제점들을 난상토론하기도 하고, 회원들의 연극 활동이나 경조사 등의 동정(動靜)이 오가는 소통의 자리이기도 하다. 이 '만빵구락부' – 1만 원씩 갖고 모인다는 뜻 – 모임의 좌장은 노경식 선생님이시다. 한국연극협회 고문이기도 한 노 선생은 시시비비가 분명한 분이다. 검열문제나 블랙리스트 같은 현안은 발 벗고 나서서 성토하지만 예술가들의 복지나 창작활동 면에서는 늘 연극인 편에서 따뜻한 격려를 보낸다. 연극계의 원로들이 귀천(歸天)하면 조사를 하기도 하고, 후학들이 출간을 하거나 좋은 행사가 있으면 축하와 덕담을 해주신다.

그래서 연극동네 어른이시고 촌장이다. 늘 모자를 단정히 눌러 쓰고 대학로에 나와서 연극인들과 막걸리 잔을 나누며 '죽을 때까지 이 걸음으로 가겠다'는 노경식 선생님. 연극계에 크고 작은 일이 있을 때마다 앞장서는 노경식 선생이야말로 연극동네에 오래 계셔야 할 우리의 촌장이시다.

4. 생생한 역사 기록극 〈반민특위〉

노경식 선생은 2017년 제2회 「늘푸른연극제」에 극작가로 선정
되셨다. 한국 연극계에 기여한 원로들의 업적을 기리기 위한 축제
로서, 작가 자신이 가려뽑은 장막극 〈반민특위〉를 김성노 연출로
아르코대극장에 올렸다. 당시 필자는 페이스북과 인터넷 매체 『인
터뷰 365』에 다음의 글을 올렸다.

제2회 늘푸른연극제 세 번째 작품으로 8월 11일 아르코예술극
장 대극장에서 막을 올린 〈반민특위〉는 〈달집〉으로 한국 리얼
리즘 연극의 한 획을 그은 노경식 작가가 이 시대에 던지는 강
렬한 메시지라고 할 수 있다. 적폐청산을 외치는 정권에서 친
일 청산이 좌절된 반민특위는 예민한 소재일수도 있었으나 김
성노 연출(협력 이우천)은 희곡을 해체시켜 영상을 활용한 펙트
위주로 사건을 전개해 반민특위의 수난사를 스피디하게 보여
주었다. 특히 노경식 작가와 연출이 엄선한 시니어 배우들이
화려한 개인기로 역사극의 딱딱함을 일거에 날려버렸다. 극중
이인철의 이승만 연기는 발군이었다. 특위위원장 김상덕 역의
김종구, 특검 대장 이준이 이 대총령과 벌인 경무대 장면은 연
기파 배우들이 아니면 볼 수 없는 명연이었다. 여기에 국립극
단 출신 정상철은 친일파 김태석 역을 미꾸라지처럼 얄밉게 해
냈고, 노장 권병길도 친일파 이종형 역을 똑부러지게 해냈다.
시민 역으로 나온 유정기 배상돈 최승일은 관극의 이해를 도
우며 관객의 사랑을 받았다. 기자 역 이승훈도 기대 이상 호연
했으며, 시경 사찰과장 역 문경민과 백민태 역 노석채, 이광수
역 이창수도 개성 연기를 보였다.
반민특위는 건국 후 친일파를 척결하기 위해 발족한 반민족특
별행위특별조사위원회의 약칭이다. 하지만 불과 6개월 만에 해
체되고 말았다. 이 같은 역사를 기록극 형식으로 구성한 80대

노작가가 이 작품을 통해 지금 우리에게 무슨 말을 하고 싶은 것일까. 역사에 가정은 없다지만 반민특위가 제 역할을 다했다면 지금 우리는 어땠을까. 이 작품은 흥미로만 보기엔 느껴지는 점이 너무 많았다. 우선 규모면에서 관객을 압도했다. 군중 역까지 합치면 29명이 출연한 이 작품은 국공립 무대에서 오랜만에 펼쳐친 역사극이었다는 점에서 특기할 만 했다.

5. 노경식의 역사인식과 작품세계

뒷풀이글을 쓰기 위해 서재에 꽂혀있는 유민영 저 『한국현대희곡사』(1982, 홍성사 간)를 꺼내 보았다. 연극사학자 유민영 교수는 극작가 노경식을 다음과 같이 서술하고 있다.

> 1960년대 참신한 극작가들이 대거 등장했다. 60년대에 등장한 작가들은 박조열을 위시해서 천승세, 김의경, 이재현, 이만택, 신명순, 노경식, 오태석, 윤대성, 전진호, 오재호, 김기팔, 고동표, 황유철, 서진성, 정하연, 전옥주, 조성현, 김용락, 윤조병 등 20여명이나 된다.
>
> 희곡사상 한 시기에 20여명의 극작가들이 등장한 예는 일찌기 없었다. 이중 6, 7명이 꾸준히 작품활동을 할뿐 상당수가 방송작가로 돌아섰거나 아니면 창작의 어려움에 부딪혀 도중하차했다.
>
> 혁명 등 시대상황의 변화와 함께 이들의 다양한 체험과 감각은 희곡세계의 지평을 확대하기에 충분했다. 더욱이 이들 신진작가들은 대부분 십대 전후에 해방과 동족상잔을 겪고 이십대에 혁명을 두 번씩이나 겪은 세대이기 때문에 민족과 사회를 보는 눈이 매우 심화되어 있었다.

극작가 노경식 선생은 역사극에 관심이 많고 역작들이 많으나 주목할 만 한 현대극도 여러 편 남겼다. 1965년 서울신문 신춘문예에 당선된 〈철새〉는 도시 배경의 작품이다. 『한국현대희곡사』에 기술된 유민영 교수의 글을 옮겨본다.

> 남부 출신 작가이면서도 노경식은 데뷔 당시 도시인을 그렸다. 그의 처녀작인 〈철새〉가 바로 그러한 작품이다. 〈철새〉는 제목 그대로 먹이와 기후를 찾아 떠도는 후조와 같은 인간군상을 그린 작품이다. 과거를 가진 뜨내기들을 등장시켜 따뜻한 인간애와 구원을 그린 내용이다. 매우 공고한 구성과 정통 리얼리즘 기법을 고수하는 노경식은 뿌리 뽑힌 서민들의 인간애와 삶의 애환을 묘사하고 있다. 다음 작품 〈격랑〉은 6.25전쟁의 참화를 묘사한 작품이다.

극작가 노경식은 역사적 질곡 속에서 민중의 애환을 다룬 작품과 역사적 인물과 설화를 소재로 한 작품을 다수 창작했다. 노경식 희곡의 저류에 흐르고 있는 사상은 민족에 대한 따뜻한 연민과 역사에 대한 올바른 성찰이다.

대표작 〈달집〉은 일제 강점기부터 한국전쟁까지 수난사를 한 여인의 삶으로 집약한 대표작이다. 간난 노파는 한국전쟁의 와중에서 '빨치산'에게 욕을 당한 손주 며느리를 용서하지 않는다. 어떤 수난과 비참에도 결단코 좌절하지 않는 의지의 한국 여인상을 강렬하게 형상화했다는 평가를 받고 있다. 역사극으로는 임진왜란을 소재로 한 〈징비록〉과 〈두 영웅〉, 동학농민혁명을 다룬 〈징게맹게 너른들〉(뮤지컬) 등을 꼽을 수 있으며, 백제가요의 〈정읍사〉, 신라 설화를 소재로 하여 독재권력의 허상(虛像)을 은유한 〈하늘보고 활쏘기〉 등 여러 편이다. 〈흑하〉, 〈소작지〉, 비운의 이산가족을 다룬 〈하늘만큼 먼나라〉, 〈천년의 바람〉, 〈찬란한 슬픔〉 등의 작품도 빼놓을 수 없다.

남원 태생의 노경식 작가는 전라도 방언을 구사하는 능력이 탁월해 〈달집〉을 희곡으로 읽으려면 사투리의 뜻을 사전에서 찾아야 할 정도이다. 전라도 사투리가 주는 구수하고도 질박한 느낌은 남도의 서정과 토속성을 듬뿍 안겨주고 있다. 극작가 노경식은 한국 현대희곡사에서 확실한 자기 세계와 로컬리즘을 구축한 작가로 높이 평가받을 만하다.

6. 노경식 선생의 인간적 면모

노경식 선생님과 교유를 시작한 어느 날 선생께서는 당신의 유일한 연극 산문집 한 권을 서명해 직접 주셨다. 『압록강 이뿌콰를 아십니까』였다. '한 발짝만 건너뛰면 북녘땅, 아~ 지척이 천리로다!' 중국 단둥(丹東)을 여행하며 국토분단의 아픔을 글로 쓴 수상록이다.

> 지금 당장 여기서 한 발짝을 훌쩍 건너뛰면 내 나라 내 땅인 북한의 '義州郡 방산리'라니 그야말로 지척이 천리로구나! 빈 공터의 이 강 언덕에 서서 북한 땅을 바라다보는 우리네 한국인치고 어찌 가슴이 두근거리고 숨통이 '콱' 막히고 눈앞이 흐릿흐릿, 감개무량하지 않을 수 있으랴!

80 고개를 넘으신 노경식 작가는 SNS를 통해 본인의 뜻과 의견을 밝히는 노익장이시다. 필자는 노 선생님과 페친이지만 정치적 이슈나 이념적 글에는 '좋아요' 댓글을 누르지 않는다.

노경식 선생님은 「서울평양연극제」 개최를 위해 수년 전에는 중국 베이징과 선양(瀋陽) 연변 등지에도 다녀오는 등 열정을 보이고 계셨으며, 요즘도 뜻있는 젊은 연극인들과 이 사업을 추진하고 있다.

2019년, 올해는 3.1운동 100년, 임시정부 수립 100주년이 되는 해이다. 여러 행사가 있었고 연극계도 몇몇 기념공연이 있었으나 그 의미를 제대로 환기시키지는 못했다. 노경식 선생은 여성독립운동가 정정화 여사의 일대기를 희곡화한 〈장강일기〉(長江日記)를 '임시정부 100주년'을 기리고 역사인식을 고취하기 위해 범연극계 기념공연으로 추진해 달라고 한국연극협회와 당국 등에 호소했으나 실현되지 못한 점을 못내 아쉬워하고 있다.

2006년 서울시문화상과 2012년 대한민국예술원상을 수상하고, 2018년 보관문화훈장을 받은 노경식 선생님은 현재도 당당한 현역이시다. 이번 제8희곡집 출간을 계기로 수록된 〈봄꿈〉과 〈세 친구〉가 연극무대에 올려 졌으면 하는 것이 필자의 소망이다. 그리고 2016년 말에 필자는 페이스북에 실은 공연리뷰를 모아서 『연극동네 대학로는 재밌다』는 단행본을 상재한 바 있었다. 부록에 노경식 선생님에 대한 글을 실으며 '연극동네 촌장'이란 닉네임을 선생께 달아드렸다. 오늘날 사단법인 『한국생활연극협회』 이사장으로 활동하는 필자의 꿈은 노경식 선생의 대표작 〈달집〉을 아마추어인 생활연극 배우들과 함께 무대에 올려보는 것이다.

노곡 노경식 선생님의 또 다른 다음번 신작 희곡집을 기대하며, 만수무강하시기를 기원하는 바이다.

1938   전라북도 南原邑(市) 造山里(洞) 70번지에서, 아버지 盧海
            根과 어머니 黃後男의 2대독자로 음력 7월 14일 辰時(오
            전 8시 15분, 호적 상 12월 20일)에 태어나고, 下井里(洞)
            83번지의 本家에서 성장함.

1943   할아버지(應鉉)가 돌아가심.

1948   국민학교 4학년 때, 아버지가 35세의 젊은 나이에 急患으
            로 돌아가 시고, 할머니와 어머니의 손에서 키워짐.

1951   6.25전쟁 중에, 남원 龍城國民(초등)學校(41회) 졸업

1954   남원 龍城中學校(3회) 졸업.

1957   남원농업(용성)고등학교(18회) 축산과 졸업

1962   서울 경희대학교 경제학과(10회) 졸업

1965   드라마센타 演劇아카데미 수료(졸업)
            서울신문사('대한매일') 신춘문예 희곡 〈철새〉 당선으로
            문단 데뷔.
            동작품으로, 드라마센타의 제1회 "극작가 캐내기의 해"
            공연 (연출 이원경, 1월)
            단막극 〈반달(月出)〉- Lady A. Gregory의 〈The Rising
            of the Moon〉을 飜案하여, 드라마센타 주최 '고교연극
            경연대회' 지정작품.
            이듬해(66년) 한국연극협회의 3.1절경축 기념공연으로 명
            동국립극에서 상연 (연출 이진순)

1965~73   드라마센타에서, 제1기 「한국극작워크숍」에 참가하여 呂
            石基 교수의 지도를 받음. 이때 同人으로는 박조열 윤대성
            무세중 이재현 윤조병 오태석 박영희 이종남 황인수 등등

1965~70	고려대학교 부설 '기업경영연구소' 및 도서출판 '일신사' '동양출판사' '국세청 세우회' '민음사' '동아일보사 출판부' '삼성출판사' 등 여러 곳을 거쳐서, '동화출판공사' 편집국에 입사
1966.5.27	慶州崔氏 玉子(1943년생)와 '드라마센타 예식장'에서 혼례 (주례 소설가 黃順元 선생) 단막극 〈激浪〉- 극단 행동무대 제8회 공연, 명동국립극장 (연출 한국환, 5월)
1967	장남 石軒 출생 (9월 28일)
1969	장녀 石芝 출생 (6월 19일)
1971	2남 石榤 출생 (6월 9일) 장막극 〈달집〉(3막4장)- 국립극단 제61회 공연, 명동국립극장(9월) 제8회 '한국연극영화예술상'("백상예술대상")의 작품상 및 희곡본(노경식), 여자주연상(백성희), 연출상(임영웅) 등을 수상.
1975	장막극 〈懲毖錄〉(2부9장)- 국립극단 제71회 공연, 장충동 국립극장대극장 (연출 이해랑, 3월) 극단 여인극장 〈달집〉 재공연, 명동예술(국립)극장 (연출 강유정- 광복30주년기념 '연극축제' 선정작품, 6월)
1976	극단 〈狀況〉〈小作의 땅〉 공연, 광화문 시민회관별관 (연출 이재 오, 8. 29-9. 1) 서울 시내의 중고교 '교사극단' 으로서, 장막희곡 〈소작지〉를 改題)
1978	장막극 〈黑河〉(10장)- 국립극단 제86회 공연, 장충동 국립극장대극 장 (연출 임영웅, 6월) 동작품으로, 제4회 '대한민국 반공(자유)문학상'(문공부) 수상

1979	장막극 〈小作地〉(3막5장)- 극단 고향 제25회 공연, 광화문 쎄실극장 (연출 박용기, 6월)
	장막극 〈塔〉(2막8장)- 극단 신협 제90회 공연, 쎄실극장 (연출 이창구, 9월)
	제3회 「대한민국(서울)연극제」 여자주연상(이승옥) 수상
	단막극 〈父子 2〉- 극단 민예극장 공연, 신촌 민예소극장 (연출 허규, 9월)
1980	MBC TV드라마- 신년특집극 〈밭(田)〉(3부작) 방영
	단막극 〈하늘보고 활쏘기〉- 공간사랑에서 공연 (연출 강영걸, 1월) 이호재 모노드라마로서, 1년여 전국 순회공연
1981	장막극 〈북(鼓)〉(3막11장)- 극단 고향 제32회 공연, 장충동 국립극장소극장 (연출 박용기, 4월)
	가을에, MBC TV드라마-〈전원일기〉집필 (〈가위소리〉〈별똥별〉〈중간이〉 등)
1982	同和出版公社에서 編輯主幹(국장)을 끝으로 12년만에 퇴임.
	장막극 〈井邑詞〉(12장)- 극단 민예극장 제64회 공연, 문예회관대극장 (연출 정현, 6월)
	동작품으로, 제19회 '한국백상예술대상' 희곡상을 두 번째 수상
1983	제8회 '한국연극예술상' 수상 (한국연극협회 "올해의 연극인상")
	월간 「한국연극」지 편집위원 (-85)
	제1회 전국지방연극제(부산)에서, 전남의 光州극단 市民이 〈소작지〉를 공연하여 '대통령상'을 수상 (연출 이상용, 7월)
	장막극 〈오돌또기〉(10장)- 극단 민예극장 제72회 공연, 문예회관대극장 (연출 강영걸 심재찬, 9월) 제7회 「대한민국연극제」 참가
	극단 뿌리 〈달집〉 공연, 동아연극상 최우수 연자연기상

(김혜련)

「서울劇作家그룹」同人 (회장 車凡錫), 이듬해(84) '차범석 선생 화갑기념'으로 〈서울극작가그룹 대표희곡선〉 출판 (〈정음사〉 수록)

1984   한국일보 신춘문예 심사위원 (희곡)

청소년극 〈연극놀이〉(단막)- 〈청소년을 위한 연극대본집 1〉을 한국청소년연맹에서 발행 (연출노트 김정옥)

장막극 〈불타는 여울〉(3막9장)- 국립극단 제111회 공연, 장충동 국립극장대극장 (연출 이해랑, 5월)

1985   MBC TV드라마- 3.1절특집극 〈잃어버린 이름〉(3부작) 방영 (金恩國 원작의 동명소설 각색)

총체연극 〈삼사랑〉- 극단 실험극장 창단25주년 기념공연, 문예회관대극장 (연출 김동훈, 5월)

장막극 〈하늘만큼 먼나라〉(3막16장)- 극단 산울림 제29회 공연, 문예회관대극장 (9월)

제9회 '대한민국(서울)연극제' 대상 및 연출상(임영웅), 남녀연기 (조명남 백성희) 수상. '동아연극상' 연기상(박정자) 수상

동작품, KBS 〈TV문학관〉으로 각색 방영됨.

장막극 〈 알 〉 우수작 당선 (중앙일보 창간20주년 및 호암아트홀 개관기념 장막극 공모)

한국문예진흥원에서 "창작생활을 위한 作家基金"을 받음 (85년 7월 ~ 86년 6월 1년간). 동기금에 의한 창작극 〈강강술래〉를 〈침묵의 바다〉로 개제하여 국립극단에서 공연함. (1987)

제4기 「한국극작워크숍」 지도교수 (-87)

1986   한국연극협회 극작분과 부위원장 (-88)

장막극 〈江건너 너부실로〉(2막5장)- 극단 여인극장 제78

회 공연, 문예회관대극장 (연출 강유정, 3월)

동작품으로, 제23회 '한국백상예술대상' 희곡상을 세 번째 수상하고, KBS TV드라마 〈전설의 고향〉으로 각색 방영됨.

장막극 〈萬人義塚〉(9장)- 육군본부 정훈감실 위촉작품, 2군사령부(대구) '육군무열예술단' 창단기념 및 시민위안을 겸하여 남원시민회관에서 개막공연(연출 길명일) 이어서, 6월에서 10월까지 예하부대를 120여회 순회 공연. 그리고, 동작품의 현지초연을 기념하여 南原市로부터 "감사패"를 받음.

MBC TV드라마- 6.25특집극 〈승 패〉 방영 (鮮于 輝작 동명의 단편소설 각색)

1987   (사)한국문인협회, 국제 P.E.N.클럽 한국본부, (사)민족문학작가회의 등 입회

'直選制改憲을 위한 時局宣言' (연극인 17인선언, 5월)

어린이뮤지컬 〈神 笛--요술피리〉- 월간 "예술계" 1월호 발표

장막극 〈他人의 하늘〉(11장)- 극단 실험극장 제106회 공연, 문예회관대극장 (연출 하태진, 9월) 제11회 '서울연극제' ("대한민국연극제"개명) 참가작품

〈한겨레신문〉 창간 발기인 (10월)

장막극 〈침묵의 바다〉(3막10장, 원제 '강강술래') 국립극단 제130회 공연, 국립극장소극장 (연출 임영웅, 12월)

한상철 교수 '노경식론' 발표- "시대상황과 민중적 삶의 관계추적" (〈한국현역극작가론 (1)〉 한국연극평론가협회 편, 출판사 예니)

-- 한상철 제1회 '서울문화예술평론상' 수상 (서울신문사)

1988   〈한겨레신문〉 관악지국장 (-'90. 10.)

어머니(享年 71세) 신림동 집에서 老患으로 돌아가심.

1989   전국연극제 심사위원 역임 (포항7, 춘천8, 수원12, 청주 17회)

장막극 〈燔祭의 시간〉- 극단 현대예술극장 공연, 문예회관대극장 (연출 정일성, 10월) 제13회 '서울연극제' 참가작품 '동아연극상' 작품상 수상

1990   〈가시철망이 있는 風景〉('춤추는 꿀벌' 원제)-「민족과 문학」봄호 발표

뮤지컬 〈북녘으로 부는 바람〉- 1군사령부(원주) '육군통일예술단' 공연 (연출 길명일), 5월에서 10월까지 일선 예하부대를 순회 공연

장막극 〈한가위 밝은 달아〉(8장)- 극단 성좌 제77회 공연, 문예회관대극장 (연출 심재찬, 9월)

제14회 '서울연극제' 여자연기상(연운경) 수상

1991   대종상영화제 예비심사위원 (3월),

연극영화의 해 "사랑의 연극잔치" 심사위원 (5월)

서울연극제 심사위원 역임 (15, 17회)

근로자문화예술제 심사위원 역임 (연극분야, 12, 14, 15, 17회)

장녀 石芝, 태평양화학 오스카(주) 상품기획부 입사 (한림대 중국학과 졸업)

1992   한국연극협회 극작분과위원장 겸 이사 (-94)

한국문인협회 이사

한국연극협회 "한국창작극개발 프로그램" 지도위원 (-99, 8년간)

秋溪예술대학 戱曲論, TV 시나리오創作實習 출강 (-96, 5년간)

문화일보 문예작품 심사위원 (희곡, 92, 93년)

장막극 〈춤추는 꿀벌〉(2막7장, '가시철망이 있는 風景' 개
제)-
극단 여인극장 제103회 공연, 문예회관대극장 (연출 강유
정, 2월- 한국문예진흥원 '창작활성화' 지원작품)
장막극 〈거울 속의 당신〉(8장, '엄마의 전설' 개제)- 극단
사조 공연, 문예회관대극장 (연출 심재찬, 9월)
제16회 '서울연극제' 남자연기상(김인태) 수상

1993   민족문학작가회의 이사

1994   뮤지컬 〈징계맹개 너른들〉(2막 8장)- '동학농민혁명 100
주년기념' 서울예술단 제18회 공연, 예술의전당 오페라극
장 (연출 김효경, 5월) 포항 진주 광양 광주 군산 구미 원
주 등 순회공연에 이어, 예술의전당 오페라극장에서 대공
연 및 제주와 전주에 다시 초청공연
단막극 〈아리랑 고개〉- 춘강 박승희 선생의 "아리랑"을
재구성하여, "한국연극" 10월호 발표

1995   한국희곡작가협회 자문위원. 한겨레신문사 '통일문화재단'
발기인.
(사)한국에이즈연맹 자문위원
장막극 〈서울 가는 길〉(2막)- 극단 춘추 74회 공연, 대학
로 '성좌
소극장' (연출 황남진, 1월- 한국문예진흥원 '창작활성화'
지원작품)
이벤트연극 〈인동장터의 함성〉- 대전광역시의 위촉으로
'광복50주년 3.1절기념' 야외공연작품 (연출 임영주)
BBS '고승열전'- 〈변조스님 신돈〉 (라디오일일극 63회,
12월)
장남 石軒, 대우자동차(주) 기술연구소 연구원 입사 (건국
대 항공 우주공학과 졸업)

1996	장녀 石芝 결혼 (신랑 朴凡雨 육군중위, 4월 14일)
	"우리민족 서로돕기" 발기인. 수원성 국제연극제 자문위원
	장막극 〈상록수〉- 제14회 전국연극제(광주) 경기도 대표
	팀 참가, 안산연극협회 공연 (연출 김혜춘, 4월)
	BBS '고승열전'- 〈무학대사〉 (라디오일일극 70회, 4월)
	BBS '고승열전'- 〈허응당 보우대사〉 (라디오일일극 70회,
	11월)
1997	외손녀 嘉沄 출생 (4월 11일)
	BBS '고승열전'- 〈사명당 유정대사〉 (라디오일일극 119
	회, 3월)
	BBS '고승열전'- 〈진묵대사〉 (라디오일일극 49회, 10월)
1998	한국연극협회 이사 및 월간 "한국연극"지 편집위원
	(-2000년)
	인천 재능대학 '희곡의 이해' '희곡작법' 출강 (-2000년,
	3년간)
	전국대학연극제 심사위원(21, 23회)
	역사소설 〈무학대사〉 (상하 2권) 출판 (문원북, 4월)
	불교방송 BBS- "조선의 고승열전" 라디오드라마 카세트
	테입으로, 〈무학대사〉 〈허응당 보우대사〉 〈사명대사〉 (60
	분짜리 80개) 출판
	2남 石椂, 국립극단 입단 (단국대 연극영화과 졸업)
1999	역사소설 〈사명대사〉 (상중하 3권) 출판 (문원북, 1월)
	한국문예진흥원 '공연예술아카데미' 극작과 교수
	(-2000년)
	경희대학교 개교 50주년기념 연극축제 〈달집〉 합동공연,
	조정원 총장으로부터 "공로패"를 받음.
	문화관광부의 제1회 '한국문학 창작특별지원금'을 받음.
	장막극 〈千年의 바람〉(12장)- "한국연극" 7월호 발표

10월에, 제17회 '한밭(大田)문화제'에서 초연 (연출 채윤일- 대전연극협회 합동공연) 동작품으로, 제7회 大山文學賞 수상

사명당기념사업회 주최 3차학술회의 "사명당과 그 시대"에 토론자로 참석 (10월, 경남 밀양대학교)

전북 남원시 "춘향골아카데미" 명예강사 위촉 (7월)

'자랑스런 용중인패' 받음 (재경남원용성중학교 동창회, 11월)

2000 (사)사명당기념사업회 이사 (-2003년)

국민대학교 문예창작대학원 '희곡창작' 출강 (-2002년)

장막극 〈찬란한 슬픔〉(초고본)- "한국연극" 3월호 발표

한국연극협회 "남북연극교류특별위원회" 위원장 (6월)

제9회 行願文化賞(文學) 수상 (9월)

- 제1차 남북연극교류 학술심포지엄 개최 '남북 공연예술 교류의 실천적 방안' (아카데미하우스(수유리), 9월 22일)

  전북 남원농공교 총동창회(母校)에서 '공로패' 받음. (10월)

2001 일본 京都에서 개최된 한중일 공동심포지엄 "德川家康과 松雲大師" 참가 (5. 16, 사명당기념사업회 京都문화박물관 공동주최)

"사명당 유적지" 순례기행 (8. 11-13, 경남의 표충사 해인사 통도사 직지사 등, 사명당기념사업회)

장막극 〈치마〉(원제 '長江日記')- 극단 독립극장 공연, 문예회관

대극장 (연출 윤우영, 8월- 서울특별시 '무대공연예술' 지원작품)

한국문인협회 "문단윤리위원회" 위원

장남 石軒, (주)FANTAPLAN 설립

2002 역사소설 〈신돈- 그 착종의 그림자〉 출판 (문원북, 2월)

장남 石軒 결혼 (신부 김희진- 주례 崔佛岩 선생, 6월 16일)
장막극 〈찬란한 슬픔〉(12장)- 극단 고향 제36회 공연,
학전블루소극장 (연출 박용기, 7월- 서울특별시 '무대공연
예술' 지원작품)
역사탐방 "사명당의 길을 따라" 일본의 對馬島 및 九州 기
행 (10. 23-27, 사명당기념사업회)

2003   '동랑 유치진 연극상' 수상 (4월, 동랑예술원- 서울예술대학).
"노경식연극제" 개최- 舞天劇藝術學會 주최로 경북 大邱의
동아쇼핑센타 아트홀에서 공연. (5월-6월 1일, 〈하늘만큼
먼나라〉 〈千年의 바람〉 〈서울 가는 길〉 〈달집〉 등 4편을
연속공연 및   학술토론회)
전라북도로부터 '홍보대사'를 위촉받음(8월) 문화부 선정
'9월의 문화인물 四溟 惟政大師' 기념 고성군(강원도) 문화
행사에서 사명당기념사업회 주관으로 국악공연의 노랫말
〈백성이여 일어나라〉를 작사하고, 서울 강남의 奉恩寺에
서 "사명대사와 봉은사 큰절" 대중강연(9월). 제26회 전국
대학연극제 심사위원장(10월)

2004   〈노경식희곡집 1- 달집〉의 출판지원금을 한국문예진흥원
에서 받음 (2월)
- 뉴질랜드 및 호주 관광여행 (아내의 회갑기념, 2.
19-28)
- (사) 한국문인협회 이사 (3월)
- '서울평양연극제' 추진위원장 (서울연극협회, 6월 -
2010)
- 〈노경식희곡집 1-달집〉 출간 (연극과인간, 6월)
- 싱가포르 등 동남아 관광여행 (외손녀 가운이와 함께 부
부여행, 7.23-27)

- (재) 동학농민혁명기념재단 발기인 및 고문 (9월)
- 프랑스희곡집 〈Un pays aussi lointain que le ciel〉 번역 출간, [하늘만큼 먼나라] [서울 가는 길] [千年의 바람] 3편 (10월)
- 연극계간지 〈극작에서 공연까지〉 편집위원장 (10월)
- 제1회 '올해의 예술상'(연극) 선정위원장 (한국문예진흥원, 12월)
- 서울평양연극제 제1회 학술심포지엄 개최 '서울평양 연극교류의 역사성과 발전적 방향' (학전그린 소극장, 12월)

2005 제23회 '한국희곡문학상 대상' 수상 (한국희곡작가협회, 1월)
- '2005- 무대공연작품'(연극) 심사위원 (서울문화재단, 2월)
- 長孫女 旻瑜 출생 (5월 17일, 1년만에 병사)
- 프랑스연극 〈Le Train pour Seoul〉(서울 가는 길) 공연 (극단 '사람나무'(Tree of People), Shin Me-Ran 연출, 대전문화예술의전당, 6월)
- 중국 베이징에서 북측의 '조중문화교류협회장'(김광철)과 단독회동 ('서울평양 연극교류'의 건, 8월)
- 창작신작 〈反民特委〉(원제 '서울의 안개') 극단 미학 제13회 공 연 (정일성 연출, 동덕여대공연예술센터 대극장, '창작활성화지원작품', 9월)
- '전국청소년연극제'(9회) 심사위원 (대산문화재단, 10월)
- 서울평양연극제 제2차 연속토론회 개최 '북쪽연극 바로 알기- 명배우 황철의 인간과 예술세계' (문화예술위원회 미술관, 11월)
- 한옥근 교수 "노경식의 희곡 연구" (한민족어문학 제47집, 12월)

2006	2남 石榤 결혼 (신부 이은옥- 주례 車凡錫 선생, 1월 14일)

2006   2남 石榤 결혼 (신부 이은옥- 주례 車凡錫 선생, 1월 14일)

- (사) 한국희곡작가협회 자문위원 (4월, 현재)

- 중국 선양(瀋陽)에서 '서울평양연극제'에 관하여 북측인 사와 협의. (7월, 기행문 '압록강의 이뿌콰(一步跨)를 아십니까' 발표)

- '대한민국예술원상'(연극영화무용 분과) 심사위원 (9월)

- 서울평양연극제 토론회 준비차 '금강산 여행' (10월 15-16일)

- 서울평양연극제 제3차 연속토론회 개최 '2006- 한민족 연극 100년 대토론회' (선재아트센터, 10월 17일)

- 고향 남원시청에 '下井堂文庫' 설립, '감사패' 받음(11월 17일) (장서 3천여 권을 남원시에 기증, 2년 뒤에 (2008) '南原市立圖書館' 창설의 밑거름이 됨)

- (재) 차범석연극재단 이사 (12월 19일)

- 제55회 '서울특별시문화상'(연극분야) 수상 (12월 19일)

2007   서울연극협회 제2대 임원선거(정부회장) 선거관리위원장 (1월)

- (사) 한국문인협회 이사 (- 2010)

- 중국 연변(연길) 방문. 북한 혁명연극 〈딸에게서 온 편지〉의 '연변연극단' 공연 문제(제28회 서울연극제 초청 작품) 등을 협의차 (3월 15~17일)

- (사) 6월민주항쟁계승사업회, '발간위원' 참여 (5월)

- 제25회 전국연극제 심사위원장 (경남 거제, 5월)

- 〈딸에게서 온 편지〉 서울연극제 초청공연 취소 (5월 17~19일)

- 일본 규슈(九州)의 벳부 아소 구마모토 관광여행 (남원

할머니, 아내 등, 7월 2~5일)

- 손녀 윤아(胤娥) 출생 (7월 31일, 석채의 맏딸)
- 중국 연길에서 '한국연극협회 연변지부' 창설 및 '백두산 天池', 두만강의 '防川', '圖們大橋' 관광 (8월 27~31일)
- 서울평양연극제 제4차 학술세미나 개최 '남북연극의 공동제작을 위한 실천적 방향과 전망' (추진위원장, 10월)
- 역사극 〈두 영웅〉(사명당, 日本에 건너가다) 탈고 (국립극단의 위촉작품, 10월 3일 '개천절', 동 작품 연극계간지 '극작에서 공연까지' 겨울호(제14호)에 발표, 全載)
- 역사극 〈님의 피 정몽주〉(圃隱鄭夢周) 탈고 (포항시립연극단의 위촉작품, 12월 19일 '제17대 댕통령 선거일', 동 작품 '한국연극' 2008년 3월호(통권 380)에 발표, '2007 연간희곡특선'(한국희곡작가협회), 全載)

2008
- (사) 사명당기념사업회 이사 (1월)
- 중국 成都 昆明 부부여행 (노경식 고희기념, 2월 25~29일)
- 중국 연길 방문, '연변연극' 교류차 박계배 이사장 동행 (3월)
- '신경회'(대학교 동창모임) 목포 홍도 여행 (4월 28~30일)
- '전국춘향선발대회' 심사위원장 (제78회 춘향제, 南原, 5월)
- 역사극 〈포은 정몽주〉 포항시립연극단 초연 (포항, 5월)
- 제26회 전국연극제 심사위원장 (인천, 5월)
- '한국연극100년대토론회'(1차, 상반기) 집행위원장 (6월)
- '한국연극100년창작희곡' 심사위원 (한국연극협회, 9월)
- 〈미추홀의 배뱅이〉 게재 '극작에서 공연까지' 2008년 여름호 (16호)

- [時論] '두 명의 老俳優를 위한 항변' 발표 (11월, 〈극작에서 공연까지〉 2008 가을호(17) '卷頭時論')
- '차범석희곡상'(2회) 심사위원 (조선일보, 11월)
- '한국연극100년대토론회'(2차, 하반기) 집행위원장 (11월)
- '전국청소년연극제'(12회) 심사위원장 (대산문화재단, 11월)

2009
- 『노경식희곡집 2-정읍사』출간(연극과인간, 3월)
- 제27회 전국연극제 경기도대회 심사위원장 (3월)
- 『노경식희곡집 3-하늘만큼 먼나라』출간(연극과인간, 5월)
- 제27회 전국연극제 심사위원 (구미, 5월)
- '남북, 연변지역의 연극교류 및 발전을 위한 세미나' 주관 (중국 연길, 6월 26일-28일, 박계배 김성노 3인 참가)
- '온라인희곡저작권 보호를 위한 공청회' 개최 (한국희곡저작권협의회 위원장, 7월 30일)
- '서울청소년연극제'(13회) 심사위원장 (서울연극협회, 8월)
- 『계간 한국작가』편집고문 (9월)
- 『계간 글의 세계』편집고문 (9월)
- 장손자 윤혁(胤赫) 출생 (9월 1일, 석채의 맏아들)
- 『노경식희곡집 4- 징게맹개 너른들』출간 (연극과인간, 9월)
- '청렴희곡 공모전' 심사위원장 (국민권익위원회, 10월)
- 2010서울Theater Olympics 자문위원 (10월)
- '차범석희곡상'(3회) 심사위원 (조선일보, 11월)
- 『노경식희곡집 5- 서울 가는 길』출간 (연극과인간, 11월)
- '김동훈연극상' 심사위원 (1회 ~ 10회, 12월)
- '한국예총 예술문화상 대상'(연극) 수상 (12월)

- '노경식희곡집(전5권) 출판기념회' (12월 21일, 아르코 예술극장)
- '2010 문학창작활동 지원' 선정 (한국문화예술위원회, 12월)

2010
- 제3회 서울연극협회 임원 '선거관리위원장' (1월)
- 〈달집〉'극단 은하' 공연 (경북 포항, 4월)
- 〈철조망이 있는 풍경〉'극단 선창' (전남 목포) '부산전국연극제' 전남 대표팀 참가 (5월)
- 제2회 '대전창작희곡' 심사위원장 (대전연극협회, 10월)
- '노경식의 연극과 삶' (노경식 예술사 口述, 인터뷰 녹화) (국립예술자료원, 총10시간, 2시간씩 5회, 11월)
- '김동훈연극상' 심사위원 (제11회, 12월)
- 〈상록수〉경기도 안산연극협회 재공연 (12월, 초연 1996)
- 〈요술피리〉(神笛 어린이 뮤지컬) 게재 '극작에서 공연까지' 2010년 겨울호 (26호)

2011
- '2010년 창작희곡공모' 심사위원 (명동예술극장, 1월)
- 서울연극협회 고문 (2월)
- 〈달집〉일본어 'Drama Reading'(낭독공연) 일한연극 교류센터 동경 '세타가야(世田谷) 퍼블릭 시어터' 宋美幸 번역 야나이 분쇼(矢內文章) 연출 (2월 27일)
- 『韓國現代戱曲集 5』(일어번역) 일한연극교류센터 발행 (-- 〈달집〉게재, 2월)
- 〈연극놀이〉게재 'PEN문학' 2011년 1 · 2월호 (통권 100호)
- 한국문인협회 '자문위원' (3월)

- 〈달집〉 '극단 은하' (경북 포항)
  -- '원주전국연극제' 경북 대표팀 참가 (5월)
- 〈하늘도 울고 땅도 울고〉(만인의총 2) 탈고 (9월)
- 제3회 '대전창작희곡' 심사위원장 (대전연극협회, 11월)
- 『노경식희곡집 6- 두 영웅』출간 (연극과인간, 12월)
- '김동훈연극상' 심사위원 (제12회, 12월)

2012
- 「忠簡公任鉉南原府使 功績記」 삼가짓다 (1월)
- '강원문화예술진흥사업' 심의위원 (강원문화재단, 2월)
- 『노경식희곡집』(전7권) 완간 (연극과인간, 3월)
- (이상 '노경식희곡집'(제7권) "연보"에 수록하다)
- 『任鉉 南原府使 殉節記』출간 (도서출판 同行, 4월)
- 제57차 '대한민국예술원상' 수상 (예술, 9월)
- 〈탑〉 경주시립극단 제99회 정기공연 (이수일 연출, 11월)

2013
- 서울연극협회 제4대 임원선거 '선거관리위원장' (1월)
- 서울연극협회 자문회의 위원 (3월)
- 노경식산문집 『압록강 '이뿌콰'를 아십니까』출간 (3월)
- 제34회 서울연극제 심사위원장 (4월)
- 『2010 한국근현대예술사 구술채록 197 盧炅植』
  (국립예술자료원, 6월)
- 중국 '黃山관광여행'/ 9. 25-28/ 상해 황산 항주/ 남원
  心鄕會
- 〈달집〉 일본극단 '新宿梁山泊' 제51회 공연(일어번역극)
  金守珍 연출/ 李麗仙 주연(간난노파)
  10. 11-16 '東京藝術劇場 Theatre East'
  10. 21-23 '아르코예술극장 대극장'
  (2013 서울국제공연예술제(SPAF) 초정작품)

이와 관련 2회 동경 방문 : 1차 연습참관, 9. 10-12/
2차 개막공연, 10. 10-12

- 제5회 대전창작희곡 심사위원장 (10. 30)

2014   - 『지만지한국희곡선집』(100권) 출간,
〈달집〉〈정읍사〉〈하늘만큼 먼나라〉 3권 포함 (2월)

- 한국일보「쪽빛보다 푸르게」(인터뷰, 4. 28)

- 제32회 군산전국연극제 심사위원 (6월)

- (사) 한국문예학술저작권협회 가입 (이은집, 8월)

- 서울 '서대문연극협회' 고문 (9월)

- 제6회 대전창작희곡 심사위원장 (11월)

- 명동예술극장 대본공모(본심) 심사위원 (12월)

- 제15회 '김동훈연극상' 심사위원 (12월)

2015   - 제33회 경남연극제 심사위원장 (3월)

- '통영연극예술축제' 희곡 심사위원 (7월)

- 장막 신작 〈봄꿈〉(春夢) 탈고 (7월 20일)

- '2015 자랑스러운 연극인상' 수상 (한국연극협회, 12월)

2016   - 서울연극협회 임원(회장) 선거관리위원장 (1월)

- 서울연극협회 원로회의 의장 (2월)

- 〈두 영웅〉 '노경식 등단50년 기념대공연' (아르코대극
장, 2월)

- 『전북일보』 등단50년 남원출신 원로극작가 노경식
(02-12)

- 2016 대한민국연극제 서울예선대회 심사위원장 (3월)

- 『한국연극』2016. 3월호 (476호) 〈피플〉: '극작가 노경
식'

- 『한국희곡』(2016. 여름호 Vol 62, 한국극작가협회):

〈작가를 찾아서〉 '노경식 작가등단 50주년 기념특집'
(6월)
- 역사극 〈두 영웅〉 남원 초청공연 (춘향문화회관, 10월)
- 장막 신작 〈세 친구〉 탈고 (11월 1일)

2017   - 문재인 대통령후보 지지선언 (문화예술가 30인 공동성명,
4월)
- 문재인 대통령후보 문화예술특보 (5월)
- 제2회 「늘푸른연극제」〈반민특위〉(아르코예술대극장 8월)
『한국연극』2017. 9월호(494호) '커버 스토리'
- 'BRAVO마이라이프' 10월호 노경식 '인터뷰'
- 신작희곡 〈봄꿈〉(春夢) 발표 『한국희곡』가을호
(통권 67, 한국극작가협회)

2018   - 제1회 '대한민국극작가상' 선정위원장 (한국극작가협회
1월)
- (사) 한국생활연극협회 고문 (5월)
- 제3회 대한민국연극제 대전 심사위원장 (6월)
- 남북연극교류위원회 자문위원장 (7월)
- 제1회 '희곡아, 문학이랑 놀자' 낭독공연 〈아버지와 아
들〉(父子)/ 문경민 노석채/ 김성노 연출- (사)한국극작
가협회 (9월)
- 「보관문화훈장」(10월)
- 제15회 '고마나루전국향토연극제' 초청공연
〈두 영웅〉 공주문예회관 대공연장 (11월 9일)/ 2016년
초연 이후 南原 龍仁 濟州 公州 등 네 번째 지역공연

2019   - 제1회 '한국생활연극대상' 심사위원장 (1월)

제2회 대한민국극작엑스포 '희곡마켓' 30 〈두 영웅〉 (평민사) (사)한국극작가협회 (1월)
- 「얼쑤전북」(도 홍보지) 인터뷰 '한국 극작계의 거장이 된 영화광 소년'(2월호)
- 국제PEN한국본부 고문 (2월)
- 재경남원향우회 고문 (2월)
- 『연극인의 삶 – 한국 대표연극인 列傳』 정진수 著 (3월)
- (사) 한국문인협회 자문위원 (4월)
- 『문예연구』2019 여름 101호 (전북) : "우리시대 우리작가" 노경식 극작가 (7월)
- 재경남원문인협회 고문 (9월)
- 〈두 영웅〉 충남 태안과 제주 초청공연 (9, 10월)
- 제8희곡집 『봄꿈·세 친구』 출간 (10월 10일)

부록   1. 노경식 작품공연 총연보

[1965년-1970년]

〈철새〉(1막): 1965. 1. 25-28, 드라마센타 대극장

- 서울신문사(대한매일) '신춘문예' 희곡 당선작. 드라마
센타
제1회 "극작가 캐내기의 해" 공연 (이원경 연출)
◆ 수록도서: '신춘문예작품집' (중앙출판공사)

〈반달(月出)〉(1막): 한국연극협회/ 66. 3, 명동국립극장

- 3.1절 경축 기념공연 (이진순 연출). 드라마센타 주최
'고교연극경연대회'의 지정작품을 위해서 Lady A.
Gregory원작 〈The Rising of the Moon〉을 飜案한
것임.

〈激浪〉(1막) : 극단 행동무대 제8회 공연/ 66. 5, 명동국립극장
(한국환 연출)

[1971년-1980년]

〈달 집〉(3막4장) : 국립극단 제61회 공연/ 71. 9. 14-18 명동국립극
장 (임영웅 연출)/ '연극평론' 71년 4호 발표

- '한국연극영화예술상'("백상예술대상") 작품상, 연출상
(임영웅) 여자주연상(백성희), 희곡본상 수상
- 75. 6. 26~30 극단 여인극장 (강유정 연출- 광복30주
년 기념 '연극축제' 선정작)/ 83. 극단 뿌리 (김도훈 연

출)/ 84. 전주 극단 황토(박병도 연출)/ 89. 12 미국 뉴
욕 Seoul Theatre
- Ensemble 및 대학극 등에서 여러차례 재공연/ 91. 여
수 극협, 제9회 전국(지방)연극제 최우수상 수상
◆ 수록도서: '신한국문학전집' 48 (어문각 76년)/ '한국
현대문학전집' 56 (삼성출판사 79년) '한국희곡문학대
계' 5 (한국연 극협회 81년)

〈懲毖錄〉(2부9장) : 국립극단 제71회 공연/ 75. 3. 1-9 장충동 국립
극장 대극장 (이해랑 연출)/ '연극평론' 73년 9호 발표

〈黑河〉(10장) : 국립극단 제86회 공연/ 78. 6. 21-25 국립극장대극장
(임영웅 연출)/ '현대문학' 78년 7, 8월호 발표
- '대한민국 반공(자유)문학상'(문공부) 수상

〈小作地〉(3막5장) : 극단 고향 제25회 공연/ 79. 6. 29-7. 4 광화문
쎄실극장 (박용기 연출)/ '한국문학' 76년 4,5,6월호 게재
- 82. 7. 10-12 전주 창작극회 재공연/
- 제1회 전국지방연극제(부산)에서, 光州극단 市民이 '대
통령상' 수상 (이상용 연출, 83. 7)

〈塔〉(2막8장) : 극단 신협 제90회 공연/ 79. 9. 14-19 쎄실극장 (이
창 구 연출)/ '대한민국연극제희곡집' 3권
- 제3회 대한민국(서울)연극제 여자주연상(이승옥) 수상
- 1984. 5. 10-14 극단 여인극장 재공연 (강유정 연출)

〈父子 2〉(1막) : 극단 민예극장 공연/ 79. 9. 20-10. 3 신촌 민예소극장
　　　　　　(허규 연출)/ ‘연극평론’ 72년 6호 발표.
　　　　　◆ 수록도서: ‘한국명희곡선’ (현암사 78년),
　　　　　　　　　　　‘한국연극’ 83년 6월호 재수록

〈밭(田)〉(3부작) : MBC TV드라마- 신년특집극 (김한영 연출, 1980)

〈하늘보고 활쏘기〉(1막) : 80. 1. 15-21 공간사랑 (강영걸 김창화 연
　　　　　　출)/ ‘한국문학’ 78년 4월호 발표
　　　　　- 이호재 모노드라마로서, 1년여 전국 순회공연함.

[1981년-1990년]
〈북(鼓)〉(3막11장) : 극단 고향 제32회 공연/ 81. 4. 28-5. 3 국립극
　　　　　　장소극장 (박용기 연출)/ ‘민족문학대계’ 18권에 발표 (동
　　　　　　화출판공사)

〈전원일기〉: MBC TV드라마 〈가위소리〉〈별똥별〉〈중간이〉 등 (김
　　　　　　한영 연출, 1981)

〈井邑詞〉(12장) : 극단 민예극장 제64회 공연/ 82. 6. 문예회관대극장
　　　　　　(정현 연출)
　　　　　- 제19회 한국백상예술대상 “희곡상” 두 번째 수상
　　　　　- 87. 5. 22-23 대전 극단 에리자베스극장 재공연, 제5
　　　　　회 전국지방연극제(전주) 장려상 수상 (임영주 연출)
　　　　　◆ 수록도서: ‘서울극작가그룹대표희곡선’ (집현전 84년)

〈오돌또기〉(10장) : 극단 민예극장 제72회 공연/ 83. 9. 23-28 문예
　　　　　　회관대극장 (강영걸 심재찬 연출)/ '대한민국연극제희곡
　　　　　　집' 7권
　　　　　　- 제7회 대한민국(서울)연극제 참가

〈연극놀이〉(1막) : '청소년을 위한 연극대본 1' (84. 1)

〈불타는 여울〉(3막9장) : 국립극단 제111회 공연/ 84. 5. 10-13 국
　　　　　　립극장 대극장 (이해랑 연출)/ '월간 예술계' 창간호 발표

〈잃어버린 이름〉(3부작) : MBC TV드라마 3.1절특집극 (金恩國 원작
　　　　　　의 동명 장편소설 각색, 김한영 연출, 1985)

〈삼시랑〉(총체연극) : 극단 실험극장 창단25주년 기념공연/ 85. 5.
　　　　　　16-22 문예회관대극장 (김동훈 연출)

〈하늘만큼 먼나라〉(3막16장) : 극단 산울림 제29회 공연/ 85. 9.
　　　　　　12-17 문예회관대극장 (임영웅 연출)/ '대한민국연극제
　　　　　　희곡집' 9권
　　　　　　- 제9회 '대한민국(서울)연극제' 대상 및 연출상(임영웅),
　　　　　　남녀 연기상(조명남 백성희) 수상/ '동아연극상' 연기상
　　　　　　(박정자) 수상
　　　　　　동작품, KBS 〈TV문학관〉으로 각색 방영됨.

〈알〉 : 우수작 당선 :
　　　　　　'중앙일보 창간20주년 및 호암아트홀 개관기념 공모'

(1985)

〈江건너 너부실로〉(2막5장) : 극단 여인극장 제78회 공연/ 86. 3.
　　　 13-16　문예회관대극장 (강유정 연출)
　　　 - 제23회 한국백상예술대상 "희곡상" 세 번째 수상, KBS
　　　　 TV 드라마 〈전설의 고향〉으로 각색 방영됨.

〈萬人義塚〉(9장) : 육군본부 정훈감실 위촉작품, 2군사령부(대구) '육
　　　 군무열예술단' 창단기념 및 시민위안을 겸하여 남원시민
　　　 회관에서 개막 공연 (길명일 연출). 이어, 1986년 6월에
　　　 서 10월까지 2군산하예하부대를 120여 회 순회공연/ '예
　　　 술계' 86년 5월호 발표
　　　 - 동작품의 현지초연을 기념하여 南原市로부터 "감사패"
　　　　 받음.

〈승 패〉(단막) : MBC TV드라마 6.25특집극 (鮮于 輝작 동명의 단편
　　　 소설 각색, 정문수 연출, 1986)

〈神 笛--요술피리〉 (어린이뮤지컬) : '月刊 예술계' 87년 1월호 (한국
　　　 예총)

〈他人의 하늘〉(11장) : 극단 실험극장 제106회 공연/ 87. 9. 5-9 문
　　　 예회관대극장 (하태진 연출)/ '서울연극제희곡집' 11권
　　　 - 제11회 서울연극제 ('대한민국연극제' 개명) 참가

〈침묵의 바다〉(3막10장, 원제 "강강술래") : 국립극단 제130회 공연/
　　　 87. 12. 17-22 국립극장소극장 (임영웅 연출)

〈燔祭의 시간〉 : 극단 현대예술극장 공연/ 89. 10. 4-9 문예회관대극
　　　　장 (정일성 연출)
　　　　　　- 제13회 서울연극제 참가, "동아연극상" 작품상 수상

〈가시철망이 있는 風景〉("춤추는 꿀벌" 초고) : 90년 「민족과 문학」
　　　　봄호

〈북녘으로 부는 바람〉(뮤지컬) : 1군사령부(원주) '육군통일예술단' 공
　　　　연 (길명일 연출)/ 1990년 5월에서 10월까지 1군산하 일
　　　　선 예하부대를 순회공연

〈한가위 밝은 달아〉(8장) : 극단 성좌 제77회 공연/ 90. 9. 1-6 문예
　　　　회관대극장 (심재찬 연출)
　　　　　　- 제14회 서울연극제 여자연기상(연운경) 수상

[1991년-2000년]
〈춤추는 꿀벌〉(2막7장, "가시철망이 있는 風景"의 완고본) : 극단 여인
　　　　극장　제103회 공연/ 92. 2. 26- 3. 5 문예회관대극장
　　　　(강유정 연출)/ '한국연극' 92년 2월호(189호) 게재
　　　　　　- 한국문예진흥원 '창작활성화' 지원작품

〈거울 속의 당신〉(8장, 원제목: "엄마의 전설") : 극단 사조 공연/ 92.
　　　　9. 16-21 문예회관대극장 (심재찬 연출)
　　　　　　- 제16회 서울연극제 남자연기상(김인태) 수상

〈징게맹개 너른들〉(뮤지컬) : 서울예술단 제18회 공연/ 94. 5. 19-22
예술의전당 오페라극장 (김효경 연출)/ '한국연극' 94년 6
월호(217호) 게재
　　- "동학농민혁명" 100주년기념, 포항 진주 광양 광주 군
산 구미 원주 등 순회공연에 이어, 예술의전당 오페라
극장에서 대공연 및 제주와 전주에 다시 초청공연

〈아리랑 고개〉(1막) : 춘강 박승희 선생의 "아리랑"을 재구성하여
'한국연극' 94년 10월호(221호) 발표

〈서울 가는 길〉(2막) : 극단 춘추 74회 공연/ 95. 1. 2-11 대학로 "성
좌소극장" (황남진 연출)/ '한국연극' 95년 1월호(224호)
게재
　　- 한국문예진흥원 '창작활성화' 지원작품

〈인동장터의 함성〉(이벤트연극) : 대전광역시의 위촉으로 "광복50주년
3.1절기념" 야외공연작품 (임영주 연출, 1995)

〈변조스님 신돈〉(63회) : BBS "고승열전"으로 라디오일일극, 1995년

〈무학대사〉(70회) : BBS "고승열전"으로 라디오일일극, 1996년

〈상록수〉 : 경기도 안산연극협회 공연/ 96. 4. 2-3 (김혜춘 연출)
　　- 제14회 전국연극제(광주) 경기도 대표팀 참가

〈허응당 보우대사〉(70회) : BBS "고승열전"으로 라디오일일극, 1996년

〈사명당 유정대사〉(119회) : BBS "고승열전"으로 라디오일일극, 1997년

〈진묵대사〉(49회) : BBS "고승열전"으로 라디오일일극, 1997년

〈千年의 바람〉(12장) : 대전연극협회 합동공연/ 99. 10. 3 (채윤일 연출)/ '한국연극' 99년 7월호(277호) 발표
- 제17회 '한밭문화제' 초연. 제7회 "대산문학상"(희곡) 수상

〈찬란한 슬픔〉(초고본) : '한국연극' 2000년 3월호(285호) 발표

[2001년-2010년]
〈치마〉(원제목: "長江日記") : 극단 독립극장 공연/ 01. 8. 29-9. 6 문예회관대극장 (윤우영 연출)
- 서울특별시 2001년 '무대공연예술' 지원 작품

〈찬란한 슬픔〉(12장) : 극단 고향 제36회 공연/ 02. 7. 5-14 학전블루소극장 (박용기 연출)
- 서울특별시 2002년 '무대공연예술' 지원작품

〈Le Train pour Seoul〉(서울 가는 길) : 프랑스어 번역극, 극단 Tree of People 공연/ 05. 6. 6 대전문화예술의전당

(Shin Me-Ran 연출)
- 같은 작품으로 2008년 여름 '거창국제연극제', '포항바
다연극제', '마산국제연극제' 등에 초청 재공연

〈反民特委〉(원제- '서울의 안개') : 극단 미학 제13회 공연/ 05. 9.
6-11 동덕여대공연예술센터 대극장(대학로, 정일성 연출)
- 한국문예진흥원 2005년 '창작극활성화' 지원 작품,

〈圃隱 鄭夢周〉(님의 피 정몽주) : 포항시립연극단 제79회 공연/ 08. 5.
13-15 포항문화예술회관 대공연장 (김삼일 연출)
- 포항문화예술회관 위촉 작품

[2011년-2019년]
〈달집〉 : 일본어 'Drama Reading'(낭독공연)/ 일한연극교류센터/
2011. 2. 27. 동경 '세타가야(世田谷) 퍼블릭 시어터'/
宋美幸 번역, 야나이 분쇼(矢內文章) 연출

〈탑〉(2막8장) : 경주시립극단 제99회 정기공연/ 2012. 11. 30-12.
1/ 경주예술의전당 대공연장/ 이수일 연출

〈달집〉(Sheaf Burning, 3막4장) : 일본극단 新宿梁山泊 제51회 공연/
2013. 10. 11-16/ 東京藝術劇場 Theater East/ 金守珍
연출 번역   / 李麗仙 주연
한국 공연 : 서울 아르코예술극장 대극장/ 같은 해 10.
21-23/
** 2013 SPAF (국제공연예술제) 초청작품

〈두 영웅〉: '노경식 등단50년 기념대공연'/ 2016. 02. 19-28/ 아르
코예술극장 대극장/ 극단 동양레퍼토리/ 김성노 이우천
연출/ 오영수 김종구 외

〈반민특위〉: 제2회 '늘푸른연극제'/ 2017. 08. 11-20/ 아르코예술
극장 대극장/ 극단 동양레퍼토리/ 김성노 이우천 연출/
이인철 김종구 외

〈아버지와 아들〉(父子): 제18회 '한국국제2인극페스티벌' 초청공연
극단동양레퍼토리/ 김성노 연출/ 문경민 노석채 출연/
대학로 '후암스튜디오' (11월 24-25일)

★★★ 『2004 노경식 불어번역희곡집』
〈Un pays aussi lointain que le ciel〉 출간,
[하늘만큼 먼나라] [서울 가는 길] [千年의 바람] 3편 (10월)

〈철　새〉: '서울신문' 1965년 신춘문예 당선작

〈달　집〉: '연극평론' 1971년 제4호

〈父　子〉: '연극평론' 1972년 제6호, '한국연극' 1983년 6월호 (통권 86호)

〈懲毖錄〉: '연극평론' 1973년 제9호

〈小作地〉: '한국문학' 1976년 4, 5, 6월호

〈하늘 보고 활쏘기〉'한국문학' 1978년 4월호

〈黑　河〉: '현대문학' 1978년 7, 8월호

〈무서리와 까치〉'한국연극' 1979년 1월호 (통권 37호)

〈塔〉: '대한민국연극제 희곡집' 제3권

〈북〉: '민족문학대계' 제18권 (동화출판공사)

〈井邑詞〉: '한국연극' 1982년 5월호 (통권 74호)

'서울극작가그룹대표희곡선' (집현전 84년)

〈오돌또기〉 : '대한민국연극제 희곡집' 제7권

〈연극놀이〉(청소년극) : '청소년을 위한 연극대본집' 1권
                        (한국청소년연맹, 1684)

〈불타는 여울〉 : '월간 예술계' 창간호 (예총 기관지)

〈하늘만큼 먼나라〉 : '대한민국연극제 희곡집' 제9권,
                    'Un pays aussi lointain que le ciel'
                    (프랑스어 譯, 2004)

〈萬人義塚〉 : '월간 예술계' 1986년 5월호

〈神笛- 요술피리〉(어린이뮤지컬) : '월간 예술계' 1987년 1월호

〈他人의 하늘〉 : '서울연극제희곡집' 제11권

〈춤추는 꿀벌〉 : '한국연극' 1992년 2월호 (통권 189호)

〈징게맹개 너른들〉 : '한국연극' 1994년 6월호 (통권 217호)

〈아리랑 고개〉 : '한국연극' 1994년 10월호 (통권 221호)

〈서울 가는 길〉 : '한국연극' 1995년 1월호 (통권 224호),

'Le train pour Seoul' (프랑스어 譯, 2004)

〈千年의 바람〉 : '한국연극' 1999년 7월호 (통권 277호)
                'Le souffle des siecles' (프랑스어 譯, 2004)

〈찬란한 슬픔〉 : '한국연극' 2000년 3월호 (통권 285호)

〈圃隱 鄭夢周〉(님의 피 정몽주) : '한국연극' 2008년 3월호 (통권 380호)

〈두 영웅〉(사명당, 日本에 건너가다) : '극작에서 공연까지' 2007년 겨
        울호 (14호)

〈미추홀의 배뱅이〉 : '극작에서 공연까지' 2008년 여름호 (16호)

〈요술피리〉(어린이뮤지컬) : '극작에서 공연까지' 2010년 겨울호 (26호,
        재수록)

〈연극놀이〉 : '펜문학' 2011년 1·2월호 (통권 100호, 재수록)

〈달집〉(일어번역) : 『韓國現代戱曲集 5』일한연극교류센터 편 (2011년
        2월 25일)

〈봄꿈〉(春夢) : '한국희곡' 2017 가을호 (통권 67 한국극작가협회)

가) '역사극'에 관하여 (23편)

1) 역사인물 소재 (11)

〈징비록〉(유성룡, 75) 〈흑하〉(홍범도, 78)

〈불타는 여울〉(이강년, 84) 〈번제의 시간〉(홍사익, 89)

〈상록수〉(최용신 96) 〈천년의 바람〉(견훤과 왕건, 99)

〈치마〉(정정화, 2001) 〈포은 정몽주〉(포항시립극단, 2008)

〈하늘도 울고 땅도 울고〉(만인의총 2, 2011)

〈두 영웅〉(四溟堂과 德川家康, 2016 '노경식 등단50년 기념대공연')

〈반민특위〉(2017, 제2회 '늘푸른연극제' 참가)

2) 시가 및 설화 소재 (7)

〈탑〉(心火繞塔, 79) 〈하늘보고 활쏘기〉(居陀知, 80)

〈북〉(양녕과 태종, 81) 〈정읍사〉(82)

〈江건너 너부실로〉(팔뚝무덤, 86)

〈알〉(동명성왕, 85 未公演) 〈요술피리〉(萬波息笛, 87 未公演)

3) 이름없는 民草(민중) (5)

〈오돌또기〉(제주민란, 83) 〈만인의총〉(남원성 함락, 86)

〈침묵의 바다〉(강강술래, 87) 〈징게맹개 너른들〉(동학혁명, 94)

〈미추홀의 배뱅이〉(2008 未公演)

나) '남북분단'을 소재로 한 작품 (5편)

〈激浪〉(66)　〈하늘만큼 먼나라〉(85)　〈他人의 하늘〉(87)
〈북녘으로 부는 바람〉(90)　〈가시철망이 있는 풍경〉(92)

다) '壬辰倭亂을 소재로 한 작품 (6편)

〈懲毖錄〉(75)　〈江건너 너부실로〉(86)　〈萬人義塚〉(86)
〈침묵의 바다〉(87)　〈하늘도 울고 땅도 울고〉(만인의총 2, 2011)
〈두 영웅〉(四溟堂과 德川家康, 2016 '노경식 등단50년 기념대공연')

라) '항일독립운동'을 소재로 한 작품 (3편)

〈흑하〉(1978 1권)　〈불타는 여울〉(1984 3권)〈치마〉(長江日記 2001 5권)

마) '5.18 광주항쟁'을 소재로 한 작품 (2편)

〈서울 가는 길〉(1995 5권)　〈찬란한 슬픔〉(2002 5권)

바) 2016년 이후 공연작품

〈두 영웅〉(2016 8권) 〈반민특위〉(2017 8권) 〈봄꿈〉(春夢 8권)
〈세 친구〉(8권)

사) 불교방송 BBS- '고승열전' (5편)

〈신돈〉 〈무학대사〉 〈보우대사〉(虛應堂) 〈사명대사〉 〈진묵대사〉

아) MBC TV드라마

〈전원일기〉 〈잃어버린 이름〉(김은국 원작, 3부작) 〈승패〉(선우휘 원작)
〈밭〉(田, 3부작 창작극) 등

자) 대전연극과 노경식 작품

1) 〈井邑詞〉 공연
    극단 에리자베스 (최문휘 대표, 임영주 연출), 1987년 공연
    '전주전국연극제' 참가, 단체상 은상 (3등)

    ** 〈정읍사〉 (정현 연출), 1982년 初演
    '백상예술대상' 희곡상 수상, 2번째)

2) 〈인동장터의 함성〉 (임영주 연출, 대전시 야외공연)

1995년 3.1절 공식행사, 이벤트연극)

3) 〈千年의 바람〉 (대전연극협회, 채윤일 연출)

1999년 '한밭문화제'에서 初演

** 동 작품 '대산문학상' 수상

차) 임영웅/ 심재찬의 '연출작품'

* 임영웅 : 〈달집〉(71)   〈黑河〉〈78〉 〈하늘만큼 먼나라〉(85)

〈침묵의 바다〉(87) 등 4편

* 심재찬 : 〈소작지〉(79)   〈오돌또기〉(83) 〈한가위 밝은 달아〉(90)

〈거울 속의 당신〉(92) 등 4편

❖ 주요수상·저서·주요 희곡작품

主要受賞

1971	제8회 「백상예술대상」 희곡본상 수상----〈달 집〉
1978	제4회 「반공(자유)문학상」 수상----〈黑 河〉
	(문공부, '대한민국문학상' 전신)
1982	제19회 「백상예술대상」 희곡상 수상----〈井邑詞〉
1983	제8회 「한국연극예술상」 수상
	(한국연극협회 제정 '올해의 연극인상')
1985	장막극 〈 알 〉 우수작 당선
	(중앙일보 창간20주년 및 호암아트홀 개관기념 장막극 공모)
1985	한국문예진흥원에서 '창작생활을 위한 作家基金'을 받음
	(85년 7월 ~86년 6월까지 1년간). 동기금에 의한 창작극 〈강강술래〉를 〈침묵의 바다〉로 개제하여 국립극단에서 공연(1987)
1985	서울연극제 대상 (〈하늘만큼 먼나라〉 극단 산울림 공연)
1986	장막극 〈萬人義塚〉의 현지초연을 기념하여 南原市로부터 "감사패"를 받음
1986	제23회 「백상예술대상」 희곡상 수상----〈江건너 너부실로〉
1989	동아연극상 작품상 (〈燔祭의 시간〉 극단 현대예술극장)
1999	경희대학교 개교 50주년기념 연극축제 〈달집〉 합동공연, 조정원 총장으로부터 "공로패"를 받음
1999	문화관광부의 제1회 '한국문학 창작특별지원금'을 받음

1999.11	제7회 "大山文學賞" 수상: 〈千年의 바람〉(12장)
2000.9.	제9회 "行願文化賞"(文學) 수상
	(장막극 〈塔〉, 역사소설 〈무학대사〉〈사명대사〉 외)
2000.10	母校 전북 남원용성고교 총동창회로부터 '공로패'를 받음
2003.4	"東朗 柳致眞 演劇賞" 수상 (한국연극예술원)
2005.1	"한국희곡문학상 대상" 수상 (한국희곡작가협회)
2006.12	제55회 '서울특별시문화상'(연극)
2009	"한국예총예술문화상 대상" (연극)
2012.9	제57차 "대한민국예술원상" (예술)
2015.12	'2015 자랑스러운 연극인상' (한국연극협회)
2018.10	"보관문화훈장" (대한민국)

著　書

1998. 4	역사소설 『무학대사』(상하 2권) 도서출판 문원북
1998. 9	조선의 고승열전 라디오드라마 카세트 테입
	『무학대사』『허응당 보우대사』『사명대사』(60분짜리 80
	개) 불교방송국 刊行
1999. 1	역사소설 『사명대사』(상중하 3권) 도서출판 문원북
2002. 2	역사소설 『신돈- 그 착종의 그림자』 도서출판 문원북
2004~09	『노경식희곡집 1권- 달집』 『2권- 정읍사』
	『3권- 하늘만큼 먼나라』 『4권- 징게맹개 너른들』
	『5권- 서울 가는 길』 『6권- 두 영웅』
	『7권- 연극놀이』
2004. 10	『Un pays aussi lointain que le ciel』(〈하늘만큼 먼나

라〉외, 프랑스어번역 희곡집)

2011. 2   『韓國現代戲曲集 5』(〈달집〉 일본어역) 일한연극교류센터
            발행

2013. 3   『압록강 '이뿌콰'를 아십니까』(노경식散文集)

2013. 6   『2010 국립예술자료원 구술예술사 '노경식'』

2014. 2   『지만지한국희곡선집』-〈달집〉〈정읍사〉〈하늘만큼 먼나
            라〉 3권

2018. 9   『동시대단막극선 1』〈아버지와 아들〉 (한국극작가협회)

2019. 1   『한국희곡명작선 30』〈두 영웅〉 (평민사)

主要戲曲作品

〈달집〉(71) 〈懲毖錄〉(75) 〈小作地〉(79) 〈塔〉(79) 〈북〉(81)

〈井邑詞〉(82) 〈하늘만큼 먼나라〉(85) 〈춤추는 꿀벌〉(92)

〈징계맹개 너른들〉(뮤지컬, 94) 〈서울 가는 길〉(95)

〈千年의 바람〉(99) 〈찬란한 슬픔〉(2002) 〈圃隱 鄭夢周〉(2008)

〈두 영웅〉(2016) 〈反民特委〉(2017) 〈봄꿈〉(春夢 2017)

〈세 친구〉(2019) 외 40여 편

檜谷, 下井堂 노경식 약력서

1938년 전북 남원에서 태어남. 1950년 남원용성국교(41회) 및 1957년 남원용성중(3회)을 거쳐 남원농고(18회, 남원용성고교의 전신) 졸업. 1962년 경희대학교 경제학과(10회)를 졸업하고 드라마센타 演劇아카데미 수료 1965년 서울신문 신춘문예 희곡 〈철새〉 당선. 한국연극협회 한국문인협회 민족문학작가회의 회원 및 이사. 한국PEN클럽 ITI한국본부 한국희곡작가협회 회원. 서울연극제 전국연극제 근로자문화예술제 전국대학연극제 전국청소년연극제 등 심사위원. 추계예술대학 재능대학(인천) 국민대 문예창작대학원 강사 및 『한국연극』지 편집위원 '서울평양연극제추진위원장' 등 역임. 2003- 『노경식연극제』(舞天劇藝術學會 주최, 大邱) 2006- 전라북도 南原市 「下井堂文庫」설립 (장서 4천여 권, 『南原市立圖書館』창설의 계기됨)

주요작품:

〈달집〉(71) 〈징비록〉(75) 〈소작지〉(79) 〈탑〉(79) 〈북〉(81) 〈정읍사〉(82) 〈하늘만큼 먼나라〉(85) 〈춤추는 꿀벌〉(92) 〈징계맹개 너른들〉(뮤지컬, 94) 〈서울 가는 길〉(95) 〈千年의 바람〉(99) 〈찬란한 슬픔〉(2002) 〈圃隱 鄭夢周〉(2008) 〈두 영웅〉(2016 '극작가 등단50년 기념공연') 〈反民特委〉(2017 제2회 '늘푸른연극제') 외 40여 편.

미공연 신작 2편

〈봄꿈〉(春夢 2017, 4.19혁명 소재)
〈세 친구〉(2019, 민족반역 친일연극인 소재)

저 서:

『노경식희곡집 1권- 달집』『2권- 정읍사』『3권- 하늘만큼 먼나라』

『4권- 징게맹개 너른들』『5권- 서울 가는 길』『6권- 두 영웅』

『7권- 연극놀이』역사소설『무학대사』(상하 2권)

『사명대사』(상중하 3권)『신돈- 그 착종의 그림자』 프랑스희곡집

『Un pays aussi lointain que le ciel』('하늘만큼 먼나라' 외)

『韓國現代戲曲集 5』(일본어, 〈달집〉 게재)

『압록강 '이뿌콰'를 아십니까』(노경식散文集)

『지만지한국희곡선집』- 〈달집〉〈정읍사〉〈하늘만큼 먼나라〉 3권

『2010 국립예술자료원 구술예술사 '노경식'』

『한국희곡명작선 30』〈두 영웅〉 (평민사)

주요수상:

'백상예술대상' 희곡상(3차례) '한국연극예술상'(1983) '서울연극제
대상'(1985) '동아연극상 작품상'(1989) '大山문학상'(희곡, 1999)
'行願문화상'(문학부문, 2000) '동랑 유치진 연극상'(2003) '한국희곡
문학상 대상'(2005) '서울특별시문화상'(연극, 2006) '한국예총예술문
화상 대상'(연극, 2009) '대한민국예술원상'(예술, 2012) '2015 자랑
스러운 연극인상'(한국연극협회) 「보관문화훈장」(2018) 등

현 재

한국연극협회 원로위원/ 한국문인협회 자문위원/ 한국작가회의 회원/
국제PEN한국본부 고문/ 서울연극협회 남북연극교류위원회 자문위원/
(재) 차범석연극재단 이사/ (사) 사명당기념사업회 이사

* 노경식 영자명: ROH Kyeong-shik

주소: (03654) 서울 서대문구 모래내로17길 80-8 (홍은동)

전화: (02) 3473-5220, (010) 5294-5220

E-mail: rohkok38@gmail.com rohkok@rohkok.com

Homepage: www.rohkok.com 또는 노경식(한글)

노경식 제8희곡집

봄꿈·세친구

초판 1쇄 인쇄 · 2019년 10월 7일
초판 1쇄 발행 · 2019년 10월 10일
지은이 · 노 경 식
발행처 · 도서출판 **행복에너지**
서울특별시 강서구 화곡로 232길 행복에너지
출판등록 · 제315-2011-000035호
대표번호 · (02)2698-0404
팩스 · (0303)0799-1560
http://www.happybook.or.kr
인쇄처 · 동방인쇄공사 대표 허성윤

Copyright ⓒ 노경식 2019
ISBN 979-11-5602-751-5 03810

이 도서의 국립중앙도서관 출판예정도서목록(CIP)은 서지정보유통지원시스템
홈페이지(http://seoji.nl.go.kr)와 국가자료공동목록시스템(http://www.nl.
go.kr/kolisnet)에서 이용하실 수 있습니다.(CIP제어번호 : CIP2017028937)

☞ 잘못된 책은 구입하신 서점이나 본사에서 바꾸어 드립니다.

'행복에너지'의 해피 대한민국 프로젝트!
〈모교 책 보내기 운동〉

대한민국의 뿌리, 대한민국의 미래 **청소년·청년**들에게 **책**을 보내주세요.

많은 학교의 도서관이 가난해지고 있습니다. 그만큼 많은 학생들의 마음 또한 가난해지고 있습니다. 학교 도서관에는 색이 바래고 찢어진 책들이 나뒹굽니다. 더럽고 먼지만 앉은 책을 과연 누가 읽고 싶어 할까요? 게임과 스마트폰에 중독된 초·중고생들. 입시의 문턱 앞에서 문제집에만 매달리는 고등학생들. 험난한 취업 준비에 책 읽을 시간조차 없는 대학생들. 아무런 꿈도 없이 정해진 길을 따라서만 가는 젊은이들이 과연 대한민국을 이끌 수 있을까요?

한 권의 책은 한 사람의 인생을 바꾸는 힘을 가지고 있습니다. 한 사람의 인생이 바뀌면 한 나라의 국운이 바뀝니다. **저희 행복에너지에서는 베스트셀러와 각종 기관에서 우수도서로 선정된 도서를 중심으로 〈모교 책 보내기 운동〉을 펼치고 있습니다.** 대한민국의 미래, 젊은이들에게 좋은 책을 보내주십시오. 독자 여러분의 자랑스러운 모교에 보내진 한 권의 책은 더 크게 성장할 대한민국의 발판이 될 것입니다.

도서출판 행복에너지를 성원해주시는 독자 여러분의 많은 관심과 참여 부탁드리겠습니다.

도서출판 **행복에너지** 임직원 일동

하루 5분, 나를 바꾸는 긍정훈련

행복에너지

'긍정훈련' 당신의 삶을 행복으로 인도할 최고의, 최후의 '멘토'

'행복에너지
권선복 대표이사'가 전하는
행복과 긍정의 에너지,
그 삶의 이야기!

인터파크
자기계발 분야 주간
베스트 1위

권선복 지음 | 15,000원

권선복

도서출판 행복에너지 대표
영상고등학교 운영위원장
대통령직속 지역발전위원회
문화복지 전문위원
새마을문고 서울시 강서구 회장
전 팔팔컴퓨터 전산학원장
전 강서구의회(도시건설위원장)
아주대학교 공공정책대학원 졸업
충남 논산 출생

책 『하루 5분, 나를 바꾸는 긍정훈련 - 행복에너지』는 '긍정훈련' 과정을 통해 삶을 업그레이드하고 행복을 찾아 나설 것을 독자에게 독려한다.
긍정훈련 과정은 [예행 연습] [워밍업] [실전] [강화] [숨고르기] [마무리] 등 총 6단계로 나뉘어 각 단계별 사례를 바탕으로 독자 스스로가 느끼고 배운 것을 직접 실천할 수 있게 하는 데 그 목적을 두고 있다.
그동안 우리가 숱하게 '긍정하는 방법'에 대해 배워왔으면서도 정작 삶에 적용시키지 못했던 것은, 머리로만 이해하고 실천으로는 옮기지 않았기 때문이다. 이제 삶을 행복하고 아름답게 가꿀 긍정과의 여정, 그 시작을 책과 함께해 보자.

『하루 5분, 나를 바꾸는 긍정훈련 - 행복에너지』